斯坎德

与离岛危机

[英] A. F. 斯特德曼 著　吴华 译

中信出版集团 | 北京

图书在版编目（CIP）数据

斯堪德与离岛危机 /（英）A.F. 斯特德曼著；吴华
译 . -- 北京：中信出版社，2023.11（2025.12 重印）
书名原文：Skandar and the Phantom Rider
ISBN 978-7-5217-5869-6

Ⅰ.①斯… Ⅱ.①A… ②吴… Ⅲ.①儿童小说—幻想
小说—英国—现代 Ⅳ.①I561.84

中国国家版本馆 CIP 数据核字（2023）第 126267 号

斯堪德与离岛危机

著　　者：［英］A. F. 斯特德曼
译　　者：吴华
出版发行：中信出版集团股份有限公司
（北京市朝阳区东三环北路27号嘉铭中心　邮编　100020）
承 印 者：北京联兴盛业印刷股份有限公司

开　　本：880mm × 1230mm　1/32　　印　　张：13.75　　字　　数：270千字
版　　次：2023年11月第1版　　印　　次：2025年12月第6次印刷
京权图字：01-2022-1427
书　　号：ISBN 978-7-5217-5869-6
定　　价：56.00元

献词

–

献给爸爸。谢谢你教给我：
改弦易辙，随时不晚。

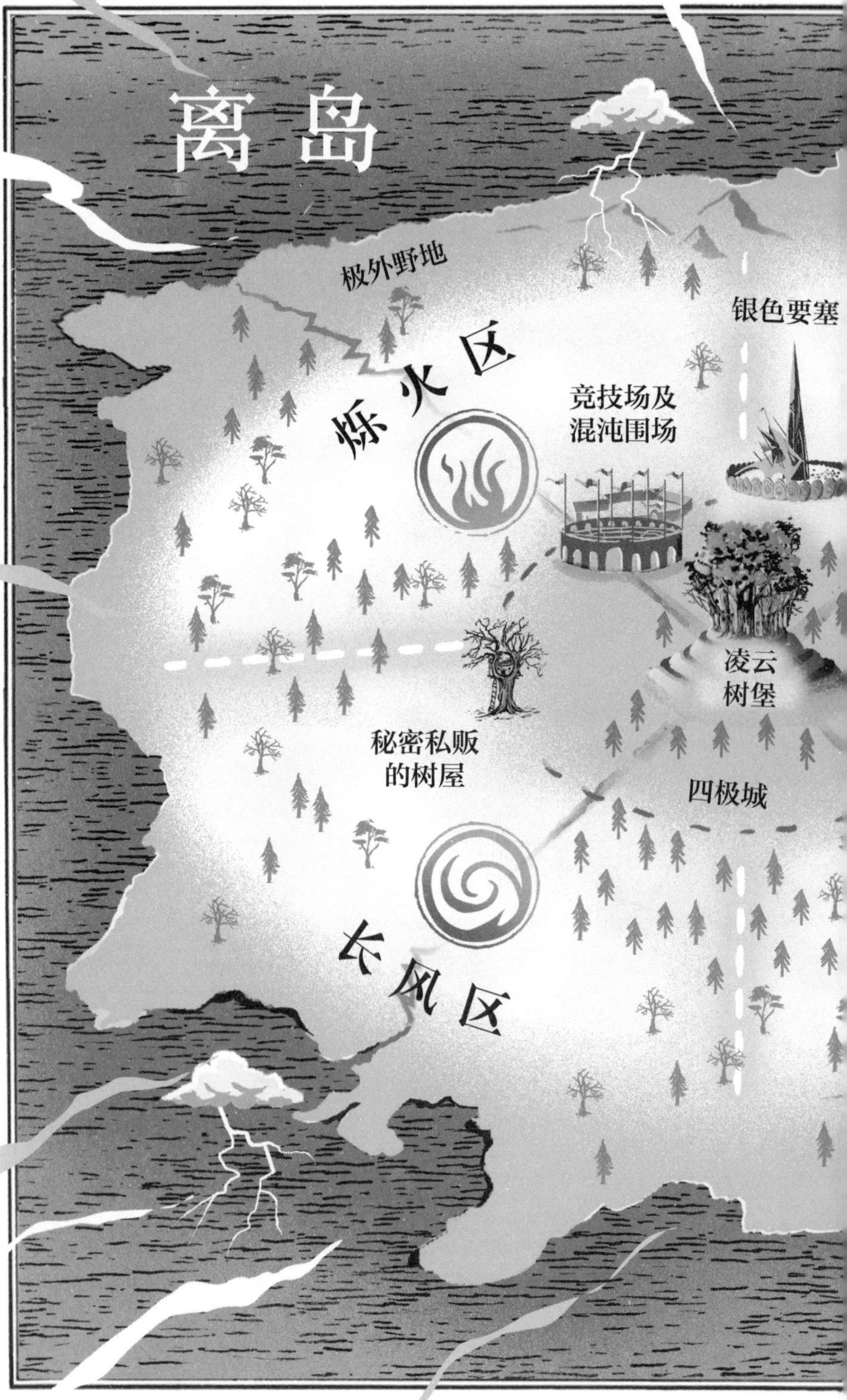
离岛
极外野地
烁火区
竞技场及
混沌围场
银色要塞
凌云
树堡
秘密私贩
的树屋
四极城
长风区

北
西
东
南
沛水区
孵化场
渔人海滩
野花山
镜崖
丰土区
极外野地

目录

序章

一个无月黯淡的夜晚，满目疮痍的平原上，两头独角兽正穿越极外野地。其中一头独角兽应着蒙面骑手的催促，风驰电掣地疾驰着。另一头独角兽的脚步则应和着背上骑手渐渐腐朽的心跳。那节奏缓慢、稳定、习于纷乱。

蒙面骑手率先抵达了碰面的地点。无尽黑暗中，他眼中的火焰是仅有的光亮。他看着织魂人靠近，座下腐烂的兽蹄踏过尘土，一声一声，仿佛葬礼上的鼓点。

织魂人的不朽神兽步步进逼，逡巡打转。蒙面骑手的眼睛里闪过恐惧。他一直怕她。这惧意让他觉得，自己还有一口活气。

织魂人知道他怕了。人人都怕她。对此她已毫无感觉。

“开始吧。”织魂人的声音不像人类。那些字句和她的独角兽的翅膀一样，正在腐化。

火眼间谍垂首应诺，向四极城折返。

疾风卷起黑色的裹尸布，织魂人目送他离去。她不去想失败，不去想背叛她的儿子。她只想着未来——

如果赢不了这场博弈，那就彻底变天吧。

肯纳

有人敲门

夏至前夜，肯纳·史密斯坐在沙滩上，遥望夕阳沉入大海。马盖特的灯光在她身后闪烁着，她从口袋里掏出斯堪德的来信，看看信封，又收起来了——没有打开。信是三天前收到的。她很想看。真的很想。她想念弟弟，很想很想，常常在半梦半醒间，借着黑暗向他喃喃吐露着傻气的话、可怕的话、秘密的话，然后才想起他的床是空的。已经空了将近一年。他如今睡在离岛的树屋里，与专属于他的独角兽相伴，和它一起学习元素魔法。

所以，信，成了难题。它们提醒着肯纳，她永远不会拥有独角兽。两年前，她在孵化场选拔考试中失利，再无机会成为命定的骑手。这意味着，她不可能与独角兽形成联结，也不可能到离岛生活。

几个星期前，肯纳去探望了斯堪德，见到了他的独角兽福星恶童。从那以后，读弟弟寄来的信，就愈发像是折磨了。

她忍不住回忆斯堪德和福星恶童的动作，一举手一投足，都像是源自同一个灵魂。那黑色的独角兽，脖颈肌肉微微颤动，如水波泛起涟漪，翅膀上火花飞溅，犹如星尘散落。斯堪德望向福星恶童时，眼睛里流淌着炽热的爱意。那联结比姐弟间的血缘更深更近，是能够创造奇迹的所在。

肯纳抹掉脚上的沙子，穿上学生鞋。她的朋友们刚才来过——新交的朋友，不在意独角兽的朋友。观摩斯堪德的训练选拔赛回来，人人都向她打听离岛的一切。她受够了，于是告诉他们，离岛比本土更糟，独角兽模样吓人，不过是长着丑陋翅膀的马。大部分人不爱听这种话，但反感独角兽的那些人，却把她奉若女王。

课间休息时，他们围着肯纳，听她讲骑手们穿的夹克有多破，住在树上有多难受。肯纳看到了一丝希望：或许，她终究是属于本土的。这才是她力所能及的。她今年都没跟爸爸一起看混沌杯。她装作没看见他流露的伤感，把他一个人丢在电视前面，看那些举世闻名的独角兽竞技夺冠。肯纳不允许自己去想妈妈会有多失望，只管和新朋友在空荡荡的城里闲逛。

那天，她错过了大场面：尼娜·卡扎马接任混沌司令，成为首位赢得混沌杯的本土骑手。

她表现出一副若无其事的样子，可回到自己的卧室，关上门，却把尼娜和她的闪电差冲过终点拱门的片段反反复复地看了几百遍。她这才意识到，新朋友并不是真朋友。都是她伪装出来的。

回到日落高地大楼时，肯纳一边输入家门的密码，一边想着在离岛上远远瞥见的树屋。她忍不住遐想：自己也像斯堪德一样，和朋友们一起住在凌云树堡，马厩里也有一头属于她的、如福星恶童那般独特的独角兽。整整两年过去了，肯纳仍然渴望拥有独角兽，胜过世上一切。这才是真的。

“是肯纳吗？”

“是我，爸爸。”肯纳走进了207号公寓。

他已经换好了工作服，准备去加油站上夜班了。她松了口气。她有时得好言相劝，爸爸才肯去工作，但有时就怎么也劝不动。看来今天算是轻松的，是可以写在信中、告诉斯堪德的那种轻松，不是肯纳常常独力承担却没说出来的那种艰难。

父女俩在门廊里绕过彼此，像是在跳熟悉的舞蹈：她把夹克挂在他背后的挂钩上，他摘下钥匙装进自己的衬衫前兜。

“你看过信箱了吗？”爸爸问。

其实，他是想问，斯堪德有没有来信。

“看过了，没有。”肯纳撒谎了。

“啊，好吧。应该不会等太久吧。”爸爸亲了亲她的头顶，“晚安，宝贝，明早见。”

肯纳回到了卧室。斯堪德的信仿佛在她的口袋里燃烧。

她知道自己应该告诉爸爸，但她做不到。今晚，不行。这是夏至前夜，本土所有十三岁的孩子都在白天参加了孵化场选拔考试，都等待着今天午夜有人敲门——敲响五声——等待着接受召唤，成为独角兽骑手。肯纳知道，要是告诉爸爸斯堪德来了信，他肯定会聊起去年今日弟弟应召登岛的事。

其实，爸爸只想聊斯堪德和他的福星恶童。这让肯纳觉得，无论自己做什么都不值一提，哪怕数学考试得了高分、交到了新朋友或哭着入睡。当然，她也是发自内心地愿意看到爸爸开心。从她小时候起，爸爸就不怎么笑。所以，肯纳只能困在他的开心和自己的不开心里，挣脱不得。

除了这些不开心，肯纳还有别的事情瞒着爸爸。她确信斯堪德登岛没有那么简单，必定有不寻常之处。她翻遍了图书馆里的每一本书，查遍了每一个网站、每一个论坛，想找到辅证：如果一个孩子天赋异禀，他能否不参加选拔考试，就直接被录取？

她没查到。每年夏至前年满十三岁的孩子都要参加选拔考试。这是写在条约里的，是法律。但显然，它不适用于斯堪德。肯纳为自己满脑子小气的念头感到羞耻：她才是更强壮、更敏捷、更聪明的那个；是她的辅导让斯堪德取得进步；如果弟弟是个例外，她应该知情；可是他什么都没提——这不对劲，他一向依赖她。这只能说明，斯堪德隐瞒了什么。

夜深了。肯纳缩在被窝里动了动，把斯堪德的信放在床头柜上。

明天再看吧，也许。她仰面望着天花板，希望自己别耗到午夜。这将是第三次：没人敲门，也没有离岛的召唤。她极力不去想那能改变一生的夏至前夜，不去想象自己的独角兽：它会是什么颜色？翅膀是什么模样？与哪种元素联结？

当，当。

肯纳噌的一下坐了起来。爸爸忘带钥匙了吗？不对，她看着他把钥匙装进口袋的。

当，当。

她没有做梦。她清醒得很。

肯纳踮着脚尖走向大门，有些犹豫。如果再敲一下，她就开门；否则就恢复理智，回去睡觉。

当。

肯纳的心怦怦直跳。她打开 207 号公寓的门，看见门外站着一个面色苍白、全身黑衣的男人。那男人的一双绿眼睛上上下下地打量着她，而后咄咄逼人地盯住了她的脸。他颧骨高耸，映着走廊里的灯光，显得非常突兀。开口说话时，他的口舌里闪过一丝异样的银光。

“我是多里安·曼宁。”他伸出了手。

肯纳没碰。

“孵化场主管，银环社的社长。”他刻意地清清嗓子，皱起鼻子，好像在等她说些什么，那模样就像下水道里的老鼠。

“哦……”肯纳一听他提起孵化场就心脏狂跳，但她还是努力地保持平静，把一缕棕色的头发别到耳后，淡淡地说，“您有何贵干？”

“来跟你做笔交易。”他傲慢地说道。

肯纳准备关门了。这人显然只是个独角兽的支持者或反对者，在夏至前夜的最初几分钟里敲响她家的门，不过是个巧合。失望的情绪劈头盖脸地压下来，把肯纳的心压得更实、更硬了。

但门仍然开着。多里安·曼宁用他锃亮的黑色靴尖卡住了门框。

“你就不想找到自己命定的那头独角兽吗，肯纳·史密斯？”

第一章

血腥野餐

斯堪德·史密斯看着他的独角兽福星恶童舔掉牙齿上的血。这是个适合野餐的好天气。八月的天空似乎比水元素更蓝，暖融融的太阳暂且将冬天的寒冷挡在未来。

“三明治都哪儿去了？”米切尔·亨德森问。他跪在地上，慢条斯理地在柳条篮子里翻找，茶棕色的眼镜滑到了鼻尖上。

“我吃掉了呗。”博比·布鲁纳连眼睛都懒得睁开。

“可那是每人都有份的啊！”米切尔大声说，“我还特别公正地平均分开了咱们俩的——”

博比用胳膊肘撑起身子：“这不是野餐吗？野餐不就是吃三明治吗？”

“给，米切尔。”弗洛伦斯·沙克尼从毯子上蹭过去，“我的分一个给你，我已经从包里拿出来了。”弗洛不喜欢争吵，她宁愿用一份三明治换回安宁。

“是博比做的吗？”米切尔咬着三明治的一角，满肚子怀疑。

弗洛大笑起来：“不知道。但是你咬过的我可不要！要是你不想吃，就给红夜悦吧。”

斯堪德倚着福星恶童的肚子。独角兽的翅膀收拢着，羽毛蹭着他的脖子。登岛一年多来，这是斯堪德最放松的一刻。他很开心。他怎么可能不开心呢？他有了归属，有了命定与他结盟的独角兽，有了愿意陪他一起来野餐的朋友——博比、米切尔、弗洛。四个朋友组成一支小队，在凌云树堡——也就是骑手特训学校——共享一座树屋。在初出生的第一年年末，他们都通过了训练选拔赛，即将开始修习蒙稚生的课程。

斯堪德回想着训练选拔赛那天的情景，不由得紧张起来，心跳加快，福星恶童低低地咕噜了几声，安慰着自己的骑手。刚经过选拔赛的考验，斯堪德就和朋友们直面死敌——织魂人，并粉碎了她怂恿荒野独角兽进攻本土的企图。

在那之后，斯堪德尽量不去想织魂人，不去想那骇人的真相——她竟然是他的妈妈。那时，她骑着一头走向死亡、朽烂腐坏的独角兽，向他和他的福星恶童冲来……他不愿回想那一幕，也不愿想起肯纳——他还没告诉姐姐，他们的妈妈还活着。他把手伸进口袋里，摸索着她夏至前寄来的那封信。他没有把信拿出来，只是用拇指抚摸着信封的边缘，仿佛这样就能贴近她，就能缓解自己隐瞒真相的愧疚。

"再过几个星期就又要开始训练了，真是过分。"弗洛焦虑地望着她的独角兽。在前面几米处的一条小河边，银刃正在喝水。

"我倒希望明天就开始呢。"博比却很兴奋，她胳膊上因突变而生出的羽毛竖了起来。

"你只是想用元素魔法跟别人打架吧。"米切尔咕哝道。

博比不怀好意地一笑："当然啦。骑手相争勇者胜！我们本土生才不喜欢猫起来吃喝玩乐呢！"

"我更想待在这儿。"米切尔身子往后一仰，闭上了眼睛，"这多简单轻松啊。"

斯堪德也这么想。刚登上离岛时，斯堪德也以为只有火、水、土、风四种元素。但福星恶童出壳以后，清楚地证实了他们是以第五种元素——魂元素——结盟的。而他，是个驭魂者，与织魂人一样。在四人小队的掩护之下，斯堪德假扮驭水者，混过了第一年。然而，纸是包不住火的。现在，除了肯纳和爸爸，所有人都知道，斯堪德和福星恶童与所谓的"致命元素"有关。在栈道上、梯子上，总有人窃窃私语或指指点点。要凌云树堡接纳和相信一名驭魂者，绝非朝夕之事。

"在训练之前还得备好鞍具呢。"弗洛意有所指。

斯堪德叹了口气："是你们准备好了。至于我，大概没有哪个鞍具师愿意选我吧。"

"你总是这么说，"弗洛皱起眉头，"杰米就不介意你是驭魂者啊。既然甲胄师没问题，鞍具师肯定也没问题。"

“那可不一样，杰米是先认识了我，后来才知道这件事的。”

“而且杰米很善解人意，”米切尔补充道，“他说我的头发很酷。”一缕缕火苗代替了米切尔的头发，烈烈地燃烧着，这就是他的突变。

“说到披鞍仪式，”博比坐直了身子，“我可听说了不少关于沙克尼鞍具的八卦。据说他们并不是每年都选一位骑手，而是只为能杀进混沌杯的那些种子选手提供鞍具。”博比满怀期待，眼睛亮晶晶的：“弗洛，你可是沙克尼家的人，肯定知道些消息吧？”

弗洛摇摇头，黑发中透出的银色映着阳光。“爸爸什么都不跟我说。他说那样不公平。我觉得也是。”

“公平？哼，你可真是个老实的驭土者。”博比不高兴地咕哝着。她站起来，走到鹰怒旁边，去刷她腿上的泥。灰色的独角兽垂头望着骑手，看她是不是都刷干净了。“知名鞍具师的女儿，竟然一点儿消息都不透露，还要她当朋友干吗呀！”

其实不只是博比，几个星期以来，人人都想跟弗洛套套近乎、探探消息。弗洛不愿意让大家失望，只好躲在树屋里，谁也不见。斯堪德理解蒙稚生们的热切。毕竟，拥有一名优秀的鞍具师是通向成功的关键。所有骑手都想知道，沙克尼鞍具在披鞍仪式上会如何做出选择。如今，离岛上最好的鞍具师是奥卢·沙克尼，可他已经被新任混沌司令尼娜·卡扎马委以重任。斯堪德至今还不敢相信，那个和他一样的本土生，竟然赢得了混沌杯，成了离岛上举足轻重的混沌司令。

福星恶童站了起来，调皮地用翅膀拍拍斯堪德，然后和鹰怒一起跑到河边，去找银刃和红夜悦。它们嬉闹起来，似乎在比谁杀的鱼多。斯堪德不知道独角兽吃不吃鱼，不过福星恶童和红夜悦用锋利的牙齿把鱼扯出水面，似乎玩儿得很开心。福星恶童甚至用自己的黑色兽角戳中了一条鱼。几个回合后，鹰怒偷偷地用水元素冻结了河流，害得福星恶童和红夜悦在冰面上滑来撞去。银刃不屑地哼了一声，好像很不稀罕这样幼稚的打闹，只用锐利的目光追着在玻璃般的冰面下游来游去的鱼儿。

斯堪德觉得在水边野餐是个很不错的选择。这里距离凌云树堡只有不到三十分钟的路程，地貌风景却大为不同：大河小溪，支流纵横，像蓝色的血管一般覆盖着宽阔的平原，河湾植被茂盛，郁郁葱葱。过来的时候，他们飞过一丛丛垂柳，看见定居于此的人们在树上搭建树屋，在运河上架起桥梁，驾着渔船，悠然驶过。

米切尔把著名的水上市集指给大家看。来自离岛各地的商人在水上支起摊子，顾客们站在睡莲叶子上挑选商品，或是随波逐流，边漂边逛。在河道转弯的地方，河水溢出，聚集成湖，人们可在清澈的湖水中游泳，口渴的动物也可停下来喝水——如果有幸没被独角兽吃掉。这一带，就连气味都不太一样……

突然，斯堪德愣住了。

“你吃博比做的三明治了吗？”米切尔有些同情地说，“我都跟她说了，没人爱吃夹果酱、奶酪和马麦酱的三明治，可她从来不听劝，更不用说——”

“你们闻到了吗？”斯堪德着急地问。

水边的独角兽大声嘶鸣起来。福星恶童连连后退，惊慌地拍打着黑色的翅膀。它的恐惧通过联结传递给斯堪德，并且急速加剧。不会来这儿的，他想，肯定不会是这里。

弗洛抓住他的胳膊：“怎么了，小堪？”

一阵微风掠过，弗洛惊恐地睁大了眼睛。于是斯堪德知道这危险不是他想象出来的。弗洛也闻到了：腐败的皮肉，溃破的伤口，死亡的恶臭。这气味只属于一种生物。

“咱们得离开这儿。气味这么重，它们肯定距离不远！”斯堪德朝着福星恶童跑去，想在危险来临前带他飞走。

愣在河边的独角兽汗水淋漓，脖颈都浸湿了。水里似乎有什么东西，惹得它不停尖叫，它的眼睛由黑色变成红色，又从红色变成黑色。斯堪德循着它的目光望去，朋友们也赶了过来。

血压一下子升高，斯堪德的耳朵嗡嗡作响。不远处，同时响起弗洛的叫声、米切尔的咒骂和博比的喘息。

河水里有一头荒野独角兽。

但它已经死了。

斯堪德的脑子乱成了糨糊：这怎么可能呢？

“我不明白。”米切尔哑着嗓子说道。他通常可不会承认自己“不明白”。

水流裹挟着荒野独角兽不灭的鲜血，玷污了光滑的岩石和近旁的芦苇。苍蝇嗡嗡嘤嘤，围着它胸腔上的伤口大快朵颐。斯堪德觉得，尸体应该是随着水流漂到了下游，最后卡在了河湾里。

“它真的死了吗？”弗洛轻声说。

米切尔抱着胳膊说：“我可不想去检查。”

斯堪德和博比走到河岸的低洼处，蹚着水往深处走。腐烂的臭味浓不可当，熏得斯堪德眼泪都出来了。福星恶童忧心忡忡地叫唤着，声音又细又尖，听起来就像刚出壳的幼兽。斯堪德想通过联结让他的独角兽放心，可他身上的每一根神经都高度戒备着：只要尸体动一动，他就要立刻冲回岸上。博比却靠近了那头栗色的荒野独角兽，在它透明的兽角旁跪了下来，抿着嘴，神情坚定。

她摇摇头。斯堪德凑过来俯身细看，裤子已经被血污的河水浸透。荒野独角兽侧卧着，一只红眼睛被压在下面。斯堪德伸出手，拂过它皱巴巴的眼皮，替它合上了另一只眼睛。那睫毛浓厚的触感——就像他自己的那头独角兽——让斯堪德感到难以置信的悲伤。岸上的福星恶童感同身受，低低地回应着。

“它应该年纪不大，”博比咕哝道，“和我们在极外野地看到的荒野独角兽相比，它朽败得没那么厉害。”

“斯堪德！”米切尔的声音和着汩汩的河水，“你得赶紧走！驭魂者和荒野独角兽在一起？要是被人看到就糟了！”

斯堪德抬头看着米切尔和他的红夜悦：“驭魂者杀不死荒野独角兽。”

“谁也杀不死荒野独角兽。它们是不死的、刀枪不入的。可是瞧瞧，咱们撞见了什么。”米切尔烦躁地拨弄着自己的烈焰红发。

“走吧，小堪，”弗洛已经骑上了银刃的背，“肯定会有人把这事扣在你头上。”

斯堪德脑海里闪过了多里安·曼宁的脸。去年年底，这位银环社社长可是明确反对驭魂者重返凌云树堡的。

斯堪德骑上福星恶童，离开前又看了一眼浸在河水中的荒野独角兽的尸体。恐惧攀上了他的脊背：荒野独角兽是不死的。它们本该永生，不伤不毁。可是如果，有人——或有某种方法——能够杀死它们，那将会是怎样可怖的黑暗力量啊，竟能夺去这永存于生死之间的怪物的性命？

难道是妈妈？斯堪德抗拒着这显而易见的答案。一想到她竟能剥夺不死之物的性命，他就觉得害怕。他希望她与此事无关，希望那个潜在的杀手是比她更凶险、更邪恶的角色。

然而，斯堪德实在想不出还有谁比织魂人更险恶。

第二章

真言之歌

在凌云树堡，关于荒野独角兽之死的传言一连几天甚嚣尘上。斯堪德的四人小队离开那片水域几小时之后，巡逻的特勤就发现了尸体。教官们建议年轻骑手不要急于揣测真相，静待卡扎马司令的调查结果即可。可是关于织魂人的谣言根本捂不住，何况除了新来的初出生之外，所有骑手都在放暑假，既没有训练，也没有别的事，大家的注意力便都集中在荒野独角兽和织魂人身上。斯堪德也注意到，谣言正朝着自己步步逼近，动静越来越大了。

所有人都知道，斯堪德在身为初出生的第一年末，曾与织魂人面对面对峙，不过大部分人并不清楚其中的细节。荒野独角兽的死讯传开后，斯堪德在骑手们用餐的树屋——争春食屋——听见了几句窃窃私语，说他可能知情，毕竟他是以魂元素结盟的，了解织魂人的动向也不奇怪。

身为凌云树堡唯一的一名驭魂者本来就不容易，但斯堪德从未想过，自己竟然会跟荒野独角兽之死扯上关系。魂元素只能杀死有骑手结盟的在辖独角兽，无法杀死荒野独角兽，但这个关键之处似乎没人在意。

“别理他们，”事发几天后，弗洛曾劝过斯堪德，“那些人很快就会忘得干干净净。”

“我看够呛。”米切尔说。

弗洛无奈地瞥了他一眼。

“怎么？”米切尔推推滑到鼻尖上的眼镜，“真相确实是扑朔迷离呀！不死的生物，它怎么就死了呢？”

“这不叫扑朔迷离，是可怕！而且离岛法律明令禁止骑手猎杀荒野独角兽。它们和骑手一样，同属于这座岛，甚至早在骑手到来之前就生活在这里。就算它们不……不太好。”

博比哼了一声：“弗洛，只有你会用‘不太好’这种词来形容荒野独角兽吧。”她晃晃悠悠地靠着椅子向后仰，转向斯堪德：“你妈妈怎么总是别出心裁、弄出些谁也没干过的事儿啊？”她掰着手指头数道：“从混沌杯赛场上抢走当年最厉害的独角兽，组建荒野独角兽军团，现在又杀死一头——”

米切尔抓住博比的椅子往前一推，让它的四条腿都稳稳地支在地上：“没有任何证据证明织魂人就是幕后黑手。目前还没有。”

“不然还能有谁呢？”斯堪德沮丧地说。

四个好朋友一时都沉默了。随后，弗洛谈起了对首次参加银环社活动的隐忧。她的独角兽银刃不但外表异常夺目——毛发像熔银般闪闪发亮，本身也非常特别。在离岛上，银色独角兽是极其罕见的，它们拥有最强大的天赋和本领，因此也肩负着重大责任，并需承受随之而来的危险。

弗洛通过了训练选拔赛，顺利成为蒙稚生，银刃的能力也突飞猛进，接下来她要开始参加银骥骑手社团——银环社——的例行活动了。这些活动不只是为了让骑手们了解离岛的历史，更重要的是能帮助他们提升驾驭银色独角兽的技巧。

“我不想让他们失望。好多年都没有骑手与银色独角兽结盟了，偏偏是我！竟然成了银骥骑手！要是我做不好，搞砸了，怎么办？要是我驾驭不了银刃，毫无进步，怎么办？要是他们讨厌我、嫌弃我，怎么办？”

“别犯傻了，弗洛，”博比嘲笑道，“没人讨厌你，你是这星球上最招人喜欢的人——这不是明摆着的嘛。”

“真的？”弗洛小声嘀咕。

“真的！”博比、米切尔和斯堪德异口同声地说。

“你们真的不介意？我和其他银骥骑手一起训练，也不要紧？”

斯堪德知道，这个问题其实是问他的。银环社和驭魂者之间的竞争古已有之，因为像斯堪德这样的驭魂者极其强大，能杀死独角兽，却偏偏杀不死银骥骑手的银色独角兽。

他挤出一丝微笑，安慰弗洛：“你一定会很出色的。”

“只要别总提起斯堪德就行。”米切尔哪壶不开提哪壶。

弗洛絮絮叨叨地聊着对首次参加银环社活动的期待和焦虑。斯堪德不禁有些感激：多亏她引开话题，大家不再紧盯着织魂人了。

八月底，在即将举办披鞍仪式的前一天晚上，斯堪德、博比和米切尔待在树屋里，紧张地准备着。

米切尔坐在书架旁的红色豆袋沙发上，气急败坏地翻着一本厚重的《鞍具全书》，一翻到他觉得可能会考的条目，就大声念出来：“是凌云树堡支付了鞍具师们的……你们知道 1982 年发生了鞍具师大罢工吗？”博比轻声念叨着自己的策略，以便应对第二天早上将要在鞍具师面前举行的比赛，她一边絮叨，一边用果酱、奶酪和马麦酱做着“救急三明治”。斯堪德坐在没点火的炉子旁边，既为织魂人忧心，也为披鞍仪式发愁。他又看了一遍肯纳的来信，就是夏至前寄来的那封。

小堪：

你好。

多谢你的问候，但我真没什么可说的。我很好，学校很好，朋友们很好，爸爸很好，钱也够用——多亏了爸爸的工作和你的骑手津贴。你在上一封信里说，希望我开心。但我想，你其实心里很清楚，对吧。我不停地回想骑着福星恶童的那一幕。小堪，没有自己命定的独角兽，我很难过。我一向自诩优秀，应该拥有它啊。不能和你朝夕相处，也让我难过——我真的非常想念你，一年见一面根本不够，你懂吗？还有，小时候，咱们之间根本没有秘密，现在却变了。

我知道你一定有事瞒着我。当然，想必事出有因……算了，只要心甘情愿地等下去，迟早会时过境迁，我会再开心起来的。只是这一天，比我想象的遥远。你在凌云树堡怎么样？福星恶童好吗？

爱你！

肯纳

几个星期以来，斯堪德翻来覆去地咀嚼着信中这些情真意切的言辞，浑身都感觉不舒服。肯纳不开心。她很难过。难过得装不下去了。从小到大，她都伪装得很好，现在却仿佛用尽了力气，再也扮不出勇敢的模样了。她还知道他隐瞒了什么。六月肯纳来离岛观摩的时候，曾央求他：告诉我吧！快把你的秘密告诉我吧！他很想把魂元素的事告诉她，很想告诉姐姐，她很可能也是一名驭魂者，并因此被孵化场拒之门外。他还想告诉她，他们的妈妈还活着……可是最后，他什么都没说。他担心把她卷进来事情会变得更糟，而现在他动摇了，不知道自己那么做对不对。他立刻回了信，对姐姐嘘寒问暖，呵护她的感受。然而，将近两个月过去了，肯纳的回信一直没有出现。通常，信件接受骑手联络司的审查需要几个星期，但还从来没有等过这么久。

砰——

弗洛撞开了树屋的大门，兴高采烈地笑着，嘴角都要咧到耳根了。她手上拎着四个大桶，一股脑儿往地板上一扔。

“惊喜来了！”

博比瞥了一眼：“惊喜？一千加仑牛奶算哪门子的惊喜啊？”

米切尔从书本中抬起头：“弗洛，明天是非常重要的日子。”

弗洛走过去，合上了他的书。米切尔一下子就不高兴了，像是比挨了一拳还要生气。

“听着，”弗洛环视着伙伴们，“因为荒野独角兽之死和明天的披鞍仪式，大家压力都很大，所以我认为咱们今晚应该玩一玩。”她指指那些大桶，带着神秘莫测的表情说：“我可准备了好久。”

“这主意不错。”斯堪德凑了过去。

博比放下了三明治，米切尔把书放回了书架，四个人围成一圈，打量着四个大桶。只见桶里装满了黏糊糊的液体，对应着四种不同的元素，呈现出红、黄、蓝、绿四种颜色。

“是颜料吗？”博比问。

弗洛热情地连连点头：“不只是颜料。这是我妈妈调制的。她不是独角兽医生嘛。她往里面添加了元素草药，颜料就带有魔法特性了。我问了教官，他们说这不算违反规定，所以我就想啊，咱们可以把树屋里面粉刷装饰一番，怎么样？”弗洛说得很快，斯堪德愣了一会儿才闹明白。

博比反应更快：“想怎么粉刷都行？”

“对啊！”弗洛兴奋得喘不过气来，“我们各自负责一面墙，用自己的元素颜色粉刷！”

“我喜欢！”博比确实感受到了惊喜。

弗洛把代表风元素的黄色颜料递给她。斯堪德这才看清，颜料里还夹杂着噼啪闪烁的电花呢。

“有意思。”米切尔拎起红色大桶，里面的颜料像岩浆似的翻涌着泡沫，还冒着淡淡轻烟。

博比挑了正对着大门的那面墙，米切尔则选择了火炉后方的墙壁。

“小堪，”弗洛拎着蓝色的大桶，“我没弄到魂元素的颜料，真抱歉。妈妈不知道怎么调，而且很可能违反——”

“没事，”斯堪德强作乐观，“只要不是没劲的白墙就行。”

弗洛松了口气：“那你负责书架后面的那面墙怎么样？”

斯堪德笑了：“好啊。”

斯堪德虽然喜欢画画，却从来不曾在墙壁上作画——日落高地的公寓是不准乱涂乱画的。他有些紧张，用刷子挑起了一点儿蓝色的元素颜料。它立刻像水一般四处飞溅，闻起来也是咸咸的。斯堪德有了灵感。他要画波涛起伏的大海。颜料像映着太阳的水面，闪闪发光，有些笔触甚至带有蓝宝石般变幻的虹光。要是俯身向前，就能听见浪花拍击海岸的声音，仿佛耳畔贴着一枚海螺。

斯堪德后退几步，欣赏着已经完成的作品，猛然意识到自己画的是马盖特海滩。他和肯纳曾久久地在那流转的沙滩上徘徊，期待着改变一切的未来，也期待着独角兽。他真的很想念她。看着这画出来的大海，好像她已来到了自己的身边。

其他三人也画完了。博比的黄色墙壁毫不客气地展露着风元素的特性，锐利的闪电、猛烈的飓风、狂暴的电花彼此缠绕，交织成巨大的漩涡。漩涡旋转着，翻涌着，斯堪德站在旁边时，都能感觉到大风掀起了自己的头发。

米切尔的那面墙壁就精致得多了。他用繁复的火苗铺满白墙，红色的颜料噼噼啪啪地冒着烟，就像木柴在火炉里燃起的真正的火焰。树屋最前面的那面墙是弗洛的画布，植物在其上蜿蜒缠绕，树木和花朵层层叠叠，生机勃勃。绿色的元素颜料带着一股新鲜泥土味儿，还像树叶似的，夹杂着细细的纹路。

四个人把豆袋沙发拖到树屋中央，坐下来欣赏自己的画作。“真是个不错的主意。”斯堪德惊叹着，傻乎乎地笑了。

“是啊，”米切尔打了个哈欠，“完全转移了我的注意力……”

“那，披鞍仪式……”博比转向弗洛，“都到这时候了，你肯定知道沙克尼鞍具的意向了吧？明天就要揭晓了！”

“我什么也不知道，”弗洛烦躁地说，“我只知道就算爸爸来了，他也肯定不会选我——看着就不公平。咱们放松点儿好吗？”

“罗伯塔，”米切尔说，“即便沙克尼鞍具真的出席了仪式，也不能保证弗洛的爸爸就会选你。”

博比生气了：“怎么不会？肯定会！我可是训练选拔赛的第一名！”

斯堪德看了一眼米切尔，撇撇嘴说：“她可真够谦虚的。”

“沙克尼鞍具的中意人选舍我其谁啊！我是驭风者，又是本土生——像尼娜一样。仪式上的比赛我也会赢的，因为我是最棒的。”博比手腕上的灰色羽毛都竖了起来，“我有理有据，你们不能不服。”

“你的自负程度真是叫人震惊。”米切尔发出了由衷的感叹。

“多谢！”博比站起来，走向斯堪德的蓝色墙壁。斯堪德紧跟上去，莫名地有点儿紧张：“你想干什——”

博比从口袋里掏出一支白色的粉笔，一折两段，分给斯堪德一半。她望着蓝色的海浪，在浪头的最高点、应该泛着白色水花的地方画了几笔。斯堪德一开始有点儿不高兴，但很快就明白了她的意思。

博比画的是四个互相缠绕的白色圆环——魂元素的标志。

“本来你也不是真的驭水者嘛，对吧？”她冲他眨眨眼。

斯堪德心潮起伏，拿起粉笔，在另一处浪头上也画了一个四环缠绕的标志。米切尔和弗洛走了过来，接过博比的粉笔，画了起来。很快，整片蓝色的大海都泛起了白色的“魂浪花”。

斯堪德深深吸了一口气：“谢谢你们……唔，谢谢你们成为我的搭档和——”

“行了行了，别肉麻啦。”博比说着，又抄起了刷子。

“你又要干什么？”米切尔问，“四面墙壁不是都画好了吗？”

博比把刷子往前一戳，黄色的颜料沾上了米切尔的脸：“你刚才是不是叫我‘罗伯塔’？”

“对！怎么了！”米切尔也抓起自己的刷子，往博比身上甩红色颜料。

“停下！快停下！”弗洛说着，自己也笑了。斯堪德咧着嘴，拎起蓝色的颜料桶，冲着弗洛去了。

“喂！”弗洛用绿色颜料反击。颜料飞来飞去，四个人你追我躲，绕着树屋中央的树桩楼梯闹成一团。

不一会儿，四人小队和树桩楼梯就沾满了各种颜色的元素颜料。斯堪德感觉到了风元素的簌簌吹拂，闻见了土元素的清新气息，听见了火元素的噼啪燃烧，尝到了水元素的咸涩味道。四个人乐不可支地倒在豆袋沙发上，看看自己满身的色彩，又望望一片缤纷的树桩楼梯。

弗洛问：“要不要洗掉呀？”

斯堪德站起来，用白色粉笔描画，连缀起四种颜色之间的缝隙。“不要，”他笑着说，“留着挺好的。”

披鞍仪式的清晨，凌云树堡沐浴着明亮的晨光，氤氲着松柏清冽的香气。栈道轻轻摇晃，骑手们的树屋静静地坐落于茂密厚重的树冠之间。缕缕阳光落在披着铠甲的树木上，整个骑手校园都泛着美妙的微光。斯堪德本该兴致高昂，可争春食屋里的喧闹实在让他不耐烦，他早早扔下早餐，去了福星恶童的马厩。

他本来挺喜欢在树杈间的圆台上选张桌子吃早餐，尤其在他最爱的蛋黄酱不限量供应的时候。可今天，关于织魂人的八卦让他尤为烦躁。是她杀了那头荒野独角兽吗？她是怎么办到的？她为什么要大开杀戒呢？接下来她还会做什么？

接下来她还会做什么？这是压在斯堪德心头最重的一块石头。

但今天他不能多想。他要全神贯注地应对在鞍具师面前举行的比赛，而不是琢磨他妈妈有没有杀死荒野独角兽。在鞍具师们作出决定之前，骑手和独角兽必须抓住这最后的机会，给他们留下好印象。

斯堪德突然叫了一声——福星恶童用风元素电了他一下，以惩罚他停下了刷洗工作。“干吗呀？有这个必要吗？”他扬起眉毛，胳膊上仍然阵阵刺痛。

福星恶童冲着斯堪德露出牙齿，像是傻乎乎地笑着。大多数人看见独角兽嗜血的锋利牙齿都会逃得远远的，但斯堪德能区分得很清楚：“我要咬你了”和“我在逗你玩儿”是两种完全不同的表情。

快乐在两颗心之间传递，就像笑声在空气中回荡。福星恶童和河里的那头荒野独角兽不一样：它有骑手，它和骑手之间有联结。这联结把它和他的生命连在一起——如果骑手死了，独角兽是无法独活的。这联结把他们的情感也连在一起：关系越是紧密，情感就越是能流畅地通过联结流动。只要斯堪德难过了，福星恶童就会知道，并使出浑身解数逗他开心。

“你是想要鞍具还是想整天躲在这儿？”博比和鹰怒探着脑袋，往福星恶童的围栏里瞧。

“整天躲在这儿。”斯堪德咕哝道。他揉搓着绿色夹克的袖子——如今，袖章上多了一对翅膀，代表他已经是蒙稚生了。他既紧张又兴奋：这是他公开使用魂元素以来参加的第一场比赛。

“走啊，驭魂宝宝。”博比催他。

他们肩并肩地朝着蒙稚生的训练土丘走去。斯堪德发现鹰怒的灰色鬃毛被编成一排圆形的小髻，衬着甲胄，若隐若现。

“博比，那个是——”

“别提了，我六点就起床给她做造型了。”博比看起来完全不像是那种愿意早起、给嗜血独角兽梳妆打扮的人，可她的鹰怒很在意外表——只要觉得自己漂亮，她战斗起来会更勇猛。正如博比所言：它骄纵，它值得。

斯堪德刚来到土丘，杰米——为福星恶童打造铠甲的甲胄师——就跑了过来。他们跟着博比走进骑手、独角兽和观众混在一起的场外观摩区，一路上说个不停。

“听懂了吗？要记住，你们今天的比赛是为了那些还没拿定主意的鞍具师。”

斯堪德透过头盔的观察孔看着杰米：“还没拿定主意？”

“对对对，”杰米不耐烦地说，“有些鞍具师在观摩训练选拔赛的时候就定好要选哪个骑手了，但有些人只圈定了候选名单，名单上有两三个骑手，甚至更多。他们准备了好多副鞍具，有的骑手也会接到不止一位鞍具师抛出的橄榄枝，得选出最心仪的。总之，竞争激烈，变数很大。”

“我应该没有那种困扰。”斯堪德一边咕哝着一边往训练场走去。鞍具师们正在做准备，他们互相聊着、招呼着，卸下箱子，搭起尖尖的帐篷架子，用五颜六色的油布蒙住，任风吹拂。

帐篷的颜色——从树莓粉到深靛蓝——与鞍具师胸前的饰带一致；饰带上面还醒目地绣着他们的名字：亨宁-多佛、玛蒂娜、里夫、尼姆罗、泰廷、布哈德里什、戈麦斯、霍尔德……福星恶童走过时，很多鞍具师停下手里的活儿，遮遮掩掩地窃窃私语。

杰米没在意他们，继续给斯堪德出主意：“沙克尼家肯定是最好的，但我觉得他们可能不会选驭魂者。我一向看好玛蒂娜。噢，里夫也不错，还有布哈德里什——”

“杰米，我——”

“虽然他家的皮革容易着火，是个大毛病，但你又不是驭火者，也就没什么可操心的了——”

“杰米！”斯堪德差点儿喊起来。

甲胄师停下来，看着福星恶童背上的骑手。

“如果没有鞍具师选我怎么办？”

“不会的。从来没出过这种事。”

“可是，万一呢……”

“要我说，不至于。”杰米沉吟道，“那样你会更加举步维艰，更加引人注目——虽然你的透明骨骼突变和独角兽的白色驭魂头斑都已经足够引人注目了。”

“多谢安慰。”斯堪德讥讽道。

“不过，斯堪德，你们今年就要开始鞍上比武了——意思是，运用元素兵器，把骑手从独角兽背上打下去。鞍具能帮你稳坐在独角兽的背上，要是没有它，你恐怕很难通过年底的比武锦标赛。”

“锦标赛又是什——”斯堪德刚想问问就被杰米堵了回去。

“就算你赤手空拳地通过了比武锦标赛，鞍具师也不能不要，他们太重要了，相当于骑手在凌云树堡之外的盟友。鞍具师与医生、独角兽饲料供应商、赞助商都有联系，有些特别厉害的鞍具师甚至是混沌杯预选赛的监督委员。”

“所以你的意思是，必须有一位鞍具师选我，因为我需要他。”

杰米的神情严肃起来了：“我知道你担心那些传闻八卦，斯堪德。但鞍具师都很好胜，他们更关心你是不是最优秀的骑手，才不管你和不朽怪物谋杀案有没有关系呢。”

“最好真是你说的这样！”

杰米举起一只手，让他少安毋躁。福星恶童凑上去闻了闻，烟雾在鼻孔四周缭绕。“你还不明白吗？只要今天能做到最好，别的都不重要。你们飞得很快，你还能使用魂元素，赢得比赛的机会很大啊。这样一来——”杰米挑起了眉毛。

“这样一来，就算我是驭魂者，也还是会有鞍具师愿意选我？”

“没错——喂，当心！”一支三十多人的庞大队伍从杰米旁边挤过，朝起跑杆左侧的木头台子走去。他们和骑手不同：骑手都穿着对应丰土季的绿色夹克，而这些人的衣服五颜六色。福星恶童喷着火星，好奇地看着他们登上台子。他们围成一个半圆，好像要表演什么节目。木头台子底下是一丛绿色的藤蔓，藤蔓向上生长、攀缘，搭成了鲜花盛开的棚顶。一男一女站在那里，冲着杰米挥手，惹得他一脸尴尬。

“那是谁啊？”斯堪德问。

“我爸妈。”杰米不自在地答道。杰米和父母的关系有点儿紧张，因为他对甲胄师情有独钟，而不愿像其他家人那样成为吟游诗人。

然而他的父母至今都没有放弃，一有机会就想劝说杰米改行。

“吟游诗人的表演要开始了吗？”骑在红夜悦背上的米切尔问道。弗洛和银刃、博比和鹰怒分别跟在他两旁。

“对。”杰米小声说。

“他们真的每年都会为披鞍仪式创作一首新歌吗？”弗洛激动地问。

“是。”杰米好像宁愿打个地洞钻进去。

博比对吟游诗人不感兴趣，她正目不转睛地盯着鞍具师们的帐篷。

“我觉得爸爸不会来了。”弗洛循着博比的目光望去。人们和那些独角兽一样兴奋，蒙稚生、鞍具师、诸位教官和观众全都聚在木头台子前面，几乎把她的声音全盖住了。“我一直没看见他的橘色帐篷。”

“说不定他只是迟到了。”博比不高兴地说。

“如果沙克尼没来的话，那么最好的鞍具师就是——”

米切尔的话被吟游诗人的歌声打断了。乐音排山倒海般扑向聚集的人群，就连独角兽也安静下来，聆听着婉转的旋律。音符俯冲、沉潜又上扬，狡黠灵动地缠绕、交织。斯堪德从来没有听过这样美妙的音乐。上下起伏的律动似乎完美地捕捉到了他和福星恶童一起翱翔天际的感觉——兴奋、喜悦、纯粹的快乐。吟游诗人们摇晃着身子，沉浸在和声之中，脸上洋溢着平和幸福，听众们也一样。就在节奏渐强，音调渐高，整首歌曲即将达到最高潮的时候——

乐声戛然而止。

台上似乎出了什么事。音符像爆裂的气球，突兀地冒出来，又一个个消失。只有几位吟游诗人还在唱着，其他人则分了神，纷纷望向一位走向台前的老人。斯堪德目瞪口呆。只见老人的耳朵里冒出滚滚热气，烈焰在头顶噼啪作响，双臂拂过的空气里夹杂着闪电，木头台子也在他脚下震颤起来。

“怎么了？”博比和斯堪德异口同声地问。

“真言之歌。”杰米的目光紧追着那位年老的吟游诗人。

“真的吗？真的吗？”弗洛似乎很激动，“我还从没听过呢！”

“真言之歌是什么？”斯堪德追问。

“嘘——”四周的人们叫他闭嘴。

其他吟游诗人都停了下来。人们屏息以待，看着老人向台子两侧鞠躬。随后，在四种元素的环绕烘托之下，他挺直身子，开口唱道：

离岛属于不朽，
自古以来皆然。
不朽属于离岛，
罪行正在示警：

夺取不死之命，
报应即将降临。
血溅元素同盟，
五种都别想逃。

偿还不死之死，
凡人唯有一仗：
开鸿骑手赐礼，
女王临终化境。

唯此可息雷怒，
唯此可平地怨。
汹涌洪水退却，
暴烈野火渐熄。

一脉承继大统：
黑灵魂之恶友。
新的力量崛起，
一切过往消亡。

离岛属于不朽，
凌云树堡钟鸣。
不朽属于离岛，
祈愿平安绵延。

年老的吟游诗人唱罢一曲，已是颤颤巍巍，呼吸微弱，接着便精疲力尽地倒地不起。四周响起掌声，但更多的是担忧的窃窃私语。有人草草记下了歌词，马上和朋友们讨论起来。

“报应？”不远处有人问道，“一座岛能有什么报应？”

“他说‘唯有一仗’，可开鸿骑手早就不在了啊，不是吗？”

“什么地怨，什么野火，你听清了吗？”

“歌里唱的是不是魂元素啊？”

“为什么大家都在看斯堪德？他们怎么不看那个脑袋上冒火的老头儿呢？”博比抱怨道。

“真言之歌到底是什么意思？”斯堪德又问了一遍。然而这次，他有些害怕听到答案。

米切尔吸吸鼻子：“真言之歌就是烧过的独角兽便便。”

“米切尔，别胡说。”弗洛责备道。她转向斯堪德：“吟游诗人终其一生都在歌唱，但只有一首是真言之歌。”

“听不懂。”博比不耐烦地说。

杰米开口解释，但他的声音里满是忧虑：“吟游诗人的真言之歌能唱出过去、现在和未来——完全真实无虚。”

“不见得。”米切尔咕哝道。

博比皱起鼻子：“就像算命先生的预言吗？”

“看来本土也有不少人相信那种无稽之谈啊，这倒也不奇怪。”米切尔说。杰米猛然抬起头瞪着他，米切尔的头发蹿起火苗，以示歉意。

斯堪德能感觉到周遭的目光，知道自己已成焦点，不由得咽了口唾沫。他们肯定是相信那首歌的。但歌里唱的到底是什么意思呢？他只记得几个片段。斯堪德大声地问出了口：“是不是提到了魂元素？还有报应什么的？”

“现在先别想这些了。”杰米飞快地答道。斯堪德没注意到，他和弗洛偷偷地交换了眼神。“你得赶紧去起跑杆那儿。”杰米指指博比和鹰怒。他们已经准备与其他蒙稚生会合了。

“离岛的人也太拿真言之歌当回事了。”米切尔讥讽道。

斯堪德已经有些慌乱，他追上了鹰怒：“博比，你听清那首歌了吗？我不明白——”

“斯堪德，现在可不是时候。我还等着赢得比赛呢。”鹰怒冲福星恶童喷出小冰雹，后者则回敬了一个喷嚏。

“你跟我说说啊！”

斯堪德看见戴着头盔的博比翻了个白眼：“我也不明白那些云山雾罩的歌词，但肯定是讲杀死荒野独角兽是个特别糟糕的事，然后报应就要来了，有个办法就是开鸿骑手的赐礼，黑灵魂啊坏朋友啊，什么什么的。”

“黑灵魂之恶友指什么？”

“斯堪德，准备起跑！”博比突然嚷嚷起来。福星恶童已走近起跑杆。比赛开始时，起跑杆将竖起，此时除了斯堪德的训练组，其他蒙稚生也都在。所有独角兽都冒着烟、闪着光，乱冲乱撞，往有利的位置挤。福星恶童兴奋极了，鬃毛冻住又融化，弄得斯堪德手上膝上都湿淋淋的。

他看见阿拉斯泰尔骑着他的寻暮在队伍里穿梭，和内奥米、迪维亚等斯堪德不太熟识的骑手说话，然后朝这边指指点点。

别想那首歌，别想荒野独角兽，别想织魂人，比赛，比赛，眼下的比赛，斯堪德默念着。起跑杆后，鹰怒和福星恶童站在中间，银刃和红夜悦站在两旁。红夜悦暗红色的铠甲紧挨着福星恶童的黑色锁子甲。独角兽们兴奋无比，挥洒的各种元素碎片在空中打旋儿。红夜悦故技重施，放个屁点燃，却一下被元素魔法的混乱淹没。

“阿拉斯泰尔要干什么？”米切尔大声问。还没到凌云树堡的时候，阿拉斯泰尔和他的哥们儿就一直欺负米切尔，所以他特别在意那些人，这也不奇怪。

斯堪德耸耸肩：反正不是什么好事。

驭水者奥沙利文教官骑着她的天庭海鸟，驭风者塞勒教官骑着她的北风惊梦，两个人沿着起跑杆往前走。斯堪德听见前者小声嘀咕：“这仪式一年比一年复杂了，现在连真言之歌都安排上了？”

“挺美的呀，”塞勒教官和气地冲着蒙稚生们微笑，漂亮的卷发在微风中飘动，“这让我想起了自己参加披鞍仪式的时候。”

“那首真言之歌可没什么美的，倒更像是警告。”奥沙利文教官漩涡般流转的眼神落在了偷听的斯堪德身上。她躲开了萨莉卡的独角兽赤道之谜喷出的火球，走近斯堪德。“你一副忧心忡忡的样子，”她厉声说，“怎么回事？”

“呃，没有，我没事。”斯堪德搪塞道。

“你的魂元素徽章呢？”教官的语气像她尖尖的灰色头发一样锐利。斯堪德伸手掏夹克口袋，摸到那枚四环缠绕的金色徽章，拿出来给奥沙利文教官看。

“我不知道今天应不应该戴。”斯堪德想到关于鞍具师的种种传闻，声音越来越小。

“莫名其妙。”奥沙利文教官说。“我不介意你保留荣誉驭水者的身份，但你归根结底是驭魂者。”她用手摸摸胸口，那是联结所在的地方，“要让鞍具师们知道，你以你的元素为荣。”

福星恶童咴咴嘶鸣。清晨的阳光洒在它黑色头颅正中央的白色头斑上。

奥沙利文教官望着独角兽笑了。“让他们瞧瞧，这没什么见不得人的。福星恶童就一点儿都不觉得难堪，对吧。把袖子挽起来吧，你的突变也该好好展示一番。”她扬起眉毛等着。

斯堪德不敢违逆奥沙利文教官的命令。他挽起绿色夹克的衣袖，露出了驭魂者的突变：从肘部内侧到手腕，半透明的皮肤之下，肌肉和筋腱涌动着，骨骼映着阳光闪闪发亮。

斯堪德看着奥沙利文教官骑着天庭海鸟越过了起跑杆。他说不清她刚才的那些话到底有没有安慰到他，也说不清自己的感受。

“哨响三声，起跑杆抬起。”她喊道。

梅伊的亲亲睡美人先是撞向加布里埃尔和普利斯女王，把他们和其他独角兽挤开，接着又喷出火球，让尼亚姆和浮雪、扎克和昨日幽灵不得不远离起跑线。这样一来，科比和冰王子、阿拉斯泰尔和寻暮就占据了最有利的位置。斯堪德不由得留意到，敌意小队的另一个成员——安布尔和她的梁上旋风却躲得远远的。

“对你来说这是小菜一碟吧，驭魂者！”梅伊叫唤着。

阿拉斯泰尔和科比哈哈大笑。斯堪德尽量不理他们。

第一声哨子吹响了。福星恶童摇晃着黑亮的兽角，眼睛由红色变成黑色，又从黑色变回红色。能量在起跑杆后积聚，气氛紧张，独角兽们肌肉紧绷着，利角闪亮。

第二声哨子吹响了。斯堪德将双手插进福星恶童厚厚的黑色鬃毛中，紧紧攥住。他的脑海里只回响着奥沙利文教官刚才说的那两句话：

要让鞍具师们知道，你以你的元素为荣。

第三声哨子吹响了。让他们瞧瞧，这没什么见不得人的。

第三章

披鞍仪式

起跑杆嘎吱作响，忽地抬起——比赛开始了。福星恶童似乎知道这是向鞍具师们展示速度的机会，它抬起蹄子，两大步就冲了出去，翅膀抵着斯堪德的膝盖，猛然向外张开。土丘、草地……全被甩出了视野，清冽的风让斯堪德沁出泪水。他们第一个飞向天空，暂时领先。

亮光闪过。巨响轰然。空中传来一声尖叫。

斯堪德扭头去看。只见梅布尔和她的悼海摔了下去，空战的硝烟中冲出一头棕色的独角兽，骑手额前的星形突变闪着电花，渐渐逼近福星恶童。

果然，和训练选拔赛时一样，安布尔和梁上旋风又盯上了他们。但这次斯堪德可不会认输。

斯堪德召唤魂元素，让它沿着联结汇聚于自己的右手手掌——手掌上的伤口，是一年前福星恶童出壳时用兽角划伤的。

他瞅准梁上旋风撞向福星恶童右肩的当口，张开手掌，释出一簇白光。安布尔和梁上旋风心脏之间的黄色联结粼粼闪烁——这是只有斯堪德这样的驭魂者才能看见的景象。随后，安布尔的手掌亮起蓝光，用水元素挡住了福星恶童的去路。

黑色独角兽和棕色独角兽在空中正面对峙，而凌云树堡四周，大大小小的搏斗也在持续进行。梁上旋风挺起身子，扬着亮晶晶的前蹄乱蹬乱踹，它咧着嘴、龇着牙，神情和它的骑手一模一样。福星恶童嘶鸣起来，乌黑的翅膀在身体两侧扑打，尖端露出白色的光。

让他们瞧瞧，这没什么见不得人的。

肉桂、皮革和醋的混合香气涌进了斯堪德的鼻孔——这是他的魂元素的气味。他以魂元素结合风元素，让掌心显现出黄色的光。与此同时，安布尔的水元素能量像翻腾的喷泉，从她的掌心冲出，梁上旋风的兽角也喷出了水流。浩浩荡荡的水流旋转着，汹涌地直冲斯堪德而来，巨大的冲击力足以将他从福星恶童的背上撞下。

让他们瞧瞧。

当湍急的水流倾泻而下时，风元素灌进了斯堪德的联结，福星恶童施展出只有驭灵独角兽才有的本领。

先是在它的鬃毛上，而后是尾巴，电花渐渐密布，噼里啪啦地肆意跃动，黑色如墨水般渐渐褪去。它的肚腹、后腿和脖子随之化作纯粹的风之魔法，整个身体变成一团原始的能量。此时骑着它就像骑着一丛闪电风暴，魂元素让福星恶童变成了风元素本身。乌黑的独角兽发出胜利的嘶鸣，他下颌和闪电混在一起，难分彼此。

去年，福星恶童曾全身化作火焰，当时斯堪德吓坏了，根本不敢发起攻击。但现在他已能驾驭魂元素——他愿意战斗，他想赢。于是，他抬起手掌，对准对手的攻势，射出了闪电。福星恶童战栗着，闪闪发光的身体迸发出电花无数，撞向安布尔和梁上旋风掀起的水流。

“干得漂亮，小伙子！”斯堪德喊道。

电流击中了骑手和独角兽。安布尔发出尖叫，梁上旋风哀嚎着，顾不上反击就摔向了地面。

“懦夫！”斯堪德不客气地冲她喊道。

然而这时他才注意到其他骑手。

蒙稚生们一个接一个地降下高度，回到地面，退出了比赛。福星恶童渐渐恢复为原本的黑色，但斯堪德有点儿慌了。科比正与弗洛的冰瀑对战，此刻甘愿认输；冰王子兀自着陆，让银刃困惑不已；萨莉卡和米切尔本来斗得火星四溅，半边天空都热腾腾的，可赤道之谜突然就偃旗息鼓了；尼亚姆骑着浮雪，一个急转弯，躲过了博比和鹰怒，向地面飞去，去找小队的其他成员——法鲁克和毒雾、阿特和地狱怒火、班吉和耳畔诅咒。

现在，斯堪德面前的天空一片清朗，烟雾、碎片、独角兽……全都不见了，只剩他自己的四人小队。

福星恶童和鹰怒、红夜悦、银刃仍然朝着终点冲刺，而其他蒙稚生却甘愿在土丘上看着。

“怎么回事啊？”博比提高声调，盖过独角兽拍打翅膀的声音，“他们怎么不比了？”鹰怒应和着她的骑手，一边生气地嘶鸣，一边向着鞍具师们飞去。

“他们没资格了，”米切尔满脸的烟灰，“按规定，骑手在抵达终点线之前落地，就会自动失去比赛资格。”

四人小队冲过终点，顺利着陆，四周却是一片错愕的寂静。鞍具师们没有鼓掌，教官们没有祝贺，只是盯着场地上的其他蒙稚生发愣。

寂静没有延续太久。骑手们慢吞吞地走向终点和鞍具师们的帐篷，四位教官训斥着各自的学员，愤怒地质问他们为什么放弃如此重要的比赛。鞍具师们也沮丧地嚷嚷起来，抱怨他们最后一次拿主意的机会就这么给毁了。

“你们不觉得丢人吗？”安德森教官耳朵上的火苗抖个不停，他冲着梅伊嚷嚷，“你们这是哪一出？鞍具师们是来看比赛的，不是来看你们着陆的！我真想把你们算作游民，赶出凌云树堡！”

梅伊瞥了一眼斯堪德，大声说：“我们都看见斯堪德用了魂元素，这比赛还能继续吗？刚才那首真言之歌不是提到了黑灵魂之恶友吗？还用问吗？多明显啊——斯堪德不就是驭魂者吗？”

斯堪德简直不敢相信自己的耳朵。难道这一切早有预谋？

他想起了梅伊在赛前的嘲弄，还有阿拉斯泰尔，他也曾在骑手间来回走动。原来他是在游说其他蒙稚生，说斯堪德很危险，是吗？羞耻感兜了一圈，又回来了——自己努力地表现“没什么见不得人的”，却还是以失败告终。

斯堪德涨红了脸，使劲儿地忍住泪水。他听见科比说：“谁也不知道斯堪德有什么本事。奥沙利文教官，万一是他杀死了那头荒野独角兽呢？如果他在搪塞大家，其实跟织魂人一条心呢？要是真言之歌里的报应指的就是他呢？要是他接下来打算对我们这些蒙稚生的独角兽下手，怎么办？”

弗洛跳出来维护朋友：“荒野独角兽不是斯堪德杀的！”米切尔也大声抗议：“你们对真言之歌的解读没有道理！”

“我对你们很失望。”奥沙利文教官扔下这一句，转过身，吹了几声哨子，让大家安静。

“没有时间重赛了，”奥沙利文教官说，“想必大部分鞍具师此前都已经有了人选，所以……所以，继续披鞍仪式吧。听着，现在，到帐篷前列队！”她又吹了一声哨子，好像这样能稍微缓和尴尬的气氛。大部分蒙稚生们还在窃窃私语，但斯堪德听不清他们在说什么，因为所有人都躲着他的四人小队，两侧留出了很多空间。他唯有深吸一口气，让自己镇定下来。

然而，博比可不甘于做什么深呼吸。“真离谱！”她嚷嚷着，翻身跳下鹰怒，拉着它去列队，“看不到正常的比赛可是会影响鞍具师做选择的！”

“去年你赢了训练选拔赛呢，博比，”米切尔唾沫飞溅，脾气也上来了，“你肯定没问题啊！”

“但沙克尼家没来，”博比气呼呼地说，“我只想被他们选中。我想要卡扎马司令那样的鞍具！”

“还有很多优秀的鞍具师呢。”弗洛安慰道。

“对不起，博比，都怪我。”斯堪德小声说。

“别傻了，”她厉声反驳，“你是驭魂者，这有什么可责怪的！那个吟游老头子偏偏要在这么重要的比赛之前唱预言歌，也跟你没关系啊！麻烦总是自己找上门来，更不是你的错——”博比说着说着就走神了，因为鞍具师们纷纷卷起帐篷门帘，拿出了自己精巧设计的珍品。

所有鞍具的基本结构都是一样的：一对皮革蹬带搭在独角兽脊背两侧，高高的前桥和弯曲的后弓用于支撑骑手。但每一副鞍具又有独到特色。有的非常厚重，边缘缀着元素对应颜色的链子，沉甸甸的，十分气派；有的简洁优雅，装饰都是精致的缝线。蒙稚生们翘首企足，望着被傲然置于陈列架上的巧思结晶，不知自己会得到哪一位鞍具师的青睐。不少人仍然满面惧色地看着斯堪德。他们是真的怕他吗？如果不是，那么应该不至于退出如此重要的比赛吧？难道只是迫于阿拉斯泰尔、科比和梅伊的压力？

当鞍具师们举起各自的作品，走向蒙稚生的队伍时，骚动明显平息了。福星恶童不喜欢这场面，好像遭受了攻击似的，想往后退。这样表露出抗拒之意的不只它一个。

午夜星扬着黑色马鬃，冲两位鞍具师发起水元素攻击，还差点儿把骑手罗米利甩下背，吓得他脸色煞白。斯堪德理解独角兽们的反应，因为那些鞍具师几乎是直冲过来，咄咄逼人，还互相推搡，又是挤又是吵的。

乱归乱，没过一会儿，大部分骑手和独角兽都找到了鞍具师。弗洛是玛蒂娜鞍具的首选，他们在浅蓝色的帐篷里忘情欢庆，首席鞍具师甚至喜极而泣。只要银色独角兽需要，她甘愿倾其所有，而从此以后，它的成功也要算上她的一份功劳了。

然而，仍然没有哪位鞍具师靠近驭魂者。斯堪德心里一沉：他会沦落为唯一一个没有鞍具的骑手吗？

让他感觉更糟的是，有两位鞍具师——尼姆罗和泰廷——同时选中了米切尔。这下，轮到骑手来做选择了。斯堪德看得出来，米切尔很喜欢尼姆罗的鞍具。他抚摸着那烟灰色的皮革，拨弄着点缀在蹬带周围的金色小火苗。可不知为什么，他似乎也很难放下泰廷的作品。米切尔很少这样犹豫不决，尤其是在他已经研究透彻的事项上。

“选尼姆罗吧，你显然喜欢那一副啊！”斯堪德有些烦躁地怂恿他的驭火者朋友。然后另一位就留给我吧，他心想。

“没这么简单，”米切尔嘀咕道，“我不能选尼姆罗的鞍具，我爸爸——”他顿了顿，又说：“泰廷的鞍具也很棒啊，有人甚至觉得更胜一筹。我的家族世世代代都选他们。”

“你最懂。”米切尔通过训练选拔赛之后，父亲艾拉·亨德森给他写了一封信，措辞严厉地告诫儿子要勤奋学习、刻苦训练以及跟“对的人”交朋友。斯堪德猜想，他这个驭魂者，或许就不是“对的人”。所以还是让米切尔自己选吧，别再闹出更多麻烦了。

米切尔十分不舍地看了看尼姆罗，最后还是说：“我选泰廷。”

泰廷家的鞍具师笑逐颜开：“艾拉也选了我。你爸爸肯定非常自豪，他上个星期才跟我提起你在训练选拔赛中的表现，满怀期待地盼着你成为咱们的司令呢。”她热情地拉着米切尔的手，肩上的饰带都滑下来了。

离开的时候，米切尔没有和斯堪德对视。

这样一来，还没互选成功的就只有斯堪德和福星恶童，以及安布尔·费尔法克斯和她的梁上旋风了。在训练选拔赛中，安布尔先是败给了米切尔，随后的表现也不怎么样。但斯堪德总是忍不住去想其他因素：安布尔的爸爸西蒙·费尔法克斯也是驭魂者，去年帮着织魂人作恶，被抓起来了。

不过，意料之中的是，不情不愿的尼姆罗还是选了安布尔。她毕竟不同于斯堪德，只是和驭魂者有点儿不清不楚的关系。

现在，所有的骑手和独角兽都进入了五彩缤纷的帐篷，喜气洋洋地庆祝起来。鞍具师们开怀畅饮，瓶塞砰地喷出，与帐篷油布同样颜色的饮料嗞嗞冒着泡。可是，仍然没有人靠近福星恶童，就连那些没有抢到心仪独角兽的鞍具师也不例外。失望攫住了斯堪德的心，羞耻染红了他的脸颊。蒙稚生们宁愿着陆弃赛，也不愿和他在空中比试，他还能有什么指望？那首真言之歌提醒了所有人：驭魂者是危险的。哪位鞍具师愿意和这样的骑手扯上关系？

斯堪德正想问奥沙利文教官，自己是不是该回凌云树堡了，只见两个人穿过大门，往土丘走去。斯堪德眯起眼睛，望着身着橘色衣服的陌生人，愣了好一会儿才反应过来，那并不是什么“陌生人”。

那是沙克尼家的鞍具师。

在大家的注视之下，奥卢·沙克尼——弗洛的爸爸，以及埃比尼泽——弗洛的双胞胎哥哥，淡定地支起了他们的橘色帐篷，如入无人之境。埃比尼泽打开他们带来的木箱，那“咔啦”一声在惊愕的寂静中显得震耳欲聋。奥卢则用肌肉发达的胳膊举起自家鞍具，径直朝唯一一头留在原地的独角兽走去。

见奥卢走近，福星恶童咆哮起来，其实那是在笑——低低的，沉沉的。可斯堪德顾不上安抚他的独角兽，只管盯着奥卢怀里的鞍具。这绝对是他今天见过的最美的鞍具，浓黑的皮革亮亮的，像大理石般光彩变幻。

“抱歉，我们迟到了。我们在作坊里耽搁了一会儿。”奥卢解释道。

温暖的笑意击中了斯堪德的心，他想起了训练选拔赛后与弗洛的爸爸见面时的情景。

奥卢·沙克尼把鞍具往福星恶童背上一放，那翅膀的关节、脊背的曲线均与鞍具严丝合缝，分毫不差。

斯堪德咽了口唾沫：“沙克尼先生，虽然只剩下我们，但您也不是非选不可。”

奥卢和埃比尼泽同时大笑起来。斯堪德一头雾水。

“斯堪德，”奥卢喘着大气，忍着笑说，“这幅鞍具可是我们团队花了好几个星期才做出来的，它就是为福星恶童量身定制的呀。我们选的就是你。在听说你从织魂人手里救回了新元飞霜时，我就想好了，你就是我们沙克尼鞍具想要的骑手。”

“你要是不相信，就看看针脚吧。”埃比尼泽高声吆喝。弗洛的双胞胎哥哥咧着嘴笑了，脸颊上露出深深的酒窝。

斯堪德的心脏怦怦狂跳。他凑近那副鞍具，先闻见皮革的香气，然后看到五种元素符号以象征驭魂者的白色绣在了黑色的鞍座上。

“怎么样，现在有何感想？”埃比尼泽抓了抓自己浓密的黑色卷发。

“我的感想是，哪怕把今天所有的鞍具都摆在这儿让我挑，我还是会选择这一副。无出其右者。”斯堪德简直不敢相信。沙克尼，那可是为司令制作鞍具的世家！这下杰米可要高兴疯了。

斯堪德和福星恶童经过亨宁-多佛的深紫色帐篷时，博比掀开油布出来了。她没有说祝贺的话，也没有开玩笑的意思。她棕色的眼睛盯着福星恶童背上的鞍具，回避着斯堪德的目光和问好。她是不是生气了？

斯堪德来到沙克尼家的帐篷，决定暂且忘记博比的神情，吞下了一大口橘色的饮料。

“爸爸，你要跟他讲讲咱们为什么迟到了吗？”埃比尼泽好像藏不住秘密。

奥卢扬起眉毛：“唔，我本来是不想拿这事烦他的，可你现在也没给我留多少余地啊，是吧？”

埃比尼泽有点儿不好意思。

“出什么事了？”斯堪德着急地问。

沙克尼先生一屁股坐在鞍具箱上，额前隆起了皱纹：“今天早上，我们正在作坊里给你的鞍具做最后的修整，突然听见一声巨响。我和埃比以为是对面商店里的动静，就都没在意。但随后又是一声。我想出去看看，却发现出不去了——连后门也推不动，接着窗户外面全黑了。”

“我不明——”

“有人用木板封住了作坊的窗户和门，都是大块的松木，所以我和埃比被关在里面了。”

斯堪德张大了嘴巴：“那你们怎么出来的？”

埃比说：“因为这一幕恰好被搏斗折扣店的布朗温看见了。她可真是了不起啊，对吧，爸爸？”

“可不是嘛，那大姐的肌肉挺厉害的。她直接从窗户上扯下一大块木板，然后用扫帚把打碎了玻璃。我们就抄起鞍具，赶到这里来了。”

“可是，把你们困在作坊里的人是谁呢？”

奥卢耸了耸肩：“一年一年的，披鞍仪式上的竞争越来越激烈，可我还从来没见过这种上不得台面的手段呢。鞍具师们都是朋友，大家认识几十年了，我想不出有谁会对我们下手。不过，鉴于我今年要选的骑手……”

“哦……”斯堪德哽住了。

“但也不能确定，”奥卢连忙说，“我谁都没说，就连弗洛伦斯也不知道。《孵化场先驱报》的记者还贿赂过我，可我也没说。不过，如果有人眼力了得，倒也能从细节里窥见一些端倪，比如深色的皮革、鞍具的尺寸、装饰的图案等等。”

“所以你也不知道是谁干的？”

“只有几个怀疑对象。有人毫不掩饰自己的心思，他们不希望离岛上出现驭魂者，更不用说凌云树堡——”

“曼宁主管！”埃比打断了爸爸的话，想帮斯堪德弄明白。

奥卢恼怒地瞪了儿子一眼。“也许是他。但是斯堪德，你现在并不是岛上最受欢迎的骑手，而不乐见的不只多里安一个。”他叹了口气，好像对接下来要说的话心怀歉意。“十多年来，你是第一个来这儿训练的驭魂者，”他轻声说，“然后就有一头荒野独角兽死了。被杀了！在所有人看来这都是不可能的。现在，大家又琢磨起真言之歌。那首歌我没听到，但我认为你是清白的。可是，一旦关系到魂元素，人们就开始偏听偏信，他们宁愿把责任推到你头上，也不愿承认织魂人有可能再次作恶。更不用说，有些人还想把你赶出凌云树堡。”

“之前赶走织魂人的是我啊，他们怎么会认为杀害荒野独角兽的凶手也是我呢？”斯堪德心里沉甸甸的。他想起真言之歌里提到的报应。如果离岛真的遭到所谓的“报应”，人们也会觉得那是他的错吗？

奥卢摊开双手：“只是流言蜚语。但人言可畏，你想塑造友善的驭魂者形象，怕是难了。”

斯堪德叹了口气。荒野独角兽和驭魂者，总能扯上关系，总能引发恐惧。

“别担心，”奥卢温和地说，“现在你有沙克尼家族的支持，人们会慢慢回心转意的。”

斯堪德心里却一点儿底也没有。

第二天早上，米切尔在争春食屋里读着《孵化场先驱报》，突然咕哝了一声：“雷霆密布，糟糕。”

“什么糟糕？”斯堪德正埋头吃着他最爱的早餐——泡在蛋黄酱里的香肠。他看看米切尔，想知道他是不是看到了什么不好的消息。

米切尔迟疑了一下，眼睛扫过斯堪德，又回到报纸上。斯堪德一把将报纸抢了过来。弗洛也从绿荫掩映的圆台上挪过椅子，凑过来一起读。自从斯堪德被沙克尼鞍具选中，博比就不太和他讲话了，但她吃饭时本来就很认真，所以也说不清她是在专心吃东西，还是在生他的气。斯堪德读了起来：

真言之歌大恐慌！

离岛会遭报应吗？

昨天，在一年一度的蒙雅生披鞍仪式上，吟游诗人马克·贝里曼吟唱了他的真言之歌（歌词详见第五版）。孵化场主管、银环社社长多里安·曼宁表示，这首歌显然是对近期荒野独角兽遇害事件的警示，也透露了关于罪魁祸首的线索。曼宁社长认为，织魂人仍有嫌疑，而真言之歌提示了新的调查方向。卡扎马司令拒绝对此事做出明确评论，但也提醒本报记者，真言之歌通常具有一定预见性……

“新的调查方向？”斯堪德不禁担心起来，“你们觉得这是不是指……我？”

朋友们没说话。斯堪德知道，这沉默的意思就是“是的”。他郁闷极了。

米切尔叹了口气：“就算我认为真言之歌是无稽之谈，但离岛上的大部分人可不这么想。”

斯堪德翻到第五版，看着印刷出来的歌词。就连博比也赶跑餐盘旁边的松鼠，走到弗洛身后，研究起报纸的内容。

"'夺取不死之命'，"斯堪德说，"这句肯定是影射荒野独角兽之死了。"

"对。后面还说'五种都别想逃'。"弗洛念道，"这么说，离岛的'报应'与五种元素有关？"

"会是什么样的报应呢？"斯堪德问，"骑手要使用元素魔法追踪凶手？"

"感觉不像呀。有一首关于洪水的诗，你听过吗？会不会是离岛要自灭于洪水？得赶快把人们送往安全的地方！"弗洛似乎吓坏了。

米切尔清清喉咙："唔，我对真言之歌的看法是……辞藻华丽的无稽之谈。离岛就是一座岛而已，无所谓是非对错，更无所谓正义公理！"他说着说着忍不住大笑起来。

弗洛却没理他。"'黑灵魂之恶友'肯定是指织魂人吧？"她紧张地望着斯堪德。

米切尔也忍不住研究起来。"如果这首歌真那么灵验，该防备的也是另外的敌人。"他指着歌词说，"这不是还有一句'承继大统'吗？"

"我讨厌猜来猜去，"博比咕哝道，"生活还不够复杂吗？"

重复读着歌词，斯堪德心中升起了恐惧。"一脉承继大统：黑灵魂之恶友。"如果"黑灵魂之恶友"指的是织魂人，那他和这首歌恐怕逃不了干系，毕竟他是织魂人的儿子啊。而这个秘密，只有他自己、他的四人小队、他的姨妈阿加莎·艾弗哈特知道。的确，织魂人也在荒野独角兽军团面前承认了这一点，但米切尔的爸爸曾很失望地说起，那些新入狱的骑手们什么都不记得了，谁也说不清自己是怎么和荒野独角兽形成联结的。新的忧虑和恐慌击中了斯堪德：如果有人发现了这个秘密，他肯定会认为斯堪德就是织魂人的“承继者”。而更可怕的是，万一真的是他，怎么办？不不不，不可能。他不可能和黑恶力量扯上关系。他绝不会重蹈她的覆辙。她的确曾邀请他一起作恶，可他拒绝了。为了安慰自己，他着重看了看歌词里关于“希望”的章节：

偿还不死之死，
凡人唯有一仗：
开鸿骑手赐礼，
女王临终化境。

“这么说，‘开鸿骑手赐礼’可以挽救危局。”他琢磨着，“你们说会是什么样的‘赐礼’呢？‘女王临终化境’又是什么意思？离岛上还有过女王？”

“应该有过荒野独角兽女王，”弗洛说，“在很久很久以前，骑手们还没登岛的时候。”她皱着眉头，盯着餐桌上的报纸。

“那‘赐礼’呢？”

“据说开鸿骑手死后在岛上留下了一些东西，可那都是古老的传言了。”米切尔不屑地说。

“究竟是什么呢？”斯堪德追问道，“有人找到过吗？有人——或者什么东西——赢过那‘一仗’吗？”

博比毫不掩饰地大笑一声。

“怎么了？”斯堪德好奇道。

“哦，没事。”博比从旁边的树上扯下一把叶子。

“说啊，怎么了？”

“你这么卖力地逞英雄，真是够累的。听到有‘赐礼’，还没过两秒钟呢，就惦记着去争去抢了。”

“我不是在逞英雄。我是本土生，只是问问。”

博比耸耸肩：“随你怎么说啰。”

斯堪德很想辩解几句，但想到博比可能还在为沙克尼鞍具的事生气，就偃旗息鼓了。

弗洛不喜欢起冲突，她紧张地看看这个，又看看那个。“我觉得斯堪德不会去争那个‘赐礼’的，就算他真的想，也够呛。从来没人知道开鸿骑手的赐礼是什么。”她说。

这时米切尔抄起桌上的《孵化场先驱报》，把大家都吓了一跳。“当然没人知道了，因为根本就没有什么赐礼。至于那到底是什么玩意儿，更是没答案啦。只是神话传说，童话故事而已！”

但斯堪德不会轻易放过。毕竟在不久之前的本土，独角兽还是童话故事呢，可如今他都能骑着一头满天飞了。

他刚要张嘴，却被弗洛打断。“也许什么事都不会有，”她又燃起了希望，“也许那头荒野独角兽并不是织魂人杀死的，而是一场意外。也许真言之歌不会成真。”

“没错，弗洛，”米切尔赞许地说，“相信歌词能预示未来，这也太离谱啦。”

“吟游诗人的真言之歌会为骑手而唱吗？”博比突然兴奋起来，“等我一战成名，肯定会的！没准儿现在已经有了，预言我会功成名就！”

米切尔嘲笑道：“吟游诗人应该不会在你身上浪费他们一生中唯一一首真言之歌，罗伯塔！”

“你不是压根儿不信吗？”斯堪德也忍不住出言讥讽。

“博比·布鲁纳和鹰怒，连战五年混沌杯，全都赢了，啊啊啊，全都赢！”博比扯着嗓子唱起来，指尖敲着桌子，调都不知道跑哪儿去了。

斯堪德和弗洛笑喷了，打破了先前紧张的气氛，米切尔也忍不住咧开嘴笑了：“看吧，博比说得对，没什么好担心的！”

“你在说什么呀！”博比瞪着眼，眉毛紧贴着齐齐的刘海，“我唱的是我自己的真言之歌，还不快记下来！”

肯纳

藏秘密的女孩

“不可能有第五种元素，绝不可能。”爸爸说了几百遍。

“如果孵化场的主管这么说呢？他说存在魂元素，确实存在。”肯纳也反驳了几百遍，不肯让步。

自多里安·曼宁深夜到访后，已经过去了几个月。肯纳和爸爸又一次坐在 207 号公寓的桌前，争执起来。

“那斯堪德为什么不告诉咱们呢？”

肯纳也想知道答案。他的弟弟是一位驭水者，可他为什么不曾提起，其实不止四种元素，还有第五种？是不是因为魂元素太罕见了，所以斯堪德不知道？毕竟，她也从未见过驭魂者踏上混沌杯的赛道。斯堪德一定不是故意隐瞒的，对吧？

“他怎么样不是重点。”肯纳大声说，“重点是，我是驭魂者，我的独角兽不知去哪儿了，它还在等我呢！只要等曼宁主管找到它就行了。他已经着手去找了！”

爸爸揉揉眼睛，眼皮都皱了起来：“你为什么没通过选拔考试来着？”

“因为像我这样的驭魂者太罕见了！他们有眼无珠！我本来应该通过的！如果让我去试试，我肯定能推开孵化场的大门！”

爸爸叹了口气：“事有蹊跷啊，那个人——”

“他是孵化场主管。位高权重。”

“不错。这么一个人，半夜造访，说两年前搞错了，说你其实通过了选拔考试，然后约你十一月到海上去见他？”

“他说他不能立刻带我走。反正，我要划船出海，去见他！”

“那么让我来划吧。”

肯纳的心怦怦直跳，希望漫了上来：“所以你同意我去？”

爸爸的脸上滑过一抹犹疑的神色，但他最终还是点头了。肯纳尖叫着扑进了他的怀里。

爸爸被猛然一撞，咕哝了一声，随后紧紧搂住女儿：“两年了，这是你最开心的时刻，我的乖宝贝。把你强留在这儿只会让你继续痛苦。我知道我不是个好爸爸，但我希望你快乐，希望你去实现自己的梦想。”

肯纳忍着泪水，同时也松了口气。其实，就算没有爸爸的支持和祝福，她也要跟着曼宁主管走。可眼下不是两全其美吗？没有比这更好的事了。“爸爸！我就要拥有自己的独角兽了！我会跟斯堪德一起住在凌云树堡！说不定我们还会一起参加混沌杯呢！

就像我们小时候一直嚷嚷的那样。”

她心里泛起内疚，说不下去了。她松开胳膊，离远一点儿，好看清爸爸的脸——他劳形苦心，憔悴疲惫。“你一个人留下没问题吧？万一你需要帮忙，比如缴账单、做饭、找工作——”她顿住了。现在，爸爸同意她离开，她却突然意识到现实是多么让人恐慌。

“这些你都不用担心。”爸爸说着，把一缕散发捋到她的耳后。

肯纳的喉咙哽住了：“我会想你的，爸爸。”

他大笑起来，声音里却满是悲伤：“你才不会呢。”

“我会的！我会经常给你写信！我和斯堪德一起写，怎么样？”肯纳突然想起弟弟小时候的模样，那时他才六岁，就会给画纸上的独角兽上颜色了。也许，如今他也能帮她画出她命定的独角兽。

爸爸的眼睛里泛起了泪光：“两个孩子都是独角兽骑手，多难得啊！你们的妈妈肯定会非常骄傲。真希望她能看看你们的样子。”

“咱们周日去扫墓吧，”肯纳说，“跟她讲讲这些好消息。”

爸爸有些忧虑：“你还是应该给斯堪德写封信，告诉他你要去离岛了。我觉得这样比较好——”

肯纳连连摇头：“不行，不能告诉他。曼宁主管说我们得保密。在夏至日以外的时间带人登岛可不是常态。要是我的事曝光了，所有没通过选拔考试的本土孩子都会以为自己可能是驭魂者，那不就乱套了嘛。曼宁主管说，要是惹出这种麻烦，他就不能带我登岛了。那样会把一切搞砸的！”肯纳急慌慌的，连口气都顾不上喘。

“可只是跟斯堪德——”

“不行，”肯纳坚持道，“信会被送到本土邮局，太冒险了。”

“好吧，好吧。”爸爸举起双手，让步了，“不过你突然不给斯堪德写信了，他不会起疑心吗？他会担心你的。”

肯纳早就想好了。在给斯堪德的最后一封信里，她坦陈自己真的很难过——她决定将计就计。“我不想在信里骗他，所以，你来给他写信吧。告诉他我心情很糟，现在不愿提起独角兽什么的。这样谁也不会发现我已经不在家里了。”

“你不想骗他，倒让我去骗啊？”爸爸往后一倚，咕哝道。

“可我一撒谎他就能看出来！”

“说吧说吧，你想让我怎么写？”爸爸渐渐没了耐心。

“就写我很好，只是需要些时间，来接受自己不能成为骑手的事实。”

“可按照那个什么主管的说法，你是骑手啊。”

“对，不过斯堪德还不知道嘛。”肯纳说，“我一登岛就能见到他。姐弟俩直接见面，不是个超级大惊喜吗？”

爸爸哼了一声：“但愿如此。”他还是不太放心。

“等事情都解决就好了。”肯纳恳求道。

“好吧，就这样吧。唉，你跟你妈妈真是一模一样，总能说服别人，吵起来也总是赢。”肯纳听了这话，笑得合不拢嘴。

夜里，肯纳躺在床上，出神地望着斯堪德的旧海报——阿斯彭·麦格雷斯和她的独角兽新元飞霜。

她扭头看看弟弟的床，还是空荡荡的，但她已不再悲伤。她的心里满满地装着希望。她没有把全部实情告诉爸爸。曼宁主管说，登岛之后，他需要花些时间才能找到她的独角兽，她可能几个月后才能见到斯堪德。这样一来，爸爸的信就尤为重要了——她不希望弟弟担心。

不过，只要找到了独角兽，她就能和斯堪德朝夕相处了。她想象他们骑着独角兽并肩飞翔，弟弟和姐姐终于团聚——说不定还能一起训练呢。她忘情地想象自己在竞技场上冲过终点拱门的情景，欢呼声如雷鸣一般，而解说员激动地喊着：“肯纳·史密斯！混沌司令！”

肯纳坠入梦乡，脸上带着微笑。长久以来，她第一次有了这样的感觉——一切皆有可能。

第四章

不速之客

披鞍仪式结束几天后，蒙稚生们迎来了第一次训练。斯堪德还困扰于真言之歌、织魂人和荒野独角兽遇害事件，差点儿忘了他们就要开始鞍上比武了。就在他骑上全副武装的福星恶童，正要飞向训练场时，他又感受到第一次升空时的紧张，胃里不停地翻腾。

突然，他的身后传来一声大喊："比比谁快！"

一头石灰色的独角兽掠过，像子弹似的劈开九月凉爽的空气。除了博比，还能是谁？斯堪德咧嘴一笑，烦恼已无影踪。福星恶童大叫着追上去，挥动翅膀，三大步便飞上了天空。鹰怒飞得很快，毕竟它和博比赢得了去年的训练选拔赛。不过斯堪德知道，福星恶童能超过它。他们高速俯冲，凌云树堡的山坡在下方一掠而过。福星恶童紧跟着鹰怒，眼看就要追上了——

“着陆！”博比喊道，不知她是在提醒斯堪德，还是在提醒她自己。

斯堪德跟在后面，几乎垂直坠了下去，视野里的蓝天一下子变成了绿油油的草地。博比提前命令鹰怒减速，让它四蹄着地，稳稳当当。而福星恶童飞得太快，兽角朝下，直往蒙稚生的训练土丘冲去。

“福星恶童！”斯堪德咬着牙吼道，“你要干什么？！”

距离地面只有几英寸时，福星恶童突然仰起脖子，猛甩后蹄，用力地拍打翅膀，嗖的一声再次攀升，免于坠地。斯堪德大口地喘息，仿佛刚才一猛子扎进了水里，现在需要换气。

等福星恶童着陆，鹰怒背上的博比慢悠悠地鼓起了掌：“杂技表演得不错啊。可你还是输了，驭魂宝宝。”

斯堪德耸耸肩：“你还抢跑了几英里呢。我差点儿就追上了！”

“别人也经常这么说。反正我就是比你快！”

斯堪德感觉到了博比话里话外的尖刻，那不只是友好的调侃，他一听就知道。

梅伊骑着亲亲睡美人在几米开外的地方着陆，科比和冰王子、阿拉斯泰尔和寻暮紧随其后。四人小队又差安布尔一个，和披鞍仪式上一样。梁上旋风在训练土丘的另一边，安布尔拽着她的棕色独角兽，兜着小圈子，想让她平静下来。

“喂！斯堪德！”阿拉斯泰尔喊道，“自打你和织魂人在极外野地聊过之后，她好像更厉害了呀。这不是很有意思吗？”

“我没有——”斯堪德想反驳，但梅伊打断了他。

“你说你打败了艾瑞卡·艾弗哈特，也未必都是实话吧？当然，我肯定是不信。你连训练选拔赛都是勉勉强强才通过的呢！”

他们哈哈大笑起来。

“我们驭水者也不相信。”科比大声说。他骑着冰王子在福星恶童旁边打转，结冰的睫毛在阳光下亮晶晶的。“我们已经投票表决，禁止你进入驭水者的秘洞。沧渊可不欢迎你这种人。”

斯堪德一时呆住，人都走光了也没挤出一句话来。他知道每一种元素在凌云树堡的地下都拥有专属的空间。去年他们四人小队在调查织魂人时，无意间找到了被遗弃的魂元素秘洞。然而，官方只承认四种元素的秘洞——火元素的湛炉，水元素的沧渊，风元素的风巢，土元素的矿池。如果科比说的是真的，斯堪德今年就不能以驭水者的身份进入沧渊了。

“他糊弄你呢。”博比气愤地说，“去年奥沙利文教官说了，你是荣誉驭水者，完全可以——”

“没关系，我没事。”斯堪德咕哝道。可这两句又让他想起了肯纳最近一封信里的话。她仍然没有回信。他的心情更糟了。“我本来也不是……”

“谁会对臭烘烘的水洼感兴趣啊，”博比很生气，“说不定连着凌云树堡的排污系统呢。没准儿又冷又湿，闻起来一股臭鱼烂草味儿！”

斯堪德叹了口气："算了，博比。"

福星恶童关切地轻轻尖叫，翅膀上的羽毛燃起点点火苗。

按照惯例，蒙稚生们已在训练土丘上排成一排。福星恶童和鹰怒回到队伍里找银刃和红夜悦时，斯堪德注意到距离自己最近的骑手——驭风者伊凡和哈珀——骑着各自的独角兽往远处挪了挪。他当即决定暂且不对弗洛和米切尔提起沧渊的事，他不愿意看到前者脸上的气愤和后者脸上的同情。然后他把注意力转到训练场上。韦伯教官和瑶尘、安德森教官和沙漠火鸟已经到了，他们手里攥着一把木桩，正一根一根地往地上钉，钉出一条直线隔栅。

终于，安德森教官吹响哨子，示意大家安静。

银刃背上的弗洛一哆嗦："怎么就不能和气地说一声呢？"

"祝贺你们进入第二年的训练，并获得自己的鞍具。"安德森教官大声说道。他骑在沙漠火鸟的背上，红色披风整整齐齐地搭在独角兽的屁股上。"蒙稚生的学习重点是兵器，即以纯粹的元素魔法塑造和使用兵器。"

听众爆出一阵兴奋的低语。博比激动得好像长风节庆典马上就要开始了似的，斯堪德却只觉得紧张。他如今已经知道怎样召唤魔法、让它经由联结凝聚于自己的右掌——那里的伤口是福星恶童出壳时用兽角划破的，需要的时候，元素能量就从那里释放。可塑造兵器什么的，他却没有一点儿头绪。

安德森教官抬起手，再次提醒学员们安静。他耳朵外缘的小火苗抖动着，仿佛一种警告。“好好好，都很兴奋。你们肯定看过技巧高超的骑手们在混沌杯比赛中使用元素兵器吧？你们自己也曾在去年的训练选拔赛中运用元素魔法进攻和防御吧？”

大家纷纷表示肯定。斯堪德也记得六月的混沌杯。当时尼娜·卡扎马使用了一把闪电长剑并大获全胜，真是不可思议。

“与无形的魔法相比，兵器更精准，但使用它需要练习，需要你与你的独角兽紧密配合。我们首先要学习以元素塑造兵器——四种元素都要用，不只是你结盟的元素。”

斯堪德心里一颤：四种元素，不是五种。

“随后我们练习原地进攻与防守，一直练到烁火节前后，最后进行动态操练。对独角兽来说，鞍上比武更多是对勇气的磨炼，其自身的元素魔法不是决定性因素。它们必须学会与骑手协作，以及应对各种正面攻击。记住，考察你们能否成为英少生的不是竞速比赛，而是比武锦标赛。”

斯堪德想起了去年烁火节庆典时的情景——两名骑手各执闪亮兵器，雄赳赳地冲向对方。

韦伯教官苍老的额头上满是皱纹，他接过话头：“从开鸿骑手建立凌云树堡的年代开始，鞍上比武就是这里的重点训练科目。它给年轻骑手的启示是——决不能坠落。在比武时坠落，你就输了；在战场上坠落，魔法就没了；在半空中坠落，人就死了。”

这严肃的警告似乎并没有吓住加布里埃尔。“您说的比武，是指中世纪骑士的那种比武吗？”这位本土生兴奋地问道。他石化的头发在风中摆动着，颇有些诡异。

“离岛上的比武和那不太一样，”安德森教官狡黠地一笑，“给你们演示一下吧。”

嗖——两头全副武装的独角兽向训练场俯冲。

奥沙利文教官骑着天庭海鸟落在了木桩隔栅的这一端，另一端是塞勒教官和她的北风惊梦——它喷着火星，身上的铠甲吱吱嘎嘎地互相摩擦着。两头独角兽都很兴奋，嘴边淌着泡沫。两位教官则是一手揽着缰绳、一手擎着圆形的金属盾牌——盾牌以元素区分，分别为黄色和蓝色。斯堪德从未见过穿戴盔甲的教官，她们就像混沌杯赛场上的骑手般威风凛凛。为了表达对元素的忠诚，奥沙利文教官的背甲上嵌着一颗蓝色水滴，而塞勒教官的图案是黄色的旋风。

安德森教官吹响了哨子。

两头独角兽隔着木桩隔栅相向全速飞奔，蹄声震天动地。

奥沙利文教官的掌心泛起蓝光，塞勒教官的掌心亮起黄色。

安德森教官第二次吹响哨子。

一支洁白剔透的三叉戟出现在奥沙利文教官的右手，塞勒教官则拉开闪电弓弦，弓臂嗞嗞作响，箭上布满危险的电花。两头独角兽擦身而过时，塞勒教官松开弓弦，电箭呼啸而出。奥沙利文教官挥起冰晶三叉戟，挡住了对方的箭，稀薄的空气中霎时电花四溅。眼看对手再次扬起三叉戟，即将发起进攻，塞勒教官连忙举起手掌，召唤元素幻化出第二支箭并架上弓臂，但是已经来不及了。

塞勒教官想用盾牌挡住三叉戟的攻击，可驭水者的三叉戟一击即中，冰晶和金属的撞击发出令人胆战的巨响。

塞勒教官的整个身体都向后仰倒，所幸被鞍具稳住，只有头盔被甩了下去，蜜糖色的卷发披散开来，拂过北风惊梦的背。在众人的惊叹之中，她竟又挺直了身子，稳稳地坐好，晒得黝黑的脸淌下了汗珠。

“奥沙利文教官直接命中！”安德森教官伸出胳膊指向天庭海鸟，“一比零。”

片刻震惊的静默之后，蒙稚生们爆发出嘈杂的欢呼声。

这两位教官要对战五个回合，斯堪德目不转睛地看着一幕幕奇景，嘴巴都合不上了。他以前也见过元素兵器，但如此近距离地目睹专业骑手大展身手，感受可完全不同：有带着绿色尖钉的钉头锤、电花四溅的马刀、磁力强劲的长矛……教官们将元素化为兵器，如此轻巧、如此自如，真是神奇极了。原来，这正是“联结”的真正奥义。骑手和独角兽似乎能预判每一个动作，仿佛一体同心。此外，天堂海鸟和北风惊梦以最快的速度冲向对方时，也没有表露出任何惧意。斯堪德不知道自己和福星恶童的联结是不是也能达到如此天衣无缝的境界。

“奥沙利文教官赢定了吧，”米切尔咕哝道，“她现在已经四局三胜了。”

安德森教官第五次吹响哨子，最后一局开始了。塞勒教官立刻行动，比前几局的反应还要快，在斯堪德眨眼之间，她已掷出了一枚锋利的投枪。投枪上缠绕着密密麻麻的电流，直接命中了奥沙利文教官的胸甲。这位驭水者来不及举起烈焰腰刀保护自己，胸口便挨了惊电投枪的重重一击，一下从天庭海鸟的背上摔了出去，身旁的烈焰腰刀也悻悻然熄灭了。

惊愕的寂静中，奥沙利文教官倒在了训练场的土地上，她的白色独角兽警惕地守在一旁，好像防备着对面驭风者可能发起的再次进攻。但塞勒教官翻身跳下独角兽，伸出手把对手拉了起来。

“我都忘了你的投枪使得多棒了。”奥沙利文教官说着摘下了头盔。头盔已磕出小坑。

“我自己也忘了。”塞勒教官说。她们紧紧握手，相视大笑——尽管坠地者仍然脸色煞白。

“塞勒教官获胜！”安德森教官大声宣布。

“可、可是，”米切尔结结巴巴地问，“为什么啊？奥沙利文教官五局三胜呀。”

“只要让对方从独角兽的背上掉下去，就自动获胜了。”骑着瑶尘的韦伯教官解释道。

“我喜欢！我喜欢！”博比嚷嚷着，鹰怒也跟着她叫唤，“你可能一直输，可是——砰！最后一局反败为胜！前面的都不算数！”

斯堪德从没见过她和鹰怒这样兴奋。他暗自祈祷，最近可千万不要跟博比和鹰怒比武。他们的友情可能不足以让她大发慈悲，她肯定会想方设法把他从福星恶童的背上弄下去。

“我们什么时候可以比武？什么时候开始？”博比大声问道。

塞勒教官冲她笑笑，牙齿亮晶晶的：“你们还没准备好呢，小甜豆，得先学会用魔法塑造简单的形状。”

博比听见这句“小甜豆”，竟然连眼睛都没眨一下，可见她对她的驭风教官多么尊敬。

“一步步来，从易到难。”奥沙利文教官仍然有点儿狼狈，但还是耐心解释道，“先试着用你们的结盟元素锻造一把匕首。匕首是最容易召唤的兵器，而你们使用各自的结盟元素也会比较顺手。”

“让火、水或者其他结盟元素在掌心聚集，接着在你面前形成一团无形的魔法幻影，”安德森教官讲解起来，“然后用意念想象你希望塑造的兵器。刚开始的时候这个过程会很慢，你可以用手帮忙，就像捏黏土那样。等掌握了要领并多加练习，就能像点燃火苗那样便捷地召唤兵器了。”

于是，四位教官用各自的结盟元素召唤出匕首，让骑手们模仿。很快，各种魔法的气味就飘了出来。骑手闻到的每一种元素都有其独特的气味，比如，塞勒教官和安德森教官走过时，斯堪德就闻到了风元素匕首的柑橘味和火元素匕首的烤面包味。

他向前望去，只见玛丽萨和她的水中仙俯着身子，对奥沙利文教官手里那把晶莹剔透的水元素匕首赞叹不已。蓝色的荧光映在她凝霜的发丝上，跃然舞动着。另一个驭土者艾莎则惊呼出声来，因为韦伯教官的手上亮出了一把钻石匕首！

“这是迄今为止最棒的课程！”博比咧着嘴笑道。她骑在鹰怒背上，掌心布满了电流。在噼里啪啦的电荷爆响声中，她摆动双手，一会儿朝这边比画，一会儿向那边推搡，想凭借意念复制出塞勒教官的同款兵器。

然而，斯堪德没有可参考的示范。

据他所知，还没有哪位教官能够召唤魂元素。在训练选拔赛之后，当时的混沌司令阿斯彭·麦格雷斯曾答应给他找一位驭魂教官。这几个星期以来，奥沙利文教官也一直在安抚他，说很快就会有一位驭魂者出狱，可以来凌云树堡教他。可是现在还什么消息都没有。

“咱们肯定能行，福星恶童。”斯堪德喃喃自语，在手中聚集起白色的魂元素，“如果只能靠自己，那就开始吧。”福星恶童扑扇着翅膀，似乎已经做好了准备。

魂元素充满了骑手与独角兽的联结，熟悉的肉桂香气钻进斯堪德的鼻孔。当皎洁净澈的白色光球在面前浮起，斯堪德闭上眼睛，在脑海中勾勒出一把熠熠生辉的摄魂匕首：刃口锋利，锐不可当，手柄沉甸甸的，颇有些分量。他的手下意识地动了起来，就像画画那样，描摹着匕首的轮廓。他睁开一只眼睛偷看——差点儿没法儿继续——意念中的兵器渐渐成形了！先是手柄，然后是包裹着朦胧白光的刀刃。斯堪德想抓住匕首，但不知道为什么，他感觉不到手里的刀柄。

斯堪德正全神贯注地琢磨着怎样才能握住他的匕首，完全没听见四周的尖叫声。直到米切尔大喊他的名字，才把他从冥想中拽出来。

“斯堪德！你想被它吃掉吗？快躲开啊！”

他茫然地抬头望去，但一股恶臭先扑了过来：腐烂的鱼、发霉的面包……死亡的气味。

荒野独角兽。

福星恶童的胸腔震动着，发出低吼，它露出牙齿，冲着对方咆哮，喉咙里喷出火焰，以示警告。

斯堪德的耳朵嗡嗡作响，蒙稚生们的惊恐叫声被隔绝在远处。

此时，那头荒野独角兽却一动不动。它喘息着，一呼一吸震荡着胸肋，透过薄薄的皮毛传出巨大声响，几乎盖过了逃到半空中的骑手们的惊叫。荒野独角兽可轻而易举地杀死蒙稚生，而年轻的骑手死后，他们的独角兽也会在联结的作用下一同死去。离岛生们自襁褓之中就听着这样的故事长大，本土生们也得到过警告，知道这不是闹着玩的。大家的梦魇都是一样的。谁也不想冒险。

斯堪德却直直地盯着那头荒野独角兽：那肩上溃烂的伤口，鬼魂般透明的兽角，肿大膝盖下碎裂的骨头。它带有深色斑点的灰色胸膛上满是杀戮后留下的血迹，就像有人在它灰白相间的皮肤上泼上了红漆。

等等。灰色？斑点？斯堪德突然明白这一切为什么如此熟悉了。这场景不仅与去年他从孵化场来凌云树堡的路上遭遇荒野独角兽的经历一样，而且它就是那头独角兽！

斯堪德模模糊糊地听见他的队友不愿意撤离。他们拒绝和其他蒙稚生一起撤出训练场。奥沙利文教官和韦伯教官厉声下令，但他的三个好朋友——尤其是博比——却大声反驳。骑在福星恶童背上的斯堪德只是半梦半醒似的听着。“你想要什么？”他问那头荒野独角兽。

突然有什么东西箍住了他的腿。斯堪德低下头，看见一只关节粗粝、皮肤苍白的手扣住了他的膝盖。

“它是被魂元素引来的。”地上的人发出声音，灰色的兜帽里露出一缕缕细细的头发。

“它？”

“荒野独角兽。你不停下，它就不会走！”陌生人陡然变得严厉起来。斯堪德这才意识到自己的手掌心还亮着刚刚锻造兵器的白光。不过，在收回魂元素之前，他再次向荒野独角兽提出疑问：“你想要什么？”

戴兜帽的女人动作比语气轻柔，她握住斯堪德的右手，合拢他的手指，挡住了独角兽出壳时划出的伤痕。

“够了，”她低声呵斥道，“已经足够了。”

斯堪德眨眨眼睛，抬起头，看见四位教官联手用魔法驱赶着那头荒野独角兽。它跃过蒙稚生训练土丘的铁门，消失了。

女人松开了斯堪德的手。她肩上挎着一只皮囊，塞得鼓鼓的。

接着她摘下灰色兜帽，露出了苍白脸颊上的突变——透明的皮肤，驭魂者的突变。

斯堪德倒吸一口冷气。“你——”他的声音颤抖着，“你来这儿干什么？”

她棕色的眼睛猛然望向他，在斯堪德心头掀起一阵恐惧和反感。

阿加莎·艾弗哈特和她的姐姐一点儿都不像。

斯堪德听见队友们在叽叽喳喳地说着什么。他们骑在各自的独角兽背上，被拦在几米开外的地方，也不肯跟教官们回马厩。他不知道他们是否认出了阿加莎——去年，她的照片曾登上《孵化场先驱报》，还被冠以“夺魂刽子手”的恶名。毕竟，十多年前，正是这个叛徒杀死了所有驭魂者的独角兽。虽然那些驭魂骑手因此保住了性命，却从此陷入孤独和悲伤中，再也走不出来。斯堪德不知道别人有没有留意，阿加莎和她的姐姐——织魂人——有着亲缘上的肖似之处。

“你来这儿干什么？”他又问了一遍，声音发虚。上一次见到她时，她还是阶下囚。

“你们认识吗？”奥沙利文教官骑着天庭海鸟小跑过来。

斯堪德立刻答道：“不，教官，不认识。我只听说过这个人，听说过她对驭魂者的独角兽下了狠手。”他的反感和憎恶无须假装。

斯堪德从未见过奥沙利文教官如此尴尬，但她很刻意地清了清喉咙，也没有和他对视，这一点十分明显。“呃，好吧。我还以为——唔，你们应该认识彼此的。”

“你不是应该在监狱里吗？”斯堪德绷不住了，完全忘了刚才正面遭遇荒野独角兽的事。他现在才意识到自己有多么愤怒：她什么都知道，从一开始就知道。她知道艾瑞卡是他的妈妈，是他和肯纳的妈妈。可她只字不提。她只管催他去找织魂人，却半句提醒都没有。

“斯堪德！”奥沙利文教官责备道，“跟你的新教官这么讲话太不礼貌了！”

“我……我的什么？”

奥沙利文教官没理他，转而和阿加莎打招呼。“别来无恙啊，阿加莎。”她轻快地说。

“一直关在监狱里，还谈什么有恙无恙的。”阿加莎低声咕哝道。

奥沙利文教官伸出一只手，捋了捋结霜的头发：“我可真没想到，斯堪德的驭魂教官竟然是你。”

“谁说不是呢，珀瑟芬，”阿加莎说，“我也没想到。”

她们意味深长地交换了眼神。斯堪德感觉到他的三个朋友正骑着独角兽渐渐凑近，又关切又好奇。

奥沙利文教官叹了口气：“好了，艾弗哈特教官，我建议你到凌云树堡去，找特勤报道，然后就在树屋里安顿下来吧。”

“你们准许她住在这儿？”斯堪德慌了。艾弗哈特教官？

“你以为这儿的日子很美好？”阿加莎恶狠狠地说，“凌云树堡轻易出不去，我的北极绝唱又被关在几英里之外。我在树屋里跟坐牢没什么两样。”

奥沙利文教官更尴尬了，她再次清清喉咙，说道：“斯堪德稍后会去找你讨论训练计划。”最后几个字话音未落，她就骑着天庭海鸟匆匆离开了。

阿加莎转身要走，但斯堪德实在忍不住了：“你为什么要答应？你肯定知道这会让我很难堪，尤其是出了那件事……”他说不下去了。在极外野地与织魂人面对面的情景浮现在他的脑海中。妈妈朝着他直冲过来，眼睛里只有杀意。而那样一双眼睛，阿加莎有，肯纳有，他自己也有。

“斯堪德，你听着，”阿加莎的神情和她把他独自扔在镜崖时一样决绝，“除了我，别人干不了这个活儿。”

“什么意思？”

“多里安·曼宁。”她瞥了一眼弗洛。弗洛连忙假装无事，研究起银刃的左耳来。“所有出狱的驭魂者都收到了银环社的威胁。他们说只要谁敢帮你，就把谁的家人全都抓起来。你要是不相信我的话，大可以去问奥沙利文教官，她都知情。确实有一些驭魂者自告奋勇想来教你，但都被毒打了一顿，如今他们中的大多数人不得不隐姓埋名、东躲西藏。”

斯堪德突然想起了奥卢和埃比——在披鞍仪式之前，他们也被堵在了自家作坊里。

“阿斯彭·麦格雷斯确实修改了离岛法律，允许你使用魂元素，允许你参加训练。但银环社还是会使出浑身解数阻挠你。”

“那你怎么能——”

“是新任司令尼娜·卡扎马。她听说没有驭魂者当你的教官，便说服银环社，同意我来。但同时他们扣押了我的北极绝唱，怕我把什么危险的玩意儿教给你。”阿加莎怨恨地说，“还有独角兽可以扣押的驭魂者，除了你，就只剩我了。”

“可你是织魂人的妹妹，”斯堪德咬着牙说，“是我的姨妈。”

阿加莎瞪着他：“我是你的教官。我与织魂人的关系众所周知，而你和她的关系还是秘密。这件事尤其不能让多里安·曼宁发现，他最恨的就是我姐姐。他憎恨所有驭魂者。据说有一首真言之歌提到了黑灵魂之恶友？还有一头荒野独角兽横死水中？荒野独角兽和驭魂者总能扯上关系，看似不可能的谋杀大大增加了我们的嫌疑。谁都觉得我们和别人不一样。局外人才不管我们是不是受到了伤害呢。要找个目标来针对，我们，你，就是最简便可得的靶子。明白了吗？”

“你觉得是她吗？”

他们都明白这句话的意思。

“我不知道。艾瑞卡为什么要杀死一头荒野独角兽？又是怎么杀死的？”阿加莎再次转过身去，“这似乎是不可能的。”

然而斯堪德却忍不住想：对艾瑞卡·艾弗哈特来说，从没有哪种“不可能”挡得住她。

第五章

野花山

训练了几个星期之后，斯堪德、博比和米切尔到离岛首府四极城去补充物资。米切尔想去混沌篇章书店订一本关于鞍上比武的书。博比想买一把新刷子，因为她太宠鹰怒，旧刷子早就磨坏了。斯堪德急需一双新的黑靴子。至于弗洛，她去参加银环社的第一次活动了，这让博比很不高兴。

“真不敢相信，弗洛竟然跟多老啊·螨虫搅到一起去了！”

斯堪德冷哼一声：“多老啊·螨虫？”

“银刃选了弗洛，她只能加入银环社，没有别的选择。曼宁主管到处散布关于斯堪德的坏话，她又有什么办法呢。”米切尔公道地说，翻身跳下独角兽。他们在四极城的购物街上着陆。长长的街巷尽头有一排树，树上楔着金属环，已经拴好了几头独角兽。他们把福星恶童、鹰怒和红夜悦留在那儿，任它们吃挂在树枝上的生肉。

“她当然有别的选择！”博比转身往购物街里走，不依不饶地反驳道，“不去参加不就行了？”

米切尔摇摇头：“我在书里读到过，如果她拒绝参加活动，银环社会把她赶出凌云树堡。”

“那她就变成游民了？”斯堪德很吃惊。

“也不是，”米切尔撇撇嘴，“他们会强迫她搬到银色要塞，那是银环社的大本营。她得在那儿训练五年，直到成为步威生。”

就连博比也吓了一跳：“她从来没跟我说过！”

“可是为什么呢？为什么非得去银色要塞？”斯堪德追问道。

“因为银环社想要把控银色独角兽的训练。他们说要是不加引导，让年轻的银骥骑手在离岛上乱飞，这样就太危险了。”

“多么冠冕堂皇！”斯堪德说，“其实就是多里安·曼宁想要控制她！”一想到弗洛有可能离开四人小队，被抓到那个银色要塞去，他心里就很难受。

米切尔点点头：“我也是这么想的。”

“要我说，这比炸鱼条三明治还诡异。”博比扬起眉毛说道。

“炸鱼条三明治？”斯堪德也渐渐跑题，“那玩意儿可是有点儿——”

“腥气，对。”

米切尔无奈地叹口气道：“我有时候真不懂你们本土生在说什么。”

“唔，只是希望弗洛好好的。”斯堪德说，“我不信任多里安·曼宁。”

“对，”博比附和道，“我也不信任多傻啊·瞒骗。”

他们在商业街上逛了一会儿。斯堪德尽力不理睬周遭的目光——擦身而过的离岛人，有的害怕，有的嫌弃。在披鞍仪式上使用了魂元素之后，这本也是意料之中的事，没什么好惊讶的。他不知道训练场上的那一幕——一头荒野独角兽循着魂元素的能量而来——是不是也已尽人皆知。他把注意力集中在自己喜欢的事物上：四极城的树屋交织着各种元素的颜色，就像他们木屋中的木桩楼梯，色彩飞溅，绚丽斑斓。店面都位于底层，外面挂着招摇的金色招牌，橱窗精心陈列，独角兽和骑手需要的一切应有尽有。在本土生活的时候，因为没有钱，斯堪德从不逛街，可到离岛后，他得到了一笔丰厚的骑手津贴。不过他仍然很节省，几乎只给福星恶童添置东西。余下的钱他全部存起来，藏在背包前面的小兜里，以备不时之需。他觉得自己什么都不用买。可最近，奥沙利文教官说他的黑靴子太破旧了——还是不要和她争执为好。

“你们看！”米切尔举着当天早上的《孵化场先驱报》，从混沌篇章书店里冲了出来。他把报纸举得高高的，差点儿戳到他们的鼻子。

“米切尔！”博比怒道，“快点儿拿走！不然我就一拳把它打烂！”

但斯堪德已经读了起来：

谋杀案三连环！

又有两头荒野独角兽死于非命！死亡数字激增至三头！银环社社长称，织魂人必定不是单独作案……

“弗洛还说是意外呢，这下行了吧……”博比咕哝道。

斯堪德总算明白为什么路人都盯着他看了。“快点儿，”斯堪德噌噌地往前走，“咱们走吧，别迟到了。”

“你还没买靴子呢！”米切尔小跑着追上去。

“今天买不着了。”斯堪德阴郁地说。就在他从英姿制靴公司路过时，大门口的招牌忽然从“营业中”变成了“暂停营业”。

弗洛一家邀请斯堪德、米切尔和博比到位于丰土区的家里共度周末。经过挺长一段时间的飞行，福星恶童、红夜悦和鹰怒向一块坪院俯冲而下。坪院位于山的顶端，四周环绕着漂亮的树屋。这是斯堪德第一次来丰土区，他发觉这里的景色比弗洛描述的还要壮丽。从空中俯瞰，只见农田郁郁葱葱地铺展开，毗邻山羊栖居的高沼地。再往前，就全是山峦、洞窟和嶙峋耸立的石头。大片大片的药草田藏在阴影之下，岩石巍峨，像古老的守护者看顾着五颜六色的田野，也像巨大、石化的拳头，朝着空中飞掠的独角兽挥舞。沛水区则完全是另一番景象。那里的地势非常平坦，到处是水源丰沛的牧场、蜿蜒的河流和婀娜的垂柳。而在这里，斯堪德已见到十一座山，有的陡峭险峻，有的平缓葱茏。福星恶童的翅膀正掠过浓绿色的山峰，远处泛着青紫色的雪山若隐若现。斯堪德真想把这些美景都画在自己的速写本上。

那第十一座山也是距离四极城最远的山，名叫“野花山”。

沙克尼家族就定居于此。野花山山如其名，开满野花的草甸覆于山石之上，从艳丽的蓝色到浓郁的焦橙色，叫人目不暇接。福星恶童下降时，斯堪德的眼中都是缤纷的色彩。

“弗洛已经回来了！你们看！还有银刃！”博比嚷着。他们从独角兽的背上跳下来，置身于草木葱茏的坪院。

“这气味！”米切尔叫道。

“怎么？荒野独角兽？”斯堪德紧张地四下打量。

米切尔推推眼镜：“呃，我是说……野花好香。草甸上有好多花啊，难道你没闻见香味吗？”

“噢哟，那些花没准儿危险又致命呢，斯堪德。快踩烂几朵，拯救整个离岛啊！沙克尼先生肯定会更欣赏你！”博比开着玩笑，不过她的脸上并没有笑意。

斯堪德自嘲地做了个鬼脸，跟着博比和米切尔向坪院里的主树屋走去。他感到有些尴尬，于是放慢了脚步。只见弗洛那头威武的银色独角兽正嗅着一片雏菊，把九月微风中摇摆的植物烧成了灰烬。此时，野花草甸上也并不是只有银刃。斯堪德至少看见了十几头独角兽，它们不是踩着芬芳的花朵闹着玩儿，就是在高高的草丛中追逐小动物。其中一头独角兽的翅膀上打着绷带，另一头则时不时打喷嚏，还有一头身上烟雾缭绕，总是撞到其他独角兽。一开始斯堪德还有点儿纳闷，后来他才想起，弗洛的妈妈是一位独角兽医生——难怪这里都是伤员病号。

斯堪德取下福星恶童的鞍具，让它跟其他独角兽一起玩。鞍具上那勾勒出五种元素标志的白色缝线缓解了四极城之行带给他的糟糕心情。

至少沙克尼家的鞍具师是相信他的。斯堪德感受到了福星恶童的渴望——它等不及要去玩呢，尤其当它最好的朋友红夜悦已经在山坡上狂奔起来，撒着欢儿，四蹄冒着火，把野花都烧成了灰。但斯堪德有些犹豫，不愿意松开黑色独角兽的缰绳。他倒不是担心福星恶童会遇到什么危险，而是在为进入大家族的树屋感到紧张无措。

斯堪德从来没有去过朋友家里，更遑论与他们共进晚餐了。唔，他在本土根本就没有朋友，除了姐姐肯纳——而姐弟俩一直住在同一个房间里！会不会有什么他不知道的规矩？空着手来合适吗？万一他犯了错，惹得沙克尼一家人不高兴，以后再也不邀请他了，该怎么办？

福星恶童往联结中注入安慰的泡泡，斯堪德深深吸了一口气，把手伸进口袋里去摸果冻软糖——是肯纳随着上一次的信寄来的，只剩下一块了。福星恶童嘴馋地抢了过去，还把斯堪德往旁边拱了拱。由于它的骑手不肯动弹，黑色独角兽只好将自己的兽角对准他破破烂烂的黑靴子。

“喂！”斯堪德单腿跳着，“好了好了，我去还不行嘛。你又赢了！”

福星恶童很满意，它喷出火星，烧着了一片草地，留下一串焦枯的野花。

斯堪德踏上了连接坪院和树屋大门的木板。木板的角度很陡，让他想起城堡外面的吊桥。不过，这块木板比吊桥漂亮多了，开着花的藤蔓蜿蜒缠绕，编织成护栏，以免走路的人不小心踏空。

走到尽头时，斯堪德已被各种各样的植物迷住：五颜六色的花盆，模样奇怪的枝叶，闻起来带点儿元素魔法的气味。漆着鲜艳色彩的缆绳在这里搭成栈道，连接起主树屋和坪院四周的大小树屋。弗洛曾经提过，她家会为学徒们提供住处，包括鞍具师和医生。也许这整个坪院都是沙克尼家的？

斯堪德更加局促不安，偏偏这时，一株散发着烟味的红色蕨类植物拦住了他的去路。他真希望肯纳也在。姐姐比他更擅长应付陌生人。她会笑盈盈地问人人都好奇的问题，讲人人都爱听的故事。随后，他又想起夏至日之后就再也没有收到她的来信。伤感混合着内疚：他真想见见肯纳，和她好好聊聊。她说得对，一年见一面根本不够……

屋门开着，弗洛的声音飘了出来：“爸爸，你打算告诉尼娜吗？”她的声音听起来很忧心。

但回答她的是个年轻的声音：“得了吧，弗洛，没必要大惊小怪。说实话，我可不希望我爸妈知道。驭魂者的消息一传出来，他们就开始担心了。要是再加上这个，他们肯定会把我绑回去，叫我去当吟游诗人！”

是杰米？他怎么也在这儿？斯堪德凑近了绘着花纹的屋门。

“可是司令应该知道，还有斯堪德也是。”奥卢·沙克尼不容置疑地说道。片刻之后，他的声音里又添了几分心疼：“那孩子已经自顾不暇了吧。我问你，真是那个‘夺魂刽子手’在当他的教官吗？”

这时有人轻声打断他：“抱歉，抱歉，会有点儿疼。我的元素草药都是给独角兽准备的，所以药劲儿比较大。”说话的女士想必是弗洛的妈妈。

“这药给人用安全吗？他会好起来的吧？您以前给人看过病吗？”米切尔的声音有点儿专横又有点儿焦虑。

“安全。肯定会好的。放心吧，亨德森先生。而且人类的魔法有限，也没有嗜血的欲望，所以恢复得更快。不过，要是你一直问个不停，我倒可能会冒出一些嗜血的欲望。”

斯堪德完全摸不着头脑，他推开门，光线立刻照亮了里面的场景。只见亮黄色的餐桌旁，奥卢·沙克尼正来回踱着步子。弗洛、米切尔和博比坐在桌子一侧的白色长凳上，另一边的椅子里瘫着一个人，埃比和莎拉·沙克尼正在一旁俯身忙碌着。要不是刚才听见他们说话，斯堪德很可能认不出那人正是他的甲胄师杰米。杰米的脸上满是血淋淋的伤口，两只眼睛都肿起来了。

斯堪德倒吸一口冷气：“杰米！你怎么了？”

“看吧，我就知道他肯定又要着急了！”杰米咧着嘴，费劲地发出嘶哑的声音。

来龙去脉由奥卢代为讲解，因为莎拉要求病人保持安静，好往他脸上涂抹气味奇异的药膏。

原来，在其他甲胄师去小酒馆吃午饭时，杰米一个人留在铁匠铺里，为福星恶童的新款胸甲测试韧性。

“我就是干活儿太投入了！”杰米插嘴道。莎拉立刻嘘了一声，让他安静。

这时，有一男一女闯进铁匠铺，压低兜帽，让人看不清长相。杰米抓起几块铠甲保护自己，但没能坚持多久。他大声呼救，却没人来帮忙。两个陌生人把他痛揍了一顿，最后扬长而去。

半个小时之后，奥卢来找他商量福星恶童鞍具上的铠甲系扣，这才发现晕倒在地的杰米。

“他们为什么打你？”斯堪德不寒而栗。

奥卢和莎拉彼此对视，像是在思考怎么回答才好。

“他们说，要是杰米继续为驭魂者锻造铠甲，下次就让他一了百了。”莎拉低沉的声音里掩不住憎恶。

“一了百了？”米切尔说，“意思是……”

杰米答道：“意思是，如果我继续担任斯堪德的甲胄师，他们就会杀了我。真夸张啊，是吧？”

震惊之下，米切尔头发上的火苗晃了几晃。

“那你还这么轻描淡写的？”斯堪德问，“我们现在该怎么办呢？”

奥卢停下脚步，一只手按住斯堪德的肩膀：“依我看，这事与多里安·曼宁和他的银环社脱不了干系。他毫不掩饰自己的意图，不愿让驭魂者在凌云树堡里训练。而阻止你训练最简单的做法是什么？”

“威胁我的朋友！”

“不，”奥卢摇摇头，“是把你变成游民。想想最近的事端吧。”他掰着手指数道：“他们阻拦杰米为你锻造甲胄，想使绊子让你没有鞍具，又威胁出狱的驭魂者，所以除了那个‘夺魂刽子手’，谁也不敢去教你。多里安·曼宁还不断地通过《孵化场先驱报》发声，说荒野独角兽的死疑点重重，说织魂人另有帮凶。再加上真言之歌的渲染，人们便自然而然地把矛头对准你——”

“今天早上，英姿制靴公司都停业了，就为了不让斯堪德进门。”博比抢着说。

“你还不明白吗？”奥卢·沙克尼严肃地说，“曼宁很想把你当作凶手抓起来，但他没有证据。于是，他们转而扰乱你的训练，希望在年底的比武锦标赛中淘汰你。和你同年的蒙稚生们上星期都不愿跟你比赛，不是吗？他想把你赶出凌云树堡，让你失去凌云树堡的保护，这是最为简单、隐秘的办法，连司令都无法察觉他们的阴谋。”

莎拉抬起头，目光离开杰米肿胀的脸："我们不会向这些恶霸屈服。"

"我不能让你们冒险——"

"这不是你'让不让'的问题。"莎拉放下手里的棉球，"因为不喜欢驭魂者，他们就能为所欲为吗？要是下一次轮到医生们呢？或是鞍具师呢？银环社本来就不该滥用权力。如果就这么算了、忍着，离岛会变成什么样子？"

"你妈妈真了不起，"博比大声对弗洛说，"有朝一日让她当社长吧，那个多土哇·馒头就别干了。"

弗洛勉强地笑了一下。

奥卢望着莎拉，眼睛里满是爱意——热烈厚重、坚贞不移的爱意。斯堪德从来没有见过这样的眼神，他忍不住想，爸爸会不会也曾这样凝视过艾瑞卡·艾弗哈特。

"孩子们，去摆桌子吧。咱们在外面的坪院里吃饭。"

斯堪德接过一摞五颜六色的盘子，跟着双手攥满餐具的博比往树屋林立的坪院走去。半路上，博比掉了一把叉子，便弯下腰在草里地寻找。斯堪德经过时，注意到她仍然没有直起身子，同时听见她的喉咙似乎哽住了，正费力地呼吸着。是惊恐发作了。

弗洛和米切尔也发觉情况异常，还有鹰怒，它冲进坪院，眼珠从黑色变成红色，关切地跑向自己的骑手。博比偶尔会惊恐发作，队友们已经见怪不怪了。他们冷静地行动起来：米切尔掰开她的手，拿走其他餐具；弗洛拿走斯堪德手里的盘子，赶紧送到别处去；斯堪德盘腿坐在博比身旁，忍痛让她抓着自己的手借力；而鹰怒守在两位骑手旁边，寸步不离。博比的呼吸断断续续的，斯堪德一年前在鹰怒的围栏里第一次撞见她惊恐发作时，她就是这副模样。后来他才知道，惊恐发作未必总是由明确的压力或焦虑引发。他不需要弄个水落石出，只要陪着博比就行了。

二十分钟之后，博比恢复了正常，就像根本没听过那些关于银环社的严肃讨论似的。所有人围坐在大圆桌旁，有沙克尼一家、四人小队、七位鞍具师、医师学徒，还有杰米。唔，那些桌椅，倒不如说是大树。盘曲的树根是桌腿，虬结的树枝充作椅子的扶手，桌面则像有着环形花纹的树桩。斯堪德已经完全不紧张了，他在弗洛和杰米中间坐下，膝盖不小心碰到了一只鸟巢。

“你的头发真的太酷了，”杰米对米切尔说，“要是我也能当骑手，一定要像你那样，当个驭火骑手。”

“对呀，”米切尔说，“火和铁匠，天生一对。”说完他才反应过来，棕色的皮肤泛起了红晕。

“我爸爸就不喜欢，说这样太张扬了。”他急匆匆地说，几乎有些颠三倒四——这可不像他的风格。“他自己的头发只有一绺变成了蓝色的水，所以他嫌我的头发不够内敛。而且他觉得红夜悦难闻又邋遢。他希望我将来能成为司令。这是他对我的期许。眼下我倒是通过了训练选拔赛。”

“不管有什么样的突变都能当司令呀！”杰米说，“要我说，你的头发是最棒的。不过，你爸爸不是驭水者吗？或许是因为这个，他才不太高兴吧。”

米切尔更郁闷了：“反正他见了我就不高兴。”

“那你想当司令吗？”杰米用一绿一褐两只眼睛盯着米切尔。他此刻的模样有点儿吓人，苍白的脸上青一块紫一块的。

“谁不想当啊？”

杰米耸耸肩：“我爸妈提到吟游诗人时，也是这么说的。”

米切尔可怜巴巴地把食物放进盘子里。

杰米换了话题：“那本关于鞍具变迁史的书，你读了吗？”

“噢，读了！很有意思！”米切尔似乎松了一口气——总算回到了更安全的读书话题。

此时，桌子的另一边传来博比的声音：“但你肯定知道我是谁！”

跟她讲话的医师学徒名叫阿姆兰。他有点儿慌张地说：“当然知道，你是博比·布鲁纳。你是斯堪德最要好的朋友之一。”

“不对！我是说——”博比简直要用叉子戳他了，“我是说我赢得的美名！训练选拔赛我得了第一名！我是这一届里最好的骑手，是未来的司令——”

斯堪德转向弗洛，看见她都没怎么碰她的食物。“银环社的活动怎么样？”他问。

弗洛用叉子叉起一块土豆：“也不算特别糟糕。银环社里和我年纪最近的是雷克斯·曼宁，他离开凌云树堡才几年时间。他教了我一些控制独角兽的小窍门。雷克斯——”

“他是多里安·曼宁的儿子？”斯堪德打断了她。

“别这么紧张！”弗洛笑了起来，“他很和气。他说以前他有时会逃课，因为想要暂时逃离他手中握有的那些力量。听见这样的话真叫人安心。总算有人明白，拥有银色独角兽也会让人发愁。”弗洛耸耸肩说：“和大家在一起让我觉得不那么孤独了。那儿的人都知道骑着银色独角兽是什么感觉。而且银刃好像挺喜欢银色要塞。”

没过一会儿，大家又聊起了荒野独角兽之死。

“我爸爸说肯定是织魂人干的。他们深信不疑。”梳着金色发辫、脸蛋红扑扑的鞍具师学徒卡洛琳说道。埃比告诉过斯堪德，住在沙克尼家树屋的这些年轻人正处于学徒生涯的第一年。也就是说，他们不久前曾被孵化场拒之门外。

“我妈妈也这么说。”阿姆兰说，“但她觉得织魂人自己办不成这件事，必定有别的驭魂者帮忙。”他突然有些不好意思：“啊，斯堪德，我不是故意冒犯你的。我妈妈对驭魂者有点儿偏见。”

莎拉对这位医师学徒的表现不大满意：“死去的荒野独角兽身上只有普通伤口，而不是针对不死之命的什么神迹。也就是说，杀死它们的不是魔法。所以就更不是驭魂者了。”

“可普通伤口怎么能要了荒野独角兽的命呢？”奥卢摇摇头，“感觉不太对劲啊——你说呢？‘不死之命’必然‘永远不会死’，如今却被杀死了，这怎么看都很……”

“邪门儿。”斯堪德突然插话。他想起了那些曾帮助他击退织魂人的荒野独角兽。

“而且，那首真言之歌通篇都是警告，”埃比说，“杀死荒野独角兽真的会遭报应吗？万一吟游诗人的预言应验了怎么办？”

大人们笑了起来。“我才不担心呢，”莎拉对儿子笑道，“卡扎马司令不是一直告诉大家，所谓的‘报应’只是一种象征修辞吗？怎么可能是真的？”

“我认为真言之歌都是无稽之谈。”米切尔气哼哼地说，“我妈妈也这么想。”米切尔的妈妈露丝·亨德森在四极城的水元素图书馆工作，夫妻俩已经分开了，据说她比米切尔的爸爸要和善得多。斯堪德想起披鞍仪式上的米切尔仍会感到愤愤不平：因为爸爸艾拉·亨德森的期许，米切尔放弃了自己喜欢的尼姆罗鞍具，勉强选了泰廷家的。

“谁在桌子底下抖腿呢？”博比问，“怎么晃来晃去的？”

斯堪德低头望去，但桌面晃得太厉害，什么也看不清。他屁股底下的椅子开始摇晃，接着是头顶上方的树枝。果子掉到地上，鸟儿纷纷飞起，冲向厚重的云层。斯堪德感受到联结中的恐惧——福星恶童的，还有他自己的。

“地震了！”奥卢和莎拉同时喊起来，“躲开那些树！”

斯堪德和弗洛冲下满是野花的山坡，奔向自己的独角兽。米切尔慢了一步，因为他要先扶受伤的杰米站起来。博比已经跨上了鹰怒的背，还拉了一个学徒和她共乘。

斯堪德跑到福星恶童身边时，大地还在震颤。独角兽难以平静下来，眼睛时红时黑，扭着脑袋，尖角对准沙克尼家的树屋。米切尔和杰米也冲向红夜悦——它吓坏了，背上冒出腾腾烟雾。银刃慌张地冲着远处咆哮，弗洛正极力安抚。灰色的独角兽尖叫起来，渐渐不受控制，博比和学徒只好跳了下来。而在远处的山坡上，莎拉正奋力安慰着那些伤病的独角兽。

宛然一声巨响，一间学徒的树屋坠落在地，碎成一堆彩色的木片。

大地恢复了平静。

“大家都没事吧？”奥卢喊道。

莎拉去查看她的医师学徒。奥卢清点了他的鞍具师学徒。两个人站在狼藉的野花地里，稍稍松了口气。

莎拉把女儿拉进怀里：“幸好咱们都跑出来了。”

“这一带经常发生地震吗？”米切尔问。

斯堪德害怕听到答案。

“确实偶尔会有地震，”奥卢冷静地说，“但不像今天这么强烈。”

“那个吟游诗人不是唱到了地震吗？记得吗？”博比的话正是斯堪德内心所想。

弗洛转向她的父母：“那首歌不会真的应验吧？难道离岛真的要遭报应了？”

“今天早上，又有两头荒野独角兽死了。”杰米嘀咕着。

“那肯定是巧合。”米切尔冒冒失失地说。

“我还以为你不相信巧合呢。”斯堪德顶了一句。

“好啦，”莎拉又抱了抱弗洛，然后叫大家跟着她一起前往野花山，“就算这真是荒野独角兽之死的报应，也没什么大不了。大家都没受伤，重建树屋也不难。如果经历一次地震能让离岛变得安全，那我们也能松口气了。”

可是，斯堪德觉得她并不像她说的那么轻松，地震带来的恐惧仍然笼罩着他。万一吟游诗人的那首歌预言成真了呢？万一离岛要遭受的报应远非如此呢？万一织魂人就是想让他们陷入万劫不复之境呢？

四人小队从野花山返回后，斯堪德一直留意着《孵化场先驱报》的动态，搜罗与真言之歌相关的蛛丝马迹。当他挑出一则沛水区发洪水的消息，米切尔觉得这种牵强的解读简直荒谬至极。“沛水区嘛！当然常常发洪水啦！”还有关于烁火区发生山火的报道——“区如其名，斯堪德！那地方本来就天天着火！”可斯堪德还是止不住地忧心忡忡。就算真是织魂人杀死了荒野独角兽，他仍然觉得自己难辞其咎。毕竟，她是他的妈妈啊。他迫切地想知道，她到底想要干什么。

然而，九月底的一天，用不着斯堪德刻意搜寻，当天的《孵化场先驱报》晚间版带来了重磅头条：

不可思议！八头！

横死的荒野独角兽数量已接近两位数！

八头？

斯堪德想强迫自己想点儿别的，在去争春食屋的路上拐到了陇驿树岗。此处五棵枝干粗大的树分属于五种年资的骑手——初出生、蒙稚生、英少生、若成生和步威生。树干上凿有小洞，小洞里装着金属胶囊，信件均储存其中。他在蒙稚生的树干上找到了属于自己的那颗金蓝两色的胶囊，本已做好失望的准备，拧开盖子后，却发现里面有一封信。斯堪德的心怦怦直跳：肯纳回信了！终于回信了！他撕开包裹，只见一大袋果冻软糖掉在地上，这时他才发现，信不是姐姐写的。

亲爱的斯堪德：

我是爸爸。你和福星恶童都很好吧。你在训练选拔赛中的表现那么亮眼，我至今都觉得不可思议呢。肯纳近期不会写信了——去了趟离岛后，她心情受了些影响，想自己静一静。她很想念你，但写信就老是会想起独角兽什么的，所以缓一缓吧。以后就由我给你写信了！训练怎么样？哪位鞍具师选了你？

快给我回信吧。

爸爸

斯堪德只觉得脚下一空，胃里绞痛，像生病了似的。

肯纳不愿意再给他写信了。他迷迷糊糊地把金属胶囊放回原处，眨眨眼睛，忍住了眼泪。他从未意识到自己原来这样渴望她的声音，哪怕是信里的。可现在没有信了。要是她一直高兴不起来怎么办？要是他再也收不到她的信了，该怎么办？

哄福星恶童睡觉时，他还在反复读着那封信。黑色独角兽对他的心不在焉很是不满，极力想要吸引他的注意，有一次甚至用牙齿咬住了信纸。当斯堪德第三次从口袋里掏出信时，福星恶童终于吼了起来，冲它的骑手喷出一阵冷气。

"喂！啊，对不起。"斯堪德把信从草垛里捡回来，抚摸着福星恶童黝黑的皮毛，"对不起，怠慢你了。"

独角兽气哼哼地喷出几颗火星，然后用漆黑的眼睛望着斯堪德，翅膀轻轻蹭着他的后背。福星恶童什么都知道，它一向如此。

夜里，整个树屋都沉入了梦乡。米切尔、博比和弗洛今天第一次造访了各自的元素秘洞。他们都穿着结盟元素对应颜色的夹克，天黑以后才回来。他们静悄悄的，显然不想让斯堪德因为去不成水元素的沧渊而感到更加难过。他们聊起早上的训练，绝口不提刚刚经历过的精彩之夜。斯堪德心里一暖，很是感激。

他咧开嘴笑着问："难道就没人想讲讲我去不了的那个

地方？”

“我们还以为你不想听到秘洞什么的。”弗洛轻声说道。她伸出手，抚摸着画在土元素那面墙壁上的一株植物。

“是吗？”斯堪德叹了口气，“我想听啊，听了就可以不去想别的了。”他告诉朋友们，肯纳不愿意给他写信了。

博比好心地安慰道：“我就不会为这种事担心。我妹妹可从来没给我写过信，只顾着在驯育课上考高分呢。她比我还厉害——姑且这么说吧。”

“呃，博比，”弗洛说，“你从没提起过你还有个妹妹啊。”

“对，从没提过。”米切尔也说。

博比耸耸肩：“她是我们家最小的孩子，习惯了成为全家的焦点。我爸妈觉得她是个天使，总是叨叨‘博比，你是老大，你应该最懂事’‘博比，其实，我们对你的期望更高’‘博比，你怎么就不能像妹妹一样乖呢’……说实话，能从中脱身真的很不赖，哪怕只有几年也好。以我对她的了解，在孵化场门口排队时，她肯定是挤在最前面的那个。”

“你以前怎么不说呢？早知道我们就多开解开解你啊。”弗洛柔声说道。

博比耸耸肩：“你们也没问我啊。”

四人一时陷入尴尬的沉默。斯堪德决定换个话题：“好了，跟我讲讲秘洞吧。所有细节都要讲哟。”

另外三人立时来了精神。

“矿池里有很多小岩洞，岩洞里有成千上万颗钻石，都排列成各种星座的图案！你可以爬进去，在里面舒舒服服地读书，就像仰望星空一样！”弗洛惊叹着，如在梦中。

“我早就看书里讲过，湛炉里的萤火虫都是排着队飞行的，但没想到，它们竟然可以听你的指令组成各种形状！斯堪德，那真是我见过的最酷的场面！”米切尔说着，摸了摸T恤上的金色火焰徽章，很为自己的元素感到自豪。

博比兴奋得两眼放光，像她背后的黄色墙壁一样闪耀：“风巢里也有这样的地板，但那些小格子都是带电的。我们一踏在上面跳舞，五颜六色的电花就往上喷！”

弗洛吓了一跳：“好像有点儿吓人啊。”

博比不以为然地说：“因为你是驭土者嘛，我也不喜欢萤火虫啊。你在白天见过萤火虫吗？它们总是神出鬼没、怪里怪气的。”

最后，米切尔和斯堪德总算回到卧室，爬上了各自的吊床，但谁也睡不着——斯堪德惦记着爸爸的信，米切尔则是兴奋过了头。于是，他们干脆琢磨起那个阴魂不散的话题：织魂人究竟是如何杀死荒野独角兽的？

“如果我们能弄清织魂人是怎么夺取荒野独角兽的性命——呃，当然，也不见得一定就是她……”米切尔咽下了话头，内疚地看着斯堪德。

“我也认为是她干的。”斯堪德说，“说吧，我不介意。”

“哦，好。唔，我是想，只要能弄清楚到底怎么回事，就能帮助卡扎马司令抓住凶手。元素图书馆里肯定有资料吧，咱们去查查！”米切尔热情地提议道，“我的研究能力还是很出色的。”

“去年她造出虚假的联结，”斯堪德配合着朋友的热情，“用来糊弄荒野独角兽，为它们匹配了不应得的骑手。我猜那就是她杀死它们的方法。”

“可那些伤口呢！”米切尔说着说着就激动地比画起来，在吊床上晃来晃去，“荒野独角兽流着血呢！看起来并不像魔法造成的，弗洛的妈妈不是说——”

砰！

米切尔摔下了床，正砸在斯堪德的背包上。

斯堪德连忙爬下去扶他，然而他突然意识到，房间的地上到处都是钱。都是他的钱。

米切尔捡起一叠纸钞，好奇地问：“这是怎么回事啊？”

斯堪德脸红了。他什么都愿意和米切尔分享，唯独这件事是他的秘密。“是省下来的骑手津贴。我在存钱。”他含糊地搪塞，忙着把钱塞回包里。

“难怪你不肯买新靴子。”米切尔恍然大悟，“你登岛以后是不是就没买过东西？”

“我不是说了嘛，我在存钱。”

“为什么？买金鞍具？”

斯堪德咬着嘴唇，决定说实话：“我有个念头，算是梦想吧。如果我能通过凌云树堡的训练，成为混沌杯骑手，也许就能把爸爸和肯纳接来。我姐姐在本土过得很不开心，都不给我写信了！要是我们能一起住在离岛就好了。一家人团聚。有朝一日吧。我不知道这合不合规矩，但肯纳是我姐姐，也算半个离岛人……”他的声音越来越小，脸颊滚烫。

“你存钱是为了买树屋？”

斯堪德点了点头。

米切尔眨着眼睛：“我第一次见你时，竟然以为你是个恶魔。天哪，真离谱。”

斯堪德无力地笑笑：“我知道这听起来很傻。我只是太想念他们了。”他想起爸爸的信，只觉得脚下又虚浮摇晃起来。肯纳不好过，他就不好过。

米切尔弯下腰，帮他捡起那些钱：“不傻啊，斯堪德。那是家人啊。”

这天夜里，斯堪德躺在吊床上辗转反侧，回想着过去几个星期发生的事，怎么也睡不着。米切尔说得对，那是家人。现在，他的家人远在本土，肯纳拒绝再给他写信。在这里，阿加莎也算是他的家人。可这二者本质不同。正如奥卢所说，给“夺魂刽子手”当学生，这滋味可不好受。阿加莎可是用自己的元素杀死了所有驭魂者的独角兽。他不信任她。他甚至怀疑，她去年带他登岛，就是为了利用他去阻止织魂人，或达到她自己的目的。他和她的第一节训练课到底会是什么样子呢？

上次他在无意中把一头荒野独角兽引到了训练场，于是谣言甚嚣尘上。人们都说他能召唤野生独角兽，然后再由织魂人杀死，所以他毫无疑问是帮凶。此外，虽然杰米已经养好了伤，可斯堪德还是觉得内疚。驭水者们投票禁止他进入沧渊的事更是雪上加霜，他觉得自己越来越像个边缘人了。

斯堪德挪了挪枕头——

“哎哟！”

“怎么了？”米切尔一骨碌跳下吊床，开了灯。

“我被什么东西戳了一下！”斯堪德摸索着，把那讨厌的玩意儿一下子扔在地上。

他俯身细瞧，对着突然闪现的亮光眨眨眼睛。

那是一根金属羽毛，长而薄的灰色金属聚拢成锋利的尖端，正是这个地方戳到了斯堪德。羽毛两侧交织着深深浅浅的纹路，错综繁复，精巧无比。斯堪德从没见过这么漂亮的东西。

“火球威猛！”米切尔彻底清醒了，指着斯堪德指间的羽毛大呼小叫，“斯堪德，这是游隼！游隼的羽毛！”

他咧着嘴，兴奋不已，好像在期待斯堪德明白这件事的重大意义。

“啊，对了，”米切尔摇摇头，头发在昏暗的灯光下闪闪发光，“你不知道，本土生嘛，有时我都忘了——快看看，有没有纸条什么的？”

斯堪德回到吊床那儿一通翻找，最后抖毯子时，果然发现一张飘落在地的小纸条。

斯堪德·史密斯与福星恶童

10 月 9 日下午 6 时

余晖天台

“这都是什么意思啊？”斯堪德茫然地问。

米切尔已经激动得上蹿下跳了：“斯堪德！这是邀请函啊！你可真棒！”

“邀请函？干什么的？余晖天台又是什么？我从来没听说过啊！”斯堪德一头雾水，觉得自己确实是个彻头彻尾的本土生。

米切尔解释说，余晖天台是整个凌云树堡的制高点。正要从头讲起时，博比已冲进他们的卧室。

她穿着睡衣，却杀气腾腾：“还能不能更热闹点儿？你们明天不想训练了？到底有什么了不得的事——”

“斯堪德接到了邀请函！他要加入疾隼队了！”米切尔兴奋得脸都亮了。

“加入什么？”博比问。

米切尔深吸一口气：“疾隼队！以游隼命名的！游隼可是全世界速度最快的鸟！这个社团只在乎你飞得多快，甚至都不让你穿自己元素的夹克呢！他们绝对是凌云树堡最酷的一伙儿人！他们行事隐秘，只通过邀请发展社员，只要最优秀的骑手。我爸爸就是。”他的脸色稍稍黯淡下来，但还是继续解释：“他们肯定注意到你和福星恶童的表现了，斯堪德。你们真的飞得很快。”他说着将羽毛还给了斯堪德。

“可我都没参加测试，”斯堪德结结巴巴地说，“怎么可能加入？”

“我的朋友，你不用测试——”米切尔还没说完就被博比打断了。

“因为你是斯堪德·史密斯。”

她说完转身就走，砰的一声摔上了屋门。

第六章

疾隼队

从那天晚上开始，博比就一直躲着斯堪德。他第一次参加疾隼队活动的当天，恰逢蒙稚生们进行首次鞍上比武实操。斯堪德本以为博比开心地忙着把对手撞下独角兽，意味着她转眼就会忘了两人之间的不快，可她故意骑着装备一新的鹰怒，躲开银刃、红夜悦和福星恶童，站到了马里亚姆和归星旁边。

这之后，风元素比武专项集训就从来没有顺利的时候。唯一能形容那场面的词就是人仰“兽”翻。训练场上设置了四条木桩隔栅，全副武装的蒙稚生们分立两端，一组一组地相向疾行，冲过去的时候由骑手召唤风元素兵器，对战比试后计分。幸运的是，米切尔和斯堪德一开始就被分在了一组。福星恶童似乎等不及要冲向隔栅另一端的暴脾气好友，斯堪德费了好大一番力气才把它拽住。

哨响第一声。黑色独角兽向前奔去，鬃毛间闪耀着电花。斯堪德将风元素引入联结，右掌中亮起了黄色的光。另一端的米切尔也是如此，红夜悦四蹄踏火，嘶吼着向福星恶童冲过来。

哨响第二声。斯堪德尽力让自己稳坐在鞍子上，左手挽着缰绳，试着在右手中召唤出一把闪电短剑。好吧，其实也就是大一点儿的匕首，不过他总算做到了！此时红夜悦就在几米开外，它的鬃毛烈烈燃烧着，骑手的手中赫然握着一支夺目的长矛。两个男孩都扬起胳膊，准备一较高下，然而——

独角兽们突然放慢了速度，小步溜达，一碰面就同时停住了。福星恶童和红夜悦隔着木桩，细声细气地尖叫起来，像是在愉快地聊天。男孩们只好悻悻然鸣金收兵。

“小红！小红——”米切尔生气地说，“咱们可要赢啊！就算福星恶童是你的朋友，你也照样要打它啊！就像我和斯堪德是好哥们儿，可我们还是会拿起兵器对战，因为这个场合就该做这件事，这是符合逻辑的！”

斯堪德忍俊不禁：“好哥们儿？”

“这可不好笑，”米切尔说，“咱们得练习啊！”

“还是挺好笑的。”斯堪德的眼睛湿湿的。福星恶童正咬着牙，嘶嘶喷着气。斯堪德不知道这是不是它对背上骑手的感应。他们的联结里满是愉悦——斯堪德一笑，福星恶童就开心了。

“下一组！”塞勒教官朗声喊道。

“火球威猛！”米切尔抱怨道，“这下得等好久才能开始下一轮了。”

他们离开隔栅，为即将练习比武的阿努什卡和云端海盗、马特奥和幽冥之钻腾出地方。斯堪德看了看红夜悦。“唔……米切尔，红夜悦怎么这么干净？”他之前竟然没有留意，红夜悦的鬃毛这次破天荒地没有打结，血红色的皮毛油光水滑，闪闪发亮。米切尔之前给红夜悦梳毛时，刷子被它烧了个稀烂，所以他们几个月以前就达成了共识，再也不梳毛了。

米切尔一下子高兴起来。“是啊！我也不知道怎么回事。今天早上它怎么也不肯离开马厩，后来有个人拿着刷子走过来，她兴奋得连连尖叫。最后，我把它打理得干干净净、漂漂亮亮，它才心满意足。看来我得向博比讨教讨教刷洗打扮的窍门了。”米切尔拍拍独角兽的脖子，“我真的很欣慰。在去年的训练选拔赛上，爸爸确实嫌红夜悦太邋遢。他说要是我希望有朝一日成为离岛司令，就得给大家当个好榜样。”

“是啊。”斯堪德说。他可不是艾拉·亨德森的头号粉丝，那个人去年的主要工作就是关押驭魂者。

“嘿，看，”米切尔指着另一条木桩隔栅说，“弗洛要比武了。”

确切地说，弗洛只是“想要”比武。只见银刃在这一端高傲地扬起前蹄，开始飞奔，对面的对手瞥了一眼，就被银色独角兽强大的气场吓坏了，忙不迭地逃走。加布里埃尔和普利斯女王根本不敢和弗洛的银刃对战。而对那些只能勉强稳住独角兽的骑手们来说，场面仍然很骇人。

弗洛召唤兵器时，魔法能量之强让她完全无法控制元素对兵器的塑造。更可怕的是，她也控制不了兵器的大小。斯堪德看见弗洛塑造出一支燃烧的长箭，末端都能触到地面了，还有一支尖端带有强力磁铁的长矛，嗖嗖嗖地吸走了骑手们的头盔，而巨大的冰槌过于沉重，坠得她自己都从鞍子上摔了下去。

“难怪她非得参加银环社的活动不可。”斯堪德对米切尔咕哝道。两个人都看得目瞪口呆。

“当心！福星恶童又开始了！”米切尔突然大声提醒。

福星恶童的翅膀隐隐地透出了白光——魂元素的白光。去年被分在另一组的本土生阿贾伊在独角兽幽抑杀机的背上惊呼了一声，然后和他的驭土者朋友查理窃窃私语起来。查理骑着他的腹地岩浆，立刻转向梅布尔和悼海。梅布尔则远远地指着福星恶童的翅膀——闪着幽灵般的荧光，黑色羽毛下的骨骼和筋腱都清晰可见。

斯堪德叹了口气：最近，福星恶童常常如此。它似乎觉得终于能够自由使用自己的元素了，这让它很开心，即便会给斯堪德带来不小的麻烦。这样的情景在提醒人们：斯堪德的结盟元素和织魂人一样。

训练本来已经够糟的了，安布尔和博比的比武却又变成了斗殴。冲到彼此跟前的时候，她们也像米切尔和斯堪德那样停了下来，但她们手里的兵器却没有消失，而是尽其所能地翻新，从燃着火的弯刀到花岗岩战斧，两人学过什么就召唤什么，一通乱斗。

塞勒教官好不容易才挤到她俩中间，急得脖子上都布满了电流。“只选择一种元素、一种兵器，这是比武的礼仪。希望你们在我的风元素训练课上好好遵守规矩。”

鹰怒却根本不管这一套，瞅准机会在梁上旋风的屁股咬了一大口。

至于被批评“不守规矩”，博比和安布尔都不以为意。

当天晚上，斯堪德要去参加他的第一次疾隼队活动。弗洛和米切尔送他出门，博比却不知道去哪儿了。

“小心些。”弗洛在树屋门口提醒他，“我妈妈说疾隼队很危险，因为他们飞得太快，常常出事故！”

“你回来之后可得跟我好好讲讲。”米切尔热切地说，“我会一直等你，不会先睡的！”

“好，我会当心的。”斯堪德咧嘴一笑。他没注意到弗洛挥手道别时脸上掠过的一丝阴影。

斯堪德往凌云树堡的围墙走去，在经过一架悬桥时，看到一群蒙稚生远远地就躲开了他，活像受惊的小鸟。而当他走近两名三年资的英少生时，对方本来好好聊着天，一见到他便立刻闭了嘴。斯堪德跳下来，进入围墙东门时，关于驭魂者的传闻仿佛在空中回荡。斯堪德咬着牙，恨不得能立刻证明那些荒野独角兽是织魂人杀死的——那样至少他就没有嫌疑了。

不过，斯堪德没有让流言蜚语影响他的好心情。这可是他第一次参加疾隼队的活动——在本土的时候，他从来没有收到过类似的邀请！

他泡在福星恶童的马厩里，给它梳理乌木黑色的皮毛，直到看起来油光发亮；用护理油给它的蹄子抛光；把它打结的鬃毛梳通，把翅膀上的羽毛理顺……就这样一直耗到了六点钟。斯堪德打开爸爸随信寄来的果冻软糖，拿出福星恶童最喜欢的红色口味，却差点儿让独角兽咬掉自己的手。

他看着福星恶童大快朵颐，感受到了它的快乐，接着又被自己的悲伤淹没。虽然果冻软糖的味道是一样的，可爸爸寄的和肯纳寄的就是不一样。斯堪德特别想给姐姐写信，想帮她渡过难关，可他该写些什么呢？他仍然是骑手，这是不可改变的事实。肯纳没通过选拔考试，这也是不可改变的事实。看了爸爸信里的那些话，斯堪德担心自己的信会让姐姐更难过。

围栏对面墙上的钟突然敲响了六下。斯堪德这才慌慌张张地脱下绿色夹克，把游隼羽毛徽章别在自己的黑色T恤上。他拉着福星恶童来到外面的空地，独角兽不情不愿地踩出了几星电花。他跳上它的背，掠过四条断层线相交的分汇点，飞向辽阔的天空。他们绕着郁郁葱葱的树冠盘旋，不久就来到余晖天台，看见有几头独角兽已经先到了。原来余晖天台是一张大大的金属圆盘，由交错的支脚固定在底下的大树上——确实非常高。

“来吧，好孩子，”斯堪德指着余晖天台对福星恶童说道，“来个平稳着陆，怎么样？”

然而并不平稳——福星恶童的着陆一向不怎么利索——但至少还是落在天台上了。斯堪德翻身跳下来时，发现天台中央嵌着一轮大大的黄铜太阳。太阳边缘雕着几只鸟，每只鸟似“M”形，翅膀下坠着名号的首字母。

“一共八个。”

说话的是个男孩，看上去是四年资的若成生。他有浅褐色的皮肤，一头黑发像波浪似的在头上拱起，发梢上冒着白色的泡沫。他的独角兽冲福星恶童咆哮一声，得到了嘶嘶低吼的回应。斯堪德感受到了联结中的焦虑，福星恶童似乎在琢磨：它一下就能把我打趴下。

“欢迎你们加入疾隼队，斯堪德·史密斯，安布尔·费尔法克斯。”

斯堪德听到死对头的名字吓了一跳。左边，那位驭风骑手骄傲地和她的梁上旋风站在一起，看都不看他一眼，鼻子仿佛更翘了。要是知道安布尔也受邀加入了疾隼队，博比肯定会更生气。

“我是队长李凯斯，这是潮汐武士。”他说着指了指身旁体形庞大的独角兽。斯堪德觉得，那头独角兽的颜色应该称为“栗色”——深棕色的皮毛，鬃毛和尾巴为黑色。“诸位都表现出非凡的飞行能力，而这正是疾隼队所看重的。加入我们的社团后，你在凌云树堡就是戾天骑手了。你们应该注意到了，社团里没有步威生，这是因为当年没人达到加入的标准。规矩便是如此。我们只要凌云树堡的飞行精英——不论你多大，结盟元素是哪种，哪怕你是驭魂者也无所谓。”李凯斯冲斯堪德眨眨眼。“我们只在乎一件事，那就是你能飞多快。”

虽然安布尔令人不爽，但斯堪德的胸膛里还是泛起了喜悦。

在凌云树堡，除了他自己的树屋，这是第一个没人对驭魂者指指点点的地方。他没穿夹克，可谁也没盯着他胳膊上的元素突变看。谁在乎能不能进入水元素秘洞？其他戾天骑手都冲他点头，有几位还善意地笑了。在这里，他和他的独角兽就只是斯堪德和福星恶童——不会有人上下打量，不会有人骂他是织魂人的帮凶，不会有人把杀死荒野独角兽的罪名硬扣在他头上。

“游隼是世界上飞行速度最快的鸟。”李凯斯继续说道，然后突然停了下来。

“又来了。”一个红头发的若成生翻了翻眼睛。

李凯斯挥挥手，做了个飞掠的动作：“游隼俯冲时，时速可达三百多公里，堪称世界上速度最快的动物。这正是我们的追求。”

斯堪德回想起去年的训练选拔赛。与博比和鹰怒对战时，他和福星恶童曾有过一次俯冲。也许李凯斯，或是疾隼队的其他成员，刚好看到了那一幕？也许就是因为这样，他此刻才会来到这里。

“作为队长，我负责制订全年的训练计划。如果有任何问题，你们尽管来找我。去年疾隼队的队长是尼娜·卡扎马，想必你们都听说过吧？”有人笑了起来。“数不清的司令都是戾天骑手。够快才能赢得混沌杯。”

刚才那位红头发的女孩清了清嗓子。李凯斯介绍道：“这位是我的副官，上尉普利姆罗斯。”斯堪德发现她的眉毛由细小的火苗交织而成。“虽然‘普利姆罗斯’是一种花的名字，可我跟你们说，她到了空中会把你们打得落花流水。她和她的凛冬野火是凌云树堡百米纪录的保持者。简单演示一下怎么样？让他们看看真本事。”李凯斯冲着上尉咧嘴一笑，“来个侧翻两周？”

普利姆罗斯扬起燃火的眉毛：“三周。”

李凯斯大笑起来：“做梦呢。”

“你才做梦。”普利姆罗斯眨眨眼睛，跳上了凛冬野火。

他们一飞到空中，就证实弗洛提到的“危险”所言不虚。凛冬野火飞得又高又快，斯堪德极目远眺才能看见那头烟灰色的独角兽。它在凌云树堡上悬停，翅膀垂在身体两侧，而后突然往后挺身，载着普利姆罗斯朝凌云树堡的围墙极速俯冲，似乎即将一头撞向墙面、粉身碎骨——然而并没有。烟灰色的独角兽在低空中侧身翻转，一圈又一圈，普利姆罗斯则压低身子，紧紧地抓着凛冬野火的脖子。然后，她们呼啸着冲回天台，简直像表演了一场高难度杂技。

“哇！”大家惊叹不已。“侧空翻三周！”“普利姆好厉害！”

“哎哟，我可惨了，”李凯斯也大为惊讶，他摇摇头说，“今年有好戏看了。”

“唔……我们很快就要学那招了吗？”斯堪德紧张地问身边的

一位骑手。他刚才一直吹哨起哄，这会儿才把手放下。

“这家伙已经等不及去冒险啦，小李！”

斯堪德愣住了。他忍不住想，要是刚才的侧翻没成功会怎么样，要是普利姆罗斯掉下来会怎么样……不过，身为疾隼队的一员，到了空中就应该把所有顾虑抛到脑后吧。

虽然没有人下令，但队员们都心有灵犀般骑上了各自的独角兽。

“最后一个飞到极外野地的人没有棉花糖！”普利姆罗斯高声喊道。

所有人都吓得倒吸一口冷气，斯堪德和安布尔却不明白这有什么大不了的。福星恶童将一束电流通过缰绳传到斯堪德的手中，催他赶快启程，而其他独角兽已纷纷飞离余晖天台。

福星恶童急着追上去，翅膀向外张开，磕到了斯堪德的膝盖。黑色独角兽冲出天台，前蹄朝着下方的树丛滑落——斯堪德胃里一阵翻腾，他连忙抓住新鞍子，稳住自己。福星恶童宽大的翅膀越挥越快，载着他靠近夕阳余晖勾勒出的独角兽群。他们争前恐后，朝终点冲去。

斯堪德能感受到联结里的渴望——福星恶童迫不及待地想要冲到前面。他俯下身子，减少阻力。速度加强了风的力道，他的耳边风声呼啸，眼睛也湿润起来。

现在，他们已经追上了飞在最后面的几个蒙稚生。

“嗨，我是帕特里克，不过大家都叫我‘小旋风’，因为我们飞得快！”飞在斯堪德左侧的骑手大声叫道。他灰褐色的头发像触了电似的直立着，发梢上亮着点点电花——驭风者的突变。“这是我的幻影飓风。”他说着指了指座下的黑色独角兽，然后又指着另一个留着寸头的驭土骑手说，“那是马库斯和沙暴轨迹。他总是想赢过我，可是不行啊，还是幻影飓风的振翅频率更胜一筹。”斯堪德心花怒放。他一向热衷于讨论独角兽的速度数据，现在终于找到同好了。

“帕特里克！别自作多情啦，没人管你叫‘小旋风’！”马库斯回过头喊道，“明明是我们更快！”

幻影飓风和沙暴轨迹较着劲儿猛冲起来，速度惊人，而福星恶童只有奋力追赶的份儿。看来，他们还需要一段时间才能和这些骑手们较量。

竞速的独角兽群渐渐靠近城市边缘。斯堪德看见李凯斯和普利姆罗斯一马当先飞在最前面，身旁一侧是长风区，一侧是烁火区。真不知他们是怎么办到的，竟然能在保持高速飞行的同时做出各种惊险的空中特技。然而就在李凯斯俯冲到底、即将向上拉起时——

咔嚓！砰！

一道闪电差点儿击中潮汐武士的翅膀。李凯斯一个急转弯躲开了，但紧接着一股劲风又扑向普利姆罗斯。两头独角兽栽了下去，惊异地尖叫着。

咔嚓！砰！

“斯堪德，往烁火区飞！”帕特里克喊道。他慌神了，满是雀斑的脸一片煞白。其他戾天骑手全都慌忙掉转方向，冲福星恶童这边飞来。

咔嚓！砰！

他们遭遇了暴风雨，斯堪德从未见过这么狂烈的雷电。枝状闪电刺破天际，继而劈中了地面上的三座风车。福星恶童在排山倒海般的狂风中左摇右晃，斯堪德就快从鞍座上滑下去了。这可不像普通的暴风雨啊。

戾天骑手们像绑着翅膀的杂技演员，驾驭着独角兽俯冲、躲闪，拼命逃离风暴。可一进入烁火区，斯堪德就意识到这边的情况也好不了多少。下方的树木燃烧着，冒出滚滚浓烟，几乎占据了全部视野。斯堪德想起野花山的地震，又想起了《孵化场先驱报》提到的山火和洪水。他明白了。

报应来了。离岛在复仇。

斯堪德突然怒不可遏。对他的妈妈感到怒不可遏。真言之歌所言非虚：杀死荒野独角兽是要付出代价的。人们会因此受伤。这全是拜她所赐。她当然不会在乎。她并不像他那样爱着这座离岛。她只想毁灭它。愤怒攫住了他的心，福星恶童也怒吼起来。他要去极外野地，他要找到织魂人。他要向所有人证明，做坏事的是她，而不是他。

“斯堪德！你要去哪儿？”李凯斯话没说完就呛住了。重重浓烟中，只能隐约看见他那波浪状头发的轮廓。

斯堪德催着福星恶童往烁火区里面闯。

“斯堪德！太危险了！你要干什么？”潮汐武士追了上来，咆哮着响应骑手的警告。

斯堪德决意不理会，一门心思只想冲到极外野地。

潮汐武士猛然加速，一个急转弯拦住了福星恶童。

福星恶童不满地扬起前蹄，声嘶力竭地叫唤。

李凯斯的声音似乎不容反驳：“我是队长，现在对你下达命令。斯堪德，后转，撤退！”

斯堪德的怒火突然熄灭了，灰尘呛得他咳嗽起来。“对不起，”他勉勉强强地说，“我不知道——”

李凯斯的头发汩汩翻涌着，他厉声训斥：“你想证明什么，斯堪德？你会送掉自己的小命，还可能连累其他想要救你的——”看到斯堪德痛苦的神情，他咽下了后面的话。烟雾仍然在独角兽的翅膀四周缭绕。“走吧，”他说，“回天台。”

福星恶童跟在潮汐武士后面，往凌云树堡折返。斯堪德感到精疲力竭。他刚才完全被愤怒绑架了。就算他找到了织魂人，又能怎么样呢？跟她单打独斗、决一死战吗？

回到余晖天台后，斯堪德听见普利姆罗斯说：“噢哟，真刺激啊。”

“真没想到升任队长以来的首次编队飞行竟如此收场，”李凯斯长叹一声，“元素灾害。普利姆，情况越来越糟了。”

斯堪德忍不住插嘴问道：“你们以前遇过这种事吗？”

李凯斯又叹了口气。“我没见过，不过芬恩……”他指着一个浅褐皮肤、黑色短发的骑手说，“那个英少生碰到过。两天前，她骑着她的荏苒星霜进行耐力飞行训练时，看见丰土区发生山体滑坡，大地像是撕裂了一般……”李凯斯突然想起斯堪德刚才的异样，“对了，你没事吧？你在空中时好像有点……不对劲？”

“我……”斯堪德不知道该怎么说，“对不起，我没事。”

“那就好。”李凯斯点点头。他没多问，这让斯堪德松了一口气。

“请问我们可以开吃了吗？”那位目睹山体滑坡的英少生芬恩问道。她的突变清楚表明她是个驭水者——两只手冰封结霜，像透明的冰雕，指节上还点缀着雪花。

“来点儿……棉花糖怎么样？新鲜出炉，刚从本土运来的！”李凯斯从独角兽的鞍囊里取出一个纸袋，得意扬扬地高举着。

大家开心地嚷嚷起来，刚才遭遇的元素灾害全都被抛到脑后了。普利姆架好火盆，和其他几个戾天骑手收集掉在天台上的树叶和树枝。然后她用一只手扶着她的独角兽，召唤出火焰，点燃了金属火盆里的引火柴。

大家盘着腿围坐在一起，火苗驱走了秋天的寒意。

“为什么要吃棉花糖？”斯堪德好不容易才鼓起勇气，向旁边的一位骑手打听。她的皮肤是橄榄色的，留着一头乌黑的卷发。不过，凑近看就会发现那不是头发，而是一簇一簇翻腾的黑烟，动起来像柴火似的噼啪作响。这位驭火者似乎比他多好几级年资。

她笑笑说："大约一百年前，一个刚刚加入疾隼队的队员壮着胆子飞到了本土。"

"壮着胆子？"

她被斯堪德的惊讶逗笑了："疾隼队里没有胆小鬼，好吗？以后你就知道了。别担心，现在没人敢飞那么远了，特勤会抓人的。不过一个世纪以前，那位新队员带回了棉花糖，以此证明她真的飞到了本土。从那以后，在余晖天台上烤棉花糖就成了疾隼队的迎新仪式。"她说着递给斯堪德一块粉色的棉花糖。

"欢迎你，斯堪德。我是阿德拉，那是烟目恩星。"她指了指自己的黑色独角兽——它吃的不是糖果，是大块生肉。斯堪德看见福星恶童和梁上旋风正在一起大快朵颐。福星恶童时不时把血淋淋的肉块抛向半空，梁上旋风就凑上去咬下一大口，像闹着玩儿似的。斯堪德知道独角兽之间也有友谊，但没想到一个暑假过去，这两个家伙倒是更亲密了。而他也是现在才发现，原来梁上旋风这么……傻乎乎的。它和它的骑手一点儿也不像——他几乎没见安布尔笑过。

他一直看着独角兽，直到帕特里克凑过来，把拳头伸到他的脸跟前，假装举着一支麦克风："现在，我们来采访一下大英雄——唔，鉴于刚才我们遭遇的意外，应该是大坏蛋吧。"

"真是不好意思，"马库斯摆出一脸苦相，尴尬地替他的英少生朋友解释，"在凌云树堡里熬到第三年非常不容易，你大人有大量啊。"

帕特里克抛出一堆问题："是你协助织魂人杀死了荒野独角兽吗？还是你独自行凶？又或者是大家搞错了？方便说两句吗？"

"闭嘴，帕特里克！"阿德拉推开了他的手。

"蒙稚生无法杀死荒野独角兽，"火盆对面的李凯斯说道，"在真正意义上杀死荒野独角兽的上一个人是开鸿骑手。"

"哦，又是这套说辞。"普利姆嚼着棉花糖咕哝道。

"开鸿骑手？"斯堪德问。听到队长当众维护自己，他心里暗暗感激。

"讲讲那个故事吧，李凯斯！"

"快点儿呀，李！"

李凯斯微微颔首，霜冻的头发指向火盆旁边的戾天骑手们，像个老先生，又像卡通角色。

"这个故事我一讲再讲，已经有很久了。"李凯斯徐徐道来。听众们——包括安布尔在内——全都聚精会神地听着，生怕漏掉一个字。"我是听着这个故事长大的，是父母给我讲的；而他们是从他们的祖父母那儿听来的。就是这样口口相传。"他冲斯堪德挤挤眼睛，"有的骑手笑话这种迷信，但现在他们笑不出来了。离岛醒来了，发怒了。那首真言之歌你们都听过，今晚的元素灾害你们都见证过。开鸿骑手的古老故事摇身一变，成为现实。我们试图让元素各安其位，但它们本就有挣脱桎梏的本事。"

戾天骑手们配合着少校铺垫的气氛，佯作害怕，大呼小叫起来。

李凯斯抬起手让大家安静。“开鸿骑手本是个渔夫，他被冲到镜崖时，比初出生的年纪大不了多少。他差点儿被淹死，饥肠辘辘，而且背井离乡，实在不知道怎样才能活下去。

“那天，精疲力尽的渔夫在岛上漫步，仿佛有什么东西在召唤他：而那并非仅是食物和住所。后来，他找到了它——他命定的独角兽。男孩和独角兽一起长大，一起变得强壮、勇敢。它教他魔法，他保护它免受独统离岛的荒野独角兽的侵犯。

“当然，渔夫也需要有人陪伴。所以不久以后，他和他的独角兽便开始跋山涉水，游历四方，把新人带到离岛。他们飞得那么快、那么远，如果当时有疾隼队，他们必定会是其中的一员。就这样，许多人接受了离岛的召唤。”

“直接跳到荒野独角兽女王那段吧！”普利姆嚷道。

李凯斯叹了口气：“你也太不尊重讲故事的艺术了。”

“少跟我来这套。”

李凯斯大笑起来，接着讲道：“正如所有岛民听闻的那样，开鸿骑手完成了许多开天辟地的壮举。他建造了孵化场、凌云树堡，建立了四极城。哦对了，当时叫‘五极城’。”他冲斯堪德扬起眉毛，斯堪德却震惊地连连眨眼：魂元素遭到取缔后，竟然首府也为此改名。

“然而，开鸿骑手最震惊世人的行为，与其说是历史，倒不如说是神话——他打败了荒野独角兽女王。她是一位古老的女王，是离岛上最叫人丧胆的怪兽。她不甘安宁，渴望血战，总是寻衅挑事，滥杀滥伐。开鸿骑手明白，要是他不能杀死她，他的骑手们会永无宁日，一直活在荒野独角兽的阴影之下。于是，开鸿骑手和他的独角兽与荒野独角兽女王必须决一死战。战斗持续了几个星期，战场遍及离岛各处。最终，开鸿骑手偶然发现了蕴藏于联结深处的某种力量，并用它杀死了她——荒野独角兽女王就此殒命。"

"怎么杀死的？具体说，他到底是怎么做到的？"安布尔听得非常认真，忙不迭地追问。

"没有人知道。"李凯斯耸耸肩，"不过，荒野独角兽女王死后，开鸿骑手将她的尸骨制成了一件兵器。据说那兵器具有特殊的魔力。几百年来，由于人们认为尸骨兵器必定随葬，无数骑手渴望找到他的坟墓，但谁也没有成功。"

"你是说，真言之歌里的那个'赐礼'，就是指这件兵器？"斯堪德的呼吸急促起来，"用荒野独角兽女王的尸骨制成的兵器？"

李凯斯的眼睛闪烁着光芒："也许是吧。但比起尸骨兵器，我更感兴趣的是大家此时的疑问：近期死亡的那些荒野独角兽是谁杀死的？"

"显然是织魂人啊，李。"芬恩说，"我们不是讨论过上百次了吗？"

斯堪德浑身不自在。

"是啊，"李凯斯狡黠地说，"但我还是坚持我的想法。"

"你怎么想？"斯堪德连忙问。

“开鸿骑手回来了。”

普利姆大笑着说：“别扯了！”

李凯斯没理会她：“也许他化身复仇鬼魂，重现人间，也可能他当年根本就没死。谁也不知道他葬在哪里。毕竟有史以来能够杀死荒野独角兽的人，只有开鸿骑手一个。”

“可是开鸿骑手为什么要毁掉他经营多年的离岛呢？”阿德拉说，“结合真言之歌来看，这些元素灾害并不是巧合。上个星期总计发生了三次地震，而因为洪水泛滥，水上市集也停业了好几天。”

“再加上今天晚上的雷电暴风雨和山火。”马库斯也没了玩闹的兴致。

“对。”阿德拉冲他点点头，“开鸿骑手为什么要让离岛开启复仇行动？为什么要伤害住在离岛上的自己人？因为荒野独角兽正持续地死于非命！山火、洪水、地震、暴风雨，再这样下去，我们就没有立足之地了！”

普利姆翻了个白眼：“这也太离奇了，阿德拉。”

“你可别忘了，离岛喜欢的，偏偏就是离奇。”李凯斯又烤了一块棉花糖，“鉴于去年发生的那些事，斯堪德想必已经了解这一点了。”他眨眨眼睛，把糖塞进了嘴里。

斯堪德回到树屋时已经很晚了，他蹑手蹑脚的，尽量不弄出动静。

“怎么样？”米切尔坐在火炉旁的豆袋沙发上，腿上摊着一本书。

“吓我一跳！”斯堪德轻声说。但他也暗暗高兴，因为立刻就能把李凯斯的故事——开鸿骑手和荒野独角兽女王的故事——分享给朋友，免得忘记细节。

“还不错吧。”

“很好。不过告诉你啊，我也查到了些东西，关于开鸿骑手的。”

斯堪德讲完了，米切尔立刻发问：“用荒野独角兽女王的尸骨制成兵器？这有什么用呢？我不明白。一件兵器就能偿还‘不死之死’吗？就能阻止这些所谓的‘报应’吗？骑手们应该去找那件兵器，然后用它制服凶手？”

“我也不知道，”斯堪德说，“而且没有人找到过开鸿骑手的坟墓。李凯斯说，尸骨兵器可能随葬了。”

“老实说，李凯斯的故事也都是道听途说。”米切尔有点儿不屑，“他不是还说也可能是开鸿骑手化身为复仇鬼魂了吗？虽然我也想打开思路，但是我一开始就不相信那个真言之歌，它——”

“米切尔，真言之歌真的应验了。今天晚上，戾天骑手同时遭遇了雷电暴风雨和山火。《孵化场先驱报》也报道了很多。你不能嘴硬不承认啊。你不是最喜欢证据吗？这些都是我亲眼所见啊！”

米切尔叹了口气：“就算真言之歌句句都能应验，我也还是觉得传说中的尸骨兵器解决不了你的难题。这太牵强了，喂，你听我说！”斯堪德想打断他，但米切尔还是一股脑儿地说下去：“我认为不是离岛要开启复仇行动。的确，发生了元素灾害，也很可能与荒野独角兽的死有关，但肯定有比‘一座岛大发脾气’更合理的解释。”

“可是坟墓——”

“好了——”米切尔轻叹一声，“先忘了找不到的坟墓和虚实难辨的赐礼吧。眼下更重要的是，别让荒野独角兽再遭毒手。”

“对！这是当务之急！得赶快行动！”斯堪德热切地说。他不能束手旁观。今晚目睹的灾难仿佛点燃了他心中的狂热。离岛已经是他的家了。他必须做些什么。他必须阻止他的妈妈。“那咱们——”

斯堪德顿住了。博比出现在树桩楼梯底下。

“哦，你好，博比，”斯堪德说，“你想听听疾隼队队长给我们讲的故事吗？他说——”

“我不想听。”

“哦，好吧，太晚了。那明天咱们再——”

“不，斯堪德，我不想听你要怎么寻找兵器、怎么拯救离岛。我实在……实在忍不下去了。”博比手腕到肩膀上的灰色羽毛全都竖起来了。

“忍什么？你在说什么？”

“你知道其他骑手见到我时都说什么吗？”

斯堪德和米切尔没回答。

“你还记得野花山的那个学徒说的话吗？”

“不记得了。”斯堪德老实地承认道。

博比摇摇头：“你当然不记得。他说：‘你是博比·布鲁纳，你是斯堪德最要好的朋友之一。’”

斯堪德彻底糊涂了：“所以呢？他说得没错啊。”

“天哪，斯堪德，这是错不错的问题吗？我是训练选拔赛的第一名，我是这一届里最好的骑手，可人们见到我时，首先想起的却是你！”

斯堪德也有点儿生气了：“那只是因为他们觉得是我杀了荒野独角兽！”

“跟这个没关系。你怎么还不明白呢？不管人们是爱你还是恨你，你是要拯救世界还是毁灭离岛，全都无所谓。重点是，你是谁？你是接受训练的唯一一个驭魂者，是织魂人的儿子，是打败了她的——”

“织魂人是我们一起打败的！”

博比连连摇头：“我们只是为了帮你。可我不想变成你的跟班、你的附属，斯堪德。我想成为我自己的故事和生活的主宰，成为我自己的英雄。我不想天天围着你转，时刻准备替你解围。那不是我。那不是我需要的。在做我自己和做你的朋友之间，只能选一个。”

这种痛苦比挨她一顿揍还要痛。

博比也要丢下斯堪德了。就像当年妈妈把他丢在本土一样。就像她弃他不顾、骑着荒野独角兽奔向极外野地一样。

“你以为这是我愿意的？”斯堪德激动得声音都哑了，“我姨妈碰巧把我送来，我又碰巧成了唯一一个驭魂者？好啊，这有什么大不了的？但愿明年再来一个驭魂者，我也就用不着这么焦头烂额了！”

“不管你愿不愿意，事已至此。沙克尼鞍具选了你。这个鸟社团也选了你。”

“是疾隼队。”米切尔纠正道。

“闭嘴，米切尔！”博比快哭出来了。

“真是因为这个愚蠢的社团吗？只要我们能继续做朋友，我就再也不去了。”斯堪德急慌慌地说道。他很生气，但他更不想失去博比。这真不值当。

“你到底有没有听懂我说的话？”博比急得嚷起来了，“我说的不是社团，是发生在你身上的一切！就因为你是驭魂者，你妈妈是织魂人。就因为你身负崇高的任务，要把你的元素带回凌云树堡！我说的是，我不想再生活在你的阴影之下了！”

“可你说的这些都不能怪我啊！”

“我和米切尔不一样。我是真心要成为离岛司令的，不是说说而已。可我是本土生，我需要沙克尼鞍具和精英飞行小队那样的团体作为后盾。结果呢，我什么都没有，只是被你的那些问题纠缠着不停分心，而你却屡屡被他们选中！不能再这样下去了。我必须专注于自己的未来，而不是帮助你成为大英雄！”

米切尔试着劝道：“罗伯塔，你是我们小队的一员，未来四年怎么躲得开斯堪德呢？”

“我不会离队的。”博比的话让斯堪德松了口气，但紧接着她又踌躇起来。“但是，我认为我需要……”她嗫嚅道，“我需要分枝。”

“你要什么？”米切尔追问，“去别的树？”

博比内心矛盾，语气犹疑：“我需要别的朋友——他们不需要琢磨什么歌曲的预言，也不需要每隔五分钟就拖着我去过关斩将！”

“这不公平！”斯堪德千百个不愿意。

“生活原本就不公平。”博比指了指斯堪德 T 恤上的金属徽章，“这是明摆着的。”

第七章

补魂者

疾隼队的活动、跟博比闹翻、爸爸的来信、肯纳的心结……千头万绪让斯堪德差点儿忘了自己就要和阿加莎开始魂元素的训练。第二天，当斯堪德出现在凌云树堡的元素围墙边，接福星恶童去训练时，黑色独角兽还着实困惑了一阵子。

下午晚些时候，年轻的独角兽们通常都与同伴们待在一起——嬉戏、打闹、追着玩儿，它们的骑手则在树屋图书馆里学习。年纪大些的骑手们则另有事做：有的参加前任司令和委员开设的理论课程，为将来接手管理工作做准备；有的和独角兽继续训练，参加历任混沌骑手开设的元素大师课。

“福星恶童，快过来！”斯堪德冲着在山坡上玩闹的独角兽喊道。

福星恶童抬头看了看，黑色的兽角映着阳光闪闪发亮，然后就……接着去吃毛茸茸的小动物了——是松鼠吧？

“别让我亲自下去找你啊！”斯堪德吓唬它。

福星恶童向右转了转，用屁股对着它的骑手，背上冒出阵阵轻烟，好像在说：不啦，我忙着呢！

斯堪德往山下走去，一边走一边躲避着独角兽在打闹时迸出的元素碎片。“喂，福星恶童！魂元素训练！你忘了吗？”

当视野中的彩色轮廓渐渐清晰起来，变成斯堪德认识的独角兽时，他心里燃起了一丝希望的火花。福星恶童正和红夜悦、鹰怒凑在一起吃东西，银刃站在远一点儿的地方，目不转睛地盯着它们三个看。如果鹰怒没有离开四头独角兽的小队伍，那么博比，也有可能回心转意吧？

反正福星恶童一点儿也不想离开它的朋友们。它气呼呼的，在经过土元素围墙时甚至烧焦了一整排欧洲萝卜和土豆，闻起来就像传统烤菜。

半个小时后，阿加莎在蒙稚生训练场的入口处跟他们碰了面。这是他们的第一场魂元素训练，斯堪德一点儿概念也没有，不知到底会怎么样。终于能学习自己的结盟元素，这叫他很兴奋，毕竟，这是他跟麦格雷斯司令讲条件换来的。可他不信任阿加莎，心里仍然怀有怨怼，因为她哄他去找织魂人，却绝口不提他的真实身世。更何况，他还感到紧张不安——他的这位姨妈曾杀死离岛上所有驭魂者的独角兽，从此留下“夺魂刽子手”的恶名。和她一起训练，很难说斯堪德是期待还是不期待。

和凌云树堡的其他教官一样，阿加莎也穿上了代表自己元素的披风——亮白色的。不过，斯堪德留意到那披风的底边已经沾了一层泥巴。她一言不发，直到福星恶童走到训练场中央才开口。

阿加莎棕色的眼睛瞪着斯堪德：“开始之前，咱们约法三章：一、我不想提起艾瑞卡；二、我不想解释自己成为‘夺魂刽子手’的因果；三、我不会以乖张随性的姨妈的角色陪你犯险——我不知道该如何当姨妈，所以咱就姑且忘记此事吧。我的脾气不太好，毕竟过去十五年里，我一直活在监视之下，实在无法培养出开朗的性情。”

斯堪德咽了口唾沫，扯扯绿色夹克的袖子。

“我只对一件事情感兴趣，那就是让魂元素重回离岛。我的任务是帮你通过年底的比武锦标赛，以及之后的历年考核，直到你成为步威生。这是你当时跟麦格雷斯提的条件，对吧？”

“对，”斯堪德的语气变得更坚决了，“这也是我的目标。”

“你身为初出生时就直面过织魂人，还打赢了一仗。”阿加莎在福星恶童面前来回踱步。

她突然转换话题，斯堪德有些惊讶：“是的，不过——”

“那纯粹是靠运气。”

斯堪德紧张地抓着福星恶童的鬃毛：“是啊，没错，因为我的朋友们——”

阿加莎再次打断了他，只是这次她的声音里多了些许暖意：“但面对织魂人，确实需要勇气。一名出色的驭魂者，最不可或缺的就是勇气。你知道这是为什么吗？”

斯堪德觉得还是摇头最保险。

“因为驭魂者不能回避‘魂元素是致命的’这一事实。在辖独角兽的能量、活力和生命，”阿加莎抚摸着福星恶童的白色头斑，“可以像蜡烛一样一吹就灭，只要你想。”

斯堪德心里泛起一阵厌恶：难道她忘记“夺魂刽子手”的恶名了吗？她怎么能如此大言不惭？

阿加莎继续说道：“身为驭魂者，我们比其他骑手更接近无底深渊——物质之间的负空间，孤寂无声的幽暗。选择远离深渊，是需要勇气的。因为总是游走在黑暗的边缘，所以每一天都面临着这样的选择。这些选择叫人精疲力尽。选择向善，是驭魂者终生不息的战斗，而许多人——比如我的姐姐，比如我自己——都输了。到了最后，你或许根本无法再战。但如果你选择继续，也没有什么胜利树来彰显你的努力，只有你自己清清楚楚地知道，你奋战到底，你获得了胜利。”

斯堪德咽了下口水，他想起自己面对织魂人时，确实也曾——只有那么一瞬间——想加入她的行列。而近来，对母亲的怨恨几乎将他淹没。

“我都说完了。”阿加莎紧了紧蓬乱的发髻，“现在，让我看看你用魂元素塑造的匕首吧。”

斯堪德的右掌亮起白光，福星恶童尖声嘶鸣。匕首的成形变得更快了，好像元素魔法记得上一次做过的事。

匕首在斯堪德眼前闪耀，亮度让他几乎无法直视。他想抓住手柄，但不知道为什么，只抓得到稀薄的空气。

阿加莎笑了出来。

斯堪德抬头看着她，沮丧地问："我怎么摸不到它呢？使用其他元素的时候，我都可以握住，比如火的、冰的——"

"这就是你犯的第一个错误，"阿加莎说，"魂元素和其他元素不一样。由火和水制成的兵器，本来就在物理上存在，但魂元素没有实体，作用于虚无，也就是物质之间的负空间，我刚才说过，记得吗？它的存在完全是另一个维度。"

"这么说，它不是真的？"斯堪德指着悬在半空的匕首，"那我怎么能看见它呢？它不是不存在吗？"这也太闹心了吧！

"不，它是存在的，"阿加莎纠正道，"它在你的心里。在所有人的心里。"

"可是，我要怎样使用一个根本不存在的兵器呢？我都摸不到它。"斯堪德沮丧地问。

"你当然能够摸到它。你投出这把匕首——笃信它的存在，赋予它足够的意念——它会像其他元素塑造的兵器一样把骑手从独角兽背上击落。就好像半梦半醒的时候，你觉得自己突然从高处坠落，尽管没有东西碰到你，你仍然能感受到冲击力。"

斯堪德眨眨眼睛。

"我知道，理解这些有点难。但你必须训练自己去感受匕首的存在。好了，闭上眼睛试一试吧。"

斯堪德的脑袋里一团糨糊。这实在太难懂了。不过他还是按照阿加莎的建议去做了。

他再次召唤魂元素，塑造出一把匕首。这一次，白色的刀刃更长，刀柄也更华丽。斯堪德深吸一口气，伸出手去摸刀柄——只有空气。他又试了一次，这次手直接穿过匕首，整件兵器倏尔消失了。

“哎呀！”斯堪德恼怒地叫道。

“你没闭眼啊。”阿加莎说。

斯堪德只好气呼呼地闭上了眼睛。经历痛苦而折磨的挣扎之后，他总算抓住了那闪闪发光的刀柄。

“就是这样！”阿加莎很高兴，“试着投出去！”

斯堪德睁开眼睛，弯曲肘部，然后……手里空空如也，兵器再次从手中滑脱，瞬间就不见了。

阿加莎耐心指导，斯堪德终于成功地把匕首扔出了几米远。见他累得汗流浃背，她便讲起了魂元素和鞍上比武的要点。

“现在你已经知道规则，第二声哨响时，只能选择一种元素、一种武器。但魂元素的优势是，它塑造出的兵器都比较……灵活。兵器介于现实与想象之间，那么你的进攻便可以避实就虚、出奇制胜。”

斯堪德不太明白，等着阿加莎继续讲下去。

“比如，你可以向某个方向投出匕首，同时让它从另一个方向飞入。这需要极强的专注力，不过我确实亲眼见过。”

“这样不算犯规吗？”斯堪德问道，他突然兴趣高涨。

阿加莎大笑起来：“这里可是凌云树堡，斯堪德，为了竞争，谁管规则啊？你还没弄明白吗？”

斯堪德正要尝试再次投出匕首，蒙稚生训练场的大门口突然闯进了一头灰斑独角兽。

斯堪德僵住了，心脏狂跳不已。荒野独角兽的眼睛犹如燃烧的炭火，一动起来骨头就咯吱作响。它的牙齿裸露在外，上面滴着新鲜猎物留下的血。它痛苦地低吼着。

福星恶童咴咴嘶鸣，扬起了前蹄。

荒野独角兽怨愤难平，向斯堪德发难。

福星恶童吐出一条火柱，兽角喷出电花，想要保护背上的骑手。荒野独角兽闪避攻击，但仍然步步进逼。

“斯堪德，投匕首！”阿加莎的声音里透出恐惧。荒野独角兽将尖角对准他们，咆哮着冲来，全身的骨头都在震颤，发出巨响。

斯堪德哪里还需要命令，已拼力将匕首投出。荒野独角兽看见闪着白光的兵器朝自己飞来，便挥起断裂的翅膀，吃力地向上腾起，没入天空。

“还是那头荒野独角兽……”阿加莎的目光跟着它，越过了凌云树堡的山坡。

“这是我第三次见到它，”斯堪德气喘吁吁地说，“但它一直没伤害过我，还有福星恶童。”福星恶童仍在低吼。

阿加莎的眼睛里闪过一丝异样。这是斯堪德从未见过的。是好奇吗？可能吧。或者是有些害怕？抑或是……欲望？

“一起走走吧，好吗？”阿加莎突然说。斯堪德跳到地上，牵着福星恶童跟了过去。

他已经很久没有踏上这条通往凌云树堡的山路了，因为福星恶童学会了飞行。此刻太阳完全落下，只有路灯照亮前方。阿加莎边走边讲，灯光透过她脸颊上的突变，映得皮肉下的骨骼亮晶晶的。“你可能还不知道，与同一种元素结盟的骑手，能力不见得都一样。”

“你是说，有些更擅长进攻，有些更擅长防御？”

阿加莎摇摇头：“不完全是。比如说都是驭火者，有些骑手的本事，是别人没有的。也就是说，他们拥有特殊的天赋。这种天赋通常无益于打斗比武，但在别的方面非常有用。”

“比如说呢？”斯堪德热切地问。他很想知道米切尔会有什么样的天赋。

“哦，我不知道。”被斯堪德这么一打岔，阿加莎显然有些懊恼，“有些驭火者的嗅觉非常灵敏，可以闻见几英里之外的烟雾，在消防方面会大有用处。有些驭水者能够在水下屏住呼吸，待上好几个小时，就像鲸一样。”

“这么说有点儿像超能力？”

阿加莎一脸茫然。斯堪德觉得，这恐怕是因为离岛上的人从来都没有“超级英雄”的概念，因为这儿遍地都是骁勇善战的独角兽骑手。“啊，没什么。”他说。

阿加莎没接茬儿，自顾自地说了下去："在离岛的历史上，有一小部分驭魂者能恢复荒野独角兽与其命定骑手的联结。"

"与其命定的……"斯堪德努力思考着，"如果某个十三岁的小孩没能赶到孵化场，而原本属于他们的独角兽被送到极外野地……"

"这些天赋异禀的驭魂者及其独角兽可以通过梦境识别那些错过结盟机会的骑手，找到流落荒野的独角兽，然后运用魂元素恢复他们的联结。"阿加莎接着把斯堪德的话说完。

斯堪德愣住了。他满脑子都是肯纳、肯纳、肯纳……福星恶童尖叫着抗议，急着要去吃晚饭。

"斯堪德？"阿加莎推推他的胳膊，有些担心，"你听见我说的话了吗？"

"如果那个骑手已经超过十三岁了呢？"斯堪德突然问道，激动得脚趾都僵住了，"如果那头独角兽已经流落荒野了呢？还能恢复联结吗？"

"能。"斯堪德的过激反应让阿加莎有些慌乱，"所以我一直惦记着那头荒野独角兽。它一次又一次来找你，显然是被你召唤的魂元素吸引了。参考历史上的种种情形，这是一种迹象，表明你很可能拥有那种罕见的天赋。也就是说，你可能是一名补魂者。"

斯堪德有些抗拒："补魂者？听起来和织魂人有点儿像。"

阿加莎立刻反驳道："不，完全不一样。织魂人织出的是本来并不存在、也不该存在的联结。而补魂者要做的是重建错过的联结，是修正错误、弥补遗憾。”

“去年，织魂人拆开了阿斯彭和新元飞霜的联结，后来我又给接上了。就像那样吗？”

“那是原本就已存在的联结。补魂者还可以修补潜在的、尚未成形的联结。骑手和本该属于他的荒野独角兽由补魂者重建联结后，他们的联结便可获得新生。我曾有幸目睹这一幕发生，我看到那荒野独角兽的透明兽角渐渐有了颜色，翅膀丰满起来，伤口也全部愈合。”阿加莎的声音里满是惊叹。

肾上腺素涌遍斯堪德的全身，他一股脑儿地倒出了一大堆问题：“那我怎么知道哪头荒野独角兽本来是有骑手的呢？他们的联结要怎样修补？还有我的姐姐肯纳，她有机会吗？如果她也是驭魂者，你能辨认出来吗？我能修补她的联结吗？”

斯堪德一直想向阿加莎打听荒野独角兽之死和织魂人的事，但此刻这些突然都不重要了。肯纳登岛成为骑手、姐弟俩重拾快乐……现在都有了可能，这些才是最重要的。只要肯纳能拥有自己的独角兽，一切问题就迎刃而解了。

走到凌云树堡那覆盖着缤纷树叶的入口时，他们停了下来。阿加莎似乎更加忧心了：“天赋需要时间来证明，我并不能肯定你就是补魂者。你们现在才刚开始学习运用魂元素，你和福星恶童还没有做好共赴梦境的准备。”

可斯堪德已经听不进去了。“这么说，我和福星恶童必须同时做梦吗？怎样才能办到呢？到了梦里我就能看见肯纳，而福星恶童就能看见那头独角兽？还是我们俩一起看见他们俩？”他突然顿住了，“等等，你说我们没准备好是什么意思？我可经常做梦啊！”

阿加莎有些后悔了：何必挑起这个话题呢。“补魂者的梦境非常危险，斯堪德，你会伤到你自己的。”她说。

斯堪德又有了一个可怕的念头：“织魂人不是杀了好几头荒野独角兽吗？要是其中有肯纳的那头……”

“荒野独角兽成百上千……你想得太远了，那都是将来才会碰到的问题。今年我们要把注意力放在兵器上，其他的就先别琢磨了。”她的声音很严厉，斯堪德不敢大声质疑，但他的脑海里全是疑问，以及各种各样的可能：肯纳登上离岛，肯纳与她的独角兽……

阿加莎示意斯堪德打开凌云树堡的大门。

斯堪德望着粗大的树干发愣。他从来没有碰过这扇门。去年一整年他都是跟在别的骑手后面混进去的，极力避免暴露自己的结盟元素。

阿加莎瞥了他一眼，咧开嘴笑道：“去啊。年轻人总爱说的那个词叫什么来着——这很炫。”

斯堪德还在想着肯纳和独角兽，迷迷糊糊地将手掌按向粗糙的树皮。树皮上的凹痕亮了，丝丝缕缕的白光渐渐围成圆圈，令人目眩。数百道皴裂的缝隙越来越亮，但并没有漩涡和流沙什么的，而是直接出现了一个洞——像晨光吞没星星那样晕开了一个洞，刚好够一头独角兽钻进去。

斯堪德想哭。有多少凌云树堡的骑手们从未见过如此奇景？这样动人心魄的美，竟然只落得遭人嫉恨的结局？他想起那些被剥夺权利、隔绝于孵化场之外的驭魂者，只觉得愤怒至极。他想着肯纳。如果她命中注定拥有一头独角兽，那么他一定要为她找到它。他要替她着想，为她付出，让她好起来，就像她一而再再而三地护着他、帮着他。

树干在他们身后合拢时，阿加莎仍然面带笑意："我也许是个暴躁爱唠叨的老家伙，但看到训练中的骑手再次点亮凌云树堡的入口，还是高兴得不得了。你看见了吧，魂元素利用了树皮上的裂缝瘤疤。负空间——中间的空隙——可以是美妙的，也可以是危险的。"

"阿加莎……"斯堪德还是想问。

如果她不肯多讲补魂者的事，那么或许可以帮他解决别的难题。这个难题一直压在他心里，又不能对朋友们倾诉——他害怕听到他们的答案。

"艾弗哈特教官。"阿加莎纠正道。

"哦，对，对不起。呃，我想问问，你听过真言之歌吗？就是那首——"

"一脉承继大统：黑灵魂之恶友。新的力量崛起，一切过往消亡。"阿加莎背诵如流，"这首吗？"

斯堪德默默咽了口唾沫。她竟然背下来了，这可不是个好信号。“这些……歌词，应该跟我没关系吧？嗯？你怎么想？我什么都没做，也不想做！我只想管好自己，好好运用魂元素。我不想要什么‘崛起’，我要的是安定和平静！”

“我说斯堪德啊，”阿加莎连连摇头，“别什么事都往自己身上揽。”

这不算正面回答吧。

阿加莎抓住最近一棵树上的梯子，转过头喊道：“训练结束。哦，对了，斯堪德……”

“怎么？”

“你可能是补魂者的事不能告诉任何人。也别再打听、琢磨了。我知道你的四人小队都是些什么角色——去年就能闯监狱了。”

“谁叫你蹲监狱呢？”斯堪德回敬道。

阿加莎已经走了。

然而，斯堪德在走进树屋的那一瞬间，就决定把一切都告诉朋友们。他看到米切尔坐在火炉边看书，背后是红色涂鸦的墙壁；弗洛刚参加完银环社的活动，正在脱鞋子；博比不在，但她刚才应该在——果酱、奶酪和马麦酱做的救急三明治才被吃掉一半，丢在料理台上。也许她和新朋友“分枝”去了，斯堪德心酸地想道。

斯堪德把自己与阿加莎的谈话和盘托出。"所以你需要去梦里寻找肯纳的独角兽？"弗洛问。

"我也不知道。"斯堪德有点儿沮丧，"我其实经常梦见肯纳。那头灰斑独角兽，我以前也梦见过。可按照阿加莎的说法，需要福星恶童一起参与，这可怎么办呢？"

"你认为那头灰斑独角兽是肯纳的？"米切尔一边听着，一边在字典里搜索"补魂者"这个词。显然不可能找到。

斯堪德耸耸肩，肾上腺素激得身体紧绷绷的："因为那头独角来找过我好几次，不是吗？而且，我总觉得它……有种很熟悉的感觉。"

"可能是因为见过三次，所以就熟悉了呀。"弗洛轻声说。

但斯堪德已听不进任何质疑。他希望那头灰斑独角兽就是肯纳的。他想到了楼上的背包，还有自己存的那些钱。把肯纳和爸爸接到离岛上的梦想，一下子拉近了。一下就变得……触手可及了。

"我现在只知道肯纳在本土过得不太好。她仍然渴望成为骑手；她一直渴望着，从没变过。我也跟你们讲过，她都不愿意再给我写信了，因为她受不了——她太伤心了！"斯堪德胸膛里泛起内疚。都是他的错。是他丢下了她。他不该对她保密……

"很多人都没有命定的独角兽啊，"米切尔客观地说，"他们都撑过去了。"

"可如果你本来有呢？如果肯纳也是驭魂者，那么选拔考试就会故意把她刷下去，而不是她考不过。这说不定是家族遗传的呢。想想艾瑞卡和阿加莎，她们姐妹俩都是驭魂者。然后我也是，所以肯纳也该成为骑手，不是吗？说不定我能修复她的联结呢，那不就皆大欢喜了？”

“你是不是已经忘了离岛上的元素灾害？”米切尔抱着胳膊说，“前几天你还没完没了地絮叨呢。‘米切尔，真言之歌要应验了，织魂人要毁灭离岛了，我们不能袖手旁观。’这些不都是你说的吗？”

“我当然也关心那些事啊，但此刻在谈的是肯纳！我要知道她是不是驭魂者。我必须帮她！”斯堪德的脑袋都要冒火了，一个个让他集中精力帮助姐姐的理由喷涌而出，“织魂人会杀死她的独角兽！可我连它到底是哪一头都不确定！这怎么行？我得保护它！”

“你也不确定你是不是补魂者，斯堪德。”弗洛警告道。

米切尔合上了字典。“应该有个落选驭魂者的名单吧？那些年满十三岁、被选拔考试故意刷下来的骑手，他们的名字应该记录在案吧？”

“确实有份档案。”弗洛没有看斯堪德。

“在哪儿？”斯堪德着急地问。

弗洛有些不自在：“在银色要塞，就是我去参加银环社活动的地方。”

斯堪德简直不敢相信他们如此好运。“你能看到那份档案吗？

你能查查有没有肯纳的名字吗？”

“我办不到，小堪。只有特勤和已经毕业的银骥骑手才有查阅权限。我只是去参加活动，连那个图书馆都进不去。再说了，我在银色要塞里都是有人监视的。”

“不能求一位特勤帮忙看一眼吗？”斯堪德央求道。

“多里安会发现的！他知道我和你在同一个小队，已经跟我打听你的事了！要是他认为我在帮你查关于驭魂者的档案，他会怎么做？”

斯堪德根本没发觉弗洛的恐慌。肯纳到底有没有命定的独角兽，这一点他必须核实。爸爸信里的只言片语此刻浮现在他的脑海：“去了趟离岛后，她心情受了些影响，想自己静一静。她很想念你，但写信就老是会想起独角兽什么的，所以缓一缓吧。”

“可是……难道就不能——”

“不能！”弗洛叫着冲出了树屋。

米切尔呆住了：“遭遇织魂人之后，我还是第一次听见她大喊大叫。”

斯堪德追到了门口。弗洛并没有跑远，她盘腿坐在树屋外面的平台上，褐色的脸颊淌下了眼泪。

斯堪德在她身旁坐下，手足无措。如果惹恼了肯纳，他会紧紧拥抱她。但弗洛不是他的姐妹，这就不一样了。

“小堪，有件事我得告诉你，”她压低声音说道，“不是好事。”

斯堪德心里一沉：“什么事？”话音响亮，从蒙着铁甲的树干上弹开。

弗洛深吸一口气，将目光投向远方的树林，还有凌云树堡山下闪着万家灯火的四极城。“是今天的银环社活动。”

斯堪德挺直身子，借着灯光看清了弗洛的表情。“怎么了？说吧。”

她的眼神里流露出急切和慌张。“小堪，以后咱们还是好朋友，什么都不会变。你千万不要认为我认同他们。这不代表我和你从此就分道扬镳了。”

斯堪德紧张地笑了几声：“咱们怎么会分道扬镳呢？从我登岛那天起，你就一直站在我这边啊，不是吗？去年你和银刃还挡在织魂人和福星恶童的中间，救了我们的命！到底出什么事了，尽管告诉我吧。”

弗洛紧紧闭上眼睛，沉声说道：“今天我一到银色要塞，就看见银环社的社员们拳头对着拳头，真的连成了一个圆环。”

斯堪德点点头。

“他们解释说，我可以成为正式社员了，因为我已经是蒙稚生。他们都很兴奋，毕竟他们盼了六年才盼来新的银骥骑手。”

“他们要你做什么？”斯堪德只觉得嘴巴发干。

弗洛顿了顿：“所有银环社的社员都要宣誓。”重复誓词时，她的声音止不住地颤抖：“我以四元素之威和银色独角兽之力发誓，从今起，护离岛，与驭魂者不共存。”

“哦……挺明确的。”斯堪德喃喃道。

“我念了，小堪。我宣誓了！”

弗洛不愿意看他，但斯堪德爬起来，坐到她的对面。“听我说，弗洛，”他一只手扶着她的肩膀，“我知道你不是心甘情愿这么做的。你和他们不一样。我理解你不得不宣誓的苦衷。最重要的是，你心里并不是那么想的。”

“我当然不那么想！”弗洛哭道，“可我担心以后的事，小堪。到时候我别无选择，只能跟他们一伙儿，把你当作敌人，那该怎么办！我不愿意！我想和你站在一起啊！”

“哦，那就这么回答呗。”斯堪德半开玩笑地说，感觉自己的脸变红了。

“哪有这么简单。”弗洛伤感地说，“你知道离岛上发生过一场战争吗？很久很久以前，驭魂者和银骥骑手之间的战争。

两兄弟反目为仇——一个是驭魂者，一个是银骥骑手。那是真正的战争，几乎赶尽杀绝的战争！银环社恨的不只是你——他们一看见你，就会想起那场战争，想起死去的先辈，想起你所代表的敌人。他们不在乎你是谁，叫什么名字，只要你是驭魂者，你就完了。”

“可是，为什么非打仗不可呢？”斯堪德一直不理解。难道不伤害对方就不能解决问题吗？

“因为两兄弟都想统治离岛。”弗洛耸耸肩说，“为了权力。向来如此，不是吗？”

斯堪德望着凌云树堡。栈道上灯影幢幢，树屋里传来骑手们的低语。他想象不出大家暴力相向的模样。他也想象不出与弗洛厮杀的场景。他只顾着搜寻关于肯纳的真相，完全忘记了弗洛的处境——要是违抗银环社，她和银刃都会被关进银色要塞，只有特勤和银骥骑手相伴，一直到毕业的那一天。

“你姐姐的事，我会想办法帮忙的。”弗洛冲着黑漆漆的虚空说道。

“不，”斯堪德害怕了，“你别冒险。银环社会把你抓走的。没关系，肯定还有别人可以——”

“咱们得去查查那份档案。”弗洛眼睛里坚定的神情很像她妈妈。莎拉·沙克尼说她绝不屈从于多里安·曼宁时，也是这样的神情。“我要帮你弄清楚肯纳到底是不是命定的骑手。自从她不肯给你写信，你的苦恼我都看在眼里。要是埃比不理我了，我也会受不了。我知道博比想停一停、透口气……”她有些许尴尬，“但还有米切尔呢，他肯定愿意帮忙。咱们得好好想个办法，毕竟你——驭魂者，是绝对不能闯进银色要塞的。”

“是啊，那肯定是下下策。”斯堪德自嘲地笑起来，“弗洛，肯纳的事，真的谢谢你。我也许不是补魂者，但万一是呢，那就能改变一切了。”

弗洛用力点点头，脸上还是蒙上了一丝伤感、沉重的阴影。“我觉得，要是就这么被关进银色要塞，银刃恐怕也没什么不高兴的。”

“什么意思？”

突然不知哪儿传来一声尖叫，吓得他俩都跳了起来。是猫头鹰？还是狐狸？

弗洛颤了颤。“我现在能体会到联结中的情感了，就像你和福星恶童那样。所以我感觉得到，银刃和其他银色独角兽在一起时最最开心。它们给了它归属感。”

“他的归属感应该源自四人小队，源自福星恶童、红夜悦和鹰怒。”斯堪德生硬地说。他不愿意去想博比的“分枝”。

“它们在一起时，银刃总是游离在外啊，难道你看不出来吗？它并不是不愿意融入它们，而是不知道该怎么做。”弗洛无奈地说，“可是在银色要塞就不同了。它真的非常开心，非常自在——出什么事了？”

一盏灯从树上坠落在地，摔得粉碎。挂在枝杈上的灯有时候会被大风吹落，但今晚却一丝微风都没有。斯堪德回头望去，看见一座栈道剧烈地摇晃着。弗洛也看见了。夜色中又响起凄厉的尖叫声。

“是谁在闹着玩儿吧。”斯堪德安慰弗洛，也安慰自己。但这是徒然，他不由自主地想起了李凯斯讲的故事：开鸿骑手化身复仇鬼魂，重现人间。他后颈一阵发凉，树干上的影子似乎变大了，一座座树屋的轮廓也愈发可疑。有什么东西在嘶吼，就在下方虬结的树根之间。只听啪的一声，一根树枝折断了。

弗洛第四次回头张望：“咱们进屋吧，米切尔要——”

但斯堪德没听见后面的话，因为他的肩膀挨了重重一击，差点儿从高高的金属平台上摔下去。他蒙了一会儿才认出来——

“加布里埃尔！”弗洛尖叫道，“你要干什么？”

加布里埃尔俯身看着她，石化的卷发一动不动。有什么很不对劲的地方。加布里埃尔的目光没有聚焦，眼球不停地向上翻着。他声嘶力竭的吼叫也不像人类发出的声音，而是像——

突然，加布里埃尔勒住弗洛的脖子，把她往平台边上拽。“加布里埃尔，松手！”斯堪德叫道，“喂！”斯堪德想把他拖回来，但这个驭土者却突然发起攻击，狠踢了他一脚。斯堪德朝前倒下，头和肩膀扑出护栏，悬在二十米高的平台上。在惊恐的尖叫声中，加布里埃尔抽打着弗洛，然后恶狠狠地把她压在铁链防护网上。她和森林的地面之间就只隔着这最后一道屏障了。

斯堪德奋力向加布里埃尔爬过去，张开嘴想要呼救，这时——

砰！

斯堪德的脑袋侧边一阵剧痛，然后便坠入黑暗之中，什么也不知道了。

肯纳

海上银骥

海浪的声音包裹着肯纳。爸爸的船桨微微一沉，击碎了水面的浪花。船离岸了。这艘船名叫“欧律狄刻”，被漆成炫目的黄色，专供度假游客租用。肯纳希望爸爸好借好还，别出什么岔子。她以后帮不上他了。过了这一晚，她就不在马盖特了，至少，她祈愿如此。

她一直琢磨着这件事，已经好几夜没合眼。曼宁主管会来吗？他真的能带她去离岛吗？她会不会被耍了？疑虑积在她心里，沉甸甸的，好像会把船压翻。她已经等了几个月，假装无事发生，假装和学校里的其他人没什么两样。可她的心情越来越糟。她看着爸爸给斯堪德回信，想到爸爸就要孤零零地留在公寓里了，内疚便开始啃噬她的心。

驶过距离海岸最远的一处浮标后，爸爸停下了。他把船锚推向一侧，铁链叮当作响。

扑通！锚沉入水下。肯纳轻声地哼着歌——她一紧张就会这样。爸爸走过来，和她一起坐在船中央的木板凳上。他拉起女儿的手，攥住她的手指。她这才发觉，自己抖得厉害。

“也不是非去不可，”爸爸淡淡地说，“现在改主意也不晚。”

“我不会改主意的。”肯纳的牙齿直打架，因为十一月的寒意，也因为恐惧。她害怕主管不会来接她。她害怕自己会困在这里，没有斯堪德，也没有独角兽。

“肯纳，看！”爸爸急促地说道。他戴着手套的手指向前方的天空。

一开始，那似乎只是流星。但它们渐渐靠近时，轮廓便清晰起来：两对银色的翅膀，倒映在海面之上。跟在后面的第三头独角兽颜色暗一些，是铁灰色的，就像一颗失去了光彩的彗星。独角兽们在大海上空盘旋，振翅的力道掀起涟漪，尖尖的兽角正对着小船。肯纳踉踉跄跄地站起来，松开爸爸的手，冲向船头，难掩满脸的惊叹和渴望。

“时间不多了。”曼宁总管的声音尖锐而带有鼻音，随风灌入肯纳的耳中。他骑的是较大的那头银色独角兽。

“这太疯狂了，父亲，再考虑考虑吧。您还不确定他是不是补魂者呢。她也根本不明白您的布局，不是吗？她才十五岁。他们都还是小孩子啊。咱们不需要驭魂者，现在回头还来得及。”肯纳的注意力一下子转向了说话的人。他比她年长几岁，脸颊上的突变闪着电花，为他平添了几分凌厉的英俊——就算独角兽让她目眩神迷，她也注意到了这一点。

“别说了，雷克斯，别让他们听见。”曼宁主管厉声阻止，指了指海上的小船，“就不该让你跟来。”他的独角兽也应声咆哮起来。

“你本来就不该来。”另一个人低低地说。肯纳见到他的突变时差点儿惊叫出声——他的眼睛是两丛火苗，闪着熊熊火光。

小船摇晃起来。爸爸跟到船头，站在肯纳身边，像保护她似的搭着她的肩膀。肯纳听见他的呼吸变得急促起来——仰慕已久的神兽此刻近在眼前——然后清了清嗓子，开口了。

“不好意思，如果我女儿命中注定拥有一头独角兽，而你们之前又搞错了，那么现在是不是该纠正错误，带她登岛了？”

肯纳的心里涌起了感激。他不是一个完美的爸爸，但他爱她。他爱她，所以希望她开心，哪怕这意味着分别。

三位骑手打量着罗伯特·史密斯。

“让她和我共乘独角兽吧。”火眼男子干巴巴地提议道。

“我载她，”曼宁主管傲慢地说，“你和雷克斯掩护就行了。”

“不，还是让我来，”火眼男子争辩道，“这事是我的主意，如果出了岔子——”

可多里安·曼宁根本没理他，只命令自己的银色独角兽靠近小船，独角兽亮晶晶的蹄子轻轻掠过水面。爸爸扶着肯纳爬上船舷，从后面撑住她。

“祝你好运，我的宝贝女儿。”他轻轻说道，“要是你妈妈也在就好了。”

这一句话给了肯纳需要的全部鼓励。她抓住多里安·曼宁的手，爬上高高的独角兽，跨坐在他身后，紧紧地攥住他的腰带。肯纳骑过福星恶童，但它还没成年呢。她感觉到此刻身下的独角兽肌肉如此紧实，翅膀如此有力，简直像一件武器。

多里安的银色独角兽掉头离去，另两头独角兽跟在后面。他们巨大的翅膀搅动着空气，在水面掀起浪花。肯纳的肠胃一阵翻腾，她慌张地回头望去，想看爸爸最后一眼。他在挥手，在笑，在喊。肯纳扬起手道别，突然觉得爸爸在下方黑漆漆的海面上显得格外渺小。

他们默不作声地飞行，但肯纳身体里的兴奋——还有些微恐惧——都要溢出来了。她正在飞越大海。她就要拥有自己的独角兽了！数不清的问题一下子全涌上来，她怎么也忍不住。

那个最年轻的骑手雷克斯就飞在她的右边。她借着风声冲他喊道：“你是驭风者吗？看你的脸颊就知道！”

他似乎没想到她会主动开口，愣了一下，但很快恢复了镇定。“对！”独角兽银色的翅膀乘风呼啸，像是要吞没他的话语。“我父亲也是。”他一只手松开缰绳，指了指多里安·曼宁。

“结盟元素常会在家族中遗传，”曼宁主管头也不回地说道，“比如你和你弟弟。”

“什么意思？”肯纳大声问道。侧面扑来的大风噎得她喘不过气。

曼宁主管向后一瞥，眼里闪过精光：“斯堪德也是驭魂者。怎么，他没告诉你？”

第八章

乱象迭生

斯堪德还是挺幸运的。加布里埃尔的攻击只留下轻微的头痛，而未造成永久性损伤。弗洛的脖子上都是淤青，还有疼痛的鞭痕。不过她虽然受惊不轻，还是在新的一周里恢复了训练。至于加布里埃尔，他在米切尔冲上平台不久后就清醒过来了，可是他完全不知道自己做过什么。

斯堪德和弗洛很想向教官们解释清楚，但当时一片混乱，实在难以描述。而且加布里埃尔自己也很苦恼。

“你什么都不记得了？一点儿都想不起来？”韦伯教官问他。

加布里埃尔吓坏了：“我只记得我……我想、想要……”

“想要什么？”奥沙利文教官严厉地追问，眼睛里的漩涡翻涌着。

“血。我想、想要血。”他忍不住大哭起来。

教官们听到加布里埃尔的话，个个神情复杂，他们向蒙稚生们保证会把事情调查清楚，也不自觉地瞥了斯堪德一眼。这些微妙之处全都落在斯堪德的眼里。

从马里亚姆那儿听到消息后，博比立刻赶回了树屋。斯堪德在她脸上看到了担心，也看到她胳膊上的羽毛竖起来了，还以为那个噩梦——博比不再是他的朋友——终于结束。可她得知他们没有大碍后，就爬上了树桩楼梯。

“博比，等等！”斯堪德喊住她，“你不想听听来龙去脉吗？”

“不想！”她干脆地答道，“我不想再卷入什么斯堪德神秘事件了。我只关心自己的训练。除了这个，一切免谈！”

“博比！”弗洛喊她，“我也受到袭击了！我们只是不巧撞上了，不能怪斯堪德。”

“谁敢怪他！”博比嚷嚷着摔上了门。

加布里埃尔大受打击，几近崩溃，每次见到斯堪德和弗洛都要道歉。烁火节前一天，在练习召唤火焰长矛时，加布里埃尔甚至骑着普利斯女王找过来了。长矛的矛尖不难锻造——只要比照匕首，造得轻巧锋利就行——但长柄不好办。火是最不稳定的元素，不少骑手发现，要控制火元素几乎是不可能的。长矛要么造得不成形，要么留不住火苗。斯堪德举起长矛，听着噼里啪啦的火舌在耳边呼啸，心里十分不安。不过，至少这件兵器不冰手。

“真是对不起，”这话加布里埃尔说了几百遍了，“我很想知道当时发生了什么。”

“我也是。”米切尔咕哝道。红夜悦弯着脖子，往燃烧的矛尖上喷了几口烟灰，激得火星四溅。“加布里埃尔的反常肯定跟元素紊乱有关。绝不可能是巧合，因为——”

“因为你不相信巧合。”斯堪德接茬儿。现在，米切尔终于不情不愿地承认，元素灾害和紊乱正在发生，真言之歌的预言应验了。他陷入了困惑，于是愈发频繁地去找杰米，缠着他讨论吟游诗人、真言之歌和加布里埃尔的反常行为。不过，斯堪德觉得米切尔之所以对神秘事件产生兴趣，是因为他的父亲又寄来了一封措辞严厉的信。

艾拉·亨德森的信里只有几行字：别和驭魂者搅和，想成为混沌司令就先练好以下十种兵器云云。从那之后，米切尔就开始独自加练。“至少爸爸注意到我和红夜悦了，”米切尔很晚才从训练场回来，对斯堪德解释道，“至少爸爸对我有了些期待。今年我绝对不能再让他失望了。”

“说实话，加布里埃尔，那事儿不是你的错。”斯堪德想把他打发走，好集中精力稳住肩上的火焰长矛。

“但我觉得就是我的错。只要可以弥补，让我做什么都行。”

“为什么被附身的偏偏是一个驭土者呢？”斯堪德听见博比对她的新朋友阿贾伊说，“他太实诚了，简直让人精疲力尽。换作我们驭风者，早就事过境迁啦。”

嫉妒刺痛了斯堪德的心：博比也曾这样跟他开玩笑。加布里埃尔出事后，斯堪德想低调也低调不了，反倒越来越惹眼了。虽然挨揍受伤的是他，可人们愈发认定，他就是整个事件的幕后黑手。那些对教官们说过的话，加布里埃尔逢人便讲——当时他有一种莫名的嗜血的冲动，仿佛被一头荒野独角兽附身。于是，关于织魂人的传闻甚嚣尘上。另外，传得最邪乎的谣言说驭魂者斯堪德能操控荒野独角兽，让它们侵入骑手的灵魂。这些谣言越传越离谱，以至于蒙稚生们一见到斯堪德就大呼小叫地逃走。在重重压力之下，唯一能安抚斯堪德情绪的就是隔天晚上要参加的疾隼队活动。

“投矛！”安德森教官喊道。

十八支燃烧的长矛掠过火元素训练场的焦土，大部分都落在几米开外。虽然银刃给弗洛的长矛添上了吓人的火柱，投掷距离也不尽人意。唯有博比的长矛横跨过整个训练场，几乎命中对面的红色亭子。

“你怎么投得那么远？”米切尔冲她喊道。

博比耸耸肩：“我给它安了翅膀。”果然，草丛中的火苗嗞嗞熄灭后，斯堪德看到了长柄末端的羽毛——三根燃烧的羽毛，就像箭羽。

博比的新朋友们纷纷叫好。斯堪德只认识其中的马里亚姆，因为她是本土生。另外两个——驭火者阿贾伊和驭土者查理——他就不太熟悉了。他们三个本来和劳伦斯组成了四人小队，但驭风者劳伦斯去年不幸成了游民，小队就空缺了一个位置了。斯堪德听不得他们对博比的赞美。难道博比想填补劳伦斯的空位，加入他们的小队？

安德森教官冲博比和鹰怒鼓掌，笑声隆隆，拂过训练场。“不错，很有创意。”他说，“这种小计谋就能让你在鞍上比武中获胜。”

斯堪德看着博比夸张地鞠躬，看着鹰怒抖擞卷曲的睫毛。

“我有点儿想她，”弗洛也向他们望去，“终归是不一样了。”

“三个人成不了一队。”米切尔直白地说。

“她有她的选择。”斯堪德的声音里满是苦涩。

福星恶童感受到了联结中的苦恼，轻声尖叫起来。

“我知道你不高兴，但站在博比的角度，这也能理解。”弗洛说，“她习惯争第一，习惯当焦点，习惯掌控一切。”

“她本来就是第一！训练选拔赛她都赢了！”斯堪德大声说，“身为唯一在训的驭魂者，并不是我自己的选择！”

“可事已至此，”弗洛说，“而你也没做错。但在你的光芒之下博比过得很不开心。给她些时间吧。”

斯堪德换了话题：“银环社有什么消息吗？”他迫切想知道肯纳究竟在不在那份落选档案里。既然弗洛愿意帮忙，他们就一直琢磨着潜入银色要塞的计划。现在唯一需要确定的是银环社下一次活动的日期。

“我今天早上收到了一封信。”

他们用不着压低声音，因为其他蒙稚生都躲得远远的，谁也不敢靠近斯堪德和福星恶童。

弗洛深吸了一口气，继续说道：“十一月底似乎有件大事，银环社的所有成员都要参加。”

“那正好，”米切尔说，“杰米已经差不多痊愈了，还有不少时间能改进我的伪装。到时候我会混进特勤的图书馆，去查查那份档案。结束之后，弗洛过来跟我会合，我们一起离开。简单。”

“把你们俩都卷进来了，我感觉很不好意思。”斯堪德说了上千遍了。

弗洛安慰他说：“这是我们自愿的呀。”

“现在几乎每个星期都有荒野独角兽横死，”米切尔严肃地说，“要是下一次轮到肯纳的独角兽怎么办？万一她真的是命定的骑手呢？必须核实清楚，然后再——”

“再查出杀死荒野独角兽的凶手。”斯堪德替他说完了后半句。

“还有杀死独角兽的原因。”米切尔补充道。

斯堪德咽了口唾沫。“还有，让他们就此收手。”但他心里却止不住地想：让她收手。

弗洛叹了口气。“我本来以为凌云树堡的第二年能正常些呢。”

“是啊，”眼镜遮不住米切尔的烦躁，“我也以为不用搏命冒险了呢。”

第二天是十一月的第一天，烁火节如期而至。斯堪德没去凑热闹。因为疾隼队不推崇各元素泾渭分明的做法，成员们也不热衷于过节，所以李凯斯把活动定在了当天晚上。不过斯堪德觉得，这么安排多少也有为他这个驭魂者着想的意思。

在上次活动中，他们练习了令人汗毛竖立的俯冲。练习结束后，斯堪德忍不住向戾天骑手们发牢骚，说那些死盯着他看的目光和离谱的谣言愈演愈烈。荒野独角兽的尸体频频出现，《孵化场先驱报》甚至开辟了专栏，名字就叫“离岛的报应”。到目前为止，专栏已经报道过烁火区的林火、沛水区的洪水和长风区的飓风。四极城、凌云树堡和孵化场则尚未遭遇不测。可接着没过多久，又出了加布里埃尔的事……

“谁跟你找碴儿，我就打烂他的脸！”帕特里克放言。

“你怎么总这么暴力啊。”普利姆罗斯一边摆弄胰岛素泵一边嫌弃地说道。不久前，她坦承自己患有1型糖尿病，还跟斯堪德要了一块福星恶童的果冻软糖，以缓解低血糖症状。

“打脸太直接了。”芬恩对帕特里克说，“我会把他们从栈道上推下去。无声无息，一击致命，干脆利落。”她说着喀拉喀拉地动了动冻僵的关节。

斯堪德说不清是感动还是不安：“多谢啦。不过，除掉我的敌人，恐怕无益于我的名声吧。”

“一人做事一人当嘛，斯堪德。”李凯斯冲他眨眨眼睛，“说正事啊，我正在考虑下一次活动的时间……唔，就定在烁火节庆典当晚吧。”

“啊，真的吗？”阿德拉抱怨起来，“我打算跟女朋友一起去玩儿呢。”

普利姆罗斯没理她。“这个时间挺好。反正咱们也不表演，去了又有什么意思？”她耸耸肩，瞥了斯堪德一眼。

“那……什么时候要表演？”斯堪德紧张地问。

“混沌杯。不过不用发愁，没你的事儿。我们不会让蒙稚生参加的。”李凯斯解释道，“那种表演就是为了让教官们安心，以免他们担心太危险而关闭社团。离岛上的大人物们见识了我们的技术，凌云树堡就不会干涉我们了。”

于是，烁火节庆典当晚，斯堪德没去凑热闹。骑手们都把绿色夹克换成了红色夹克，以呼应季节的转换。博比先走了，和马里亚姆、阿贾伊、查理结伴而行。接着，弗洛和米切尔也一起出了门，说要顺路去找杰米，看看潜入银色要塞需要的伪装做得怎么样了。独自一人时，斯堪德想起了肯纳，便决定给爸爸回一封信。他之前画过福星恶童飞行的模样，觉得爸爸或许想看一看。他坐在豆袋沙发上，开始了艰难的任务——措辞。

亲爱的爸爸：

谢谢你的来信。希望你身体健康、工作顺利。麻烦你转告肯纳，我很想念她，也在尽力让事情往好的方向发展。我现在只能透露这么一点点，但以后肯定会多多写信的。今年学年底咱们再见面时，我会把一切都告诉你们。我爱你们。

小堪

半个小时之后，疾隼队的成员们微笑着招手，欢迎斯堪德和福星恶童的到来——当然，安布尔除外。在每个星期的活动中，她都当他不存在。

“有人找碴儿吗？”帕特里克顽皮地扬起眉毛。

“今晚没有。”斯堪德咧开嘴，笑着跟他击了个掌。他和其他戾天骑手之间也是如此相处。在这儿，他好像完全变了一个人，变得自信、自在，更重要的是，他找到了归属感。在疾隼队，他不是例外。大家都热爱飞行，他也是；大家都对振翅频率和速度纪录感兴趣，他也是……他不禁暗自猜想，本土那些足球队、读书俱乐部的成员们，应该也有同感吧。区别只在于他参加的社团热衷于玩儿命特技和夺命独角兽。

今天他们打算练些小技巧。李凯斯首先骑着他的潮汐武士从余晖天台起飞。飞出二百多米时，潮汐武士拍打着翅膀悬停，而李凯斯召唤同盟元素，用泛着泡沫的水围成一个圆环。戾天骑手们骑着各自的独角兽，以惊人的速度冲向水环，争夺第一。此时独角兽的翅膀搅动着空气，激起的音浪震动着天台，甚至连底下的树叶都随之瑟瑟作响。每一位骑手穿过水环时，都要使出一项大胆的绝技——越出格越好。李凯斯解释过，有一位勇夺混沌杯的骑手曾因善用此类空中特技而在空战中取胜。不过斯堪德觉得，戾天骑手只是为了好玩儿和刺激。

截至此时，练习赛排名前三的分别是：阿德拉——她倒坐在鞍座上冲过水环，烟雾头发四散缭绕，还优哉游哉地冲着天台挥手；芬恩——她侧身横躺在荏苒星霜的背上，四肢挺得笔直；马库斯——他干脆放松系带，让鞍座滑落到沙暴轨迹的肚子底下，整个人倒吊着穿过了水环。

福星恶童热切地看着一项项绝技，眼睛从黑变红，又由红变黑。斯堪德知道，他的独角兽也像他一样，享受着集体带来的归属感。

随后，作为最年轻的成员，斯堪德和安布尔被叫到了前面。“看看你们谁能比马库斯更胜一筹！”李凯斯大声说。

福星恶童抬起蹄子就要出发，斯堪德赶紧拽着缰绳把它拦住。安布尔的梁上旋风也很冒失，但这并不妨碍她恶语伤人。

“沙克尼家选了你，还不是因为你和弗洛在同一个小队？”

斯堪德无奈地说：“哦，行了，安布尔，披鞍仪式都过去好几个月了。”

福星恶童冲梁上旋风吼着，唾沫飞得到处都是。显然，独角兽之间的友情并不足以让它们把胜利拱手相让。

安布尔攻势不减：“布鲁纳最近不跟你玩儿了吧。疾隼队挑了你，却没她的份儿，她肯定生气了。不过这次她倒没错——丢人现眼呀！”

“我正想跟你说这话呢，丢人现眼！”斯堪德回敬道。这时，李凯斯下令了：“蒙稚生们，出发吧！”

斯堪德还没准备好，福星恶童却早已迫不及待，它往前一冲，甩得他差点儿仰倒。他只好使劲儿地抓着福星恶童的鬃毛，咬紧牙关抗住刺骨的寒风。他伏在独角兽的背上，瞥见安布尔也俯下了身子，栗色的头发在身后飘扬。斯堪德心里只有一个念头：必须比她快，必须赢过她，绝对不能输。

这是福星恶童有生以来飞得最快的一次。它的翅膀高速挥舞，黑色的羽毛晕成了一团模糊的残影。斯堪德能感觉到它的肌肉在自己腿下舒张与收缩着，对胜利的渴望流淌在骑手与独角兽的联结之中。此时李凯斯的水环就在几米开外，斯堪德已等不及要使出准备已久的招数了。他小心翼翼地蜷起一条腿，把脚放在鞍座上，另一只脚也照此收上来，蹲坐稳当。然后他抓住前鞍桥，完全松开缰绳，慢慢地站了起来。他绷直膝盖，接连举起双臂。

“好！”他自己叫出了声。福星恶童兴奋地嘶鸣着，天台上的戾天骑手们也都欢呼起来。他做到了。他笔直地站在鞍座上，独角兽的翅膀就在他身体两侧拍打。肾上腺素在身体里翻涌，他从未感觉自己如此充满生气。水环已近在咫尺。再往前冲几米，就能——

不对。

李凯斯和潮汐武士突然挡住了去路。独角兽扬起前蹄，而骑手掌心飞出的锋利碎冰直冲斯堪德而来。福星恶童反应极快，闪电般从潮汐武士的蹄下飞掠而过。斯堪德被惯性拽倒——所幸他倒在了鞍座上。然而，在他躲过潮汐武士左前蹄射出的水球时，他看见了李凯斯的脸，霎时惊得浑身冰凉。

李凯斯的眼睛翻着，就像加布里埃尔发疯时一样。他似乎也被附身了。

砰！

梁上旋风躲闪不及，一下子撞上潮汐武士的左肩。两头强壮的猛兽相撞，巨响穿云裂石，在凌云树堡茂密的树冠之间回荡。潮汐武士一口咬住梁上旋风的脖子，梁上旋风则嘶吼着以元素反击。潮汐武士的块头更大，力量更强，显然已占上风，可李凯斯仍未停止攻击。混战之中，一个侧甩让安布尔从尼姆罗家的鞍座上跌落。

她被甩到了空中，然后向下坠落。梁上旋风拼命想要追上去，接住它的骑手。但潮汐武士咆哮着，死咬着它，怎么也不肯松嘴。独角兽明白，它们最重要的任务是绝不能让骑手从空中坠落。可安布尔·费尔法克斯坠下去了……真的坠下去了。

她尖叫着，距离下方的树冠越来越近，大家全都慌了神。芬恩和阿德拉立刻跳上各自的独角兽想追上去，但斯堪德知道他们肯定赶不及，也知道福星恶童同样明白当前的情势——他从联结里感觉到了这一点。

他们毫不犹豫地掉头俯冲，追着安布尔的身影而去。高度降得太快，斯堪德的耳朵轰鸣着，脑袋也快炸开了。而后，他们奇迹般地冲到了安布尔的下方。只见福星恶童伸长脖子，向上一托，安布尔向后滑去，正好被斯堪德挡住。

她吓晕了，撞击在她的身体上留下了不少瘀伤，但所幸捡回了一条命。

他们驮着安布尔，放慢速度，飞回了余晖天台。疾速俯冲和双倍负重让福星恶童累得气喘吁吁。

大家又惊又怕，张口结舌。芬恩和阿德拉把毫无知觉的安布尔抱了下来。梁上旋风小跑着迎向自己的骑手。福星恶童冲着它尖叫，似乎很是焦虑。

斯堪德先开口了："李凯斯呢？"

阿德拉努努嘴。只见李凯斯倚在潮汐武士的身侧，惊涛骇浪般的头发全塌了下来，两只手反剪着，由马库斯和帕特里克押了过来。

普利姆罗斯正在跟他道歉："对不起，虽然你是队长，可我们不能冒险。既然我是二把手，现在只能这么做。等我们查明——"

"你们没必要这样！"斯堪德冲上去打断了她，"我知道是怎么回事。"

"斯堪德，没事的，因为我也不确定自己是不是……安全无害。"李凯斯痛苦地说道。

斯堪德看见李凯斯的手臂上有一块烧伤，那是和梁上旋风厮杀时留下的。此时，李凯斯所有的光彩和狡黠都消失了，唯余恐惧。

"前一阵也发生过类似的事。加布里埃尔袭击了我和我的朋友。他事后说，当时自己有一种对血的渴望，好像被荒野独角兽附身了。”

李凯斯咽了口唾沫：“不，不是荒野独角兽。是潮汐武士。是它闯进我的脑袋，把那些感觉塞进了我们的联结。我清楚地知道，就是它。”

斯堪德尽力不露出震惊的神情：“你是说，你被你自己的独角兽附身了？”

“我感觉是这样。”

“加布里埃尔现在没事了，你也会好起来的。”斯堪德安慰他，“不过，我的朋友米切尔认为，这种附身事件源自元素紊乱。”

“你们觉得，今天发生在我身上的事，与荒野独角兽之死有关吗？”

“有这个可能。目前只是推测。”斯堪德的语气和米切尔如出一辙。

李凯斯无力地瘫倒在独角兽身上。“绝对不能出这种事！凌云树堡的骑手竟然在空中失去自我控制，这怎么行！万一那些能量强大的银骥骑手也……”他的声音越来越小，“凌云树堡现在有一名银骥骑手叫弗洛伦斯·沙克尼，对吧？骑手们会因此而死。很多人都会死！这太可怕了，斯堪德，我竟然控制不了自己，我竟然疯了似的想要杀死安布尔，杀死梁上旋风，杀死你，杀死福星恶童……杀光所有人！”

斯堪德什么也说不出来。

“不能让那个凶手继续杀害荒野独角兽，得有人阻止他……”

李凯斯喃喃地说，“其他人没事吧？咱们走吧。”

斯堪德正想问他是什么意思，普利姆罗斯却把队长推到一边，检查起他胳膊上的烧伤。

斯堪德只好爬上福星恶童的背，准备离开。这时，安布尔凑了过来，在他耳边轻声说：“你不觉得奇怪吗？每次有人被附身，你都在场。这也太巧了吧？”

“我只觉得自己运气不太好。”斯堪德应道。但他还是忍不住想起了博比的话：我需要别的朋友——他们不需要琢磨什么歌曲预言，也不需要每隔五分钟就拖着我去过关斩将！现在，他身边的人果然陷入了麻烦。数不清是第几次了。

安布尔窃笑着骑上了梁上旋风。

斯堪德的怒火一下子蹿了起来。这不是他的错啊！怎么会有人前一秒还昏迷着，下一秒就变得这么讨人厌呢！“我还以为你是来感谢我救你一命的。结果呢，你只是来给我安罪名的。莫须有的罪名。算了，反正你一向如此。”

“抱歉，去年你的罪名可是名副其实。既然全让我说中了，你还有什么可抱怨的？”安布尔怒道，“你还指望我谢你？要不是你，我爸爸会进监狱吗？就是因为你，所有人都知道他是驭魂者了！就是因为你，我妈妈现在没有一天安宁日子！”

斯堪德突然明白了：“难怪你的队员不理你。因为你爸爸，他们排挤你，对吗？”

“他们没有排挤我，”她厉声反驳，但声音颤抖着，“我警告你，斯堪德·史密斯，要是你再害别人被附身——”

“我没做过那种事！”

“要是再有骑手发疯伤人，而不巧你也在场，我就别无选择了，我只能向银环社告发你。”

“你在威胁我？”斯堪德沉声质问。

“不然呢？当然了。”安布尔甜腻地笑道。此时，梁上旋风四蹄升空，从余晖天台起飞，把他们抛在了身后。

就在弗洛和米切尔计划潜入银色要塞的前一天，米切尔约斯堪德一起去四极城，找杰米取伪装。福星恶童和红夜悦是最要好的朋友，它们此刻正肩并肩地走在商业街上。斯堪德还不太习惯举止如此规矩、干净漂亮的红夜悦——它已经好久没有打嗝放屁了，就连燃烧的鬃毛也变得整整齐齐。斯堪德知道，红夜悦一定明白米切尔想要讨好他的父亲。不过，这头血红色的独角兽今天却好像有些心事，显得闷闷不乐。

福星恶童仿佛读懂了骑手的心思，冲着红夜悦喷出点点冰晶。通常，红夜悦肯定会把冰晶吹化，然后喷出火星玩闹。可这次它却没有理会，任由冰晶落在血红色的皮毛上，渐渐融化。斯堪德从联结里感受到了失落。看来，福星恶童也很想念过去的红夜悦。

“哦，混沌篇章！”米切尔一路过书店就走不动。

斯堪德叹了口气：“咱们不是要去找杰米吗？”

“还有时间呢。再说我之前跟克雷格订了一本新书，是关于鞍上比武的。我想学学里面的新式兵器，说不定能让我爸爸刮目相看。”

斯堪德知道，没人能阻止米切尔去书店，何况他和店主的关系很不错。他们跳下地，把两头独角兽拴在了外面的矮树枝上。为了安慰福星恶童，斯堪德拿出了余量不多的果冻软糖。黑色独角兽用鼻子拱拱他的手，好像在说“我没事”。

走进书店时，他们碰响了挂在门上的小铃铛。店里还有一位顾客，正和克雷格聊得热络，于是米切尔径自挑出自己已经读过的书，一本一本地讲给斯堪德听。他的点评简短而中肯，但有时也很不客气，比如：“这本书比真言之歌更像胡扯！”或是：“这本都不配换一张混沌卡牌！”

“啊，这本还不错。”米切尔说着，从书架上抽出一本《图书馆不会告诉你的事》，“因为看了它，我小时候还差点儿闯了祸呢。”

“看书怎么会让人闯祸呢？”斯堪德很好奇。

米切尔翻开目录，指了指其中的一章——秘密私贩。“我十岁时，奶奶生了重病。当时爸爸一心想让她好起来。他认为肯定有某种方法，能用水元素的魔法帮她痊愈。”

米切尔轻叹一声，继续说：“我迫切地想要帮他。我以为解决了爸爸的难题，其他难题也能迎刃而解：奶奶的病，爸爸对我的态度，父母之间的关系……唔，当时他们已经很冷淡了。于是，我去查阅资料，找到了这本书里的这一章‘秘密私贩’。”虽然书店里很暖和，米切尔还是在微微哆嗦。“他们买卖的是秘密。图书馆里查不到的东西，他们都知道。如果你肯吐露一个价值相当的秘密，他们就会提供你想要的知识或信息。用秘密交换秘密。”

“你真的去找他们了？”斯堪德没了耐心。米切尔讲故事总是细节太多。

“差点儿就去了。”米切尔此刻说起来还有些后怕似的，“我的脚都踏上了梯子，眼看就要爬到他们的树屋里时，我爸爸赶来了。他把我扛在肩上，又是吼又是骂的，一路扛回了家。”

“为什么？他干吗要骂你？你只是想帮他呀！”斯堪德义愤填膺地说。

“因为我没读完那一章。”米切尔把《图书馆不会告诉你的事》放回书架，“我没读到最后的警告。那些秘密私贩可不是什么善茬，斯堪德，要是他们不满意你给的秘密，就会……”

“会怎么样？”

“会杀了你。”

斯堪德无比震惊，一时说不出话来。

铃声响起，那位攀谈的顾客离开了。克雷格像老朋友一样迎接了米切尔。斯堪德却还沉浸在刚才的故事里：交易秘密的贩子，竟会杀死上门的顾客。他靠近书架，想理清思绪——上一次逛街购物，已经是好久以前的事了。

斯堪德没想到的是，克雷格竟然也热情地向他打招呼，说拜米切尔所赐，他已久闻福星恶童的大名。“你订的书昨天就到了，米切尔。你们到我的树屋里来吧，有件东西我也想给斯堪德看看呢。”克雷格把店门外的牌子一翻，从“营业中”换成“暂停营业”。斯堪德满头雾水：从这儿怎么去树屋呢？中央的树桩没凿出台阶，而是满满地摆着书。

“克雷格，”米切尔同样困惑，“楼梯在哪儿？”

书店老板朗声大笑，头顶的发髻跟着摇晃起来。他笑起来时显得年轻不少，或许他本来也只比斯堪德大几岁。

“哈，你们肯定喜欢。这是我已故的父亲亲手打造的，他一门心思想在店里摆上更多的书。”克雷格从书架上取下一本《树干歪论》，把手伸进空隙里去拉一根隐藏的操纵杆。只听嗖的一声，几座书架从树桩上滑了出来，彼此交叠盘绕，搭成螺旋楼梯，直通上方的树屋。

米切尔看呆了，嘴巴张得圆圆的。跟着克雷格往上爬时，他对斯堪德说：“咱们的树屋也改成这样吧？”

“干什么用？”

“放更多的书啊！”米切尔热切地回答。

“恐怕博比不会……”斯堪德说着就开始伤感起来。博比肯定会插科打诨地笑话米切尔，说他的书已经够多了，可如今这些话斯堪德都听不到了。她只会跟别人说。

爬到树桩楼梯的顶端后，他们进入了一间树屋。这儿的书比楼下店里的还要多。克雷格趁米切尔翻看新书的工夫，带斯堪德走到角落里的一张桌子旁。这张桌子有些年头了，但保养得很好，桌面上蒙着绿色的皮革，四角镶着金质漩涡。

“米切尔跟我讲起你时，我满脑子都在想你的难处——连教材参考书都没有，要怎么练习使用魂元素啊！”在斯堪德好奇的注视下，克雷格从脖子上取下一把钥匙，打开了桌子上的抽屉。“我一直琢磨着，书能被毁掉，但知识可不会消失。”

斯堪德吓了一跳。难道克雷格想让他把阿加莎教的东西写下来？“我还什么都不懂呢！我才刚开始正式——”

“不不不，你误会了。”克雷格说着，从抽屉里取出一叠写满字迹的纸页。“因为你，驭魂者们去年才从囹圄中脱身。这些人可掌握了不少书本中的知识哪！都在这儿存着——”他拍了拍自己的脑袋，“找到他们确实很难。因为害怕银环社的迫害，大部分驭魂者都隐姓埋名地躲起来了。不过消息传出去了，他们知道我是好意的，最后才肯与我一谈。记录他们的记忆，收集他们的故事，喏，这就是我要做的事。”

“这真的……真的太棒了！”斯堪德激动得语无伦次。他不敢相信，离岛上竟然有人真心愿意帮助驭魂者，“我可以……我可以看看吗？”

克雷格把那叠纸递给斯堪德。“现在还只是一张张零散的笔记，可能不容易看懂。等我再收集一些，就把它们汇总成书。”

克雷格说完就去找米切尔了。斯堪德静下来翻看纸页，尽力辨认着书店老板的细小笔迹。纸页上的内容大多难以理解，他粗粗浏览着，突然被一个词勾住了目光。

补魂者。

“克雷格，”斯堪德紧张起来了，“你能帮我看看这个吗？”

书店老板立刻赶过来，接过斯堪德手里的纸页。“哦，这个。”他点点头，“这是一位上了年纪的驭魂者讲的。他帮了不少忙。”

克雷格清清喉咙，大声地念了起来：

“补魂者：驭魂者中的一类，能够恢复骑手与命定独角兽的联结，即使独角兽已在极外野地诞生，也无大碍。补魂者需要与自己的独角兽共赴梦境，以识别、确认荒野独角兽与骑手的联结。在这些梦境中，补魂者和独角兽的梦境将分别靠近落选骑手与荒野独角兽的梦境。经由联结，骑手与独角兽将互换梦境。这是最最危险的步骤，因为一旦骑手的梦境被困于荒野独角兽体内，最终将导致死亡。”

“死亡？”米切尔的惊叹声把斯堪德吓了一跳。他听得入迷，没注意到米切尔也凑过来了。

“要我再念一些吗？”克雷格问。

斯堪德忙不迭地点头。

“建议设置心锚——某人或某物，可以在危急时刻将骑手拉回自己的意识。有经验的补魂者可以借助梦境自由寻找任意落选骑手，初出茅庐的补魂者则需专注于某个特定的个体。一般来说，落选骑手的年纪越小，补魂的过程越容易，而独角兽流落荒野越久，修补联结需要的能量就越多。”

“很有意思啊，不是吗？”克雷格说。

“确实。”斯堪德答道。他的思绪早就飘远了。

十分钟后，他们继续前往杰米的铁匠铺。“克雷格竟然会到处收集驭魂者的知识。”米切尔又开始喋喋不休，“一个书店老板要是叛逆起来，可是谁都挡不住啊！”

而斯堪德还在想着那些笔记。落选骑手的年纪越小，补魂的过程越容易。谢天谢地，米切尔和弗洛明天就要去银色要塞打探消息了。只要确认肯纳在落选骑手的名单里，他就可以着手研究梦境。那能有多难？等他搞定了梦境，他们就能专心调查荒野独角兽之死。只要阻止滥杀无辜，元素紊乱就会平息，肯纳的独角兽就不会有危险，蒙稚生们也安全了。到时候，姐姐就能来这儿——

“斯堪德，”在铁匠铺门前，米切尔打断了他的思绪，“你可不能自己去试验什么梦境，得先跟阿加莎报告。克雷格说了，这会死人的，听见了吗？”

“当然了，不会的。”斯堪德说。但他心里并不这么想。

杰米所在的铁匠铺有一个倾斜的金属屋顶，由四棵粗大的树干支撑四角。还没进门，斯堪德就感受到了火焰喷涌出的热浪，听到了锤子敲打的声音。金属的光泽不时闪过，随后便响起把金属浸入圆形大缸里冷却时的嗞嗞声。

杰米用一只绿一只褐的眼睛盯着他们俩看。“你迟到了！”他不高兴地埋怨斯堪德，黝黑的额头皱成一团。

“喂，米切尔也迟到了！”

“算啦。”杰米说着，从皮革围裙前面的大口袋里掏出一个蒙着黑色套子的东西，递给米切尔。米切尔则小心地检查了一番，确定四下无人偷看后，才小心翼翼地接过来。

东西做好了。米切尔屡出奇招，当然，也一如既往地鲁莽冒失。为了配合这个计划，溜进银色要塞而不被发现的关键伪装——特勤面罩的完美复制品——打造成功。

面罩的详细素描图由斯堪德提供。他参考了自己的记忆、弗洛的描述，以及《孵化场先驱报》上刊登过的特勤特写照片。杰米不太情愿地答应为他们偷偷打造这副赝品面罩。真正的特勤面罩由纯银制成，但杰米想办法找了些便宜的银灰色颜料，最终达到以假乱真的效果。

“真是不可思议啊，杰米！”斯堪德惊叹道。

“你们最好再仔细考虑考虑。”杰米示意米切尔赶紧把面罩放回套子里，沉声道，“我认识几个在银色要塞工作的铁匠，他们都说曼宁非常注重安保。再说，你们比特勤年轻那么多，他们难道看不出来？”

“这可未必。”米切尔颇为自信地说，“两名英少生去年沦为游民之后，就去了银色要塞。要是有人问起来，借用他们的名字就行了。我都想好了。”

“只要米切尔有计划，他就会无比自信、无比放心，不管这个计划有多危险。”斯堪德轻声说道。杰米皱起了眉头。

米切尔没理他，自顾自地说着：“弗洛进出银色要塞时，总是有个特勤跟着。既然我也是‘特勤’，由我陪她一起去，不是理所当然吗？我会用你打造的这副完美面罩挡住脸，等银环社的人去他们的竞技场参加活动时，我就溜去查阅档案。这可比去年硬闯监狱容易多了。”

杰米没什么底气：“我知道你想帮斯堪德查明他姐姐的情况，但你得答应我，务必谨慎当心，好吗？”

米切尔的头发燃烧得更加明亮了：“我答应你，杰米。你真的什么都不用担心。”

因为自己惹出了这么多麻烦，斯堪德心里很内疚。他换了个话题：“卡扎马司令有没有追查杀死荒野独角兽的凶手？你有消息吗？她也认为是织魂人吗？”

“不是人人都这么想吗？”杰米抓了抓金棕色的头发，“据说她现在也拿真言之歌当回事了。听说她甚至盯上了开鸿骑手的‘赐礼’，因为那有可能是一件特别厉害的兵器。我的意思是，你很难不那么想。离岛愤怒了，要报复我们，不是吗？”

“哦，完了，不不不，完了完了，哦哦哦哦——”米切尔突然语无伦次起来，“快藏起来，你，还有我，还有——”

来不及了。艾拉·亨德森径直闯了进来，怒不可遏。

“你在干什么？又跟这个家伙混在一起？还敢在四极城露面？”艾拉咬牙切齿地冲斯堪德努努嘴。

"不、不是，没有，父亲。我、我——"

"斯堪德是来找我的，"杰米往前一步，"我是他的甲胄师。"

"没错，"斯堪德说，"米切尔虽然也在这儿，但他没有跟我讲话。他像您一样憎恨驭魂者，认为他们都是垃圾、魔鬼……"

"我来四极城是为了取我预订的书，关于鞍上比武的。"米切尔飞快地说，"您瞧，是新出的，我想学学里面的新式兵器，好用在比武中。"

艾拉·亨德森被新书吸引了注意力，低下头看了看。斯堪德和杰米慢慢地往后退了退，希望米切尔的爸爸能相信他们的蹩脚解释。

"看来你还是认真地读了我的信，在严肃地对待比武，我很欣慰。"艾拉的火气消了，又赞许地添了一句，"红夜悦现在也漂亮多了。"

"对对对，它很努力，我也是。"听得出来，米切尔松了一口气。

"有人邀请我明天到水苑共进午餐，你也跟我一起去吧。"

斯堪德和杰米立刻警觉地对视了一眼：弗洛明天去银色要塞的时间是十二点。

"水苑？我也……明天？那……几点钟？"米切尔哑着嗓子问道。

"十一点回家跟我碰头吧。到时候有很多重要人物出席，包括去年的水分会理事，你都得见见。米切尔，要是你想成为混沌司令，就得尽早打点这些关系。还有，离驭魂者远一点儿。”他瞪了斯堪德一眼，“别让我失望，听见了吗？”

不等儿子回答，艾拉·亨德森就沿着大街走远了，发辫上的水花一闪一闪的。

第九章

银色要塞

从艾拉要求米切尔陪他一起去水苑的那一刻起，斯堪德就知道，潜入银色要塞的计划注定无望实现了。在过去的一年里，米切尔变化很大。他不再武断地认定所有驭魂者都是坏人，但要他拒绝爸爸的要求，这绝无可能。

“我不能让爸爸失望，他很看重这些，我实在没办法。对不起，斯堪德。”直到米切尔第二天早上要回家时，他还在道歉，“今天晚上训练时见吧。”

斯堪德没有开口拦他。水苑是最强驭水者的训练场，他完全能够理解米切尔渴望为爸爸争光又极其惧怕爸爸的心情。毕竟，和他这个驭魂者交朋友，意味着米切尔正在随时触怒爸爸的边缘游走。

于是，斯堪德改变了计划：“弗洛，我跟你一起去。”

“你是驭魂者，小堪，驭魂者是严禁进入银色要塞的！”

“别急别急，先想想，花一分钟想一想。”斯堪德央求道。他知道这个提议很冒险，也有点蠢，可他已经琢磨一整夜了。他坚信，只要确定肯纳是驭魂者，梦境的问题自然能迎刃而解。克雷格那些笔记上写得很明白：年轻的补魂者应该聚焦于某个个体。查实肯纳的身份一定会有帮助吧？到时候他一定能分清普通的梦和补魂者的梦吧？

“只要遮住福星恶童的头斑，我也戴上面罩，不就行了？今年银环社可能没有别的大型集会了，机不可失啊，弗洛。我得比织魂人更快行动，在她杀死肯纳的独角兽之前学会修补联结。”

“可以让博比和鹰怒去啊。”弗洛慌不择言。

“她不可能立刻答应。来不及了，十分钟后就得出发了。让我去吧，弗洛，求你了。”

弗洛闭上眼睛，深深吸了一口气。“那你必须全都听我的，每一件事，每一步。另外，咱们必须在天黑之前赶回来——今晚有比武训练，对吧？”

斯堪德扑过去，一把抱住了她：“谢谢！谢谢你！”

“这不是为了你，”弗洛沉声说，“是为了肯纳。”

然而，一个小时之后，斯堪德却差点儿急哭了。他和弗洛来到四极城边，正要踏上通往银色要塞的银桦大道，可福星恶童怎么也不肯让斯堪德把黑色抛光蜡涂到它脑门儿上。

它咬着牙抗议，就连红色果冻软糖也不能让它动摇。

“真的很抱歉啊，小伙子，配合一下吧，好吗？别动啊。”斯堪德焦急地望向弗洛，“把它留在这儿不行吗？我走路进去？”

“小堪，特勤都是骑着独角兽监督我的啊。”

“应该带红夜悦来就对了。”斯堪德气喘吁吁。他费力地想把福星恶童的脑袋拉低些，在十一月的寒风中，他的手都冻僵了。

“红夜悦才不会听你的话，”弗洛哆哆嗦嗦地说，“说不定还会咬断你的腿！”

“福星恶童，求你了！求你了！”斯堪德百般央求，但黑色独角兽只想啃他染得漆黑的手指头。“只有今天！只涂一天！绝不会像去年那样！只要一出来我就把它擦掉！”

“小堪，”弗洛摸摸斯堪德的胳膊，动作像独角兽的羽毛般轻柔，“你牵着银刃，我来试试吧，你太激动了。”

费了九牛二虎之力，弗洛总算把黑色抛光蜡抹在了福星恶童的额头上，遮住了长长的白色头斑。“好了，去吧，你这个小笨蛋。”弗洛摸了摸它湿漉漉的脖子。

斯堪德气哼哼地擦掉脸上的泪水。他讨厌这种感觉：遮住代表灵魂元素的标志，假装自己是驭水者，还为此和福星恶童闹别扭。可只要能查清肯纳的身份，这都是值得的。他没跟肯纳说实话，让她伤心了。他现在才明白这一点，所以必须尽力弥补，挽回她的心。

弗洛忧心忡忡，焦虑不安。她不喜欢打破规则，而协助驭魂者潜入银色要塞，无疑是最严重的违规行为。走在四极城里，她的不安愈演愈烈。就在前一天晚上，各区都发生了元素灾害，流离失所、精疲力尽的岛民们涌入了首府。弗洛建议几户人家去她爸爸的作坊，至少那里暖和又干燥。

走上通往银色要塞的林荫道时，弗洛深吸了一口气，但什么都没说。而后她顿了顿，还是开口了："小堪？"

"嗯？"

"我发现，我们经常谈起荒野独角兽和元素灾害，但你很少提及她——你的妈妈。"

斯堪德咽了口唾沫："你是说织魂人？"

"她也是你的妈妈啊。多聊聊妈妈的事，也是应该的吧。"

"为什么？"斯堪德很抗拒，"我妈妈没死，还成了恶魔，除此之外没什么可聊的。"

弗洛连连摇头，银刃也跟着哼了一声。"不是这样的。她和你以及你姐姐是血脉至亲，和你的家人有千丝万缕的联系。谎言和伤痛并不会因为你不提起就不存在。还有很多事你都没弄清呢，尤其是她当年为什么要抛下你？"

"我知道已有的这些就足够了。"斯堪德倔强地回答。

"我的意思是，你把所有关于妈妈的事情都锁在自己的脑海里、心里，所以你才不愿意相信任何人。其实要是你愿意聊聊，我很愿意听啊。"

斯堪德想到了博比。她执意"分枝"，多让人伤心啊。最好还是不要轻易相信别人，不要轻易坦陈自己的真实感受吧。不过，他还是大声地对弗洛说了声："谢谢！"

弗洛望着前面，突然说道："你现在戴上面罩吧。离开这些树荫，就没有东西遮挡了。"阳光为银桦树投下的阴影镶了一道边，驭土者的金色徽章在她胸前被映得亮晶晶的。

斯堪德把手伸进鞍囊里，取出了套子里的赝品面罩。他将带子绕过脑后系好，只见金属闪闪发亮。在拉下面罩、遮住脸孔之前，他再次说道："谢谢你肯冒这个险，弗洛。"

"哈，等咱们活着出来再谢我吧！"

"我知道你有多讨厌这种事。"

"确实讨厌。"她冲他笑笑，"但因为是你的事，我就有勇气多了。"

然而，走出银桦大道时，斯堪德却感受不到自己的勇气。银色要塞就在眼前，严严实实地遮住天际。斯堪德不禁想到了圆形的马戏帐篷，只是这里没有鲜艳的条纹和欢笑的孩童。要塞的中央矗立着一座高高的银塔，塔尖锋利如刺。巨大的金属板向下铺开，以尖桩为支撑，搭成了边缘明锐的天篷，遮住银塔的一侧。

"银环社今天的活动就在那儿举行，"弗洛悄声说，"我们的日常训练也在那个竞技场。上面就是天篷、光亮得能映出独角兽的影子。"

然而，在靠近竞技场和银色要塞的其他建筑之前，还有一道围墙横亘着，清楚表明这里不欢迎游客和外人。眼前硕大的银盘层层叠叠，让斯堪德想起了本土历史课上讲过的罗马盾阵。不过这盾牌后面没有特勤——它们只是牢固地楔在地里，静静地矗立，一夫当关，万夫莫开。真像是随时准备开战的军营。福星恶童走近时，斯堪德注意到每一张盾牌中央都嵌着不同的元素标志：火、水、风、土。没有魂元素，当然了。

“他们在防备什么？要打仗吗？”斯堪德咕哝道。他的声音被蒙在面罩里，听上去闷闷的。

“嘘——”弗洛棕色的眼睛望着围墙，正搜寻着什么。

“怎么进去啊？入口在哪儿？”

“跟在我后面就行了，”她突然生硬起来，“别开口，一个字都别说。”

透过面罩上的观察孔，斯堪德看到弗洛和银刃正靠近雄伟的银色要塞。银骥骑手和银色独角兽确实属于这里。斯堪德想起弗洛已经在银环社宣过誓，那誓言的字字句句都让他恐惧、战栗。与驭魂者，不共存。弗洛越是泰然自若地走向要塞，斯堪德就越是害怕。他从未体验过这样强烈的畏惧——像他这样的驭魂者，应该转身就逃啊！

银刃在一张银盾前停住了，银色的翅膀在午后的阳光下熠熠生辉。斯堪德留意细看，发现这张盾牌上没有元素标志，而是装着一面小小的隔栅。弗洛稳稳地坐在由玛蒂娜家精制的鞍座上，向前俯身，在盾牌上敲了四下。

唰——隔栅应声而开。“报上姓名。”盾牌后面响起一个粗哑的声音。

“弗洛伦斯·沙克尼和银刃。”她的语气竟那么淡然，让斯堪德大为惊讶。“这位特勤要护送我去参加银环社的活动，唔，一向如此。”她解释道，说到最后两个字时，还是忍不住微微颤抖。

“往后退！”

斯堪德打起精神应对，不知道这是什么意思，是好还是坏。只听唰的一声，隔栅关上了。突然，银盾的弧形底部向上升起，接着又向外翻开，露出一个豁口，刚好够两头独角兽通过。斯堪德强忍着好奇才没有抬头看——银盾就像倒挂的吊桥，正悬在他们的头顶上呢！可他现在是“特勤”，这儿是他平日里吃饭、睡觉和训练的地方，哪能东张西望的。在没有银色独角兽的骑手中，只有特勤可以进入银色要塞，连司令都不行。

银色盾牌回到了原位，但刚才在隔栅后面说话的人却不知哪儿去了。斯堪德只觉得毫无遮挡，浑身不自在。此时，他们四周都是金属帐篷，大小不一，银光闪闪，看起来也很奇怪：微风吹过时纹丝不动，底下不是草地而是混凝土，一点儿也不像真的帐篷。大些的帐篷显然安置着独角兽——银色门帘里露出了兽角，而小一点的帐篷足有一百多个，特勤们在其间出出进进。斯堪德不敢多看，但他实在不习惯没有树屋的地方。那些巨大的围墙应该足以抵挡荒野独角兽的侵袭，足以保护银色要塞里面的人吧。

“到目前为止，一切都挺顺利的。”弗洛呼了口气。她回过头来，夹在蓬松黑发中的银色显得尤其耀目。

“是啊。怎样才能看到那份档案呢？”虽然天气很冷，斯堪德还是大汗淋漓。真正置身于银晃晃的要塞里，可比想象中还要令人紧张。

弗洛指了指前方的银色高塔。“特勤图书馆就在那里面。底下三层都是。至于具体在哪个架子上，就得你自己去找了。”她跳下独角兽，担忧得声音绷得紧紧的，“我们得把独角兽留在这儿。今天的活动不准它们参加。可能有什么东西不方便让它们看到。”

斯堪德心里猛地一沉：在银色要塞，和福星恶童分开，让它离开自己的视线？

“弗洛，我真的不太……”他紧紧地攥住福星恶童的缰绳。骑手的焦虑充满了联结，独角兽担忧地轻叫着，之前为头斑而起的争执早已被忘得干干净净。

“小堪，”弗洛很坚定，“你得相信我。我知道这里的种种规矩。它不会有事的。它看上去就和特勤的黑色独角兽一样，往帐篷马厩里一钻，谁也不会注意到它。说实在的，躲进去比招摇过市安全多了。你说呢？”

斯堪德犹犹豫豫地跳下了地。他听见银刃欢快地跟附近帐篷里的银色独角兽打着招呼，想起了弗洛说过的话。银刃在这里很自在，弗洛也是——哪怕她不愿意承认。他们必须相信她。这是活着走出银色要塞的唯一指望。尽管如此，在转身走开时，联结里的恐惧和慌张还是堵得他心里难受。他强忍着，没有回头去看。

他们在闪闪发光的帐篷之间弯弯绕绕地走着，几分钟之后右转，就来到一座锻炉前，旁边满满当当堆着的全是银面罩。离岛上究竟有多少特勤？难怪多里安·曼宁权势滔天。

“这儿就是银戟的南门了。”弗洛指了指面前的金属拱门。几名特勤从他们身边经过，往竞技场走去。

“银戟？”

“这座塔的名字。”弗洛飞快地解释道。

斯堪德仰头张望，唯见银色金属像浪涛一样翻涌，形成遮住上空的天篷，那就是竞技场的顶棚。

“无论如何，千万不要离开图书馆。所有的特勤都得去竞技场，要么正在路上，要么已经到了。所以你就藏在这儿，等活动结束。”

“弗洛伦斯！”有人开朗地打招呼。

斯堪德根本来不及躲开。那个年轻人已经搭着弗洛的肩膀，跟她聊了起来，并且……挡住了通向银塔的路。

“你好，雷克斯。”弗洛肯定很担心雷克斯会认出斯堪德，但她还是大方地微笑回应。

“你要去哪儿？”他瞥了一眼他们前面的银塔入口。

“哪儿也不去啊，”弗洛的笑容有点儿僵硬，“我可不——”

他笑出了声。“随便问问，没事。快走吧，咱们要迟到了。”这个年轻人一定刚离开凌云树堡不久——他那饱经风霜的红色夹克的衣袖上绣着五对翅膀，表明他已经顺利完成五年的训练。和斯堪德比起来，他个子更高，身材更壮，白皙的皮肤晒成小麦色，脸颊上飞掠着银色电花。电花在他的颧骨下跃动，一笑起来，他的脸就被映得更加明亮。元素突变让他显得更帅气、更完美了。

“这是你的朋友吗？”雷克斯问，“他是不是应该跟咱们一起去竞技场？”

他微微皱眉的模样让斯堪德想起了另一个人。对了，弗洛之前提起过这个雷克斯。雷克斯·曼宁——多里安·曼宁的儿子。斯堪德的后背一阵发凉。

“哦，不是，”弗洛不屑地冲着斯堪德的面罩一挥手，“别管他。”她推着雷克斯转身就走。

斯堪德盯着他们的背影，直到弗洛消失在视野中。他愈发讨厌雷克斯了。不过，他此行的目的是——

肯纳。

银戟的南门很容易就打开了。斯堪德环顾弧形的空间，心跳不断加速。正如弗洛预料的那样，平日里守卫在这儿的特勤都去竞技场参加活动了，整个图书馆空无一人。排成弧形的书架紧贴着墙壁，中央摆着两张皮质扶手椅，咖啡几上则放着一份当天早上的《孵化场先驱报》，头条标题是：元素灾害愈演愈烈。斯堪德忍不住，这儿可比要塞的其他地方舒服多了。

他原以为寻找档案需要花上许多时间，没想到很快就找到了。因为档案都存放在单独的玻璃文件柜里，而柜子上贴着魂元素的标志。斯堪德望着一叠一叠的档案，想到那么多驭魂者就这样被挡在孵化场之外，只觉得悲愤交加。那些档案就像陈列在博物馆里的标本，被封存在玻璃后面，供人观看、研究——仿佛它们代表的不是一个个活生生的人，被残忍改写了命运的人。他脖颈上的汗毛竖了起来，想到姐姐的时候，几乎能听见她的声音。放心吧，肯纳，我能搞定。他深吸一口气，把手伸向了文件柜。

柜门没锁，不过，以斯堪德此刻的心情，他更乐意砸烂那些玻璃。每一份薄薄的档案都像《魂之书》那样，蒙着白色的皮革封面，脊部用金色标注着四位数字。斯堪德看到了“2006”，又看到了“2015”，才意识到这些数字应该是年份。在那些年里，许多年满十三岁的孩子本该打开孵化场的大门，成为驭魂骑手。

当然，他自己的名字不在其中——全拜阿加莎所赐，他压根儿就没参加选拔考试，于是也就没有被挑出来、剔出去。可是，肯纳——肯纳的名字很可能在这里面。

斯堪德又紧张又兴奋，他找到那份标着“2021”的档案，轻轻翻开。映入眼中的先是长长的一段前言，介绍了织魂人，列举了取缔魂元素的诸多必要理由。读到识别驭魂者的方式——握手——斯堪德气不打一处来：一种元素就这样被筛出、封禁了。档案最后才附上以字母顺序排列的名单。他的目光飞速搜寻，一下子锁定了“S”一栏里的两个名字。他捧着档案的手剧烈地颤抖着，抖得那两个名字也模糊了：

西蒙·申恩

肯纳·史密斯

斯堪德浑身冰冷，而后全身沸腾，紧接着又如坠冰渊。猜测和查实是不一样的。此刻，事实就像锤子似的，猛击着他的心。

他盯着姐姐的名字，回忆历历在目。

那天早上，肯纳要去参加选拔考试，她紧紧地抱着他，兴奋得踮着脚跳起舞来。

那天晚上，肯纳放学回家了，她精挑细选，准备着前往离岛的行李。

肯纳还问斯堪德，既然骑手都有夹克，那还需要带上两件套头衫吗？

那天午夜，肯纳倚门而坐，等待敲门声响起——十五分钟，二十分钟，一个小时……敲门声永远都等不到了。

一连几个月，肯纳都是哭着入睡的，因为她再也不可能拥有自己的独角兽了。

还有一个画面反复出现，不是记忆，而是他的想象：肯纳哭着央求爸爸，替她给斯堪德写信，因为她承受不住关于独角兽的一字一句。

炽热的愤怒涌入斯堪德的血管。他怨恨妈妈给了银环社如此行事的理由；他怨恨阿加莎没能把肯纳也偷偷带上离岛；他怨恨多里安·曼宁直接伤害了肯纳，还有所有的驭魂者。他怨恨这座离岛放任不公发生。因为摒绝驭魂者的并不只是银环社，而是离岛上的所有人。而这一切还在继续，他们不肯接受斯堪德在凌云树堡训练的现实，想着法儿要赶他走。每一年的夏至前夜里，他们究竟抱着何种心情，在这份档案里记下更多的名字？留下更多的荒野独角兽？夺走更多人本应拥有的人生？

斯堪德双手颤抖着，把标着“2021”的档案放回了文件柜。他在心里对自己起誓：如果他真的是补魂者，能够把控补魂梦境，他一定要再次来到这里。他要修补姐姐和独角兽的联结，还要帮助档案里的每一位驭魂者找回自己的人生。任谁也休想——

“啊哈，四元素赐福，还有人没走！”

一名戴着面罩的特勤从南门探探头，径直朝斯堪德走了过来。斯堪德连忙往旁边跨了一大步，躲开了文件柜。

“走啊，伙计，得赶紧去竞技场了——到点啦，使命在身哪！”

“是啊是啊。”斯堪德含糊地应道。接着，他把弗洛的千叮万嘱抛在脑后，离开了图书馆。

声浪像一堵墙似的迎面拍来，银塔的北门直通竞技场，斯堪德瞬间已置身于满是特勤的看台。人们大呼小叫，兴奋不已，有些甚至吃起了零食。斯堪德在喧闹的人群中搜寻，一眼就看见右侧有一个独立出来的区域，坐在那儿的人都没戴面罩——银环社。弗洛似乎吓坏了，而一旁的雷克斯·曼宁正在她耳边严肃地说着什么。怎么回事？

竞技场两侧，带有锋利尖角的金属大门向上抬起，只见两头独角兽冲进了沙地。看台上一片寂静，但紧接着又响起震耳欲聋的欢呼。

对擂的其中一方是一头高大的银色独角兽。它那银色的兽角像刀锋一样划破空气，耀目的翅膀喷射着火焰。它的嘴角聚着白沫，眼球凸出，冲着看台扬起前蹄，显然被嘈杂的声音激怒了，显得暴躁异常。斯堪德不由得纳闷：这头独角兽的骑手在哪儿？为什么要激得它这么紧张？多里安为什么让要塞里的所有人都来这儿？要看什么？

这时，疑惑之下，斯堪德才看清另一头独角兽。乍一看，他还以为眼前的一幕是自己想象出来的：瘦骨嶙峋的身体，流脓淌液的旧伤，碎裂的膝骨，强撑的四肢，空洞而凶残的眼睛……不对，这不是想象。他闻见了死亡的气味。这明明就是一头荒野独角兽。可是为什么——

看台上的人们开始吹口哨，摇旗子，冲着竞技场内大喊大叫。沙地底部的金属隔板倾斜着渐渐升起，推着两头独角兽逼近彼此，让它们无路可退。银色独角兽怒吼起来，而荒野独角兽胡乱喷出各种元素，散发着骇人的腐臭。

银色独角兽和荒野独角兽在沙地中对峙，犹如准备殊死一搏的角斗士。

“什么……”斯堪德无法理解眼前的一切。

“你第一次看生死斗呀？”特勤问道。他往斯堪德的面罩观察孔里瞥了瞥，“看起来确实年纪不大。新来的吗？”

斯堪德勉强点点头，可他的目光无法从独角兽身上移开。厮杀的身影倒映在银色天蓬上，一层叠着一层。

生死斗。两头独角兽压低兽角准备攻击。他明白了。

杀死荒野独角兽的不是织魂人。

是银环社。

真相重重地甩了过来，砸得他微微踉跄。那位带他过来的特勤则哈哈大笑，笑声又淹没在更多的喊叫声中。

银色独角兽显然只靠蛮力就能占据上风，把对手逼到角落里。可荒野独角兽拼命地反抗，使出各种元素魔法，打得银色独角兽措手不及。毕竟，它一无所有，没有任何顾忌。

“看来荒野独角兽撑不了多久啦。”图书馆里遇到的那名特勤说道。

“可不是嘛，看着够老的，没法儿给她。”他的朋友附和着，“估计已经苟活过好几个夏至了。社长的大计划用不着它啦，所以就被送来角斗了。它对银箭毫无胜算嘛。”

“那——唔，银箭会怎样杀死荒野独角兽呢？”斯堪德尽量平静地问道，“我一直以为荒野独角兽是杀不死的。”

“洪流奔涌！你还真是新来的啊？什么时候到的？今天早上吗？”

两名特勤大笑起来，不过还是为他解释了一番：“用在辖独角兽的角。它们的角可以直接刺穿荒野独角兽的心脏。这是杀死荒野独角兽唯一的办法。银环社早就开始研究这件事了，研究了很久，后来一名特勤无意间发现了关窍。可能是在极外野地吧，具体的我就不太清楚了。我也不感兴趣。这个——独角兽生死斗——才是我感兴趣的。”

斯堪德努力地试图理解：“可是独角兽通常不会伤害同类啊。

当然，除非是为了保护它们的骑手。为什么——”

“啊，是啊，”特勤晃晃手指，继续说，“所以才需要这种场面啊。角斗场、沙地和观众。银环社信任特勤，于是一连几个月，我们被派到这里来起哄，就是为了激怒那些在辖独角兽，让它们不管不顾，只想大开杀戒。独角兽毕竟都是怪物。”

独角兽才不是你们角斗场上的怪物，斯堪德心想。但他忍住了，转而问道：“那各区的元素灾害是怎么回事？是因为独角兽之间的杀戮吗？因为这些？”

特勤们被问住了。“说什么呢？”后来的那名特勤急道，“那些灾害不都是魂元素闹的吗？因为有驭魂者在凌云树堡里训练啊。那首真言之歌唱得明明白白——‘黑灵魂之恶友’，记得吗？你是不是一直住在丰土区的山洞里啊，怎么什么都不懂？”

“我之前说什么来着，莱恩，”图书馆里遇到的特勤说，“特勤的素质每况愈下啊，他们什么人都招！”

“算了，谁叫你年轻呢。”那个莱恩安慰斯堪德，“虽说有些血腥，但这么做都是为了大家好。除尽荒野独角兽之后，驭魂者就没有能耐了，致命的元素一旦失效，离岛就能恢复如常了。你也愿意这样吧，嗯？”

斯堪德勉强点了点头，把注意力转回到竞技场上。荒野独角兽已经精疲力竭，肋骨起伏着，栗色的鬃毛被鲜血洇湿，虬结蓬乱。斯堪德很想制止这一切。他渴望救下它。他忍不住去想那份档案里的驭魂者的名字。他们当中的一个，本该是这头荒野独角兽的骑手。然而此刻，四周都是特勤，轻举妄动就是自投罗网。

斯堪德望向银环社所在的看台。哪怕隔得很远，他也能看出弗洛非常痛苦。她被雷克斯·曼宁和另一名银骥骑手摁着，拼命地嚷着："你们这些魔鬼！怎么能让银箭做这种恶事！你们知不知道自己在干什么啊？我要退社！我绝不同流合污！打破银环又怎样？我不在乎！雷克斯，放开我！"

人群突然惊呼起来。斯堪德连忙把目光移回竞技场内。荒野独角兽退到了金属隔板前，退无可退，它紧贴着金属隔板，立起身，露出了胸膛。而银箭垂下兽角，对准了荒野独角兽不朽的心脏。斯堪德觉得自己要吐了。一个本应不死的生物，竟然就要在他眼前咽气，就要死在同类的利角之下，这感觉十分诡异。他实在无法接受这暴力的冲击。

"不！"弗洛越过看台的栏杆，冲进了竞技场。没有银刃相伴，没有铠甲护体，沙地上只有她和两头杀红了眼的独角兽。突然出现的女孩吸引了它们的注意，银箭嗜杀的低吼停歇了片刻，而荒野独角兽仍在哀哀嚎叫。

像慢动作回放似的，斯堪德蓦然意识到了弗洛的意图。

"不，"他压低声音呢喃，"不，别那样，不要。"

看台上的人群大吼大叫，让弗洛赶紧离开竞技场。

等咱们活着出来再谢我吧，路上她曾这么说。但眼下她这么做，显然就没打算活着出去。她没有胜算。然而，斯堪德顾不上左思右想、权衡利弊，他冲下看台，也跳进了沙地。

“喂！你在干什么？这不是闹着玩儿！”那个图书馆里的特勤冲他喊道。斯堪德朝独角兽奔去，沙粒在身后翻飞，看客们愤怒的声音在耳旁模糊地滑过。只有咫尺之遥——

但来不及了。

弗洛已经来到荒野独角兽的身边。它骨瘦如柴的身体半倚着金属隔板，冲她低吼着，可她仍不止步。银色独角兽再次垂下巨大的头颅，四蹄撑地，利爪闪亮，准备发起致命的一击。弗洛全不理会，颤抖着向荒野独角兽伸出手，抚摸那湿漉漉的伤口、淌着血的脖颈。只见银色发丝一闪，她跳上了它的背。

它立即有了反应，警觉而惊恐地尖叫起来。荒野独角兽从来没有载过人，此刻，它一定觉得很奇怪，很别扭。尽管伤痕累累，它还是扬起蹄子站了起来，把弗洛往金属隔板上挤。

“好了！”弗洛安抚它，“别怕，我是来帮你的！”

而斯堪德被银箭挡住了。元素魔法炸得四周一片狼藉，靠近些就会发现，它亢奋狂躁，几乎失控。

多里安·曼宁气急败坏地冲银环社发号施令。雷克斯·曼宁似要昏厥。特勤们涌向竞技场，要逮捕两个坏事的人。斯堪德慌了：要是被抓住，面罩就保不住了。沙地中的银色独角兽愤怒地咆哮着，口中喷出熊熊烈火。幸亏斯堪德距离很近，刚好躲在进攻的死角里。然而，是被银箭杀死，还是被银环社抓住，似乎只是时间问题了。

突然，荒野独角兽也冲着他奔过来，忧心的事又添一件。它透明的兽角猛烈摇晃，像野马般又是蹬腿又是尥蹶子，拼命想把背上的人摔下去。弗洛勉强稳住自己，趁它改变方向时，朝斯堪德伸出了手。

“抓住！上来！”她喊道。

仿佛奇迹发生，苍白和棕褐交叠，两只手紧紧交握。斯堪德只觉得自己紧贴着荒野独角兽的身侧，猛地向上升起，一直被拽到了它硬邦邦的背上。

弗洛松开他的手，紧紧抓住荒野独角兽稀疏的鬃毛。“把腿收上来！”她提醒他。

斯堪德使劲儿地抓着，胳膊绷得生疼。他甩开一条腿往上勾，又是挣又是扭，好不容易才在弗洛身后跨坐稳当，连忙搂住了她的腰。

在他们后方，杀红了眼的银箭不由分说地喷出威力堪比恶龙的火柱，刚好挡住了追上来的特勤。看台上的银环社成员和特勤全都被罩在浓浓的黑烟里，呛得喘不过气，连连呼救。

周遭一片大乱，斯堪德甚至觉得银箭是要故意协助他们逃走，对银色独角兽的慷慨感激不已。

然而，他正胡思乱想着，就听见弗洛叫道：“糟了！”荒野独角兽已经冲到了竞技场的边缘，却丝毫没有减速的意思，反而朝着外面的光亮之地加快了速度。它不管不顾，似乎只想逃离银色的劲敌，一路逃回极外野地。它想回家。

于是，它纵身一跃。

它干脆利落地跃过了大门，在金属帐篷间疾驰，在迷宫般的银色路障间打着转。它的背上沾满了血和汗，湿漉漉、滑腻腻，在一次急转弯时，差点儿把斯堪德甩下去。

“咱们得自己跳下去了！”弗洛喊道。

斯堪德以为自己听错了：“什么？你说什么？”

“银刃和福星恶童！”他们在锻炉旁转弯，她咬着牙说，“它们还在马厩里呢！我们得去找它们，还得通过盾牌围墙。要是咱们——和荒野独角兽——想活着出去，就得先跳下去！”

斯堪德低头一看就怕了：水泥地面向后飞掠着，看起来坚硬又结实。

“跳！”弗洛喊道。不等斯堪德准备好，她就松开了荒野独角兽的鬃毛，向旁边一扑，重重地落在水泥地上，一连打了好几个滚。而失去了弗洛的支撑后，斯堪德也被甩了出去。荒野独角兽大概感觉到背上突然一空，便尖叫了起来。

斯堪德摔得不轻，拼命地收紧胳膊和手。他浑身发疼，还闻到了一股难闻的气味。他发觉自己落在一扇金属隔栅上，腐烂的臭气正从底下一阵阵往上涌。他透过栅栏的缝隙往里看，只看到一团团硕大的黑影。难道是荒野独角兽？

“小堪，快走！”弗洛已踉踉跄跄地往帐篷马厩走去。在门帘后面，银刃银色的兽角清晰可见。斯堪德连忙爬了起来。

他翻身骑上福星恶童的背，独角兽兴奋尖叫着回应他。

那头荒野独角兽已经冲到了盾牌围墙之前，它扬起蹄子猛踢，各种元素一股脑儿向金属盾板喷去。

“开门！”四下无人，但弗洛大喊道，“我是银骥骑手，门卫听令！把门打开！”

片刻之间，什么动静都没有。但慢慢地，入口处的盾牌真的掀了起来，在围墙上豁开一个口子。荒野独角兽卡着盾板的底边往外挤，一挤过去就毫不迟疑地疾驰而去。银刃紧随其后，接着是福星恶童。斯堪德望着荒野独角兽奔向极外野地，虚脱般地松了一口气，由衷地为它感到高兴。

弗洛和斯堪德一直没有说话，直到他们安全地返回银桦大道。

“那绝对是……”斯堪德哑着嗓子说，“我这辈子见过的最疯狂的事。”

弗洛有些不好意思：“我实在想不到别的办法来救它。对不起。”

“不要道歉！”斯堪德大笑起来，有点儿疯疯癫癫，“多帅啊！可怕！叹为观止！莽撞，但是很酷！弗洛——咱俩差点儿送掉小命！”

弗洛盯着他看：“你没事吧？”

“没事，”斯堪德摇摇头，“一点儿事也没有。”

虽然心有余悸，他们还是咧开嘴笑了，然而笑着笑着……他们都干了些什么啊！

“你从银色要塞抢走了一头荒野独角兽。”斯堪德渐渐清醒，全记起来了，“弗洛，我找到肯纳的名字了，就在那份档案里。她是驭魂者，被挡在孵化场大门之外的驭魂者！”

弗洛的眼睛里泛起了泪光。“她再也不能登岛了，太可惜了，小堪。”她坐在镶着银边的鞍座上，望着斯堪德，“我当时看着那头荒野独角兽，心里想的都是……”她抹掉脸颊上的泪水，“万一它就是肯纳的独角兽呢？我怎么能看着肯纳的独角兽送命什么都不做！”说到最后几个字时，话语已经变成了哀泣。

“但它不是肯纳的。我告诉过你，我觉得那头灰斑独角兽才是肯纳的。”

“斯堪德，你没法儿确定！”弗洛一恼怒起来就直呼他的名字，“问题是，它也有可能是肯纳的。”她压低声音：“他们怎么能做这种事？”

“不知道。”斯堪德至此还不敢相信，一连串谋杀案的背后主使竟然不是织魂人。他突然灰心了：今天他们拼死才救下一头荒野独角兽，其他那些又该怎么办？银环社拥有最强大的银色独角兽，是离岛上最难以撼动的组织。所有的特勤都听他们的号令，一座座银色的帐篷犹如攻不破的军营。斯堪德怎么可能拦得住他们？他们很快就会抓住肯纳的独角兽，把它扔到角斗场上。他还有多少时间？

弗洛也在思量同样的难题：“我一回去就去找教官。多里安说下一次就轮到银刃和荒野独角兽角斗了。他们竟然说这是我作为银环社成员的义务。我决不准他们那样利用银刃！我不会再参加他们的活动了。永远也不去了！”

“是啊，可……”斯堪德踌躇道，“可是你还得学习控制银刃的技巧呢。要是你不参加活动，银环社会不会把你赶出凌云树堡？还有你当初的誓言——”

“我刚刚救了一头荒野独角兽！在银色要塞里！现在才担心这些是不是有点儿晚了？”弗洛的双手直颤，她不由自主地抚摸着银刃的鬃毛，再开口时，英勇果决却荡然无存：“小堪，我不知道他们会怎么样！我也不知道我该怎么办！”

斯堪德本能地向弗洛伸出了一只手。该说些什么呢，他的朋友——最害怕闯祸的朋友，恐怕惹出了这辈子最大的麻烦。

仿佛怕什么来什么，两人身后突然响起了蹄声。斯堪德猛然转身，看见一头银色独角兽正沿着林荫道飞奔靠近。

“咱们赶紧走！”斯堪德叫道。但弗洛紧紧地抿着嘴，掉头迎了上去：“是雷克斯。”

“雷克斯又如何？”斯堪德见劝不住弗洛，便赶紧检查了一下脸上的面罩。

雷克斯放慢了速度，停在银刃面前。他的脸色白得像纸，两颊上的银色电花疯狂地闪烁。“我……”他喘着粗气说，“弗洛，你得相信我。我父亲什么都没告诉我。我也觉得那很卑劣。我会跟他好好谈谈，尽量劝他收手。”

“没用的。”弗洛说，“如果银环社的义务是杀死荒野独角兽，那么恕我无法加入。雷克斯，离岛正在遭受灾害，人们流离失所，我爸爸的作坊里已经收留了三户人家！”

“我明白，确实不能任由他们作恶，可是，弗洛，”雷克斯咽了口唾沫，“我父亲说，他要让你离开凌云树堡。”

恐惧攫住了斯堪德，他的胃里绞痛起来。

“我会跟他解释说这是个天大的误会。说你一时糊涂，现在已经反省了，以后不会再犯了。”

“我才没有糊涂！我很气愤！还有，我以后一定会再犯！”

“弗洛，求求你，下次活动一定要来。只要你肯来，我一定能想办法让风波平息。我是他的儿子，他会听我求情的。”

“雷克斯，我决不回去。”弗洛斩钉截铁地说，“在竞技场上，你父亲告诉我，下一个上场屠杀荒野独角兽的就是银刃。他想都别想，绝不可能。”

“要是你不肯回去认错，你会被关进银色要塞，完成全部训练才能出来。你懂吗？”

“你在威胁我？”

“不！这不是威胁！我是你的朋友啊！”

弗洛不愿再听。她张开手掌，召唤土元素，在两头独角兽之间拉起了沙障，随后骑着银刃掉头离开。斯堪德催促福星恶童跟上去，但又偷偷回头看了一眼。

雷克斯和他的独角兽仍然留在原地，目光没有移开。

第十章

暮夜比武

斯堪德晚上骑着福星恶童飞到了蒙稚生的训练场时，脑子仍然晕晕乎乎的。他努力想理清当天发生的一切。

肯纳确实是落选的驭魂者。开不开孵化场的大门已经没有意义了，因为妈妈的身份、阿加莎的身份，再加上斯堪德自己的情况——她命中注定的那头独角兽，肯定早已不在孵化场里了。斯堪德一想到那个夜晚——肯纳本该来到孵化场的门口，面对真正的命运——就忍不住怒火中烧。不过，如果斯堪德是补魂者，能通过梦境认出她的独角兽，问题就可迎刃而解。只要修复他们的联结就行了。

荒野独角兽的横死与织魂人没有关系。起初，这件事让斯堪德松了一口气——至少这次作恶的不是妈妈。但从银色要塞回来之后，他却愈发不安了。他一直以为是艾瑞卡·艾弗哈特杀害了荒野独角兽，从而引发了离岛的元素灾害；他一直把她看作恶魔，忘了她是他的妈妈。

此时，她又在哪儿？她在做些什么？他脑海里升起微小的希望：她是否为以前做过的恶事而后悔？她会不会不想当织魂人了？不把她当作凶手，就很难压住这些念头了。

博比不知道去哪儿了。米切尔惊恐地听斯堪德和弗洛描述了银环社的残忍恶行：用在辖独角兽的兽角刺入那不生不死的生物的心脏。斯堪德和弗洛尽力洗掉了伤口上的血迹，且三个人一致同意，当天晚上就把一切都告诉凌云树堡的教官们。虽然雷克斯信誓旦旦，但斯堪德还是担心多里安·曼宁随时都会冲过来，带走弗洛和银刃，把他们关进银色要塞，从此永不见天日。

彩灯勾勒出着陆带，福星恶童咆哮着落了下去，铠甲撞击着地面。这是蒙稚生们首次参加模拟比武，他们要在夜色中使用不同的元素，一对一地对决。这种种训练都是为了年底的比武锦标赛，届时会有六个人成为游民离开凌云树堡。据教官们说，在夜色中比武是让初学者锤炼技艺的好方法，因为更容易看清魔法的光亮。不过，斯堪德暗自忖度，觉得这也是因为教官们偏爱浮夸场面。

铠甲撞到膝盖的时候，斯堪德忍不住一颤——逃离银色要塞时他留下了新的伤口。他咬牙忍着疼，四下张望，寻找银刃和红夜悦的身影。不巧的是，红夜悦最近规规矩矩，再也不放喷火星的屁了，所以很难在黑暗中一眼瞧见。

等他和大家会合时，米切尔已经开始琢磨策略了。“看，一共有四条赛道，用火把圈了出来。每个赛道对应一种元素，由一位教官负责裁判。”他指了指，“在对决的间歇跟他们说两句，应该不难。”

“要是魂元素也有自己的赛道该多好，”斯堪德喃喃道，“那我肯定次次都能赢。”他又远远望见了那件白色披风，不明白阿加莎来凑什么热闹。

“要不要先跟博比谈谈？”米切尔说，“让她去找塞勒教官？她很擅长说服别人，因为她根本不让对方开口，反正——”

“还是别拖了。”弗洛打断了他。开口说话牵动了伤口，她不由得撇了撇嘴。“如果要说服司令相信是银环社杀害了荒野独角兽，那我们现在就需要得到教官们的支持。如果雷克斯劝不住他父亲，我也需要教官们的保护，好把我留在凌云树堡。”她的声音因恐惧变得又尖又细，“我得在他们来找我和银刃之前就做好准备。至于博比，我觉得她未必肯帮忙，毕竟——”她瞥了一眼斯堪德，“总之，事出有因，事不宜迟。”

斯堪德的心揪紧了，也许是因为害怕，也许是因为难过。他明白弗洛的意思：博比的疏离都是因为他。

“好吧，好吧，”米切尔说，“那我们现在就去吧。”

“我去找塞勒教官。”斯堪德说。因为他和福星恶童被分在了风元素赛道，要和梅伊及亲亲睡美人比武。骑手和独角兽会轮流使用四条赛道，四种官方元素塑造的兵器就都能得到练习了。

梅伊竟然没有拒绝和驭魂者对决，这让斯堪德很是惊讶。不过，也许她正憋着一股劲儿，想要打败他呢。

他们分列火把两侧，各自占据赛道一端，福星恶童兴奋得三处鬃毛都燃起了火苗，斯堪德只好尽量安抚它。黑色独角兽很快就领会到了比武的要点——以最快的速度冲向对面的对手，而这正是让福星恶童乐此不疲的游戏。它不需要塑造兵器，也不必担心碰撞，只要撒丫子疯跑就行了。这可是它最喜欢做的事。斯堪德甚至能听见福星恶童的心声：干吗还要等吹哨呀？

“喂喂，小伙子，稳住。”斯堪德咕哝道。

“骑手们，准备好了吗？”塞勒教官大声说。斯堪德举起右手示意，曾在孵化场留下的伤口映着月光。梅伊也做出同样的动作，表示一切就绪。

塞勒教官使劲儿吹响哨子，脖子上的血管都凸了出来。福星恶童抬起蹄子就冲，差点儿把斯堪德甩下鞍座。挂在他左臂的圆形盾牌撞上了杰米精心打造的铠甲，叮当作响。他才调整好姿势，第二声哨子已经吹响。这是塑造兵器的信号。

在这一环节，蒙稚生们的速度完全无法与教官相比。斯堪德的右掌亮起黄色的光，他选了最喜欢的兵器——电花闪耀、噝噝缭绕的马刀。他觉得这次的效果还不错，满意地握住了弯曲的刀柄。但梅伊就不太顺利了。双方靠近时，斯堪德看见这位驭火者正努力塑造着一把闪电弓箭。可风元素上漏下泄，弓箭总是不能成形。

两头独角兽的兽角交错掠过：黑色叠着灰色。斯堪德扬起右臂，准备猛击梅伊的胸甲。肾上腺素在他体内奔涌着，暂时掩住了伤口的疼痛。梅伊惊慌失措地扔下弓箭，换了一支比手大不了多少的电光小箭。但她没能沉住气，早早投了出去，给了对手举起圆盾遮挡的时间。斯堪德瞅准机会，举起马刀挥过去，当胸一击，将对方击落鞍座。

"斯堪德和福星恶童胜！"塞勒教官宣布。她说着举起胳膊，示意这一边——将对手从独角兽上击落的斯堪德——赢了。

没有骑手的亲亲睡美人冲了过来，要咬斯堪德的膝盖。福星恶童扬起前蹄，拍打翅膀，咆哮着想要反击。斯堪德拦住它，躲开了愤怒的灰色独角兽，然后跳下地去察看梅伊的情况。亲亲睡美人气呼呼地到处乱跑，塞勒教官只好骑上北风惊梦去追它。

梅伊挣扎着想要站起来，沉甸甸的铠甲压得她踉踉跄跄。并非所有人都能有幸遇上杰米·米德迪奇这样的甲胄师，他打造的铠甲轻盈灵巧，却能抵御最猛烈的攻击。

斯堪德伸出手想扶她。

"你想对我下咒？"梅伊隔着头盔怒道。

"什么？不！我是好心来帮忙的！"

阿拉斯泰尔和科比从旁边的火把赛道冲了过来。"别碰她，你这个驭魂者。"阿拉斯泰尔恶狠狠地说。驭土者的突变让他看上去更加愤怒了——他的半边脸都是僵硬的，像古老的石头般布满裂缝。

“讨厌，驭魂者真是躲也躲不开，”科比说，“咱们树屋竟也有一个。”

“别说了……”阿拉斯泰尔撇了撇嘴。

此时安布尔已跳下梁上旋风。“梅伊，你没事吧？我来扶你！”她从两个男孩身边挤了过来——他们只顾奚落驭魂者，完全没想过要帮帮朋友。她向梅伊伸出了手。

“噢，是你啊。没事。谢谢。”梅伊躲开了，身上的铠甲叮当响着。

“你下咒了？害她被附身了？”安布尔转而向斯堪德发难，“她为什么站不起来？斯堪德，发生两次还有可能是你倒霉，三次就肯定有问题了吧？”她似乎真的生气了。

“我什么都没做！”斯堪德辩解道，“只是比武时赢了她而已！”他能感觉到阿拉斯泰尔和科比的目光集中在自己身上。

安布尔摇摇头，脑袋上的星形突变发出噼里啪啦的声响。“就算你对布鲁纳不满，也不能拿梅伊撒气。不觉得这太过分了吗？听说驭魂者的脾气都很古怪——”

“我说，安布尔，”科比慢吞吞地说道，“你怎么还来跟我们搭话呢？”

“我们跟你说过，在公共场合，不要跟我们待在一起。”阿拉斯泰尔说，“不能把你赶出四人小队就已经够糟心了。你的梁上旋风还总跟驭魂独角兽打打闹闹。我们实在怀疑你的身份，毕竟你也有一半驭魂者的血统。”

安布尔张了张嘴，却一个字都说不出来。

梅伊终于坐了起来："我们已经不是朋友了，安布尔，别再自找难堪了。"

安布尔仿佛整个身子都泄了气，栗色的头发垂在脸上。

斯堪德的胸口此时热烘烘的。正是因为离岛上有梅伊、阿拉斯泰尔和科比这样的人，那么多驭魂者才被剥夺了应有的命运，而只能出现在那份名单上。猜疑、指责、恐惧，这一切让孵化场的大门紧紧关闭，将他的元素隔绝在外。不知为什么，安布尔说他给别人下咒时，他倒不怎么生气。他见过她和妈妈相处时的样子，知道她对驭魂者的憎恨源自家庭和教养。他也曾猜测，她一定对父亲的身份感到非常困惑。诚然，西蒙·费尔法克斯是个坏人，但这不是安布尔的错，正如织魂人恰好是他的妈妈，也怪不到斯堪德头上。现在不过是敌意小队在故意排挤安布尔，欲加之罪，何患无辞？

"走开！"斯堪德冲着三个聒噪的蒙稚生怒道。

"要是不走呢？"梅伊笑嘻嘻地摸了摸黑直的头发，"你打算给我们下咒，让我们被附身？"

"走开！"斯堪德又说了一遍，"这可不是朋友应该做的事，懂吗？不管发生什么，你们都该站在安布尔这边才对……"见他们无动于衷，斯堪德用手按住福星恶童的一侧，召唤魂元素，让手掌里亮起耀目的白光。

科比吓坏了，阿拉斯泰尔则气疯了，梅伊更是嚷嚷起来："你敢威胁我们！走着瞧！”

“别再欺负安布尔了。可怜虫。”斯堪德的声音中满是厌恶。

白光已聚成光球。阿拉斯泰尔和科比总算伸手去搀扶梅伊了，她一站起来就摇摇晃晃、丁零当啷地跑向被塞勒教官追回来的亲亲睡美人。

安布尔头上的星形突变仍然迸着电花：“用不着你来维护我，驭魂者。”

“不用客气。”

“两头独角兽是朋友，不代表我和你也是。”

“我知道。”斯堪德耸耸肩。

安布尔皱着鼻子，显然有些恼火：“没用的，你休想以此堵住我的嘴。我还是会告诉别人，是你害骑手被附身，是你杀害了荒野独角兽。”

“我知道，”斯堪德叹了口气，“我帮你不是为了这些。”

安布尔茫然困惑地骑上梁上旋风离开了。

塞勒教官还在忙着安抚亲亲睡美人，斯堪德便决定先回去找弗洛和米切尔。只见他们又急又怒地轻声说着什么，米切尔还使劲儿地挥舞着胳膊。

“怎么了？”他连忙问。

“多里安·曼宁恶人先告状，已经跟教官们谈过了。”米切尔沮丧地说。

“他们说我在银色要塞精神崩溃了。”弗洛哭了。

“还说她承受不住银色独角兽的能量，所以发了疯。”米切尔补充道。

“那教官们就信了？”斯堪德觉得不可思议。

米切尔模仿着奥沙利文教官的声音，捏着嗓子说：“我知道弗洛都跟你说了，但银色魔法就是这样难以驾驭，她可能自己也不知道怎么回事呢。”

“韦伯教官说，要是我再违反银环社的规定，多里安·曼宁就要把我带到银色要塞去训练了。他们怕我伤到别人。”弗洛的嘴唇颤抖着。

“我得去找阿加莎。”斯堪德果断地说。

“不行，不能太相信她。”米切尔拦住他，“再说了，她现在什么魔法也没有，没必要冒这个险！”

“我不会告诉她我去过银色要塞。”斯堪德把福星恶童的缰绳递给米切尔，“就算她改变不了什么，也比我们更了解银环社。毕竟，当初是她——”

“充当了‘夺魂刽子手’？”弗洛若有所悟。

斯堪德找到了躲在训练场角落的阿加莎。

“我不建议你在暗处靠近我。”她转过身，背对着他。

这傲慢的态度仍然让斯堪德觉得有点儿不舒服，但他已经开始习惯了。就像阿加莎自己说的，她被迫残杀驭魂者的独角兽，然后被囚禁了十五年，当然不可能总是高高兴兴的。

“刚才的马刀真不错，”她若有所思地说道，“不过下次最好攻击对手的左侧。因为你惯用右手，如果从右路进攻，自己的胸口就全暴露给敌人了。攻对方左侧的话，兵器和胳膊本身就能起到保护作用。”

“啊，是这样。谢谢。”斯堪德急匆匆地说，“阿加——呃，艾弗哈特教官，我有事要跟你说。”

阿加莎转头看他，侧脸上的突变一闪。

斯堪德把银色要塞里发生的一切都告诉了她——也不算全部。他没提肯纳和档案的事，假装只有弗洛经历了那一切。

“还有，我……呃，弗洛偶然偷听到特勤聊天，说银环社盯上了荒野独角兽幼崽，但她也不明白这到底是什么意思。”斯堪德一口气把话说完了。

阿加莎静了片刻。“我已经料到了。你，一个自由自在的驭魂者，竟然出现在这里，必然会使多里安·曼宁做出一些……”她寻找着合适的词。

“坏事？”

“唔，我倒宁愿说是‘蠢事’。不过，也罢。这不仅仅是杀死荒野独角兽的问题，你还没看出来吗？多里安·曼宁显然已经把你当作补魂者了。”

斯堪德瞪着她发愣。

“之前，你恢复了麦格雷斯和新元飞霜的联结，她肯定把这事告诉曼宁了。离岛上的人已经太久没见识过魂元素的威力，所以多里安·曼宁得出这种结论，倒也不意外。”

斯堪德眉头紧锁：“可是这和银环社杀害荒野独角兽有什么关系？”

阿加莎叹了口气，嫌弃斯堪德脑筋转得太慢：“当你得知自己可能是补魂者，想到的第一件事是什么？”

斯堪德咽了口唾沫。肯纳和档案里记录的驭魂者姓名又闯入了他的脑海。“我想找到姐姐的独角兽，还给她。”他突然想起竞技场里那名特勤说过的话：除尽了荒野独角兽，驭魂者也就没什么能耐了。

“对。”阿加莎说，“如果解决了肯纳的问题，你还不肯罢休呢？如果你想为所有驭魂者拨乱反正呢？如果你想将他们集结为一支军队呢？这支军队可比织魂人厉害多了。织魂人与荒野独角兽的联结是假的，而驭魂者与独角兽的联结可都是真的啊。”

阿加莎说得没错。看到驭魂者名单的那一刻，他想到的不只是肯纳。他对离岛上曾经发生的事和正在发生的事感到深恶痛绝、愤懑悲凉。

他的内心深处确实有这样的冲动：找到所有流离的驭魂者，修复他们与独角兽的联结。或许，多里安·曼宁盯上他也不无道理。

阿加莎继续说道：“照我看来，银环社盯上荒野独角兽幼崽是有理由的，有目的的——它们的骑手都还在世。何必花力气对付五百岁的老家伙？反正补魂者也无法修补它们的联结，毕竟骑手早就死了。”

“落选骑手的年纪越小，补魂的过程就越容易……”斯堪德不小心说出了克雷格的笔记里的话。

“嗯？”阿加莎警觉起来。

斯堪德犹豫了。如果想询问补魂梦境的事，就得挑阿加莎心情好的时候。驭魂者军队可不是个好开头。他改变了套话的策略：“那也不能放任他们继续杀害荒野独角兽吧？其他教官都不相信这件事背后的主使是多里安·曼宁。咱们必须行动起来，何况银环社做这些坏事，本来就是冲着我来的！”

阿加莎扬起褐色的眉毛：“咱们不能有任何行动。在银环社和驭魂者之前，没有人会选择相信后者。尤其当人们已经把元素灾难归咎于魂元素了。更确切地说，是归咎于你。算了，别想了，我还得保住自由身，而你得留在凌云树堡继续训练。”

“可是——”

“除非亲眼所见，谁也不会相信银环社的那些勾当。而你不能冒这个险，你能吗？”

阿加莎消失在夜色中。斯堪德清清楚楚地感觉到，尽管她一直在劝阻他，但最后那三个字，却更像是一种挑衅——你能吗？

斯堪德回到火元素赛道时，看到博比和罗米利正在比武。她举起形状完美的火焰弓臂，拉开弓弦，只见一支飞箭正中对手的胸甲。尽管闹翻了，斯堪德还是咧嘴一笑，由衷地为她感到高兴，但紧接着感到一阵悲伤。博比是最优秀的。她不需要沙克尼家的鞍具、疾隼队的邀请来证明。他们几个，哪怕是弗洛和银刃，都不是她的对手。其实，是他们一直活在她的阴影之下吧。他真希望她能看清这一点，还能跟他做朋友。他很想念她。想念她的戏谑、她的玩笑、她的关心。他还想和她聊聊本土的生活。他还想依赖她，让她推着自己勇敢向前。他知道这么想有点儿自私，但他渴望她回来，像原来一样。

他想到了妈妈。也许这些注定要发生？也许身为驭魂者的命运就是如此？人人都会抛弃他——艾瑞卡抛家弃子，弗洛被迫宣誓与他不共戴天，肯纳不再给他写信，就连米切尔一开始也唯恐避他不及。

第二局开始了，午夜星和鹰怒相对冲去。罗米利拼命挥动盾牌，但怎么也招架不住博比的元素兵器。利箭再次射中了她，她只能勉强留在鞍座上。

又有几个骑手围过来观战了，他们自己的比武已经结束。

“二比一。”安德森教官冲博比举起了胳膊，耳朵上的火苗随之跃动。

“罗米利，加油！加油！”伊莱亚斯和沃克大声叫道。他们特别团结。因为去年诞生的独角兽数量不够，这支小队只有三名骑手。

鹰怒和午夜星再次退回赛道两端，准备进行决胜局的比武。

“弗洛，”斯堪德轻声说，“多里安说要让银刃参加下一次生死斗，你知道是什么时候吗？”

弗洛摇摇头，沮丧地说：“不知道。但他说我必须和银刃一起参加猎捕行动，去抓荒野独角兽，把它们抓来等死。我会提前一个小时接到通知，然后就要飞到银色要塞，去参加他们的活动。”

“可是那些猎手怎么知道要去哪儿呢？”斯堪德轻声问。安德森教官吹响了第一声哨子，只见鹰怒向前跃起，屁股和后腿上的肌肉开始绷紧，像涟漪似的隆起又漾开。

“特勤们会跟踪兽群，把位置告诉我们，然后所有人一起去抓捕。在竞技场的时候，多里安全都告诉我们了。但我绝不会助纣为虐。”她深恶痛绝地说，“哪怕把我赶出凌云树堡，我也不干。”

斯堪德沉思良久。真言之歌暗示元素灾害与独角兽之死有关，再这样下去，他真担心有朝一日离岛会自我毁灭。现在斯堪德已经确认荒野独角兽中一头属于肯纳，他当然不能放任银环社向它伸出魔爪。银环社滥杀荒野独角兽的恶行必须被制止。

“一个小时。”计划在他的脑海中渐渐成形，“或许你用不着违抗多里安。也许照着银环社的命令去做，你能挽救更多荒野独角兽的性命。”

“小堪，你在说什——”

尖叫声突然响起。斯堪德猛地望向博比和鹰怒，却几乎什么都看不清。此时博比手中释出猛烈的龙卷风，而后是团团烈焰，接着是锋利的石头……挨次抛向四周观战的骑手。罗米利吓得立刻骑着午夜星飞上天空，其他骑手也纷纷躲避，在夜色中碰撞挤绊，乱成一团。

斯堪德一跃骑上了福星恶童。“博比！”他大喊，“博比！”

“她被附身了！什么反应都没有！看她的眼睛！”米切尔嚷着，和红夜悦从另一条赛道赶了过来。

博比召唤的龙卷风裹挟着各种元素的碎片，她自己却端坐在鹰怒背上，置身于风暴中心，对破坏和混乱视而不见，毫不在乎。

三道闪电从博比掌心射出，击中了银刃左蹄之下的地面，惊得弗洛尖叫连连。银色独角兽愤怒地扬蹄回击，刹那间飞沙走石。

“快去帮她！”斯堪德叫道。

“过一会儿她就能恢复过来，”米切尔没什么底气地说道，“加布里埃尔和李凯斯不都是这样吗？”

“可那是博比！她会伤着自己的！”斯堪德坚持道，“我去把她从鹰怒背上弄下来，至少不能让她再召唤元素了！”一块燃烧的石头擦过他的左耳，似乎佐证了他的决定。

“小堪，你不能去，你会受伤的。福星恶童也会受伤！”弗洛央求道。她努力控制着银刃，但阵阵浓烟还是不断从银色独角兽的背上往外涌。

斯堪德不听劝阻，骑着福星恶童朝博比冲去，一头扎进了汹涌的风暴之中。只见电光一闪，照亮了鹰怒的牙齿，它大张着嘴巴，威胁似的大声咆哮。斯堪德感受到了联结中的困惑——在福星恶童眼中，鹰怒是它的好朋友，可这会儿它怎么啦？它竟然挥动翅膀，扇来冰冷的寒风；它的骑手两眼无神，还举起通红的手掌，准备发起火元素攻击。

但斯堪德早有准备。他张开手掌，召唤魂元素，熟悉的肉桂香气随之袭来。白色光球攫住了博比与鹰怒心脏之间的黄色联结，攻击立即偃旗息鼓。博比歇斯底里地尖叫着，眼球往后翻，就像复仇的僵尸。斯堪德和福星恶童连忙冲过去，把她从鞍座上往下拉。

斯堪德低估了这一步的困难程度。福星恶童慌张地叫唤着，因为它发觉超载的重负将它背上的人坠了下去。斯堪德和博比重重地摔在地上，铠甲、浓烟、他的胳膊和她的腿全都裹在了一起。

斯堪德先回过神来。他顾不得身上的伤口和疼痛，赶紧帮博比翻过身，然后摘掉她的头盔，好看清她的脸。只见她上气不接下气，剧烈地咳喘，语无伦次，但棕色的眼睛恢复了清澈。

“斯堪德……我……鹰怒……”她坐起来，说不下去了。她的呼吸越来越短促，夹杂着呲呲拉拉的哨音，紧接着便哽住了。

“博比，慢慢呼气，慢慢吸气，”斯堪德知道她又惊恐发作了，紧紧握着她的手，“没事了，都过去了。”

“那感觉……我从来没……极度地……渴望血……想要杀人……”她缓过一口气，“鹰怒竟然是这样的怪兽吗？难道它一直如此嗜杀嗜血？”

“如果没有和你的联结，它应该就是这样的。”斯堪德平静地说，“如果在荒野中出生，长大，它就会变成这样。”他有一瞬间想到了那头灰斑独角兽，肯纳的独角兽。

弗洛把困惑不已的鹰怒领了过来。

它垂下灰色的大脑袋，想看看自己的骑手怎么样了，博比却猛地躲开。“我不……现在不想靠近它。”

塞勒教官骑着北风惊梦赶过来，看上去吓得不轻。

“博比被附身了，”米切尔飞快地说，“就像加布里埃尔那样，经由联结被独角兽附身了。”

塞勒教官惯常开朗的神情消失了，脸色阴沉沉的。她蹲在博比身边，轻声说着什么，斯堪德没听见。过了一会儿，她站起身来，黄色披风在夜风中抖动着。“我送博比回凌云树堡，带她去医疗树屋检查一下。你们能把鹰怒带回去吗？”

弗洛点点头，攥紧了两头独角兽的缰绳。

“走吧，小甜豆。”塞勒教官说着，把博比搀了起来。

斯堪德、米切尔和弗洛带着四头独角兽往回走。他们无法飞行。因为和挚爱的骑手分开，鹰怒大发脾气；银刃又变回一副冷漠专横的模样，全然没有了在银色要塞里时面对同类的友好和善。斯堪德将这些看在眼里，又再次想起了那个计划。

“我有办法了，”他说，“而且既能阻止银环社的恶行，也能避免弗洛被抓进银色要塞。”他呼出的热气在寒冷的夜色里打着旋儿。

“可是教官们都不相信我们！”米切尔沮丧地说。

“艾弗哈特教官相信。”斯堪德笃定道，“她的话给了我启发。”

“哦，是她啊……”弗洛叹了口气，闭上了眼睛。

“我们必须阻止银环社继续滥杀荒野独角兽，对吗？”走到凌云树堡那五颜六色的入口之前时，斯堪德又开口了。

“对……”米切尔和弗洛谨慎地应道。

“既然没人相信我们说的话，那么，就让他们亲眼看看吧。让司令亲眼看看真相是什么。弗洛，你是银环社的人，知道他们什么时候要去猎捕荒野独角兽，只要周密计划，咱们肯定能抓个现行。”

米切尔眯起眼睛。“听起来不够详细。”

弗洛叹道：“听起来非常危险。不过，我们确实不能放任银环社继续作恶。看看离岛都成什么样子了。看看博比，要是她伤到自己，甚至发生更糟的事，要是她真的杀死了什么人，那可怎么办？而且银环社说不定下一次就要杀死肯纳的独角兽了！”她深吸一口气，下定了决心，“好吧，你的计划，算我一个。”

“肯定也算我一个，”米切尔气呼呼地说，“但这需要更详尽的计划。斯堪德，我看咱们每晚都得开小队全体会议了，一直开到他们叫弗洛去参加猎捕行动。”

“当然，可不能少了你的小黑板。”斯堪德憋着笑。

米切尔高兴了：“就等你这句话呢。”

第十一章

猎捕行动

认为附身事件与斯堪德有关的不只是敌意小队。自从博比出事之后，凌云树堡的其他骑手把驭魂者、荒野独角兽、附身中邪等几条线索连起来琢磨，得出的结论竟然直指……斯堪德。尽管大部分人都知道，在几个星期之前，博比和斯堪德就已经闹翻了，但仍然不肯放过他。离岛生们毫不客气地讨论着联结和附身的关系，讨论着斯堪德谋害骑手的手段，都懒得压低声音。萨莉卡、加布里埃尔、扎克和马里亚姆等本土生们基本上还是向着斯堪德的。不过，在争春食屋，在训练场上，其他蒙稚生们都开始躲着他了。

“不会这样没完没了的。”扎克安慰着斯堪德。在土元素训练中，班吉和耳畔诅咒又不肯和“可怕的驭魂骑手”比武了。“人们就喜欢怪这怪那的，对吧？”扎克说，“只要谋害独角兽的事儿不再发生，大家自然就不提了。肯定会过去的。”

可是过不去啊。斯堪德和朋友们焦虑地等待着机会，以阻止银环社的恶行。终于，弗洛收到了最后通牒：她必须继续参加银环社的活动，并且依多里安·曼宁的命令让银刃参加下一次猎捕行动，以此证明她对银环社的忠诚。讽刺的是，弗洛、米切尔和斯堪德正求之不得呢。然而，十一月过去了，十二月也来了，却仍然不见任何动静。

与此同时，四大区域的元素灾难变幻莫测，越来越多的离岛生不得不忍受家人流离失所的痛苦。灾害变本加厉，《孵化场先驱报》正连篇累牍地报道：山崩地裂，吞没了良田庄稼；大火肆虐，最厉害的驭水者也无计可施；河水暴涨，巨浪滔天，树屋被卷走；狂风摧毁森林，风速竟超过每小时 100 公里。

然而更糟糕的是，各区出现的荒野独角兽惊逃事件也比以往多得多。斯堪德不知道究竟是元素灾难令它们不安，还是猎捕行动让它们害怕。总之，四极城的大街小巷上挤满了无家可归的人，也有很多人认为首府是离岛上唯一安全的地方，而不断向这里涌来。

那天米切尔陪父亲共赴午宴，见到了一位年长的驭水者，与之交谈过后，他对“离岛的报应”有了进一步的看法。“她证实了我之前的猜测。”一天晚上，大家围坐在黑板前面，听米切尔分析，“离岛本身是没有感觉的，只有平衡与不平衡。”

米切尔继续说道：“其实，荒野独角兽已经是这座岛的一部分了，深深地嵌在地质构造里，毕竟它们在这里已经生存了几百年，甚至更久。荒野独角兽与五种元素都有联结，如果没有了它们，离岛就会失去平衡。我们与独角兽的联结本质上是一种元素魔法，自然也会受到失衡的影响。各区的元素灾难和经由联结的附身中邪事件看上去像是离岛在复仇，对吧？但其实根本不是这么回事。”

弗洛叹了口气：“确实有道理。可是米切尔，不论是因为构造失衡还是离岛复仇，其结果是人们受伤了，变得无家可归，不是吗？”

斯堪德担心的不只是这些。从附身事件中清醒过来之后，博比记得斯堪德救了她。为此，他俩还大吵了一架。

“你竟敢擅自救我！经过我的允许了吗？”博比躺在医疗树屋的吊床上冲他嚷嚷，“这下好了，我是斯堪德·史密斯英勇救下的姑娘了！”

斯堪德的火直往上蹿：“好，对不起，行了吗？我不该救你，你想杀谁就杀谁！”

“本来就是！”博比回敬道。

“下次就随便你！”

“很好！”

但博比还有一个坎儿过不去：她不愿意回到鹰怒身边。这一届最好的骑手已信心全无。弗洛和米切尔都和她单独聊过，劝她说已经十二月了，鞍上比武就在眼前，训练一天都不能耽误。可博比宁愿成为游民，也不肯再骑上鹰怒。

周末休息前的最后一个训练日来临，米切尔再次捡起话头：“要不寒假的时候你试着骑骑鹰怒？没有训练压力可能会好一些。”

斯堪德缩在豆袋沙发里，背倚着自己画的那幅海景壁画，看着博比冷漠的目光。“我说过了，不骑。”她说。

米切尔被噎得很难受，但他还是戳了戳黑板。“罗伯塔，我们的计划需要你。”以前没有人说过这句话，但大家都知道事实如此。“在咱们小队里，除了福星恶童，飞得最快的就是鹰怒。我们需要你能飞能跑，在银环社征召弗洛和银刃的时候和我们一起行动。如果没有你……”米切尔没能说下去，因为博比已经离开木桩楼梯，回到了自己的房间。

弗洛长叹一声：“曾经的博比漏掉一次训练都会担心，可现在呢？她好像什么都不在乎了。别说是我们，就连鹰怒她都不管了。”

“被独角兽侵入大脑肯定很可怕。”米切尔喃喃说道，“你能感觉到与你心灵相通的生物却拥有最嗜血的欲望。这提醒着我们，独角兽本来就如此凶猛、神奇、致命……”

“可是加布里埃尔和李凯斯一切如常。”弗洛说。

“加布里埃尔中邪时没骑着普利斯女王呀。李凯斯本来就胆大，而且还是若成生，经验更丰富。”

斯堪德放下速写本，抬起头说：“她不会听我们的话。她甚至不想靠近我。”他继续埋头描画福星恶童，心里则惦记着那头灰斑独角兽。

他还没告诉朋友们，自己打算在福星恶童的马厩里过寒假，跟它同吃同住，看看能不能触及补魂者的梦境。

“反正不能让她变成游民。”米切尔坚定地说，“三个人算什么四人小队啊。一个都不能少。愚蠢的‘分枝’必须停止。我希望我们一起晋级，成为步威生，带着完整的徽章离开凌云树堡，走上混沌杯的赛场。这一切可不能叫罗伯塔·布鲁纳毁了。”

“可是要怎么说服她呢？”斯堪德快要绝望了。

米切尔皱了一会儿眉头，然后走到黑板前：“我得想个办法。”

冬至来临的那个星期，初出生们还在训练，而英少生、若成生和步威生已经玩起各种派对了。寒假期间，各元素秘洞都为自己的骑手举行舞会，每个人可以带上一位客人。至于蒙稚生，因为年纪不够，无法参加秘洞舞会，便有了整整一个星期的空闲时间。斯堪德倒是很乐意暂停比武练习。他一直没怎么使用魂元素，一方面是担心自己也被附身，另一方面是顾忌其他骑手——他们大多一看见魂元素兵器就又气又怕。其他人不愿意跟斯堪德比武，总是直接弃权，就像披鞍仪式那天一样。何况福星恶童现在也不藏着掖着了，总是大大方方地从翅膀上射出白光，吓得大伙儿敬而远之。斯堪德尽量不去想这些烦心事。寒假里，他有个重要的计划。他要住在福星恶童的马厩里，去梦里寻找姐姐的独角兽。

米切尔和弗洛都劝斯堪德不要轻举妄动，斯堪德却觉得克雷格笔记里的那些话太夸张了。自己安全地待在马厩里时，怎么可能有生命危险呢？

“阿加莎不也说那样很危险吗？”米切尔拦着他说。这天是寒假的第一晚，斯堪德抱着毯子正要出门。

“银环社都盯上荒野独角兽幼崽了！”斯堪德大声说，“不能再浪费时间了！只要弄清楚梦境到底是怎么回事，我就去求阿加莎教我修补联结。到了年底肯纳来观摩比武锦标赛时，一切就都准备好了。”

她会来凌云树堡训练，说不定还能住进我们的树屋，斯堪德暗自想道，她不用再回本土了，我存的钱也足够把爸爸接来，全家人可以在离岛团聚。

斯堪德来到福星恶童的围栏里，对第一夜满怀希望。他钻到独角兽黑亮亮、毛茸茸的翅膀底下，脑袋倚着它的肚子，很快就睡着了。然而，八个小时之后，斯堪德在晨光中醒来，一睁眼就看见福星恶童在啃自己的头发，裤管里还塞满了稻草。这一夜什么梦都没有。

到了第四天晚上，斯堪德已经开始怀念训练了——训练时至少不用总想着这件事。这晚他只做了一个噩梦，梦见李凯斯讲的幽魂骑手——开鸿骑手的鬼魂——在追着他跑，四周都是墓园里五颜六色的纪念树。难道自己不是补魂者？斯堪德感到孤独而苦闷。这个星期疾隼队也没有活动。夜里冷得要命，挤在福星恶童的身边，却并不觉得暖和。

爸爸寄来的圣诞贺卡里没有提起肯纳。斯堪德渴望读到她写的话，因为遣词造句的方式就像声音，是可以听见的。然而，她连名字都不肯签一个。更惨的是，四人小队的其他人也总是不在，一出门就是好几个小时。

博比还是不肯和他说话。光是这一件事就叫他很难过了。他没跟别人说，自己偷偷跑到马厩里，帮鹰怒梳洗鬃毛，把它打扮得漂漂亮亮的。他觉得这样能离博比更近些，毕竟，独角兽和骑手之间还有联结呢。斯堪德对着鹰怒说话，跟它聊起博比："我该跟她说什么呢？怎样才能让她回心转意呢？你有什么好办法吗？"鹰怒的回应不是咬他一下就是电他一下，但不知道为什么，这也让他心里好受了些。

除了博比，其他人的表现也叫斯堪德黯然神伤。他们刚计划好如何让卡扎马司令见证银环社的罪行，米切尔和弗洛就没影儿了。斯堪德猜想，米切尔可能是找杰米去了——他们俩最近总是泡在一起，研究真言之歌。也可能是迫于父亲的压力，米切尔不得不躲着他。艾拉·亨德森在信里毫不讳言地警告儿子，要是他真想成为司令，就必须远离驭魂者，跟银环社站在同一阵线。

当时，米切尔不耐烦地抱怨："真是的！好像我年底就要参加混沌杯似的！得先成为步威生，才能有那个资格好不好！"可是现在，斯堪德也拿不准米切尔是不是对信里的话上心了。

弗洛呢？也许是和博比待在一起，躲着他吧。

这念头叫他既嫉妒又绝望。难道他们都要学博比，搞什么“分枝”？难道他们全都受够了他带来的麻烦？他们是不是和其他骑手一起去自己的元素秘洞了？他们是不是再也不想待在树屋里了？

冬至当天晚上，树屋里又只剩下斯堪德一个人。他闷闷不乐地往火炉里添了一根木头，任凭放在膝上的那本关于火元素的书滑落下去。因为没人理，他越发疑虑重重。揭露真凶的计划似乎满是漏洞：雷克斯显然平息了银环社的风波，但万一多里安·曼宁产生怀疑、不打算让银刃参加生死斗了呢？要是司令没能及时赶到极外野地去见证猎捕场面呢？要是肯纳的独角兽没能等到那天就已经死了呢？还有，阿加莎是不是弄错了，其实他根本就不是补魂者？反正他一直也没梦到什么特别的东西。或许他永远也无法修补肯纳的联结了。或许在整个故事里，他就是那个最讨人厌的弟弟——

“斯堪德！”米切尔的声音打断了他郁闷的遐思。

他眨眨眼睛，看见米切尔站在自己面前，还挥着一块黑布条。

“我要把这个系在你的脑袋上。”他言简意赅地说着，凑了上来。

“喂！”斯堪德挡开他的胳膊，“你要干吗？”

“请不要问我问题，”米切尔说，“我不擅长撒谎。我可不想露馅儿，把一切都毁了！”

“毁了什么？你又觉得我会引发世界末日了？你要把我绑起来

交给你爸爸？”斯堪德开着玩笑，想套米切尔的话。不过，米切尔能回来跟他待在一起，他已经非常高兴了。

“求你了，斯堪德，别问了。”米切尔央求道，“我要是敢说一个字，弗洛会杀了我的。可只要你问了，我就一定会说的。”

“好吧好吧。”斯堪德妥协了。米切尔用黑布条蒙住了他的眼睛。

这位驭火者拉着斯堪德的手，领他走出了树屋，摇摇晃晃地摸过五条栈道，然后又好说歹说地哄他爬下了三座梯子。一来到地面上，斯堪德就完全失去了方向，不知道自己要被带去哪儿。米切尔也不太擅长帮助他躲开树根，所以一路上就听见各种“噢，对不起”“哎哟”“啊，那是我的脚”……

“好啦。”米切尔说。他们终于停下了。“现在你往前走两步，然后弯腰，对对，然后抓住这个。”斯堪德感觉到米切尔俯下身子，牵着他的手，让他往前摸。他好像摸到了什么金属手柄。斯堪德拉了拉，立刻明白了自己身在何处。

他感觉到了米切尔的胳膊蹭着他的胳膊；他们挨得很近。“每一步都要照我说的做。可别搞什么驭魂者的即兴发挥啊。你一定要抓紧，用上这辈子最大的劲儿，不然会死——”

“啊？”

米切尔没理会斯堪德的恐慌，继续说道：“要是出了那种事，弗洛一样饶不了我。唔，虽然她只说不准破坏惊喜，但你死了也算破坏惊喜吧。”

“什么惊——啊——”斯堪德话没说完，只觉得脚下一空。

天旋地转的几秒钟之后，他身体一颤，停止了坠落。

“现在可以摘掉了。”米切尔不好意思地说。

“米切尔！”斯堪德气呼呼地扯掉了眼前的黑布条。其实扯不扯没什么区别，眼前依然是一片漆黑。“你是不是想害死——”

“我早就跟他们说了，在树屋里更容易，但情感上的冲击效果肯定不如这个。”

“你在说什——”

“大惊喜！”只见四周一下子变得亮如白昼，到处都是火把，还有好多人。斯堪德先看到了弗洛，然后是杰米。这位甲胄师的两侧分别站着一位拉奏小提琴的高个子金发女士和一位蓄着棕色大胡子的男士。他们和杰米长得很像，肯定是他的父母！弗洛的爸爸妈妈和孪生哥哥也在。书店老板克雷格，还有疾隼队的成员们——安布尔除外——也全都来了。紧接着，最叫斯堪德吃惊的人映入了他的眼帘——阿加莎·艾弗哈特。虽然她的表情算不上是在笑，但也差不多啦。

“这是干什么啊？这是哪儿啊？”斯堪德吓了一跳，还没反应过来。

是灵魂元素秘洞，不过已经大变样了。

织魂人扭曲的笔迹被擦掉了，黑色大理石洞壁闪闪发亮。在弧形的后壁上，闪光的白色涂料绘出了代表魂元素的四环缠绕标志。

标志底下甚至还贴了一张斯堪德画的福星恶童。软乎乎的白色豆袋随意放着，地上铺着羊皮地毯，旧书架里也摆上了新书。圆形的秘洞中央安置了一张大理石圆桌，上面的橙色饮料一看就知道是沙克尼家的。此外还有好多美食，而蛋黄酱的数量绝不少于三罐。

弗洛冲上来，一把抱住了他。“喜欢吗？我们都希望你高兴起来。因为他们不准你进入沧渊，你又很担心姐姐，那个什么梦境也一直没能成功，所以我妈妈就调了些白色的颜料，我们只是想……”弗洛指指四周，这才停下来换口气。

“我们只是想让你知道，你也是有朋友的，斯堪德。他们都认为你这位驭魂者是个不错的家伙。”杰米咧嘴笑着，“你让魂元素重返凌云树堡，这真的很勇敢。”

“现在你知道我为什么要绑架你了吧，开心吗？”米切尔的头发上闪着的火苗，映着他的笑容。

“这些……全都是为了我？”斯堪德的声音哽住了，“我还以为你们都躲着我，不理我了。”

“真对不起，”弗洛急急地说，“我们需要时间把这里全布置好呀！现在，这里已经不是被织魂人遗弃时的模样了！得多谢阿加莎带着我们进进出出。”

阿加莎矜持地一点头，配上脏兮兮的白色披风，颇有威严，浑似一位帝王。

两个小时之后，斯堪德仍在享受这份惊喜。这是他人生中最美好的一段时光。他简直不敢相信，这么多人大费周章，就是为了博他一笑。李凯斯向每个人夸赞福星恶童飞得快；阿加莎不甘示弱，吐露了凌云树堡的旧日往事；杰米的父母奏响音乐，大家兴致高昂地在秘洞里到处转悠；斯堪德、米切尔和弗洛则围成一圈坐着，分享热狗和蛋黄酱。斯堪德笑得脸都疼了。要说有什么不完美，那就是还缺了一个人——博比·布鲁纳。

“博比是不是……”斯堪德踌躇着问出了口。

“她身体还没完全恢复，”弗洛飞快地说，“要不然肯定很乐意来。”

米切尔没注意他们的对话，而是遥遥望着角落里的杰米一家——妈妈起哄让儿子拉小提琴，可杰米拉得太难听了，惹得大家哈哈大笑。

“我还以为我们俩是一样的。”米切尔把手指伸进镜片后，狠狠地揉了揉眼睛。

“什么意思啊，米切尔？”弗洛柔声问道。

他吓了一跳，好像这才发现身边有人似的。“呃，我是说，杰米的父母不是不希望他当甲胄师吗？”

“他们更希望杰米和他们一样，成为吟游诗人。”斯堪德说。

“对，可是——”米切尔努力地寻找词句来描述自己的感受，“可是，他们今天还是来了，不是吗？他们仍然支持他。他们仍然愿意和他一起参加驭魂者朋友的地下聚会。他们仍然冲他笑。他们仍然爱——”米切尔顿住了，停了一会儿才勉强说道：“虽然他们不赞成他做的事，可还是会支持他，还是来了。”

“米切尔，”弗洛靠过去，拉起他的手，“听我说。错的人是你爸爸，不是你。你是多么优秀的骑手，多么好的朋友呀。你爸爸对驭魂者有偏见，还要你替他完成未竟的司令之梦，这些都是他的问题。他应该爱你本来的样子，而不是他希望的种种。”

米切尔吸吸鼻子，把眼镜往上一推：“为什么他就不能爱我本来的样子呢？我是他的儿子啊。爱我难道不是自然而然的吗？我觉得他甚至都不太喜欢红夜悦。他总是说它不干净，不漂亮，不像司令的坐骑。为了取悦他，也为了帮助我，红夜悦多努力啊。可是我心里很清楚，它不开心。真希望我们能叫他满意，但看来永远也实现不了。”

“也许他还没意识到自己给你们带来了不好的感受，”斯堪德轻声说，“你可以跟他谈谈，说不定会有改变呢。”他尽量不去想妈妈——去年，他据理力争、拼命劝说的时候，她根本就不听。

米切尔连连摇头：“他从来不跟我好好谈心，现在把他的司令梦全压在我身上，才肯带我出席午宴！要是我承认想和驭魂者做朋友，承认我就喜欢邋里邋遢的红夜悦，承认我其实相信真言之歌，承认我压根儿就不想当什么混沌司令，那他肯定不会理我了。光是想想就能猜到！”

“不试试怎么知道呢？”弗洛同情地微笑着说。

这时，阿加莎走过来，低头望着他们。那短暂停驻的柔和神情消失了，她的眼神又变得凌厉起来。“斯堪德，得请大家离开了，太晚了。要是奥沙利文教官知道我把你们带到这儿来，恐怕不会太高兴。更何况，来的还不只是骑手。我看就到此为止吧。”

斯堪德爬了起来：“好好，当然应该这样，呃，艾弗哈特教官。”

阿加莎和斯堪德轮流把大家送回了地面。

斯堪德最后把弗洛、米切尔和杰米送了上去，他们在分汇点道别。弗洛要去看看银刃，米切尔要送杰米一家离开凌云树堡。有那么一会儿工夫，操场上只剩斯堪德一个人与断层线相伴。但阴影中很快闪出了白色的身影。

“你的朋友们真不错。”阿加莎不情不愿地说着，向外甥走近。

斯堪德笑了：“我很幸运。”可他还是忍不住觉得今晚处处都留下了一个博比形状的空洞。要是她也在就好了，她肯定会笑话他沉迷蛋黄酱。

“你确实很幸运。他们会帮你战胜魂元素的阴暗面，如果你愿意的话。我就没有这样的朋友，你妈妈也没有。我们都是孤军奋战，只拥有彼此。要是有其他元素的影响，我们可能会……更平衡些。”

不知哪棵树上的猫头鹰突然叫了一声，打破了沉默。

“阿加——艾弗哈特教官？”

“嗯？”

“别的秘洞都有名字，像是湛炉、沧渊、风巢、矿池……那魂元素的秘洞叫什么？我是说，以前人们怎么称呼它？”

“庇魂所。”阿加莎脱口而出，语气异乎寻常地平静。

斯堪德看着她攀上最近的梯子，离开了。他觉得这个名字真是恰如其分。今天晚上，魂元素的秘洞让人感觉如此安全。他有了强烈的归属感。这里的确是驭魂者的庇护所。

斯堪德快走到树屋时，弗洛从里面冲了出来，她全副武装，锁子甲叮叮当当的。

“小堪！”她深吸了几口气，“是今晚！他们要在今晚猎捕荒野独角兽！我和银刃一个小时之内就得赶过去！”她指了指下方，森林里隐隐闪过银光。果然，银刃已经准备好了。

斯堪德目不转睛地盯着弗洛。这一刻他们已经等了几个星期，可突然来临时，还是感觉很吓人。

“怎么了？”博比从栈道另一边走了过来。

“银刃今晚就要去参加猎捕行动。”弗洛的声音里充满恐惧。

“今晚？”博比眨眨眼睛，“那你们的计划，现在就算开始了？”

“对，”斯堪德急匆匆地说，“立刻开始，时间不多。”他深深吸了口气，忍着难过说道：“跟我们一起去吧，博比，大家需要你。要是哪里出了岔子，司令没能及时赶到，我们就只能自己上阵，去保护那些荒野独角兽了。弗洛要假装站在银环社一方，所以不能出手帮忙。你的魔法可是最厉害的！”

“不行。”博比向后退了一步，“我现在……骑不了鹰怒。我也不想站在你这边。我已经说过了，别想又把我卷进去！”

“博比，这不是为了当英雄，跟选边站也无关。”弗洛望着她亮晶晶的眼睛，“这是善恶之间的选择，是为了做对的事情。”

“不行，”博比说，“鹰怒会闯进我的脑袋里。我的鹰怒曾经那么美好，可现在那么可怕。我……”

“我们得走了。”斯堪德失望至极。他不想放弃博比，他希望她能一起去，可现在只有一个小时做准备，实在来不及了。“要是你改变了主意，就看看米切尔的计划吧。写在黑板上。”

“对不起。”博比哽咽了。她转身冲下梯子，跑进了树林。斯堪德想，她或许去了马厩吧。她越来越不愿意待在树屋里了。

“我去叫米切尔。”斯堪德对弗洛说。

弗洛的神情既坚定又慌张。斯堪德抱住了她。“你是银骥骑手，我是驭魂骑手，”他喃喃道，“我们一定能成功的。我们一定能阻止他们。”

他感觉到她倚着他的肩点了点头，然后她就冲下地面，骑上银刃，朝着银色要塞去了。

斯堪德踉踉跄跄地推开树屋的门，却发现里面一片安宁，想到即将发生的事情，更觉得不可思议。只见米切尔缩在火炉旁边的豆袋沙发上睡着了，膝上还摊着一本书翻开的书。

斯堪德已无暇去想此时叫醒他是不是有点儿讨人厌。

“干吗啊？”米切尔不耐烦地吼了一句，但一看见斯堪德的表情就全明白了。

“现在？”他低声问。

“现在。”斯堪德肃然答道。

“博比呢？”米切尔问，“她也去吗？”

“我们劝过她了，但她应该不会去。不过，要是她改变主意了，也知道去哪儿找我们的计划。”

米切尔猛地站起来，冲向充当冰箱的石头箱子。“我有个主意。”他一边说，一边掏出了果酱、奶酪、马麦酱以及两片面包。

“现在可没工夫吃东西！”斯堪德着急地直拽头发，“已经浪费了十分钟！你得去银色要塞外面跟弗洛碰头，还得给司令送信！”

但米切尔只管捂着鼻子，把马麦酱往果酱上抹，接着又塞上奶酪，夹上面包，做成了一份三明治。

然后，他奋笔疾书，开始写字条。“把这个给博比留下，”他边写边解释，“她回来就能看见。必须让她明白，咱们需要她。没准儿三明治能派上用场。”

斯堪德凑过去，只见字条上写着：

这是“救急三明治”，罗伯塔，因为真的需要你救急。我们必须阻止银环社继续杀害荒野独角兽。发生在你和鹰怒身上的事情确实很可怕，但你很坚强。我就没见过比你还坚强的人。要是放任他们继续作恶，那些可怕的事就会不停地在其他人身上发生。别人可没有你这么坚强。拜托了，博比。快吃掉三明治，来帮忙吧！

米切尔

米切尔从不跟博比说这种话。诚然，这只是一张字条，可平日他们俩都是以互相讥讽的方式交流。

斯堪德不知道这份三明治能不能让博比重回鹰怒身边，但此时也只能放手一搏。

四十五分钟后，斯堪德和米切尔哄着各自的独角兽在灌木丛中趴下来，埋伏好，而不远处就是银环社盯上的那群荒野独角兽。斯堪德挤在福星恶童身边，强忍着极外野地的腊月寒冬。那群荒野独角兽数量不少，差不多有三十头，衰败腐坏的程度各不相同。它们裸露的骨头映着月光，透明的兽角发出怪异的荧光；偶尔争吵打架时，便有元素爆裂，有毒的浓烟像云雾般缭绕。但总的来说，大多数荒野独角兽平静淡然，正从容地吃着几头山羊的残骸。

到目前为止，计划一切顺利：他们来到银色要塞外面的那条银桦大道，弗洛想办法溜出来，透露了兽群的位置；米切尔把方位填到事先写好的纸条上，然后骑上红夜悦，到四极城去给司令通风报信；斯堪德则拿着备用指南针找到合适的位置，在兽群附近埋伏下来。米切尔赶到议事广场，把匿名纸条塞给尼娜·卡扎马的私人图书情报专员——此人是他妈妈的朋友。他强调一定要请混沌司令立刻阅读，因为事关生死。

斯堪德孤零零地留在极外野地，盼着米切尔回来。这算是他这辈子最漫长的等待——到目前为止，但相较于之后等待猎捕手的时候，这还不算什么。

自从去年直面织魂人以来，这是斯堪德第一次回到这片荒野，每一点风吹草动，都仿若包着裹尸布的黑影再次出现。她已经不是威胁了，他给自己壮胆。然而，即便追猎荒野独角兽的事与她无关，她也仍然在某处蛰伏。想到这里，斯堪德感到胆战心惊。真是难以置信：他一个小时之前还在高高兴兴地吃着热狗！

“如果时间掐得准，”米切尔嘀咕道，“弗洛和猎捕队应该快到了。”他在黑暗中眯着眼睛辨认手表上的指针，“他们随时会来。如果司令认真对待纸条上的内容，那么她和委员会会同时出现。”

“要是弗洛也在，你猜她会说什么？”斯堪德轻声说。

“什么？”

“这是我们经历过的最危险的——”

“你听见了吗？”米切尔打断了他。

隆隆的蹄声穿过贫瘠的平原，越来越近，越来越近。

三头银色独角兽带领着一群特勤，银色的铠甲映着熊熊的火把，抖擞着银光。其中两头银色独角兽已经成年，斯堪德并不认识，而另一头是银刃。跟在后面的特勤抱着铁链，准备用来对付猎到的荒野独角兽幼崽，把它带回角斗场，让它战斗到接受那不可能的死亡。

猎捕队一路疾驰，靠近那群荒野独角兽。它们警觉地扬起了透明的兽角。斯堪德待不住了，抬起了身子。

“斯堪德，别动！”米切尔把他拽了回去，“司令会来的！她一定会来！”

此时的几秒钟像是几分钟，时间仿佛迟滞不前。斯堪德的心跳加快了。特勤们分散开来围住整个兽群，他们放开嗓门，好像在辨认那头他们盯上的幼崽。他们的行动熟练而笃定——显然已经干过好多次了。

司令还是没有出现。

“米切尔……”斯堪德喘着粗气，“不能再等了——”

“她肯定会来！”米切尔坚持着，他的呼吸在寒冷的夜里化成了白雾。

只听魔法在兽群上方炸响，特勤们甩起了铁链。荒野独角兽低吼着、嘶鸣着，感到惊恐无措。斯堪德已忍不住跪立起来。片刻之后，烟尘散去，他看清了。

是它。深深刻在他心底的它。那灰色的、点缀着斑点的皮毛在月光下闪闪发亮。

司令还没来，可斯堪德再也等不下去了。

他立刻翻身跨上鞍座。福星恶童拍打着翅膀站了起来——骑手已经就位。

“斯堪德，别去！”米切尔大声劝道，“荒野独角兽造成的伤口是好不了的！万一——”

“肯纳的独角兽也在那里！”斯堪德吼道。福星恶童扬起前蹄，联结中流淌的决心和怒意激发了它的斗志。

“你并不能确定那就是肯纳的独角兽啊！”米切尔急了。骇人的吼声此起彼伏。

但斯堪德不想冒任何风险。他骑着福星恶童冲到兽群中央，扯着嗓子高喊：“想伤害它们，得先过我这关！”

他都没注意到红夜悦也赶过来了。一切都发生在刹那之间。特勤们冲两名年轻的骑手大吼大叫，让他们赶紧让开。一头银色独角兽咆哮着喷出火海，斯堪德连忙拉起水盾抵挡。荒野独角兽扑向特勤，撕咬着他的脖子。弗洛叫着斯堪德的名字，银刃从蹄下掀起石块。米切尔的火箭命中了另一名特勤。元素魔法的巨响混杂着荒野独角兽的吼声，惊天动地，震耳欲聋。

突然，猎捕手们向后撤离，飞上了漆黑的夜空。一名年长的银骥骑手拽着银刃的缰绳，逼弗洛跟他们一起离开。

“小堪，快走！他们会让这看起来——”她的喊声渐渐远去。银刃被更强壮的银色独角兽拉走了，他们要离开极外野地，返回银色要塞。

朽骨嘎吱作响，黏液滴滴答答，碎裂的下颌随咆哮翕动，鬼火般的兽角转而向内。三十双饥渴的眼睛死死盯住了困在兽群中间的斯堪德和米切尔。死亡的恶臭袭来，几欲将人压垮。

“如果咱们先进攻，肯定会被炸得粉身碎骨。”斯堪德挤出一句话。

“完了，必死无疑。咱们要死了。”米切尔翻来覆去地念叨着。

一头荒野独角兽垂下头，用透明的兽角对准两个男孩。它一定在生死间游荡很久了——头骨几乎看不清，皮肉也全都腐烂了。它就像一个喘着气的噩梦。斯堪德的大脑一片空白，福星恶童的恐惧与他自己的叠加，在联结中打着旋儿奔涌。他们都明白，只要做出自卫的举动，另外二十九头猛兽肯定会不由分说地直冲过来。

“米切尔，抓住我的手。”斯堪德喃喃说道，伸出了胳膊。

“为什么？”米切尔紧紧地拽着红夜悦的羽毛，“你想出办法了？”

斯堪德摇摇头：“没有。我只是怕极了。”

“我也是。”

就在这时，风元素的魔法照亮了天空。

闪电，飓风，电花带来的寒风四起。荒野独角兽纷纷向上望去，准备应对新的威胁。斯堪德也是。

“喂，小米！”上方有人喊道，“多谢你的三明治！”

是博比。博比来救他们了。

鹰怒的前蹄喷出两颗球形闪电，分别击中了两头荒野独角兽。风元素的柑橘香气和烧焦腐肉的臭味混在一起。兽群起了骚动，似乎忘记了它们中间还夹着两个骑手。

希望和快乐像闪电一样，激得斯堪德回过神来。博比来了，博比回来了！她肯定是一路跟着他们来到了这里。这是不是意味着……但现在没时间细想了。兽群的包围圈已经打开，可福星恶童和红夜悦还是脱不了身。博比频频拉开闪电弯弓，射出一箭又一箭。

“现在可以施展你们的魔法了吧？”博比大喊。只见两头荒野独角兽飞上了天空，追在鹰怒身后，尽管它们翅膀已经朽烂不堪。

混战之中，红夜悦已经忘了最近装出来的优雅和体面，兴奋地炸响了一个屁，把一头荒野独角兽远远摔了出去。米切尔一边抛出火球一边咧着嘴乐：“三明治管用！她喜欢三明治！”

斯堪德召唤魂元素进入联结，手掌里亮起了白光。白光越来越亮，直至亮过月亮。荒野独角兽低声吼叫，福星恶童也报以同样的低吼，就像去年面对织魂人时一样。斯堪德想起了阿加莎提过的“黑暗边缘”。福星恶童也在与它斗争吗？和其他独角兽相比，驭魂独角兽是否更接近荒野独角兽？

离斯堪德最近的荒野独角兽退开了，唯有一头除外。

斯堪德望向灰斑独角兽忧伤的眼睛。它的背上有新鲜的伤口，胸腔里的骨头又折了一根。长生不朽已让它付出代价。

“我会治好你的，”斯堪德对它说，“我会把肯纳带来。你等着吧。”

它嘶鸣一声，掉头狂奔，回到了兽群之中。

这时，斯堪德听到了叫喊声。八头独角兽闯入了极外野地。

一开始他以为银环社的猎捕手又回来了，以为他们还想猎取荒野独角兽。他的脑海里闪过自己此时的样子——一个驭魂者，手里亮着白光，保护着地球上最可怖的一群怪兽。但不管他看上去像什么样都不要紧，他知道自己正在做的事情是正确的。

他把目光投向正在靠近的骑手们，这才真正看清他们。八只手掌里闪耀着的都是黄色的光——风元素的颜色。

“是司令！尼娜司令和七人委员会！”救星来了，米切尔如释重负。

然而，当博比和鹰怒落在他们身边时，她说出了斯堪德因太迟钝而没有意识到的事情，以及弗洛没说完的话：

“他们会以为是咱们杀害了荒野独角兽！”

肯纳

火眼人

银色要塞里有一座高塔，高塔里有一个圆形的房间，肯纳此时正在里面来回踱步。她来到离岛已经好几个星期了，受够了，也怕极了。她止不住焦虑，不停摆弄着迷你独角兽玩具，那是从妈妈的遗物盒子里拿出来的。还在本土时，询问多里安·曼宁什么时候能找到她的独角兽，她要在哪里生活之类的细节似乎都不是什么大问题，可如今她整天被锁在屋里，这些就突然变得重要起来。她依然没有自己的独角兽。她觉得自己更像一个囚犯，而非客人。

多里安·曼宁给她留了一本书——《魂之书》。书的封面是白色的，印着四环缠绕的金色标志。书有些磨损了，好像被谁从高处扔下来过。她读了又读，所有的章节都已烂熟于心。除了一早一晚送食物和水的银面特勤之外，这本书是她唯一的陪伴。

翻阅书页时，每一点污渍、每一块破损、每一处折角都像是她的老朋友。她一连几个小时盯着空白处，看前任主人留下的评论和小画。她喜欢遐想写下这些心得的骑手。他们都是驭魂者，和她一样，和她的弟弟一样。

肯纳闹不清自己对斯堪德的态度。她不明白驭魂者的身份有什么好隐瞒的。他知道她也是驭魂者吗？他从一开始，从他离开本土的那一夜，就在对她保密吗？肯纳琢磨出来了。她不傻。书里描写了驭魂者的各种突变，她全都仔细读了。那个女人——那天夜里去207号公寓接走斯堪德的女人，她的脸上就有类似的斑迹。这全都说得通了，不是吗？

斯堪德也有驭魂者的突变吗？福星恶童也像其他驭魂独角兽那样，拥有白色的头斑吗？每每想起去年见到那头黑色独角兽的情景，肯纳就觉得伤心。那时斯堪德为什么没把实情告诉她？他们从小一起长大，从不隐藏什么秘密。

心情好的时候，肯纳也会想，斯堪德一定有什么不得已的理由。他是爱她的，她非常肯定。他绝不会故意惹她伤心。在那些乐观的时刻，她喜欢想象姐弟俩重逢的场面，她要告诉斯堪德，她也有自己的独角兽了，她也是驭魂者。在她的遐想中，他们一起训练，一起给爸爸写信，甚至肩并肩地冲过混沌杯比赛的终点拱门，一起成为混沌司令。

可在其他的日子里，肯纳一想到那些谎言就感到崩溃，睡也睡不着——他的水元素，他的四人小队，他的福星恶童。

他的队友们知道这件事吗？在数学课、语文课、西班牙语课上，她把信藏在课桌底下偷偷地看，忍着眼泪，忍着强烈的渴望、强烈的嫉妒，这消磨掉了她所有的快乐。这副模样会不会惹他们笑话？没有独角兽的日子如此空虚，她整夜沉浸在骑手弟弟的画里，而那些画本来也是她的梦想。斯堪德有没有想过这些？

最让人难以忍受的是，斯堪德明明知道被离岛拒绝的感觉是多么痛苦。他被赶出选拔考试的考场之后，那几个小时的折磨，他曾切身体会。可他竟然不屑于把真相告诉肯纳。

夜幕又降临了。有人敲门。突兀的三声。

通常，特勤只管把餐盘放在门外，等她打开门时，他们早就离开了。但今天不一样。肯纳就盼着发生点不一样的事。

银色面罩在门前的灯下闪闪发光。肯纳伸出手接盘子，头也没抬一下。她已经放弃要求面见多里安·曼宁了。她觉得自己越是追问，他就越是不想回答。

但只要最终能拥有自己的独角兽，肯纳什么都不在乎。

特勤拿着餐盘，没有松手。她抬头看他，隐约瞥见了那双眼睛中的火光。

“是你。”她有些惊讶。

“你好，肯纳。我可以进去吗？”他的声音比接她离开本土时变得亲切了些，“我想跟你谈谈。”

“唔，好吧，进来吧。”肯纳向后退开，让他进了门。那人放下盘子，在屋里唯一一把快散架的旧椅子上坐下。肯纳坐到床尾，好奇地看着他。

戴着面罩的男人看看四周，眼睛闪着火光："肯纳，对不起。"

"为什么要说对不起？"肯纳问，"把我关这么久，也不能恕——"

"你根本就不该来银色要塞。雷克斯·曼宁最后非要跟着去。要是只有多里安·曼宁，我还能搞定，但两个银骥骑手我就没办法对付了，所以也没能护你周全。"

"'对付'是什么意思？"肯纳警觉起来。她突然意识到高塔里的这个房间很小，旧椅子与她所坐的地方距离很近。

他用炽烈的目光盯着她。"肯纳，把你带到这儿来，根本就不是多里安·曼宁的主意。是我在他的脑袋里种下了种子，让他坚信，拥有一个忠于银环社的驭魂者非常必要。这正中他的下怀——根除驭魂者集结成军的可能，只留下听令于他的人。所以他盯上了你。他认为只要找到你的独角兽，就能以此要挟你，让你对他言听计从。他认为你来自本土，所以软弱可欺，为了独角兽什么事都肯做。"

肯纳的脑袋里乱糟糟的："军队？要挟？他想、想让我干什么？"

"他想让你用魂元素杀死福星恶童。以一换一，等价交换。"

肯纳一个字也说不出来。

"没关系。"那人看到她惊恐的神情，立刻说道。

"有关系！当然有关系！"肯纳嚷道，"我绝不可能做那种事！

我绝对不会杀死我弟弟的独角兽！”

“没关系。”那人重复了一遍。

“为什么？”

“因为你妈妈来救你了，”他言简意赅地说，“她没办法亲自带你离开本土，追踪她的人太多了。但她就要来救你了。相信我。”

肯纳连气都不敢喘：“可是，她死了。”

那人没有回答，向她走近。肯纳站起来，浑身抖得厉害。

“她会在夏至之前救你出去。”火眼人喃喃低语，递上了一个信封。

信封正面写着：

我的女儿肯纳·艾弗哈特亲启。

第十二章

指控

出现在斯堪德、米切尔和博比面前的是混沌司令和七人委员会全体成员。尼娜·卡扎马已经全然不是去年的模样——当时，首次踏入凌云树堡的斯堪德兴奋不已，而她负责带着初出生们四处参观，分发三明治。如今她气势迫人，雷霆震怒，令人望而生畏。正是司令该有的模样。

八头独角兽一出现在极外野地，整群荒野独角兽就四散逃开了，仿佛它们也能感受到这位驭风者的强大能量。司法委员粗鲁地把斯堪德从福星恶童的背上拽下来，用土元素召来的藤蔓缠住他的手腕，把他绑在另一头独角兽身上。

在前往议事广场的路上，斯堪德一句话也不敢说。他知道此刻说什么都很难洗脱罪名。银环社的那些家伙应该正在银色要塞里哈哈大笑、幸灾乐祸吧——把他们犯下的罪行都推到他的头上，这不正是他们算计好的吗？在七人委员会和司令押着几个嫌疑人返回四极城的路上，斯堪德一直在琢磨：银环社忙活了好几个月，为的就是这一刻吧？

他们不准商店接待他；他们恐吓杰米；他们散布谣言，说他是杀害荒野独角兽的凶手；他们甚至阻挠他参加训练。总之，他们为了掩盖自己的恶行，为了让他顶替罪名，无所不用其极。现在，要是司令相信了银环社为他罗织的那些罪名，他就不只是会被逐出凌云树堡这么简单了，监狱正等着他呢。

福星恶童被他们带走，关进了七人委员会的马厩。斯堪德心如刀割。他还能再见到他的黑色独角兽吗？他还能骑在它的背上恣意翱翔吗？他会不会落得像阿加莎那样身陷囹圄——活在监视之下，与北极绝唱分开监禁，因而无法使用魂元素？

穿过议事广场时，他感觉更糟了。这里的树屋群堪称凌云树堡之外最叫人惊叹的复杂建筑。他们走上一条长而宽阔的坡道，踏上结实的金属走廊。广场四边各有一座庞大的树屋，入口处都竖着尖利的金属栅栏。广场四角立着代表四种元素的巨大盾牌——水、土、火、风。斯堪德感到前所未有的难堪，好像真的违法了似的。接着，他和米切尔、博比一起被带到一间极为气派的厅堂里。

每位委员都拥有自己的座椅，座椅是飓风的形状——顶部的金属凝成宽大的漩涡，底部渐渐收束，可以作为脚踏使用。座椅位于高台之上，倚墙而立，向两边延伸到了蒙稚生们的两侧。这座大厅必定是专为风元素委员会设计的，因为属于司令的座椅在地面上，被飓风座椅环拱于正中央。与其他座椅相比，这把要大上很多，高大的金属靠背镂刻出闪电形状的花纹。在一阵长久而可怖的沉默之后，尼娜·卡扎马开口了。

“我实在想不通，你们今晚为什么要跑到极外野地去？如果不是追杀荒野独角兽，驭魂者，我请问你，你到底想干什么？”

斯堪德咽了口唾沫，脖子后面阵阵发凉。她没叫他的名字，而是用了“驭魂者”这个词。这让他非常紧张。

“请听我们解释，司令，”米切尔提高声调说道，“我们本想让您目睹银环社杀害荒野独角兽的场面。”他很害怕，同时也很勇敢。“那张标注兽群位置的匿名字条是我写的。笔迹是我的。如果需要的话，我现在就能证明给您看。”米切尔的手指哆嗦着，凭空比画了几下。

斯堪德简直不敢相信，米切尔竟然先站了出来。要是他爸爸知道了，肯定会痛下狠手。

“那你们自投罗网又是为了什么呢？”司法委员问道。他眨眼时，电花在眼中不停闪烁。

这次主动辩护的是博比：“不不不，我们并不是‘自投罗网’。是银环社把猎捕行动定在了今天晚上。他们一听见你们赶到，就立刻逃走了。我们的目的只是想证明——”

大厅里响起了慢悠悠的鼓掌声。斯堪德连忙转身，看见多里安·曼宁闯了进来，后面还跟着凌云树堡的教官们。

“这些蒙稚生可真会胡思乱想啊，”多里安·曼宁冲着司令的座椅浅浅鞠了一躬，皮笑肉不笑地说，“但您不必为驭火者和驭风者多花心思，因为罪魁祸首就是这个驭魂者！”

奥沙利文教官将他一把推开，冲到了尼娜的座椅前面，身后紧跟着阿加莎，蓝色和白色的披风在她们身后飘荡。

“别这么气哼哼的，珀瑟芬。”多里安转身盯着水元素教官，舔舔嘴唇，故意露出银色的舌尖，“我知道你喜欢这孩子，以后就由我替你照顾他吧，让他和他的独角兽在银色要塞的监狱里快乐地生活吧。”

“气哼哼？”奥沙利文教官愠怒的眼睛里泛起漩涡，“这不是生气，多里安，你看好了，这是暴怒。”她转向尼娜，说道：“蒙稚生们应该交由我们处理，对此负责的应是凌云树堡，而不是——”

“这不是重点。”多里安打断了她。斯堪德觉得，要不是七人委员会的委员全都在场，水元素教官肯定会暴揍他一顿。“重点是，我们都知道那些荒野独角兽是谁杀的。”

“对！”斯堪德突然难以自控地大声喊道，“是你！我亲眼看到了你在竞技场干的那些勾当！我全都看到了！你做的恶事我全都知道！”听到斯堪德的指控，委员们倒吸一口冷气，就连尼娜也震惊地来回打量他们。

“他说的是实情吗，多里安？”委员会中的一位长者问道。她的眼镜都滑到鼻尖上了。

“怎么可能呢？”多里安冷哼一声，“我怎么可能允许驭魂者踏进银色要塞半步？”他轻蔑地冲着斯堪德挥了挥手：“胡说八道。”

博比朝着他跨了一大步：“喂，多狗啊·傀儡，你听着——”

尽管情势紧张，斯堪德还是忍不住嘴角一弯，原来的那个博比回来了！

“好了。”尼娜·卡扎马站了起来。虽然她的声音不高，但所有人都顺从地闭了嘴。“多里安·曼宁主管，”她说，“我有个问题。”

“您尽管问，司令。”多里安又鞠了一躬，这次更恭敬了些。

“如果真的是斯堪德杀死了那些荒野独角兽，那他是怎么做到的呢？”

“是啊，”奥沙利文教官哼了一声，“他才刚开始第二年的训练。荒野独角兽是杀不死的，要是跟它们斗，能保住小命都算是幸运的了。我可是有发言权的，我这伤十年都没痊愈。”她摸了摸脖子上那条令人触目惊心的伤痕。

“可他去年就能全身而退了！”多里安反驳道，“谁知道他跟织魂人学了些什么把戏！”

“阿加莎·艾弗哈特，”尼娜没理会多里安，“你已经辅导斯堪德几个月了，你认为他有这个本事吗？”

阿加莎上前一步，委员们的嫌恶就连斯堪德都感觉得到。这应该不只是因为她是驭魂者，还因为她杀死了所有驭魂者的独角兽。在别人眼中，她永远是“夺魂刽子手”。

“司令，驭魂者能够杀死在辖独角兽，是因为联结本身就能决定一切。”阿加莎不疾不徐地说道，全然不在意委员们的窃窃私语。她用斯堪德从未听过的恭敬语气说。“但是，荒野独角兽根本没有联结，所以魂元素无法杀死它们。就这种恶行而言，驭魂者并不比其他元素的骑手拥有更大的嫌疑。而且，斯堪德是个善良的孩子，他不会做这种事。”

尼娜点了点头。

“你怎么能相信她！”多里安·曼宁气急败坏地说，“老天，她是织魂人的妹妹！她和斯堪德肯定早就串通好了！你们可是亲手抓住了斯堪德！就在极外野地！”他急吼吼的，唾沫星子飞溅着。

尼娜坐回到闪电座椅上：“我自有斟酌。”

“恕我直言，司令，”奥沙利文教官说，“斯堪德是凌云树堡的学员，归我们管辖。”

“教官——”尼娜突然顿住，第一次露出了符合她年纪的神情。毕竟，不到一年之前，奥沙利文教官还是她的师长呢。但随后司令就记起了自己的身份，还有权力。“我已经有决断了。”

斯堪德大气都不敢喘。

“我没有关于荒野独角兽之死的证据。我也不完全明白，今晚都有谁去了极外野地、干了什么。因为没有证据，我只能姑且认为，斯堪德和他的朋友们刚好在错误的时间出现在了错误的地点。”

斯堪德的肩膀放松了一些。他看见身边的米切尔也松口气，闭上了眼睛。

“不过，斯堪德·史密斯，”尼娜狠狠地盯着斯堪德，“我只能给你这一次机会。你与麦格雷斯司令之间的承诺仍然有效。只要你不伤害他人，就可以留在凌云树堡继续训练，直到通过所有考试。今晚的事到此为止。听懂了吗？”

“听懂了。”斯堪德飞快地答道。

“曼宁主管，我不得不说，您在这件事上的判断失之偏颇。您一直跟这孩子过不去，未免显得……有违职业道德。丽贝卡的事与斯堪德扯不上——”

“你怎么敢直呼她的名字！”多里安·曼宁的脸色更白了，一双绿眼睛瞪得圆鼓鼓的，“你这个本土人！出事时你还是个小屁孩呢！”

斯堪德偷偷瞥了一眼博比和米切尔，他们俩也一脸困惑。

“你根本不懂驭魂者的本性有多邪恶！”

“多里安，够了。”尼娜警告道。

“出了这种事，你竟然还准许驭魂者继续训练？你对他会带来的危险完全没有概念！看在离岛的分上，求你输掉下一届混沌杯吧！”多里安·曼宁吼出最后几个字，大步往外走去。

“从现在起，我会在极外野地派驻我自己的卫队，”尼娜冲他的背影说道，“决不能再让荒野独角兽横死。”

多里安一声不吭，气冲冲地走了出去。尼娜对他的无礼毫不介意。“虽然已经大半夜，但既然各位都来了——”她挨次看了看教官们，“咱们就开个紧急会议吧。蒙稚生们，和你们的独角兽待一会儿吧，等教官们开完会，再护送你们回凌云树堡。”

“呃，那个……你会把这件事告诉我爸爸吗？”米切尔踌躇地问道。

“我看还是保密吧，嗯？”尼娜挤了挤眼睛，像是又回到过去那个自己。

米切尔终于安心了，他的肩膀耷拉着，脑袋也垂了下去。被现任司令抓来审讯可不符合艾拉·亨德森对儿子的期许。

他们一离开大厅，斯堪德就强烈地渴望回到福星恶童身边。但门正要关上时，博比突然把她黑靴子的尖端塞了进去，留下一条小缝。

“你们就不想听听司令和教官们的紧急会议？”她轻声说着，把耳朵贴在了金属门框的边上。斯堪德看着她狡黠的模样，心里真是高兴极了。

两个男孩立刻学着博比的样子，挤在门缝外偷听起来。在大厅回音的作用下，谈话声如洪钟般嘹亮。

“研究员们发现，随着时间的推移，这种失衡会呈指数级恶化。”

“您指什么？”韦伯教官问。

“荒野独角兽的死亡会引发元素紊乱。这种紊乱不会停止，而是会像涟漪一样，一层层地传开。情况只会越来越糟，除非——”

“除非什么？”是塞勒教官，她的声音很温柔。

“除非我们抓住织魂人，让她停止对荒野独角兽的杀戮！这是明摆着的！”韦伯教官大声说。

“当然，当然，伯纳德，但蒙稚生们今晚说的那些事，有几分真、几分假呢……总之从此刻起，我的卫队会驻守极外野地，但愿这样能保护那些荒野独角兽吧。可这是治标不治本。就算不再发生荒野独角兽死亡事件，离岛遭到的破坏也无法弥补，只会更糟。”

“具体指什么？更多的山火、洪水？还是……”安德森教官追问道。

“更多人被附身与中邪。”奥沙利文教官沉声补充道。

尼娜气息沉沉，仿佛整个大厅都塞满了沉甸甸的压力。“具体来说，离岛的元素紊乱会在夏至时到达峰值，我们必须在那之前想出办法。否则，这座岛就不能待了，它最终会走向自我毁灭。”

大厅里静了好长一段时间。

尼娜继续说道：“我正在紧急寻找新的居住地，不过……”她顿了顿，“如果不得不离开这里，骑手们只能按照结盟元素分开了。”

“不行，”奥沙利文教官直接否定道，“这有违开鸿骑手的初衷，有违我们的信仰。”

“可是独角兽太多了，珀瑟芬。本土或许愿意接纳骑手，但独角兽怎么办？我们不能违反条约。这根本行不通。当然，正如多里安·曼宁提醒的，明年我可能赢不了混沌杯，那么决定权就会移交到别人手上。可现在我就得着手做准备工作了。”

“明年还要办混沌杯吗？”奥沙利文教官问。

“我绝不要成为历史上第一个取消混沌杯的司令。”尼娜斩钉截铁地说。

“如果参考一下吟游诗人的真言之歌呢？”阿加莎终于开口了，“开鸿骑手是不是真的留下了什么‘赐礼’？”

尼娜叹了口气：“我已经派出好几队人马，各处都找遍了，可全都无功而返。我们甚至不清楚‘赐礼’到底是什么。听起来像是某种抽象的东西。比如，梦境？”

“可是到目前为止，真言之歌里的预言都应验了。”阿加莎坚持道。

“是的，”尼娜说，“但我们必须做好后备计划，以防最终找不到那个‘赐礼’，或者就算找到了，也不像歌里唱的那么奏效。真言之歌提到了‘夺取不死之命’，可没透露数量会有这么多。”

“只要能帮上忙，凌云树堡责无旁贷。”奥沙利文教官郑重地承诺道，“但疏散骑手、离开离岛？不到万不得已，我们决不会这么做。”

“我答应你。”尼娜严肃地说，“不过从目前的形势来看，我这个司令必须做好最坏的打算。”

米切尔、博比和斯堪德哄着焦躁的独角兽们入睡后，已经过了午夜。在教官们的护送下返回凌云树堡时，他们谁都没吭声，因为偷听到的那些话实在太可怕了。

米切尔一离开马厩就急匆匆地给杰米写信。斯堪德和博比穿过围墙的东门，正要回树屋时，斯堪德突然局促起来：博比赶到极外野地去救他们，是不是意味着他们还是好朋友？可万一是他自作多情呢？他怕自己承受不了这个糟糕的答案。

他们穿过静悄悄的树屋，然后往自己的那座走去。“博比？”他嗫嚅道。

她停下来，站在栈道上，转过脸看他。

“你今晚为什么会来救我们？”他问。

博比一只手叉着腰说：“因为那个计划比让红夜悦穿旱冰鞋更不靠谱。”

“呃，真的？”

博比环顾四周：凌云树堡的树屋高低错落，夜色中的灯光正柔和地亮着。“你和弗洛劝过我之后，我好像一下子想通了。”

她接着说：“我躲在马厩里，看着你和福星恶童准备出发，一脸的恐惧。我就想啊，这家伙一点儿也不像英雄嘛。然后我突然发现，你总是能力挽狂澜，并不是因为你是斯堪德·史密斯，是驭魂者，是织魂人的儿子或是‘夺魂刽子手’的外甥，而是因为你只看做一件事是对还是错。可大多数人都不是这样。”

斯堪德意外极了。

“和有些事情相比，努力精进、变得更快更厉害什么的，似乎没那么重要了。我完全可以走出你的阴影啊，我们都是。只要有足够的勇气，我们都能成为英雄，只要拼尽全力就行了。所以，今晚轮到我去力挽狂澜啦。”

“重新骑上鹰怒一定很难吧。”

“确实。”博比看着他，目光没有闪躲，“但是，我刚才说过了，我可是大英雄啊，所以我一定能做到。”她咧开嘴笑了，“三明治也很管用。”

“那可是救急专用款。”斯堪德说。

博比朗声大笑。这正是他听过的最悦耳的声音之一。

“走啊，驭魂宝宝，”博比拍了一下他的胳膊，“赶快把大新闻告诉弗洛吧，离岛现在是定时炸弹啦。”

他们回到树屋时，弗洛仍然惊魂未定。她和银刃被三名特勤护送回来，然后就一直躲在屋里，为朋友们的遭遇担心。

如释重负之后，弗洛擦干了眼泪，和大家一起坐在豆袋沙发上烤火暖手。虽然博比的归来让斯堪德非常开心，但当米切尔讲起那些偷听来的消息——灾难会愈演愈烈，夏至是离岛的大限，骑手们可能会按照结盟元素分别疏散、天各一方——他还是不敢看其他人的表情。

斯堪德一想到要和朋友们说再见，却又根本不知道还能不能再见，就难过得想哭。博比几个月对他不理不睬就已经很难熬了，要是四个人都分道扬镳……难道他得和驭水者一起走吗？可他们已投票拒绝他进入沧渊。他永远不可能成为他们当中的一员，他只属于四人小队。

“不过，既然司令决定派自己的卫队驻守极外野地，是不是说明她不再信任银环社了？这起码是件好事吧？如果杀戮终止了，肯纳的独角兽就能保住了。”米切尔说着，看了斯堪德一眼。

“可司令不是说离岛上的各种破坏无法弥补吗？即便杀戮能终止，元素的平衡已经被打破了，情况还是会继续恶化啊。”博比大声说道，“我真讨厌这种无能为力的感觉！”

“不，我们并不是无能为力。”斯堪德坚定地说道。离岛已经是他的家了。他不能放任银环社夺走它。“我们就按真言之歌暗示的做，去找开鸿骑手的‘赐礼’。”

“司令找了好几个月，也没找到开鸿骑手的坟墓，”博比提醒他，“难道咱们就能找到？那也太神了吧！”

斯堪德站了起来：“我们和司令不一样。”

“不不不，”米切尔扬起眉毛，“她可是混沌司令，有数百万书籍资料可查，还有骑手、研究院——”

“你先听我说。”斯堪德打断了他，“没错，她是混沌司令，可那又如何？去年我们也完成了不可能的壮举啊！我们拦住了织魂人，救下了新元飞霜！现在我们虽然看似孤立无援，但也许另有高招呢，对吧？”

另外三个人都没说话。

斯堪德挨个儿望着他的朋友们："我们有米切尔·亨德森，他比图书馆更厉害，能想出整个离岛上最疯狂但也最高明的妙计。我们有博比·布鲁纳，她是去年训练选拔赛的冠军，是最有野心、魔法最厉害的骑手。我们有弗洛伦斯·沙克尼，她是强大的银骥骑手，也是我认识的最勇敢的人，天哪，她甚至敢潜伏在银环社当卧底！打起精神来！要是真有人能找到传说中的尸骨兵器，那只能是我们了！"

"对，而且我们还有斯堪德·史密斯，"米切尔笑得脸上都开了花，"他可是整座离岛上唯一能驾驭魂元素的骑手。"

"而且他很大方，不会小心眼儿，从不胡乱评判别人，乐见所有人取得进步。"博比淡然地补充道。

弗洛也笑了："他还特别善良，去年甘愿向阿斯彭坦承自己的结盟元素，因为他见不得别人煎熬受苦。"

斯堪德平复了好一阵子才重新开口："那么多人都在寻找开鸿骑手的坟墓，但我们和他们不同。我们能够找到，也必须找到。"说到这里，斯堪德心里一沉。他知道自己必须先找到尸骨兵器，然后才能全力以赴去解决肯纳的难题。要是离岛不复存在，让她与命中注定的独角兽重建联结也无从谈起。

"好好好，"博比在豆袋沙发上换了个姿势，"那咱们从哪儿下手啊？"

"从计划下手！"米切尔兴奋起来。

四个人一时都静了下来，绞尽脑汁地琢磨着。突然，一个念头——一个危险的念头——闯入了斯堪德的脑海。“秘密私贩！怎么样？”他提议道。

“哎呀，小堪，别开玩笑了。”弗洛的声音里注入了一千倍的担忧，而米切尔都快晕过去了。

“想找到开鸿骑手的坟墓，就得另辟蹊径！”斯堪德坚持道。

“喂喂，”博比说，“尊重一下本土生，解释一下行不行！”

“哦，对不起，”米切尔慌慌张张地说，“就是在一座树屋里——”

“古老、诡异、摇摇欲坠的树屋。”弗洛放弃挣扎了。

“对，确实不是什么舒服的地方。”米切尔赞同道。

“这等于什么也没解释啊！”

“是米切尔几个月之前告诉我的。”斯堪德对博比说，“那些人号称‘秘密私贩’，专门搜集各种各样的秘密。要我说，他们肯定知道一大堆关于开鸿骑手的事！”

“此处应有‘但是’吧？”博比看到弗洛满脸焦虑，又看见米切尔紧锁眉头。

“但是，他们吐露秘密是有条件的。就是你必须献上一个你自己的秘密。”弗洛说。

“而且你的这个秘密必须是真的，还要够劲爆，否则他们会生气。”米切尔接口道。

“‘会生气’又是什么意思？”博比狐疑地问。

“意思是会杀了你。”斯堪德脱口而出，“明摆着的。”

“什么?！”

弗洛摆出一副“看我说什么来着”的表情。

米切尔却来了精神：“虽然我也不太情愿，但我们只要说真话就行了！这不难吧！”

“对，不难。简单得很。”斯堪德装出一副司空见惯的样子。

弗洛哀怨地说：“我们可得谨慎、谨慎、再谨慎啊。”

“比差点儿背上荒野独角兽杀手的罪名而成为阶下囚更谨慎吗？”博比开起了玩笑。

弗洛白了她一眼。

“我们什么时候去找他们？现在就去？”斯堪德说着就要站起来了。

“不行，我们去的时候不能让别人看见。”弗洛连忙说，“凌云树堡严禁骑手们造访秘密私贩。”

“沛水节庆典那天如何？”斯堪德说，“我们还有几个星期可以做准备。到时候人山人海，谁也不会注意到咱们。”

米切尔点头赞同：“让秘密私贩吐露开鸿骑手的秘密可不容易，我们交换的秘密得足够劲爆才行。”

“这个嘛，就没什么可发愁的了。”斯堪德咕哝道。

因为他有一个秘密，全世界只有五个人知道。如果能拯救离岛，用它来交换也值得。

不是吗？

第十三章

沛水节庆典

沛水节庆典在二月初举行，四人小队必须等到那时才能去拜访秘密私贩。不过，蒙稚生们的鞍上比武训练一日紧似一日，时间也就过得飞快。唯一能让斯堪德感觉轻松些的是和疾隼队的戾天骑手们一起恣意飞翔。每次参加活动时，安布尔都会不遗余力地给斯堪德扣帽子，让大家多加小心，千万别被斯堪德施法而不幸在空中中邪云云。后来李凯斯干脆禁止她谈论元素紊乱，说大家需要集中精力练习飞行。

为了准备混沌杯赛场上的表演，李凯斯和其他若成生们都铆足了劲儿，希望得到知名骑手的青睐，获得在离开凌云树堡后能与知名骑手一起训练的邀请。安布尔和斯堪德经验不足，还不能参加表演，但所有的飞行动作他们都得学。斯堪德和福星恶童最喜欢的一个动作是“旋箭”——独角兽像射出的子弹般收拢翅膀，旋转着凌空掠过。

可是，不管怎样努力和戾天骑手一起练习特技，斯堪德还是无法回避一个事实：蒙稚生的比武锦标赛越来越近了。

“你觉得自己目前能排第几名？”斯堪德焦虑地问米切尔。他们刚刚结束土元素的比武训练，正忙着清理独角兽身上的元素碎片。斯堪德和博比的对战十分激烈。她从背后进攻，挥着一支坚如磐石的狼牙棒，上面的尖刺还喷涌着沙子。福星恶童的黑色鬃毛里沾满了细小的沙粒。

为了回答他，米切尔从红色夹克的口袋里掏出一个皱皱巴巴的笔记本，翻看起来。

斯堪德皱起眉头：“呃……这是什么啊？”

“我把每次比武训练的对战结果都记下来了。”

斯堪德下巴都惊掉了。

“怎么了？”米切尔有点儿不高兴地说，“用不着我提醒你吧，比武锦标赛排名最后的六名骑手会变成游民，记得吗？”

“了解大家的表现很有必要。”弗洛凑了过来，“最棒的是谁？”

米切尔好像不太乐意回答这个问题。

“是我，对吧？”博比从鹰怒的围栏里跳出来，想看看数据。

米切尔叹了口气：“对，是你，罗伯塔。虽然有好几次练习你都没参加——”

“我就知道！”博比凭空挥了挥拳头，“啃草地的感觉怎么样啊，斯堪德？”她嘲弄道。

“好玩儿着呢。”斯堪德气哼哼地说。其实他心里暗暗高兴——博比又和以前一样爱拿他开玩笑了。

“其他人呢？”弗洛有点儿担心。她到现在也控制不好自己的兵器，因为银刃的强大能量实在是变化莫测。

米切尔贴近纸页仔细看了看：“根据练习对战的输赢次数计算，红夜悦和我排名第十八，银刃和弗洛排名第十，斯堪德和福星恶童排……排名第三十。蒙稚生共有三十七人，咱们都是安全的！”米切尔满意地合上了笔记本。

斯堪德却有些灰心。第三十名？马上就要掉进危险区了！以能力而论，这个排名似乎不太公平。阿加莎的训练日日加强，他现在已经可以使用魂元素塑造出剑、矛和弓箭——弓和箭都是看得见、摸不着的，搭弓射箭着实不太容易。阿加莎甚至开始教他声东击西了——在这一边制造兵器的幻象，在另一边展开实际的进攻。他只试过塑造小匕首的幻象，也没有真正的对手可以陪练，不过，要是能在比武锦标赛之前掌握这个技巧，说不定还能跟博比一较高下呢。

但最糟的是还缺少实践。水、火、土、风四元素的训练本就远多于魂元素的课时，而上次被银环社倒打一耙的经历，又让他束手束脚。他的脑海里总是回荡着卡扎马司令的警告：斯堪德，我只能给你这一次机会。

于是，除了和阿加莎在一起的时候，他根本不敢召唤魂元素。要是赢了比武，却惹出别的麻烦怎么办？万一自己就像加布里埃尔、李凯斯和博比那样，也受制于联结、被独角兽附身怎么办？

越是深入了解魂元素，斯堪德就越是明了它潜在的风险、无限的未知及阴暗的一面。他学着去爱它，但还无法信任它。就算比武时允许使用任何元素，他也不会选择魂元素。就像尼娜·卡扎马说的，极外野地的那一晚就算“到此为止”，要是再出什么岔子，他就没法儿那么幸运地轻易脱身了。

沛水节庆典当天，大家心情甚好地换上蓝色夹克，离开了凌云树堡。福星恶童、鹰怒、红夜悦、银刃飞抵元素广场时，斯堪德的兴奋取代了忧虑——哪怕只有一会儿也好。虽然四人小队的计划是在庆典的掩护下去拜访秘密私贩，但博比非要大家留出一个小时，先玩玩再办正经事。四极城这天人山人海，热闹非凡，拥挤程度远超往日。四大区域的岛民们原本应在家乡欢度节日，但发生元素灾害后，他们都涌进了首府。好多树屋都满员了，就连树下也添置了不少临时床位。不过，即便四极城的空间已经所剩不多，善意还是只增不减。他们穿行在大街小巷，喧闹声像一面面墙壁似的从四处迫近。显然，人们渴望忘记烦恼，享受当下，享受今晚。

挤进元素广场不过几秒钟，斯堪德就已浑身湿透。原来他们误入了水仗现场——凌云树堡的学员们正和混沌杯骑手们混战，各种水元素招式层出不穷，一道道蓝光照亮了整个广场。福星恶童抖着翅膀上的水，活像只落汤鸡。斯堪德一边大笑，一边引着它往冰雕那儿躲。冰雕是独角兽的造型，高大威猛，一共八头。

鹰怒喷出火球，想烤干自己身上的水。博比则指着最近的一座冰雕独角兽说：“咦，这上面的骑手怎么这么眼熟？”寒冰雕琢的骑手神情凛然，五指张开，掌心射出凌厉的冰柱，座下的独角兽咧开嘴巴，露出了利齿。

“确实很眼熟。”弗洛骑着银刃绕冰雕底座走了一圈，细细观察。

“因为那是……是我爸爸。”米切尔仰面望着冰雕骑手，结结巴巴地说道，红夜悦则忍不住连连后退。“这是在纪念去年的水元素委员会吧。哎呀，尼娜可千万要遵守诺言，别把纸条的事告诉他啊……看，正中央最高的那座是阿斯彭·麦格雷斯。”

看到新元飞霜的时候，斯堪德心里猛然一沉，回忆全都涌了上来：织魂人骑着前任司令的独角兽向他冲来……

他突然觉得，自己可能仍是那个胆怯的孩子，眼巴巴地等着妈妈夺走他心爱的东西。他不自觉地攥紧了福星恶童的缰绳，意识到这种“等待”仍未停止。他一直不相信自己真的打败了她。她很可能就隐藏在此刻的人群里、阴影里，盯着他，伺机而动。他的内心深处还有几分想再见到艾瑞卡的冲动，就像五岁时，他问肯纳，为什么其他同学都有妈妈，而他们没有。沛水节庆典上的喧闹和绚丽似乎被瞬间放大了，彩色夹克和灼灼灯火彼此交融，汇聚成湛蓝色的漩涡……

“小堪？走呀，”弗洛喊道，“咱们去吃点儿东西吧。”

斯堪德迷迷糊糊，听得不甚明朗，仿佛被新元飞霜冰雕的眼睛定住了。

“你们俩先去，”博比的声音倒是实实在在的，“我们一会儿就来。”

斯堪德朦朦胧胧地感觉到，她骑着鹰怒，靠近了福星恶童。

“个人意见啊，新元飞霜挺丑的，像头骡子。”

斯堪德一下子笑喷了。“以前在本土时，它可是我最喜欢的独角兽。我的卧室墙上还贴着它的海报呢。我成天盯着它看，把我姐姐烦得够呛。”

“不难想象。”博比咧嘴一笑，“肯纳最喜欢谁？”

“艾玛·坦普尔顿和她的惊山。”斯堪德脱口而出。他尽量不想姐姐已经几个月没给他写信的事实。

“驭风者呀，好眼光。”博比赞许地说，“我应该会喜欢肯纳的。”

“我也这么想。”斯堪德说，“没准儿你喜欢她会超过喜欢我。”

“那还用说。”博比歪着脑袋，直视他的眼睛，“你现在好点儿了吗？”

斯堪德点点头。他确实感觉好多了。博比提醒了他：在织魂人面前，他并非自己想象的那么脆弱；他不孤单，不需要单打独斗，一个人扛下一切。

“你想玩冰滑道吗？”博比指着元素广场一角的高大冰雕问

道。在那儿，人们正沿着冰块砌成的阶梯往上爬，一直爬到最高的平台上，然后坐着垫子滑下去。他们一路尖叫着，由滑道末端向上抛起，飞上半空，接着扑通一声掉进下方热气腾腾的大浴缸里。独角兽们紧张兮兮地盯着各自的骑手，不知道该不该冲到空中去救他们。

“我不放心和福星恶童分开，”斯堪德说，“不如去喷泉那边挑根冰柱吧，还是彩色的呢。”只见不远处的招牌上写着：艾克的想象之冰，口味的群英荟萃。

“好啊。”博比说，“对了，斯堪德。”

“嗯？”

“我不希望离岛自我毁灭，我更不希望和其他驭风者一起离开。想想安布尔！谁要永远跟她在一起啊！咱们可一定要找到尸骨兵器！”

“一定能找到的！”斯堪德说。其实，他并没有说的那么自信。

“说到安布尔，”博比像往常一样瞬间换了话题，“你有没有注意到，她的独角兽梁上旋风最近总是和咱们的独角兽凑在一块儿？”

斯堪德耸耸肩：“见过好多次了。”

博比不太高兴：“不好不好。安布尔是不是在算计什么？”

但斯堪德觉得，博比之所以不高兴，是因为在这个星期的火元素比武中，安布尔和梁上旋风击败了她和鹰怒。

博比走到喷泉那儿，折了几根足有胳膊那么长的蓝色冰柱。斯堪德在后面排队，但摊主瞥见他就连连摆手，满脸恐惧地让他不要久留。幸好博比没注意，要不然，艾克的某根冰柱可能会出现在极富想象力的地方。

他们美滋滋地享用冰柱，听着吟游诗人歌唱。

“杰米跟米切尔说，他妈妈十几岁时就唱出了自己的真言之歌，震惊了所有人。”斯堪德说。此刻的这首歌唱的是驭水司令的胜利，他从未听过。

“她唱了什么？”博比很好奇。

“转年夏天，渔获减少。预言实现了。”

博比偷偷一笑：“哇，厉害！”

随后，两人和米切尔会合。他正领着红夜悦流连在一排蓝色摊位之间。博比看了看红色的独角兽，狡黠地说：“红夜悦今晚简直光彩照人，比烤焦的企鹅还漂亮！”

“呃……谢谢。”米切尔犹犹豫豫地说道。斯堪德忍不住咯咯傻笑：离岛上没有企鹅，米切尔根本不知道企鹅是什么模样，博比那句胡编乱造的恭维话就显得愈发好笑。

“电闪雷鸣！”博比突然大叫一声。鹰怒咆哮起来，翅膀上缭绕着电花，灰色的羽毛尖射出一簇细小的雷暴，击中了……红夜悦。

从鬃毛到尾巴，红夜悦身上所有的毛都竖了起来，像是毛被揉乱了的独角兽玩具，又像是实验出了岔子的电学样本。福星恶童冲着它的朋友嘶嘶喷气。斯堪德知道，它一定觉得这一幕好玩儿极了。红夜悦却没理它，只顾扭头望着米切尔，好像在说：快帮我梳理好！

“雷霆密布！你在干吗呀！”米切尔又急又气。

博比却一脸欣慰的样子：“鹰怒，干得漂亮！咱们没白练！我呀——早就——想——试试——啦！”她笑得话都说不利索了。

“你看你——”米切尔的语气有点儿像他爸爸。

因为知道他们可能要吵上一会儿，斯堪德便自顾自往摊位走去。他没敢靠太近，而是躲着摊主，生怕被认出来。这些摊位出售的都是以水元素为主题的食物、纪念品和衣服，让他想起本土的海滩小屋。斯堪德不理会四面八方投来的目光，只管欣赏摊位上方的波浪形木头拱顶，正是它为顾客们挡住了从独角兽翅膀上甩出的水花。他围着“水语者”摊位转悠，满眼渴望地盯着那些冲浪板。他和肯纳一直都想买一副冲浪板，可他们买不起。然后博比和米切尔连拉带拽地把他领到了“披水上身”摊位。只见货架上满是亮晶晶的蓝宝石首饰和飘逸的天蓝色围巾，叫人目不暇接。

他们在“弗雷德鱼串店”和弗洛会合。她正在排队。

“你们吃吗？”她大声问大家。斯堪德忙不迭地点点头，感激她主动相邀，他就不必走近了。烧烤架上冒着烟，闻起来异常诱人。

快排到前面时，弗洛就快管不住银刃了。烤串上涂着黄油，烤得滋滋响，惹得它一个劲儿地往前凑。

这时，人群中冒出一个帅气的小伙子，他的独角兽也熠熠生辉、闪着银光。“我帮你牵着吧。”他说。

“噢，”弗洛有些局促，“谢谢。”两头银色独角兽站在一起，真叫人赏心悦目。斯堪德看得很清楚：有了另一头银色独角兽的陪伴，银刃感觉自在多了。这叫他心里很不舒服。

“又是他。”斯堪德咕哝一句。

“谁啊？”博比和米切尔问。

“雷克斯·曼宁。”斯堪德看着雷克斯和弗洛攀谈，从牙缝里挤出了这个名字，“上次我扮成特勤溜进银色要塞时见过他。”

“曼宁主管的儿子？”米切尔皱起眉头。

“弗洛怎么对他和颜悦色的？我还以为她讨厌银环社呢。她退出了吗？”博比问。

“她无法退出，你不记得了？”米切尔一边提醒她，一边费劲地理顺红夜悦的鬃毛。

“显然雷克斯是个例外。”斯堪德说，“弗洛说，她救了荒野独角兽之后，是雷克斯向多里安求情，她才没被关进银色要塞。而且，他还努力地阻止他们继续杀害荒野独角兽呢。”

“哦？是吗？”博比翻了个白眼，“要是他真想阻止他爸，大可以直接去委员会举报嘛。”

“爸爸们的事总是一言难尽啊。”米切尔忍不住回头瞥了一眼冰雕。

“唔，反正我不信任他。”斯堪德坦白地说道。此时，雷克斯把银刃的缰绳还给弗洛，就去找自己的朋友们了。看见他，斯堪德想起了多里安·曼宁对尼娜·卡扎马说的那些话。他当时好像提到了一个女人——丽贝卡，尼娜还说多里安的判断失之偏颇。可那到底是什么意思，斯堪德完全摸不着头脑。

弗洛过来了，给每人都捎了一串香喷喷的烤鱼。“你那位帅气朋友怎么样啊？”博比阴阳怪气地问道。

“雷克斯劝我去参加下一次银环社的活动。多里安不会再杀害荒野独角兽了，因为他怕被司令抓个现行。但我不会去的。”弗洛急匆匆地解释，“雷克斯会替我打掩护，说我请病假了。我可不相信多里安。”

“你什么时候变得这么胆大妄为了，弗洛？”博比微微笑着，“我‘分枝’的那段日子里，你勇闯银色要塞，像驯野马一样骑上了荒野独角兽，还在猎捕行动中当卧底。现在，你宁愿被他们关起来也不肯参加他们的活动，也太勇敢了吧。我是说，去年我们只是溜进一座平和友好的监狱，你都担心得够呛，现在是怎么回事？是什么改变了你？”

“博比，你没有亲眼看到那些可怜的荒野独角兽，它们在角斗场里的样子太惨了。那么残忍邪恶的行径，我无法与他们同流合污。”

“罗伯塔——”米切尔清清喉咙，“你别再提什么‘分枝’了，没意思。”

“我就提。分枝分枝分枝。”博比弹着舌头，“你想干吗？让红夜悦冲我放屁吗？”

“她现在不乱放屁了。”米切尔维护道。

看到米切尔和博比争来吵去，斯堪德忍不住笑了。即使有些东西无法恢复如常，四人小队还是回到了原来的样子。

“你马上就笑不出来了，”米切尔阴郁地说，“该去见秘密私贩了。”

第十四章

秘密私贩

四极城最破烂的一条街上有一座树屋，秘密私贩就住在那里。阴郁的树丛将四人小队引向街巷的尽头，他们蓦然发现这里挤满了一群群岛民，或是父母带着孩子，抑或是与独角兽相依为命的老人。

没有人流露出节日庆典中应有的兴奋和快乐，人们的脸上只有疲惫和怅然。并非人人都能过个好节，怎么可能呢？他们失去了家园，失去了生计，失去了正常的生活。杀害荒野独角兽引发了元素灾害，所有人都要付出代价。斯堪德一想到多里安·曼宁就怒火中烧：他自私、残忍，只是为了将驭魂者赶尽杀绝，只是为了让银环社独掌大权，就做出这么多不可饶恕的恶事。斯堪德走在流离失所的难民中间，望着他们的脸，想要组建军队的念头前所未有地强烈。

与其他树屋不同，秘密私贩的树屋底下连一张借宿的床都没有。四人小队跳下地，把各自的独角兽拴在了低垂的树枝上。只见树干上斜倚着一架晃晃悠悠的梯子，树屋的四角朽烂剥落，屋顶中央都塌陷了下去。

米切尔鼓起勇气向梯子靠近，才跨出一步，就听到树屋的门砰的一声打开了。

"求求你！求求你！多说一个字吧！一个字就能帮上大忙啊！"一个年轻人哭喊道。

树屋里面的人蛮横地说："你的秘密是五个字，我的秘密也是五个字，一换一，这是规矩！"

"行行好吧！"

"快滚。"一声咆哮，门重重地关上了。

年轻人一边哭一边爬下梯子，他看见四个蒙稚生盯着自己看，立刻嚷嚷起来："别忙活了！什么等价交换！其实根本不公平！"

斯堪德忍不住好奇起来：这个人想知道的到底是什么呢？

"难道还有数学问题？咱们的秘密够长吗？要不要多塞几个字？"博比轻声对弗洛嘀咕。

弗洛立刻摇摇头："他们觉得没必要的字就不计数，记得吗？还是别多此一举了，惹恼他们就糟了。"

"你说要是咱们撒了谎，会不会是门口那个男人来追我们？"博比又问米切尔。

"走吧。"米切尔没理会。

博比爬上梯子敲门，手指关节立刻蹭上了脏兮兮的污垢，她做了个鬼脸，擦掉了。

“来了，来了。”刚才那个不客气的声音近了，门开了。和粗哑的嗓音相比，他本人显得年轻些，大约五十岁，留着稀疏的胡子，小眼睛像黑豆似的，眉毛上方有一条新鲜的伤疤。

“是凌云树堡的小屁孩啊。莫伊拉，”他回过头大声问，“值得浪费工夫吗？”

屋里传来了女人的声音：“让他们打道回府吧，拉弗。初来乍到的，能知道什么呢？一定没劲透顶啦。”

男人半句话都没说就要关门，但斯堪德一个箭步冲了上去。他拉起衣袖，高高举起右臂，直送到拉弗鼻子底下。驭魂者的突变映着灯光，幽幽荧白。拉弗垂目盯着那半透明的皮肤，只见肌肉和筋腱包裹着骨骼，随斯堪德手掌的张握而绷紧、舒张。

拉弗舔了舔干裂的嘴唇。

“我想打听些事，”斯堪德冷静地说，“我有秘密可供交换。”

“那就进来吧，驭魂者。”拉弗粗声粗气地说着，领着四人小队走进昏暗的树屋。

树屋的里面和外面一样可怕。腐烂的木头和破旧的纸张散发出湿漉漉的霉味。目力所及之处，全都是一摞摞木头抽屉：有的矮一些，摇摇欲坠地叠在一起；有的很高，已经挨着凹陷的天花板。所有的抽屉都镶着银质拉手，拉手上挂着纸标签。博比走过去的时候顺手拈起一张，眯着眼睛想看看。

“最好把它放下，小姑娘。”这老妇人想必就是莫伊拉。她坐在一摞歪七扭八、晃晃悠悠的抽屉上，看起来诡异极了，既像叛逆的女学生，又像脾气不好的老奶奶。

博比松了手。莫伊拉的目光落在拉弗身上。

“我不是叫你把凌云树堡的小家伙们赶走吗？”她的声音里有一种警告的意味，拉弗显然听出来了，连忙冲到抽屉垛旁，朝高高坐在上面的女人赔着笑脸。

“他们当中有个驭魂者，就是在凌云树堡训练的那个。喏，就是他。”拉弗伸手把斯堪德往前拽，他蓝色的夹克袖子仍然卷在胳膊肘上方。

莫伊拉的态度立刻变了。她嗖地跳了下来，像一下子年轻了三十岁。弗洛吓了一跳，不小心撞到了旁边的抽屉垛。为了不让那晃晃悠悠的庞然大物轰然倒塌，米切尔只好帮她一起扶着。

“我们想知道开鸿骑手和荒野独角兽女王的事。”斯堪德一股脑儿地说道。

米切尔进一步解释：“特别是开鸿骑手的尸骨兵器，传说那是由荒野独角兽女王的骸骨制成的。我们想知道它在哪里。你们这儿的秘密能帮上忙吗？”

莫伊拉浅蓝色的眼睛望着米切尔：“到这儿来打听开鸿骑手的人不少，你们可不是第一拨儿啦。不过到目前为止，我们知晓的东西还没能换出去。唔，他们那些秘密都没劲极了。”她说着咂咂嘴。斯堪德忍不住想到了最坏的可能：如果你的秘密不能取悦秘密私贩，他们就会……杀死你。他不知道这是真的，还是吓唬人的，反正他不打算冒险。

弗洛很困惑：“既然你们知道些什么，为什么不肯帮助司令呢？她是为了拯救离岛啊！”

莫伊拉咯咯咯地笑起来：“银骥小姑娘，你迷糊了吧，我们和别人可不一样。”

“别人？别人是谁？”

“好人。我们的秘密不是白给的，只能以一换一。这是交易。要是每个来问东问西的可怜人都要帮，那我们有什么好处哇？”

“尼娜·卡扎马已经来过了？”米切尔谨慎地确认。

“顾客的身份恕不能透露。”拉弗又舔了舔嘴唇。

“他们知道我们要问的事，”博比不耐烦地说，“快开始吧。”

为了增加成功的概率，四人小队事先商量好，每个人都要贡献出一个自己的秘密。毕竟他们不知道秘密私贩的手里有什么，能换到的字句多多益善。不过，因为大家都同意继续保守自己的秘密，所以他们在拉弗拿来的破纸条上草草写字时，都显得有些尴尬。

他们一写好，莫伊拉就拿走了纸条。她在高高低低、大大小小的抽屉垛间踱着步子，边走边看，灰色的裙子和长长的白发晃来晃去，飘飘忽忽。斯堪德觉得她一定很享受这一刻，活像只饥肠辘辘的海鸥，大口吞食着他们小心翼翼留藏的秘密。

她几乎立刻就把博比的纸条还了回去，还不屑地啧啧出声：

“不感兴趣，本土的日常生活在这儿没有交易价值。”

博比瞪着眼睛，气哼哼地把纸条攥进了拳头里。

然后是米切尔的纸条。“这个我们已经知道了。”她说。

“不可能！”

莫伊拉没理睬他，继续读弗洛的纸条，眼神只是微微一晃。

“这才像样嘛，银骥小姑娘。”她冲着弗洛努努嘴，“我接受了，换给你关于开鸿骑手的秘密，八个字。”

“等等！”米切尔连忙说，“还有斯堪德的呢！如果你也接受了他的秘密，能不能给我们长一些的句子？”

“没这个规矩，艾拉之子，”莫伊拉耸耸肩，“以一换一，懂吗？”

“可是开鸿骑手的事，你们究竟知道多少？我们怎么确定——”

“要还是不要？”莫伊拉半掩着身子，但斯堪德还是偷偷看到她轻巧地打开一只小抽屉，从里面拿出了一个小纸卷。纸卷递到弗洛手里后，她连忙展开，表情既兴奋又恐惧。而弗洛交出的秘密已被挂上莫伊拉的标签，小心翼翼地收进了抽屉。

“赐礼离墓，元素之交。”弗洛念了出来。

“这哪算秘密啊！这是谜语吧！”博比抗议道，“什么意思啊？”

斯堪德觉得这句话就像真言之歌的歌词一样语焉不详。

莫伊拉的笑声很刺耳：“这些秘密又不是我写的，解释也不是我的活儿。它们都是一代代传下来的，外婆传给妈妈，妈妈再传给我，等我死了，我的女儿就接着守护它们。”她指指角落。斯堪德这才发现毯子上躺着一个年轻的女人，此时睡得正香。

“你这个秘密真的与开鸿骑手的赐礼有关？能帮助拯救离岛？”米切尔很不放心。

莫伊拉哼了一声：“反正标签上是这么写的。”

她说着低下头，去看斯堪德的秘密。

斯堪德以为她会害怕，会厌恶，甚至会把他赶出树屋。毕竟，织魂人有个儿子，这个儿子进入凌云树堡参加骑手训练，并且此刻就站在你的面前，这可不是平常事。然而，莫伊拉读了又读，流露出的神情只有喜悦。

“这的确是个秘密，驭魂者。”莫伊拉咕哝道，“可以换十二个字。”

斯堪德浑身别扭，好像自己犯了个巨大的错误。要是离岛上的人发现他是织魂人的儿子，会发生什么？福星恶童会被关起来吗？就像北极绝唱那样？他使劲儿咽了口唾沫，有点儿后悔了，想把纸条要回来。“呃……我的秘密会一直留在这儿吗？除非……”

“除非有人找上门来，并且献出一个分量相当的秘密，把它换走。”莫伊拉公事公办地说。

“好吧。”斯堪德低声道。他不相信莫伊拉。她说的每一句话都有好几层意思，叫他摸不着头脑。

莫伊拉在抽屉垛里翻找起来，拈起标签，啧啧弹舌，然后扔下再找。“放哪儿去了？”她嘀嘀咕咕地自言自语。好像找了一个世纪似的，她终于从树屋尽头钻了出来，手上轻轻地捧着一张纸条，就像捧着一只受伤的小鸟。她把纸条递给斯堪德：“关于开鸿骑手的赐礼，我这儿最长的秘密有十一个字，而你的秘密有十二个字，唔，反正……”她耸耸肩，“也没别的办法啦。”

“喂！”博比不满地嚷嚷。

莫伊拉的蓝眼睛里闪过凶光：“就这些了，要么拿去，要么就滚。”

斯堪德伸出手，接过那泛黄、发脆、皱巴巴的纸条，读道：“末代女王骨作杖，开鸿亲镌。”

“杖？是指手杖？”弗洛立刻质疑。

“就是长长的、带有圆形握柄的那种手杖。”斯堪德想起了在本土时读过的巫师故事。

“手杖？”博比焦躁地说，“怎么用手杖拯救离岛？它连个尖头都没有，打不了仗啊！”

莫伊拉开始往外轰人了，但米切尔不肯妥协。“你的秘密里没有提到尸骨手杖的确切位置，”他咬牙切齿地说，“如果找不到，知道兵器是手杖又有什么用！”

但莫伊拉不为所动：“行了行了，小家伙们，分享完了，也交换完了，还要怎么样？快从我家滚出去！”

“你以为我们愿意待在这儿！臭死了！”博比回敬道。

“别忘了，”拉弗恶狠狠地说，“如果你们的秘密是假的，我们是绝不会放过你们的！”他说着比了个割喉的动作。

当天晚上，四人小队是最后一拨回到凌云树堡的骑手。斯堪德能感觉到福星恶童的焦躁——被拴在秘密私贩的树屋外面，等了那么久，又饥肠辘辘。于是，一回到马厩，斯堪德就想用果冻软糖哄哄它。他从口袋里掏出扁扁的糖果袋子，使劲儿往外倒，却只倒出一点儿白色的糖霜。

福星恶童气哼哼地叼走了糖果袋子，喷出火球，把它烧成了一捧烟灰。爸爸不像肯纳，他总是忘记随信寄给他果冻软糖。

“对不起还不行嘛。”斯堪德想拍拍福星恶童的脖子，但独角兽狠狠地电了他一下。“哎哟！咱们一会儿还要去找戾天骑手们玩儿呢，记得吗？有聚会哟。”

斯堪德离开马厩时，福星恶童的不悦仍在联结里震动。

回到树屋几秒钟后，米切尔就一把抄起了他最喜欢的物件。

“好！”他用粉笔敲了敲小黑板，“四人小队全体会议，呃，第几次来着？”

博比大叹一声：“我还真是有点儿想念这一套了！”斯堪德也不知道她是说真的，还是在闹着玩儿。

“哎呀，先不管第几次了，”米切尔推推眼镜，“把那两个秘密再念一遍。”

先是弗洛的：“赐礼离墓，元素之交。”

然后是斯堪德的："末代女王骨作杖，开鸿亲镌。"

"简直是故弄玄虚、胡说八道！"博比闷闷不乐地说，"除了知道开鸿骑手做了一根手杖还有点价值。可还有比这更蹩脚的兵器吗？"

"你错了，弗洛的那个线索很有用。"米切尔说，"我不知道莫伊拉怎么想，但这个秘密非常重要，它明确告诉我们要把赐礼带到哪儿去。"

"去哪儿？元素之交？那是个什么玩意儿？"博比抛出一连串问题。

"噢噢噢噢！"弗洛倒吸一口冷气，"分汇点！"

"断层线交汇的地方！"斯堪德也兴奋起来了。

米切尔在黑板上写下了"分汇点"几个字。"结合尼娜·卡扎马透露的信息，我们要在夏至日结束前，把赐礼带到这个地方。"

"哦，我明白了！"斯堪德突然想到了什么，"李凯斯说中了！"

"谁？"博比问。

"李凯斯，疾隼队的队长。他给我们讲过开鸿骑手的故事，当时提到了墓地。这就说得通了，尸骨手杖就在开鸿骑手的墓地里。"

"可我们还是不知道墓地在哪儿啊。"弗洛说。

"谜团就要解开了哟！"博比阴阳怪气地说。

"和早上相比总算有点儿收获。"弗洛很平静。

砰！

突然一声巨响，震得整个树屋都摇晃起来。四个人噌地跳了起来，手足无措。弗洛最先冲到了窗前。

“看见什么了吗？”斯堪德焦急地问。

“山崩土裂，我的天哪……”弗洛捂住了嘴巴。

“到底怎么了？”博比急冲冲地追问，“快说啊！”

“银色要塞遭遇了大雷暴，”弗洛用空洞的声音说，“刚才应该是雷暴击中银戟的声音。”

“银戟？是图书馆所在的那座高塔？”斯堪德想弄明白。

“对，”弗洛说，“但现在没有高塔了，它已经被劈成两半了！”

斯堪德骑着福星恶童去参加疾隼队的活动时，银戟轰然倒塌的余波尚未结束，激起的尘土、烟雾仍然笼罩在银色要塞的上空，几个小时都没有散去。

当晚的聚会主题是水球大战。水球都是李凯斯从节日庆典上偷来的，阿德拉也以同样的招数从她妈妈的摊位上“借来”不少蛋糕。糖分带来的能量引发了一轮“大冒险”。先是冻僵了手的芬恩怂恿普利姆罗斯在夜里十一点去敲奥沙利文教官的门。普利姆罗斯毫不犹豫地动了手，接着又起哄让芬恩去偷特勤的面罩。这回就不太顺利了，所幸芬恩溜得快，才没惹出大麻烦。

后来，马库斯和帕特里克冲斯堪德唱起了披鞍仪式上的那首真言之歌，又是破音又是跑调，气得李凯斯嚷嚷着叫他们闭嘴。作为社团唯一的本土生，斯堪德带来了自己的混沌卡牌，把在学校里看来的玩牌方法教给大家。当然，在本土的时候，他总是独来独往，没人叫他一起玩儿，除了肯纳。就连安布尔也跃跃欲试，不过斯堪德觉得她只是想要赢他的牌。

凌晨两点钟时，李凯斯拿来了毯子，让大家在余晖天台上睡一晚。不到半个小时，疾隼队的七名成员就倚着各自的独角兽坠入了梦乡，全无飞行精英的模样。唯有一名成员难以入眠，即使身上还盖着黑色独角兽的翅膀。

内疚一点点地漫了上来，斯堪德心里很不好受。和四人小队一样，戾天骑手们也越来越像他的家人了。但无论如何，他们都代替不了爸爸，代替不了……肯纳。他想念姐姐，想得心都要碎了。他想把她命中的独角兽还给她，把她本该拥有的生活还给她。

他想和她一起在离岛定居。疾隼队肯定也会向她抛出橄榄枝。可如果不能尽快找到尸骨手杖，离岛将不复存在，就算斯堪德真的是补魂者，又有什么用呢？秘密私贩提供的信息是否另含深意？他自言自语地咕哝着：骨作杖、元素之交、末代女王……眼皮开始发沉……凡人唯有一仗、墓地、镌刻、一脉承继大统……秘密层层叠叠，模模糊糊，搅动他疲惫的思绪，应和着真言之歌的调子，酿成了深沉的睡眠和离奇的梦境……

他奔跑着。跑啊，跑啊，已经跑了好久，好久。小腿很疼，上面有一道血淋淋的伤口。怎么弄的？等等，这有点不对劲。

那不是他的腿。

他慌了，抬起手去摸脑袋——头发怎么这么长？不对，这也不是他的手！他不是他了！他得看一看，他究竟是谁。突然心中一动。是联结。是福星恶童。他的思绪，他的心，仍旧是斯堪德。可这副躯壳又是谁的呢？他脚下踩着的鞋子，是谁的？我，是谁？

突然，他离开了陌生的躯壳，飘飘忽忽，非得抓着陌生人的手才能稳住。不，那不是陌生人，是他的姐姐。他太久没见到她了，快乐一下子溢满了胸膛。“肯纳！”他招呼道。可是她不回应，连看都不看他一眼。她疲惫不堪，惊恐万状。然而，在她的脸上，出现了消失已久的神情——希望。

他们手牵着手，继续奔跑。他像老鹰似的紧紧地盯着她看，而她拼命地寻找着。她在寻找某样东西，或某个人。“咱们这是在哪儿？”他问她。可是她听不见，也看不见他。这是个贫瘠而荒凉的地方。树木没有色彩，枯萎朽败。这里不像马盖特，不像本土的任何地方。他低下头，入目即是满目疮痍的荒原。是极外野地吗？肯纳到极外野地来了？

联结猛地一抽，将斯堪德的注意力拉了回来。他几乎本能地垂头望向胸口，这是他第一次看见自己的联结。白色的，闪闪发光，直铺向极外野地，方圆几英里都被照亮了。

福星恶童？他伸手去摸那亮晶晶的纽带。纽带拽着他猛地往前一扑，视野两侧的极外野地变模糊了，肯纳被远远地甩在了后面。似乎有某种根深蒂固的本能告诉他：不要回头。现在不要。除非他不想找到……

月光勾勒出荒野独角兽的身影。它的皮毛是灰色的，点缀着暗色的斑点。斯堪德的梦境融入了它的梦境。他知道他见过它。它曾一次次找到他。就是这头独角兽。

它在哪里？它在哪里？它在哪里？一连串的问题，不是求索一个地点，而是确认这头独角兽的存在。斯堪德想与它拉开一点儿距离，就像刚才离开肯纳的躯壳那样，但他动弹不得。

突然，他沉了进去。独角兽的悲伤、孤独、失落，还有无边无际的思念，将他淹没了。独自出壳，独自长大，孤零零地徘徊在极外野地，凝视着贫瘠的土地，等待着。等待着有朝一日，命中注定的骑手来这里找它。

肯纳来了，斯堪德费力地冥想。她会来的。然而，他越是想把自己的思绪从独角兽的思绪中剥离、抽出，就越是沉溺其中。渐渐地，他记不清自己是有两条腿还是四条腿了，记不清自己的前肢是胳膊还是翅膀，记不清自己是迷失了还是清醒了……然后是如此多的痛苦无处不在。

"斯堪德！醒醒！你没事吧？"

有人在摇晃他。斯堪德睁开眼睛，看见了李凯斯忧虑的脸。他翻过身在天台边上大吐特吐起来。他的头疼得厉害，就像有人把它拧开了似的。

福星恶童用脑袋拱着他，急得满头大汗，嘴边涌出了白沫。

它用软乎乎的鼻子蹭着斯堪德的头发，喷出一团团烟雾。

斯堪德咳嗽了几声。福星恶童这才满意地站起来，警觉地守在他的身边。

“你怎么了？”帕特里克好像吓坏了，“刚才你一直在发出怪声，就像……就像荒野独角兽。”

“做梦了吧，驭魂者？”安布尔意味深长地说。斯堪德渐渐清醒过来，他怀疑安布尔的爸爸向她透露过补魂者的事。

“你没事吧？”李凯斯又问。

斯堪德慢慢地坐了起来，茫然无措中，有一件事是他可以确定的：这不是普通的梦境。他和福星恶童共赴梦境，并且互换了自我。这和书店老板克雷格描述的一样。斯堪德同样确定的是，普通的梦境通常不会试图杀死你。这是否意味着他真的是个补魂者呢？他觉得很有希望。如果这就是补魂者的梦境，那么，那头灰斑独角兽无疑属于姐姐。

戾天骑手们乘着晨光四散而去，斯堪德极力想摆脱梦境的余味——肯纳真的来了。当然，她没来。她怎么可能来离岛呢。梦境揭示的，是肯纳本来的命运。是金灿灿的可能——肯纳和她的独角兽终将重逢。

如果斯堪德真的是补魂者，梦境里的可能就能成真。

他一定要成功。

肯纳

雷暴中心

雷电是有气味的。等到雷暴的震荡平息之后，肯纳才反应过来。当时她正在读艾瑞卡·艾弗哈特的信，那封透露了真相的信。她尽量不去忧虑夏至之前的漫长时间，尽量不去想斯堪德对她隐瞒的秘密，尤其是让她伤透了心的那一个。可她忍不住琢磨，要是他知道自己已经登上了离岛，又会怎么做呢？

无所谓了。是他撒了谎，她并不欠他什么。然而，渴望的刺痛攫住了她的胸膛。她想起了斯堪德的七岁生日。他仿佛就站在她眼前——睁着大大的眼睛，露着豁牙子，一遍又一遍地拥抱她，因为她为他做了一个独角兽形状的蛋糕。她豪掷几个星期的零花钱购置蛋糕模具，又熬了几个晚上偷偷烘焙，才烤出最完美的翅膀。斯堪德一吹灭蜡烛，爸爸就笨拙地切开蛋糕，把第一块递给小寿星。但肯纳记得，当时斯堪德急得泪流满面，因为他不想切蛋糕，想永远留住独角兽。

啪！

一开始，肯纳只闻到火花、氯气和新鲜空气的气味，但不知道发生了什么。她抬起头，透过塔顶望见一线夜空。随后，屋顶断裂、崩塌，星星逐渐跃入了视野。四处爆出嘎吱嘎吱的声音，肯纳低头望去，看见这牢狱的地板已裂开一道大口子。

屋顶和地板上的裂缝越来越宽，高塔骇人地呻吟着，恐惧取代了震惊。房间一分为二，晃得她头晕目眩。肯纳从裂缝间瞥见了高塔的螺旋楼梯，也瞥见了自由。高塔岌岌可危，亮晶晶的金属碎片纷纷扬扬地往下掉。她突然有了方向。她不要在这儿等待夏至到来，等待谁来救她。她不想依赖别人，她要自救。

她把《魂之书》夹在胳膊底下，坐在裂缝边缘往下一跳，跳到了摇摇晃晃的楼梯上。一块锋利的金属划破了她的小腿，但她咬紧牙关忍着疼。就在她落下去的那一刻，又一道闪电击中了石头地板，刚才她就站在那儿。

高塔裂成了两半，巨响震耳欲聋，楼梯被挤压变形，摇摇欲坠。肯纳把远处的叫声和四周的惨相抛在脑后，只专注于自己脚下。她不能死。她还没找到她的独角兽呢。只有一步之遥，决不能前功尽弃啊。

更嘈杂的喧嚣迎面而来。银面特勤纷纷涌来，独角兽嘶鸣着，骑手尖叫着，但肯纳脚下不停，一直往前，终于摸到了一面由盾牌垒成的围墙。

唔，以前是围墙，但现在不是了。盾牌不是弯曲变形就是干脆没了影儿。雷暴的破坏力如此巨大，盾牌围墙根本抵挡不住。

肯纳瞅准一个豁口钻了过去——毫不迟疑，没人发觉。逃离多里安·曼宁的魔爪，比她想象的容易。

从囚禁之地脱身后，肯纳激动得撒腿就跑，只想尽快远离银色要塞。但没过多久，天色暗了下来，她又冷又饿，心里十分害怕，完全迷失了方向。前方伸手不见五指，脚下的地面崎岖不平。她是不是应该乖乖留在银色要塞？她是不是自作聪明，闯了大祸？

突然，不知何处响起了刺耳的叫声。肯纳本能地俯下身子，趴在地上。是荒野独角兽。小腿上的伤突然成了严峻的问题：它们能闻见她的血吗？蹄声阵阵，由远处迫近，肯纳捂住耳朵，准备听天由命。

然而，想象中的踩踏并没有发生。肯纳听见头顶上方传来重重的响鼻，随后又变成尖细的叫声。她睁开一只眼睛，借着月光，看见一头灰斑独角兽。它透明的兽角直指夜空，就像悬在星星之上。荒野独角兽用鼻子拱拱她的肩膀，腐肉的臭味令人阵阵作呕。肯纳强忍着恐惧，没有作声。但它随即扑扇着翅膀，朝前跑去，见肯纳没有动弹，还回过头望了望。

肯纳困惑极了：荒野独角兽不是致命的恶魔吗？怎么没吃掉她？

“你想让我跟着你走，是吗？”肯纳轻声问道。荒野独角兽嘶鸣一声，向月亮扬起了前蹄。

于是，失意的本土女孩跟着孤独的独角兽，开始在极外野地跋涉。他们走啊，走啊，一直走到了一座小山前面。小山光秃秃的，顶上立着几棵枯树，干巴巴的树枝上挂着提灯，暗影中传来低低的私语。

肯纳惊愕地盯着荒野独角兽："你带我来找人求助，是吗？你知道我遇险了——"

她顿住了。这会是她命中注定的独角兽吗？肯纳伸出手，想摸一摸那花斑点缀的脖子，哪怕上面有血淋淋的伤口和因结痂而隆起的皮肤。多里安关了她好几个月，还不如放她自己出来找呢。

然而，肯纳的手指还没碰到荒野独角兽的皮毛，树丛中就冲出了另一头独角兽，背上还有一位骑手。兽角映着月光，若隐若现——它也是荒野独角兽。而月色之下，肯纳看得十分清楚，那骑手披着黑色的披风，白色的颜料从额头一直涂到下巴。骑手一看见灰斑独角兽就怒不可遏地张开手掌，凝聚白光，冲它腐朽的身体射出了光球。

"不！"肯纳大喊，"你误会了！那是我命定的独角兽——"

"它不是你命定的什么玩意儿。"骑手咬牙切齿地又发出一击。

肯纳来不及解释，是它找到了她、救了她，灰斑独角兽尖叫着，张开破烂的翅膀，飞上了夜空。肯纳瘫坐在地上，泪水涟涟，无声地哭喊着。只是初次相遇，却似相识已久，那奇异的生物已经带走了她的心。

这时，一句话改变了一切。

“女儿。”

独角兽背上的骑手翻身跳下：“你来早了。”

母亲拉起女儿，紧紧地拥抱着。转瞬之间，似乎一切都不重要了。

第十五章

比武锦标赛

斯堪德的梦境，让米切尔、博比和弗洛心醉神迷，却又有点儿害怕。他淡化了梦中的剧痛，也没提起若李凯斯没有及时叫醒他会发生什么，只是极尽所能地描述那头灰斑独角兽。四人小队一致认为肯纳不可能已经登岛，但比武锦标赛之后，斯堪德必须和她开诚布公地谈一谈。他们会一起帮她寻找命中注定的独角兽，前提是，那时离岛没有覆灭。

接下来的几个月可谓折磨。白天，他们要参加比武训练，要磨炼兵器，要提升反应速度，还要照顾独角兽，让它们保持最佳状态。因为银戟崩塌，银环社的活动随即取消，何时恢复另行通知。对于弗洛来说，这意味着无法再得到其他银骥骑手的帮助，她只能加倍努力练习，以驾驭银刃的超强能量。三月，四人小队连混沌杯预选赛都没去观战。斯堪德只顾训练，把自己的十五岁生日都忘了，直到两周后收到爸爸寄来的生日贺卡时才想起来。

然而，训练只占重负的一半。虽然针对荒野独角兽的杀戮停止了，但离岛上的元素灾害仍然日夜不停。四人小队抓紧晚上的时间，不是聚在米切尔的黑板前面，就是出没在凌云树堡的四个元素图书馆里，埋头于书堆之中，寻找关于开鸿骑手之墓的线索。斯堪德很想专注于这些尘封的典籍，但思绪总是时时飘走。他不停地描画着爸爸和姐姐的模样，想象自己终于可以抛出重磅新闻——肯纳的真实身份，艾瑞卡·艾弗哈特的真实身份。他没有再尝试走进补魂者的梦境。在完成更多的训练之前他不想冒险，而且肯纳也快来了，只要知道哪头独角兽是她的就行了。

可是，到了五月，长风节庆典来临时，四人小队还是没找到开鸿骑手的坟墓。更糟糕的是，斯堪德和阿加莎还吵了起来，矛盾持续了几个星期。两人越是争执不休，斯堪德就越是不愿意向阿加莎坦白自己已经踏入过补魂者的梦境。他担心她大发雷霆，不肯在比武锦标赛后帮助肯纳修补联结。而且，就算修补成功了，肯纳这个驭魂者也一样是“非法的”。阿加莎可能会抓住这个理由不放，推诿拖延。斯堪德觉得，要是自己老老实实地吐露实情，阿加莎肯定会让他“等等”，可他偏偏等不了。

“斯堪德，我很严肃地警告你，要是你不肯使用魂元素，那你很可能无法通过比武锦标赛。”阿加莎放好训练场上的靶子，跺着脚往回走。

“我也很严肃地回答你，使用魂元素有风险。万一我被附身，失手杀死了独角兽，该怎么办？那可是致命元素啊，难道你忘了吗？他们会把我关起来的！冒这种险不值得，我的排名没有那么差！”斯堪德召唤魂元素，塑造了一张弓。他感受着它，摸索着它，相信它的存在，哪怕它完全源自不同的维度。

“亨德森家的孩子又有多少准头？要是他紧张了呢？被观众分散了注意力呢？要是你一直碰上最强的骑手怎么办？我这几个月陪你训练可不是为了消遣！”

斯堪德伸出三根手指，小心地摸了摸弓弦，另一只手则凭空抽出一支泛着幽幽白光的箭。“我怎么知道？但我可以肯定，只要找到借口，多里安·曼宁就会把我赶出凌云树堡。卡扎马司令那天说的话你也听见了。”

“可她也反驳曼宁了。她是站在你这边的。”

斯堪德皱起眉头：“可是她说只给我最后一次机会。多里安又那么恨我。这完全是公报私仇，尼娜不是说他的判断‘失之偏颇’吗？对了，那天她提到的丽贝卡是谁？”

阿加莎突然黯然神伤，转身背对着他，干巴巴地答道：“丽贝卡是一位驭火者，是多里安已故的妻子。”

“已故？”

“她的独角兽云烬是二十四难士之一，所以她……她承受不了永失至爱的剧痛，吃不下饭，睡不着觉，不到一年就去世了。”驭魂教官的白色披风在风中翻腾着。

斯堪德心里一沉。云烬的死，还有丽贝卡的死，都被归咎于他的妈妈。难怪多里安如此憎恨驭魂者。

阿加莎回头看着他，恢复了教官的模样："射箭！"

斯堪德应声射出了手中的魂之箭，正中五十米外的靶子。

阿加莎忍不住搓了搓突变的透明脸颊。斯堪德已经摸出了规律：姨妈对他沮丧失望的时候就会这样。"你看！"她指着靶子冲他嚷嚷，"魂元素用得多好！这是你与生俱来的能力，就像自卫本能。其他元素就不是这样了。"

斯堪德翻了个白眼，这是跟博比学的。

"你甚至能用基础兵器声东击西。听我的，只要在比武锦标赛上使用——"

"我没必要拿全场第一，"斯堪德淡然道，"只要不是倒数六位就行了。"

阿加莎抚摸着福星恶童的头斑，尽量冷静下来："我理解你的意思，完全理解，但是你得答应我一件事：万一在淘汰赛阶段遇上了特别厉害的对手，具体是谁你心里有数，拜托你用上魂元素吧。"

斯堪德咽了口唾沫。

"他们不会因为你用了自己的结盟元素就把你怎么样。"阿加莎添上一句，"这不是你去年跟麦格雷斯达成的共识吗？"

斯堪德耸了耸肩。

"我说得不对吗？"她步步紧逼，"可要是你垫了底，无疑会被赶出凌云树堡！"

斯堪德只好投降："好吧好吧，我答应你，要是觉得快输了，就用上它。"他顿了顿，决定吐露沛水节庆典以来一直盘桓在脑中的担忧。"阿加莎？"

"你是不是想说'艾弗哈特教官'？"

"呃，是，对不起。我在想，如果夏至之后离岛真的不能住人了，织魂人会不会有所行动？"

阿加莎愣住了，显然从没想过这个问题。

"我只是有点儿担心本土。"他飞快地解释道。不过，这话半真半假。

阿加莎的目光落在某个辽远的地方："不论出现何种混乱的局面，艾瑞卡都会全身而退，甚至会利用混乱来实现自己的目的。想让她服气，恐怕赔上整座离岛都远远不够。"

斯堪德摸不清阿加莎话里的情绪，可不知怎的，听起来很有几分……骄傲。

当天晚上斯堪德回到树屋时，发现杰米也在，他正和米切尔读着一本关于真言之歌的书。看来，这位驭火者对"无稽之谈"的观点已经完全改变了。斯堪德觉得杰米一定挺喜欢米切尔，否则肯定忍不了那些关于吟游诗人的絮絮叨叨。他不知道是否应该委婉地提醒一下米切尔，他的甲胄师可一直都在拒绝子承父业呢。不过最近真言之歌是热点话题，凌云树堡里也传开了，人人都在担心，要是找不到开鸿骑手的赐礼，离岛就要完蛋了。在栈道上，在争春食屋，在餐桌边，大家都在猜测赐礼埋藏的地点。不过，对斯堪德的敌意倒是因此减少了。

此刻，斯堪德在蓝色的豆袋沙发上坐了下来："运气怎么样？"

杰米叹了口气："不怎么样。我妈妈的一位朋友——一位很老很老的老吟游诗人，昨晚唱出了他的真言之歌。他们都很兴奋，认为歌里有些线索能挽救离岛。"

"然后呢？"

"然后……说实在的，根本听不懂。"杰米耸耸肩，"歌里唱的都是'破碎长戟''家族关系'……呃，或许是'破碎关系''家传长戟'？"

"如果是'破碎长戟'，那么显然指的是银色要塞的高塔——银戟。"米切尔咕哝着，脑袋依然埋在那本《真言悲剧》里。

"要我说，这玩意儿神神秘秘的，根本没用。"杰米动了动身子，稍稍从米切尔身边挪开，好看着斯堪德说话。

"你的铠甲还能再撑一阵子吗？我打算在锦标赛前给福星恶童打造一副新的胸甲。我知道只有几个星期了，但我一直在尝试新技术，好让边角不那么脆……"杰米滔滔不绝，对锻造技术的热情就像银刃的铠甲般闪闪发光，惹得米切尔也暂时放下书，抬起头来仔细倾听。这可不多见。

后来斯堪德想了想，还是决定到陇驿树岗去，再给爸爸寄一封信。体验过补魂者的梦境之后，他一共寄过三封信，却只收到了那张生日贺卡。斯堪德急切地想邀请爸爸和肯纳来观看比武锦标赛。他不敢去想自己吐露真相之后会得到什么样的反应。他不会再隐瞒任何细节，包括织魂人的事。怕归怕，但正确的事非做不可。

走到陇驿树岗的时候，天已经黑了，斯堪德只好点灯照亮四周。他拧开盖子，想把信往胶囊里塞，可怎么也塞不进去。他疑惑地晃晃胶囊，晃出了一堆信。他眯着眼睛辨认，发现那些信竟然是他自己写的，是他寄给爸爸的信！难怪他一封回信也没收到！斯堪德仔细地看了看信封，发现地址上都盖着一行红字：

骑手联络司查验：退回寄件人。

原来他的信，根本就没有离开离岛。

蒙稚生们很快就迎来了比武锦标赛。在等待对决迫近的几个星期里，博比一直很兴奋，其他人则紧张不安。开赛两天前发生了一件更令人心慌的事情：年初和博比打得火热的那个查理，不幸成了游民。因为他的训练一连几个月都不见起色，教官们认为没必要浪费参赛名额。去年，艾伯特沦为游民时，斯堪德没去旁观仪式，因为实在承受不住分别的场面。但这一次，他和大家一起来到了游民树下，跟查理和他的腹地岩浆正式道了别，也亲眼看着他的土元素徽章四分五裂——一块楔入树干，其他则交给四人小队仅剩的另两位成员——马里亚姆和阿贾伊——保留。

两天后，福星恶童和另外三十五头身披铠甲的独角兽来到了混沌围场，这是位于四极城主竞技场后面的一片围场。

骑手们牵着各自的独角兽围成一圈，铠甲在五月的骄阳下熠熠生辉，元素在独角兽的翅膀、鬃毛和尾巴上旋转跳跃，吡吡作响。在接下来的几个小时里，这里将充当蒙稚生们的临时驻地，他们会在此地紧张地等待下一轮比武。斯堪德在这里也能听到外面的动静——观众越来越多，找座位的脚步震动着看台，嘭嘭直响。

他希望爸爸和肯纳也能来。骑手联络司至今没有就退信的事给出答复，不过他们承诺，马盖特的史密斯家肯定能收到比武锦标赛的观赛邀请。斯堪德因此轻松了些：既然能面对面地跟爸爸和姐姐说话，寄不寄信还有什么要紧？他的一呼一吸都充满焦虑，不只是因为比赛，更是因为他终于要把真相告诉家人了。

杰米带着几位老到的甲胄师一起走过来，检查福星恶童的铠甲。他的焦虑丝毫不亚于斯堪德，因为若是斯堪德成了游民，他也就失业了。

鞍具师们此时都在围着各自选中的骑手转悠，不过，弗洛的爸爸在凌云树堡就检查完福星恶童的鞍具了。奥卢想让斯堪德安心些，告诉他沙克尼家的所有成员都来了，大家都会在看台上为他欢呼。这多少有点儿帮倒忙。

“天哪，怎么到处都是特勤！”弗洛说。她和银刃都披挂着璀璨炫目的铠甲，晃得人眼睛都睁不开。

红夜悦也凑了过来，但米切尔还在查阅他的笔记本，说话时连头都没抬：“尼娜肯定非常担心夏至预言，咱们的司令都不准本土人来观战，显然形势不妙呀。”

“什么？”斯堪德瞪着米切尔，“什么叫‘不准本土人来观战’？”

米切尔总算抬起头，有点儿不好意思地说：“火球威猛！我还以为你早就知道了呢！”

弗洛闭了闭眼睛，深吸一口气解释道：“小堪，昨晚镜崖有两块巨石坠落。我爸爸说，尼娜早就考虑过这次不邀请本土家庭了，昨晚的灾害算是添了把火，让她下定了决心。”

“可是……她怎么能……我必须得见到……这不……”斯堪德咬着嘴唇，但眼泪还是流了下来。肯纳必须来离岛。要是她不在，就算他是补魂者也没用，什么都做不了。斯堪德失望至极，瘫在鞍座上，坐都坐不直了。

“小堪，尼娜肯定另有安排，你们还能见面的。”弗洛关切地安慰道。

米切尔点点头：“肯定会的。”

但斯堪德止不住地想：那时离岛还存在吗？

周围突然热闹起来，骑手们都聚到木头布告栏那儿去了。斯堪德看见博比和鹰怒也挤了过去。

“小组赛签位出来了！”杰米飞快地冲了过去，想看看斯堪德在小组赛中的对手是谁。按照赛制，小组赛排名将决定淘汰赛的对决双方，排名靠前的骑手对战排名靠后的骑手——这是最公平的，可以避免优秀骑手彼此厮杀缠斗、过早被淘汰。

杰米小跑着回来，皱着眉头，忧心忡忡：“斯堪德，我不想骗你，分组情况不太乐观啊——安布尔和梁上旋风、法鲁克和毒雾、尼亚姆和浮雪都在你这组。”

大家突然开始鼓掌。斯堪德猜测，应该是四位裁判在赛道旁就位了。四人小队的其他人朝围场出口走去，福星恶童也欢叫着想跟上去，但杰米把它拽住了。

“你必须使用魂元素！”

“杰米，你怎么也这么说！你明知道那有多危险！”

杰米连连摇头：“可你是驭魂者，福星恶童是驭魂独角兽，你们本来就该用它。银环社利用了你的恐惧，可你不能被他们吓住。你得勇敢些！”

“我绝不能失去它。”斯堪德用双手紧紧扭住福星恶童的鬃毛，仿佛这样就可以和它融为一体，“我宁愿成为游民也不能失去它。”

“你不能成为游民，斯堪德。”杰米严肃地说，“你必须留在凌云树堡，继续训练，继续学习。”

“为什么？”斯堪德狐疑地问，“为了赢得混沌杯？”

“谁在乎那玩意儿！”杰米急了，“当然是为了让驭魂者重返孵化场啊！为了让这座岛好起来。我说的可不是什么骨头权杖，我说的是它朽烂的内核。一代代独角兽流落荒野，就因为它们的结盟元素遭遇偏见，这公平吗？斯堪德，阻止这一切，全靠你了。抱歉给你压力，但这都是实话。”

“我、我——”斯堪德愣住了，他从没听杰米说过这样的话。

“为了那些流落在外的驭魂者，勇敢起来吧，斯堪德。为了你的姐姐，为了所有被挡在孵化场大门外的本土孩子和离岛孩子。为他们而战的人，只有你一个。可要是你将胜利拱手让给多里安·曼宁，要是你因为害怕就不战而降——”

“第三组集合，最后一遍！”扩音器里传来了奥沙利文教官的声音。

斯堪德拢起缰绳：“我得走了。”

“你不是要做正确的事吗？”杰米在后面喊道。

可是，斯堪德已经无法确定怎样才算“正确”了。

三十分钟后，战况变得严峻起来。安布尔用缭绕着电花的狼牙棒击中了斯堪德，他从鞍座上掉下去时，沙克尼家的支持者们都有点儿心虚了。斯堪德的烈焰大刀走了形，侧面越烧越薄，眼看就要消失，而马里亚姆和归星抓住了机会，将它一击即灭。玛丽萨和水中仙挥起巨大的冰矛，将斯堪德从福星恶童的背上扫了下去，他在疾隼队的朋友们不忍直视，都捂住了眼睛。这三场斯堪德全输了，而整个小组赛一共八场，他一场也没赢。这是他迄今为止表现最差劲的一次。他不知道该归咎于吵闹的观众还是走动的特勤，又或是肯纳和爸爸的缺席。总之，他在小组中垫了底。虽然有沙克尼家的鞍具保驾护航，他没有每次都摔下地，但他的总体表现是最糟的。退场时，斯堪德瞥了一眼看台，看见阿加莎正用双手抱着脑袋，沮丧至极。

淘汰赛正式开始前，每组排名最末的两名骑手还要对决一次，以赢得进入最终三十二强的资格。斯堪德勉强战胜了马特奥，但那只是因为幽冥之钻刚听见第一声哨响就扬蹄直立，把骑手甩了下去。他的积分仍然很低，如果再输掉一轮，他就会惨遭淘汰，成为游民。斯堪德不知道此时再用魂元素还有没有救。

斯堪德、米切尔和弗洛正等着第一轮小组赛的结果，想看看谁会拔得头筹，可嘈杂的混沌围场里突然炸开一声怒吼：

“我的儿子决不能跟驭魂者搅和在一起而失了身份！”

斯堪德还没反应过来，艾拉就冲到红夜悦的前面，劈手夺过了米切尔的缰绳。他怒不可遏地推开红夜悦，以免它离福星恶童太近，发辫里的水花泛起蓝色的微光。

“哎哎！”斯堪德叫了起来。弗洛也大声抗议：“亨德森先生，您要干什么？”

而米切尔立刻翻身跳下，从爸爸手里抢回了缰绳。

“别碰我的独角兽。”他的声音微微发颤，但每个字都说得清清楚楚，“不巧，这位驭魂者正是我最好的朋友。”

“你的第一轮成绩还不错，我好心来祝贺，你却这样恶心我，你还是我的儿子吗，嗯？”艾拉平静而冷漠地说，“真叫我失望，我看你也别想成为混沌司令了。”

米切尔这次没有退缩：“您说得对，我成不了混沌司令，我也不是您一向以为或想要培养的那个儿子。我是我自己，和您想的不一样。您的儿子其实根本就不想投入一切去成为混沌司令，他发现自己喜欢变幻莫测、美好动人的魔法，而魔法并非只在战场上有用。”

“你是想说真言之歌吧，我告诫你——”艾拉怒道。

但米切尔打断了他。

“只要您不再按自己的意志塑造我、限制我，您也许会发现，其实我挺优秀的。我们都很优秀。”

他瞥了一眼红夜悦。“整整一年，我和这个驭魂者都在竭尽全力想办法拯救这座珍贵的小岛，而您却只惦记着司令的宝座。或许……”米切尔提高了声调，“真正需要调整心态的，是您。”

艾拉没有回答，转身就要走。这时，红夜悦突然放了一个屁——前所未有地响亮、前所未有地悠长，然后瞪着艾拉，狠狠地尥了一蹶子。屁被点燃了，又大又亮地炸开，惹得斯堪德和弗洛连连欢呼。艾拉·亨德森一句话也说不出来，气哼哼地离开了围场。米切尔望着他的背影，抖得像一片秋叶。

“哇，真是不可思议，”弗洛说，“要是博比知道，肯定会说你——”

“点亮了新技能。”斯堪德和她异口同声说道。

米切尔虚弱地笑了笑。红夜悦尖声叫唤，打着嗝儿、喷着灰，弄得全身脏兮兮，却一副扬眉吐气的模样。福星恶童高兴地嘶鸣，为它叫好。

“成绩出来了！成绩出来了！”有人大声嚷嚷起来。

斯堪德没有心情跳下来去布告栏那儿查看，于是让米切尔替他瞧瞧。

“斯堪德，”米切尔瞪大了眼睛，“和你对决的是——”

“我。”博比骑着独角兽踱了过来。她仍然戴着头盔，斯堪德看不到她的表情。

“你得放水，输给斯堪德。”米切尔说。

“不行！米切尔，你怎么能出这种主意？这不公平！”弗洛不同意。

“怎么不行？我仔细看了所有人的积分，斯堪德要是输了，就得离开凌云树堡，但博比在小组赛中只输了一场，就算输掉淘汰赛，之前那么高的排名也会保住她，她不会成为游民。这次要淘汰六个骑手，记得吗？现在已经淘汰了四个，第二轮淘汰赛输掉的人里，只要排出垫底的两个，人数就够了。所以，罗伯塔，你得——”

“闭嘴吧，米切尔。谁都别来烦我啊，现在我得全神贯注，好好比赛，迎接胜利。”博比的声音哽咽了。斯堪德觉得，或许就是因为不想让他们看到表情，她才不肯摘掉头盔吧。

“博比，你……”斯堪德伸出了手。但鹰怒往旁边一闪，他只摸到了锁子甲。

弗洛、米切尔和斯堪德看着博比往围场另一边走去。没心没肺的红夜悦又放了一个屁，但它似乎突然察觉到此刻的严肃氛围，没有把屁点燃。杰米摸摸它的鼻子，向斯堪德投去意味深长的一瞥。

“魂元素。”他轻声说道。斯堪德心里七上八下的。

接下来，博比和斯堪德率先上场。福星恶童露面时，它的白色头斑醒目耀眼，在看台上的观众中引起了一阵骚动——既有起哄的嘘声，也有窃窃私语的议论。

鹰怒站在木桩的另一端，石灰色的翅膀上缭绕着电花。斯堪德忍不住欣赏起来——它多美啊，鬃毛和羽毛一丝不乱，神采奕奕，状态正值巅峰。这说明博比的状态也极好。他的脑海里突然浮现出弗洛的话：你把所有关于妈妈的事情都锁在自己的脑海里和心里，所以才不愿意相信任何人。在经历了一整年的风风雨雨之后，他还相信博比吗？相信她会为了他故意输掉比赛吗？她喜欢赢。放水什么的，有违她的真心。

斯堪德等着塞勒教官鸣哨，而福星恶童刨着沙土，做好了冲锋的准备。

哨响第一声。为了那些流落在外的驭魂者，勇敢起来吧。

福星恶童向前冲去，黝黑的肌肉起伏着。它的腿是那么有力，几乎就要腾空了。这头黑色独角兽生来就面临着重重困境，战斗从未停歇，此刻也不会放弃。

哨响第二声。

斯堪德也不能放弃。他不能放弃寻找尸骨权杖，不能放弃流落的驭魂者，不能放弃肯纳，更不能放弃这座离岛。

起心动念，只在一瞬之间。炫目的白色长弓在他右手中成形，魂元素悠游着、跃动着。斯堪德将它举起，同时也塑造出三支利箭。他稳稳地跨坐在沙克尼家的鞍座上，松开缰绳，搭箭上弦。这是近二十年来魂元素首次在鞍上比武中出现，看台上的观众沸腾了，而斯堪德视若无睹，充耳不闻。

马刀上的电花滋滋作响，博比不动声色，只有握刀的手微微用力，透露了她的惊讶。

斯堪德一口气射出了三支箭。第一箭瞄准她的胸甲，第二箭锁定她的右肩，第三箭紧随其后，同样冲着她的肩膀飞去。

当灰色独角兽和黑色独角兽擦身而过时，斯堪德使出了那招声东击西。他将意念集中于第三支箭，暗中换了目标——不是肩膀，而是胸口。当博比抽出剑来抵挡防御时，他默默祈祷，希望自己的招数能够奏效。

博比用盾牌挡住第一箭，用剑柄弹开了第二箭，游刃有余。但第三箭——她本想用胳膊肘上的护甲推开飞向肩膀的箭，却什么都没有碰到。只见鹰怒一个踉跄，第三支箭正中骑手的胸膛。巨大的能量将博比向后扑倒，而福星恶童在疾驰而过时喷出火花，马刀击空了，斯堪德毫发无伤。

塞勒教官朝着斯堪德和福星恶童抬起胳膊："一比零。"

观众们不知该叫好还是喝倒彩，唯有左侧看台上传来了口哨声和鼓掌声。斯堪德瞥见沙克尼家大大的橘色条幅就咧嘴笑了，他知道弗洛的爸爸、妈妈和哥哥都在为他加油。

在赛道的另一边，博比摘下头盔，无声地说了一句什么。她冲斯堪德比了个割喉的手势，激起了他的怒气。博比好胜想赢，不肯放水，他都理解，但也没必要这么咄咄逼人吧。

斯堪德骑着福星恶童兜了一小圈，想让它平静下来，为下一回合做好准备。独角兽的肋骨此时一起一伏地抵着他的腿——刚才比武时的猛烈爆发让它疲惫，也让它兴奋。

塞勒教官开始询问双方是否做好准备。斯堪德揽着缰绳，让福星恶童的黑色兽角对准另一边的鹰怒。他戴着头盔，看台上的喧闹显得闷闷的，很遥远。这一刻仿佛只有他和福星恶童。他深深地呼吸。吸气，呼气。吸气，呼气。他必须赢得积分。他必须赢。赌上驭魂者的身份，他不能不赢。

哨响第一声。福星恶童猛然冲出。

哨响第二声。斯堪德召唤了一把剑。用纯然的魂元素粹成的长剑。它简直完美无瑕，这是他塑造过的最好的兵器。随后，他看见博比渐渐靠近，手上提着她最喜欢的那副闪电弓箭。然而这时，事情开始不对劲。一切全变了。

斯堪德竟然想杀死博比。他就想这么做。只要用自己的长剑刺穿她的身体，她的血就会淌到沙地上，淌到他脚下。他想尝一尝……血的滋味。他渴望鲜血。鲜血就是力量。鲜血就是生命。除了鲜血，他别无所求。

就在那一瞬间，难以察觉的一瞬间，斯堪德仿佛灵魂出窍，飘到了很高的地方，俯瞰着自己：福星恶童正在竞技场中央疾驰，黑色的四蹄发出白光，他的长剑化成数不清的匕首，亮晶晶地朝着四面八方飞去。博比和鹰怒慌忙拉起厚厚的石英盾牌，而塞勒教官匆匆赶来，想躲在后面。可她还是慢了一步，裹挟着魂元素的匕首刺向了她的背，一刀，又是一刀。

在惊怒之中，在对死亡的热望之中，斯堪德迷失了自我，似乎再也回不来了。

福星恶童全速冲向鹰怒，杀戮的欲望攫住了斯堪德的心。

斯堪德醒来时只听见四周争执不休。

“你们不能一直绑着他！”是弗洛。

“都怪我！都怪我劝他使用魂元素！”是杰米。

“他是我们小队的，让他跟我们回树屋吧。”是米切尔。

“他可是个危险分子！关在这儿是为你们——”是多里安·曼宁。

“他当时被附身了，不是故意要用魂元素狂轰滥炸。骑手经由联结被独角兽附身时都是这样的。几个月来一直在发生这种事，可我们的话却没人信。”米切尔据理力争。

用魂元素狂轰滥炸？斯堪德想揉揉眼睛，却发觉自己的手动弹不得。他拽了拽，铁链敲击着陌生房间的墙壁，当啷作响。

“比武锦标赛根本就不该举行，”门外传来奥沙利文教官的声音，“我们没有认真对待附身事件，实在太大意了。”

“塞勒教官怎么样了？”弗洛试探道。

“性命无碍，”奥沙利文教官叹了口气，“但是伤得很重。”

斯堪德呆住了。他想起了失去意识前的最后一幕——魂元素塑造的匕首正飞向塞勒教官。他想起来了，当时他渴求鲜血，渴望杀戮。对了，还有博比。怎么一直没听见她的声音？不、不会吧。难道他……

“博比！”他破口大喊，“博比还好吗？求求你们告诉我！她还活着吗？快告诉我啊！”悲痛的泪水顺着他的脸颊直往下淌。“谁能告诉我啊！快说句话啊！告诉我！”他双手猛拽，拽得锁链当当响，好引起别人的注意。

“冷静点儿，驭魂宝宝。”

斯堪德的心脏漏跳了一拍。暗影之中，有人动了动，然后——

“博比！吓死我了。你还好吗？”

“哎呀，行了，别嚷嚷了，”博比说，“我都在这儿待了好几个小时了。你要是再大呼小叫的，就要把我震晕了。”

“你怎么会在这儿？”斯堪德有成千上万个问题，但此刻他只想问这一句，“我还以为你再也不想理我了。”

“斯堪德，”博比的声音柔和了许多，“我知道被联结操控是什么感觉。我也遭遇过同样的事，你不记得了吗？我知道你不是故意伤害塞勒教官的。不过，小伙子，魂元素真是太厉害了，那场面我从没见过呢。”

“塞勒教官伤得很重，是吗？”斯堪德咬着嘴唇，颤抖得整张脸都变形了。

“医生说她能好起来，但是……是啊，”博比点点头，“她的伤势很重。”

斯堪德快要吐出来了：“福星恶童呢？它在哪儿？多里安有没有——”

“它没事。”博比冷静地说道，“它在马厩里，有人看守。那卑劣的老蛮牛原本想把你直接押到监狱去，想必安布尔也起了些作用。我看见他俩在赛场边窃窃私语来着。但奥沙利文教官还是把你们带回凌云树堡了。”

“有人看守？”斯堪德哑着嗓子问。

“两个特勤。”博比压低声音答道。

“斯堪德在哪儿？我现在就得见到他！立刻！马上！”这声音大得连博比都吓了一跳。

无视多里安·曼宁的聒噪和奥沙利文教官的警告，阿加莎从门外闯了进来。她反手关上门，透明的两颊幽幽地闪着光，狂乱的眼神最终落在了斯堪德脸上。她跪倒在地，一把揽过斯堪德，紧紧地抱住，紧得他都喘不过气了。一种似曾相识、宁神宽心的感觉让他松弛下来，仿佛这一幕已出现过千百遍。

“我很抱歉，”阿加莎喘着粗气，“是我的错。是我告诉你，要是不想输掉比赛，就必须用上魂元素。你明明提醒我了，我却听不进去。”

“容我插一句，”博比说，“我本来打算放水的。我都想好了，到时候自己从鹰怒背上摔下去。斯堪德，我等了半天就是想告诉你这个。”她脸上的笑意消失殆尽：“你竟然认为我只管赢而不管你的去留，真叫我寒心。”

“我当时头脑一热。”斯堪德心里更难受了，“说实话，我一直都想使用魂元素。它是我的结盟元素，我用它，不是任何人的错。我后来被附身了，也不能怪我。多里安不过是找借口针对我罢了。”

“魂元素就是如此。”阿加莎恢复了平时的模样，“我的意思是，难以言传，但你其实已经体会到了。”

经过一番唇枪舌剑，阿加莎总算从多里安·曼宁那儿弄到钥匙，打开了斯堪德身上的锁链。他们走出树屋时，总管已经不见了。

米切尔、杰米和弗洛跑过来，紧紧地搂住了斯堪德。

奥沙利文教官清清喉咙，严肃地说：“斯堪德，这次事件非常严重，你要认真听我说。”

阿加莎用一只手揽着斯堪德的肩膀，摆出防御的姿态。

“混沌司令已着手调查这次发生在比武锦标赛上的事件。”

“参考一下其他被附身的骑手吧，对待斯堪德得一视同仁。”

阿加莎强硬地说。

“我赞同。”奥沙利文教官说，“但这次整个竞技场的人都见证了凌云树堡里唯一的驭魂者竟试图杀死教官及其小队成员。别忘了，那首真言之歌正在离岛流传，人人都琢磨着那句‘一脉承继大统：黑灵魂之恶友’到底预示着什么。我们必须谨慎行事。”

斯堪德如坠冰窟：“什么意思？”

奥沙利文教官长叹一声，眼睛里的漩涡打着转儿：“意思是，在司令得出最后的结论之前，你不能再骑福星恶童，连摸一下也不行，听清了吗？”

阿加莎刚想争辩，奥沙利文教官就抬起手制止了她：“行了，阿加莎，你自己也是泥菩萨过河呢。我们必须做出竭尽全力自查自防的姿态。你要明白，只要斯堪德不碰福星恶童，就没人能指控他滥用魂元素，哪怕再次发生附身事件。”

“他只是个小孩，珀瑟芬，”阿加莎毫不掩饰声音里的痛苦，“这太残忍了。”

“幸亏他只是个小孩，否则此刻他已经成为游民了。斯堪德，你得感谢沙克尼鞍具给你撑腰。奥卢·沙克尼极力反对立刻逮捕你。以他在离岛的影响力，就算曼宁主管也得让他三分，否则你和福星恶童可没法这么容易就回到凌云树堡。不过，要是你真的沦为游民，凌云树堡就不能再保护你了，曼宁主管无疑会把你和福星恶童抓进银色要塞，永久关押。”

阿加莎沉默了。

“比武锦标赛暂且推迟，等待进一步通知。等离岛恢复正常，你还是有机会竞争升级为英少生的。”

“但如果调查结果是我有罪呢？”斯堪德绝望地问，“如果他们不肯还我清白呢？福星恶童怎么办？”

“船到桥头自然直。”奥沙利文教官说。

然而，她没有直视斯堪德的眼睛。

第十六章

两姐妹的故事

尼娜·卡扎马不肯成为历史上第一个取消混沌杯的司令。夏至的前一天，在元素灾害频发、离岛自身难保的阴云之下，《孵化场先驱报》还是用了整期版面来介绍参加比赛的骑手和独角兽。斯堪德已经决定不去观战了。

“我真不明白，尼娜为什么执意要照常开赛呢？”弗洛说。

米切尔埋头读着报纸：“她说附身事件只会发生在没毕业的骑手身上——也就是咱们凌云树堡里的这些人。她的研究员认为年轻骑手的联结还不太稳定，所以容易出问题。倒也算合理，毕竟现有的证据可以支撑她的论点。”

“所以，我们也不能骑着自己的独角兽去观摩混沌杯。”博比不高兴地说，“走着去竞技场得花上几十年吧。”

“我都不想去了。”弗洛瞥了斯堪德一眼，看见他的香肠蘸满了蛋黄酱，却一口也没吃。她用胳膊肘戳了戳米切尔。

“干什么？哦，对，我也不去了！明天就是夏至了！开鸿骑手的坟墓还毫无头绪呢。”

“想去就去吧，不用考虑我。”斯堪德叹了口气，最终抬起头来说，“说真的，咱们每本书都查了，每种办法都试了，也不差这几个小时。你们去看看混沌杯又能有什么影响。”

“杰米也去，”米切尔试探着问，“你也一起去吧，怎么样？”

斯堪德使劲儿摇摇头：“我不想抛下福星恶童。”

“可是——”弗洛想劝他。

“我想陪着它，”斯堪德飞快地回答，“就算不准我摸它，我也不能走远。再说，我到现在都没有自己的白色夹克。假扮驭水者什么的，我再也不想做了。”

于是，朋友们穿上各自结盟元素的夹克，把支持的选手名字涂在脸上，而斯堪德则独自一人去了马厩。

自比武锦标赛之后他一直如此。平静，淡漠，没有任何情绪。他不愤怒，也不烦恼，就算背后总有人指指点点，就算肯纳和独角兽的难题还未解决。他第一次发现自己也有画不出来的时候。没有什么人和事能让他高兴或兴奋起来。要是有人表达善意或讲了笑话，他得刻意提醒自己笑出来。也许混沌杯的压力会让他活过来，可他不知道自己还能伪装多久、忍受多久，人们时刻紧追不舍的目光实在令人生畏。所以，他不如躲在这儿，躲在福星恶童的围栏外面，倒还轻松些。

当然，斯堪德和福星恶童并非只有彼此。他们无法独处了。两名特勤守在围栏外面，戴着银色面罩，剑鞘里的长剑寒光逼人。本来，斯堪德是愿意服从奥沙利文教官的，但一两天之后，他开始梦见福星恶童，梦见骑在它的背上，抚摸它柔软的脖颈和热乎乎的鼻头。他趁夜深人静来到马厩，央求特勤让他进去看看，哪怕只摸一下也好。可特勤就是不放他进去。

斯堪德又急又气、心烦意乱，回到树屋就大喊大闹，哭得嗓子都哑了。四人小队的其他成员手足无措地安慰他，可他们不理解他。他们理解不了。他的真情流露吓坏了朋友们，于是他把所有情感深深藏了起来——就像以前在本土的学校里被人欺负时，他也不想让爸爸知道，不想让肯纳担心。朋友们不清楚他有多痛苦，但福星恶童一直感同身受，联结中时不时地涌动着它传递的慰藉——我在这儿呢，你别怕，我们仍然拥有彼此。有赖于此，斯堪德才没有彻底崩溃。

于是，日复一日，夜复一夜，斯堪德一直守在福星恶童的围栏门外。特勤们沉默不语，但偶尔，颇为意外地，马厩里会冒出银刃的身影。这头银色独角兽时常在白天回到马厩，远离阳光，远离其他嬉戏的同类。它会站在福星恶童的围栏旁边，用深不见底的黑眼睛凝望它和它的骑手，仿佛洞悉他们的痛苦，还轰隆隆地低吼着安慰他们。斯堪德从未见过这样的银刃。

然而，在混沌杯开赛的这一天，有人突然闯进来，打断了斯堪德的悲情陪伴。

“五元素在上，你在干什么？”

斯堪德抬起头，阿加莎关切的脸映入眼帘。他叹了口气。自比武锦标赛之后的那个拥抱以来，他一直没见过姨妈。

“起来！”阿加莎厉声斥责。不等他照办，她就粗暴地把他拎了起来。这回可没有什么拥抱了。

“哎哟！怎么了？”斯堪德抱怨道，“什么也不干，不行吗？让我一个人待会儿。”

阿加莎不接茬儿，只管拽着他的胳膊肘往外走。

一来到凌云树堡的树林里，斯堪德就甩开了她的手：“我不想离开福星恶童！你应该比其他人更能理解吧？”

“成天坐在黑乎乎的地方太不健康了。”阿加莎说。

“怎么？你突然想起姨妈的义务了？”

斯堪德也不知道怎么会蹦出来这么一句，心里有些内疚，所以当阿加莎示意他爬梯子进入树屋时，他乖乖照办了。

斯堪德赫然发现，这里正是去年乔比住的地方，只是屋里的装潢大不相同了。蓬松的地毯、彩色的靠垫和软绵绵的豆袋沙发已不复存在。

“坐。”阿加莎生硬地说。

斯堪德环顾四周：这座不甚吉利的树屋内空荡荡的，只有一架烧木柴的火炉，两侧各有一把铁艺椅子，地上铺着羊皮地毯；颇为古怪的是，仅有的一扇窗子旁边摆了一个铁制的玩具摇马——不，那不是马，是独角兽。斯堪德盯着它的兽角看了一会儿，然后就在椅子上坐下了。还好，上面铺着一块毛茸茸的白色毯子，坐着稍微舒服点儿。

“喝茶。”阿加莎也不问斯堪德要不要，就递过来热腾腾的一杯茶。

在尴尬的沉默之中，斯堪德啜了一小口。“这是什么茶啊？”他暂且抛开了抑郁的心情，“还挺好喝的。”他不喜欢喝茶。他和肯纳一向认为茶是大人糊弄小孩的东西，是故意鼓捣出来的难喝的棕色液体。可这杯茶……真的很好喝！

“来自烁火区，”阿加莎说，“所以有一种烟熏风味，就像火元素魔法，是吧？我唯一能接受的茶就是这一种。”她说着，把一绺灰白色的头发拨到耳后。这动作让他想到了肯纳，他心痛起来。他还是为她不能来看比武锦标赛而耿耿于怀。他甚至都不去陇驿树岗查看自己的胶囊了。他爱爸爸，可爸爸寄来的果冻软糖和肯纳寄来的就是不一样。他无法面对那样的失望。而且，福星恶童被关了起来。更糟的是，整个离岛可能正在分崩离析，他的四人小队将各奔东西……林林总总，让他快要承受不住了。

“你还好吗？”阿加莎干巴巴地问。

“你觉得呢？”斯堪德忍不住回敬了一句，然后又叹了口气，“呃，抱歉，我……我只是……福星恶童和我分开了，摸都摸不着，这实在是……”

“我能理解。”阿加莎点点头，又喝了一口茶。

“你是怎么扛过去的？”斯堪德嗫嚅道，“你和北极绝唱生生分离，是怎么忍到今天的？”

“说实话吗？”阿加莎说，“特勤在渔人海滩抓住了我，就是去年接你登岛的时候。他们再次带走了北极绝唱，从那一刻起，我就一心赴死了。真的，还不如让我去死呢。可后来呢，偏偏有个惹是生非的笨蛋驭魂者闯进监狱去找我。”她冲他眨了眨眼睛。

“你的眼睛里充满了热情。你渴望了解自己，渴望做正确的事，渴望对抗黑暗。我就想啊，或许，驭魂者们终于等到了希望。为了保护本土，你甘愿做任何事情。多蠢啊。”她长眉一挑，“你连自己的安危都顾不上。这份决心让我想到了姐姐。”

斯堪德惊呆了：阿加莎可从没这么和气过。“我的妈妈？”

“你的妈妈，我的姐姐，艾弗哈特司令，织魂人。她有这么多身份和头衔，但在过去，对我来说，她只是艾瑞卡。是我那个才华横溢、美丽动人的姐姐。不知道你们见面时她是什么模样，但斯堪德——”

“她很不客气。”斯堪德努力不去想起那一幕。

“她以前不是那样的。”阿加莎叹了口气，“她的改变，我多少有些责任。”

斯堪德不敢插嘴。他觉得自己仿佛回到了本土的家里，听爸爸讲起罗斯玛丽·史密斯，讲起他从未谋面的妈妈，急切地从只言片语里抓住零零碎碎的信息。斯堪德一度以为自己发现妈妈是织魂人之后，这种渴望就会消失。可即使他觉得丢脸和羞愧，了解妈妈的渴望却愈发强烈。他不明白阿加莎为什么终于肯开口了，而且选在今天。或许，是为了让他不再沉溺于福星恶童从联结中传来的痛苦？如果真是这样，这一招确实奏效。

“艾瑞卡和我从小一起长大。就像你和肯纳，艾瑞卡也只比我大一岁。所以，我们既是姐妹，也是朋友。但艾瑞卡一直很有长姐的气度，对我照顾有加，用小小的肩膀扛起沉重的责任。我们的父母过去常常讲起我出生的那一晚。在凌晨三点钟，我终于安静下来，可他们却找不到艾瑞卡了。他们找啊找啊，后来竟在我的小床旁找到了她。她瞪着眼睛，手里拎着一根尖尖的棍子。那时她刚学会走路，还不会说话，可本能地就想护着我。

“后来，我九岁那年发生了一件事，对艾瑞卡影响很大。我父母总是很忙，照顾我的事就落在了艾瑞卡身上。那天，我们在沙滩上玩儿，她的朋友用沙子堆了一头独角兽。她要去打个招呼，于是让我待在原地。我很生气——小时候的我脾气就很大，所以偏要做些她不准我做的事，比如爬石头。我现在还记得自己当时有多不高兴，手攀脚蹬，每一步都越想越气，不知不觉就爬到了很高的地方。然后我摔了下来，昏迷了三个星期。

“艾瑞卡非常自责，一直跟自己过不去。我觉得她好像向某种神秘力量做出了承诺：等我醒来，就再也不离开我。因为我好起来之后她就是这么做的，几乎寸步不离地守着我。我欣然接受，甚至很享受这种形影不离的感觉。后来，她年纪到了，该去孵化场接受考验了。”

斯堪德呼了一口气，感同身受。

“你明白了吧？”阿加莎点点头，“艾瑞卡知道，如果她成了骑手，而我来年没能打开孵化场的大门，我们这辈子都将分隔两地。她希望我们能一起来到凌云树堡，接受训练。她希望我们走同一条路，过同一种生活，这样她就能继续保护我。”

斯堪德不禁想起了肯纳。他们也是从小一起长大，常常一起畅想未来——两人一起登上离岛，先是肯纳，等上一年，他随后就到。他理解这种渴望。这是爱。

“于是，我们有了个计划。”阿加莎叹气道，“我们在父亲的私人图书馆里翻找——他也是驭魂者。如果我没能打开孵化场的大门，应该也有办法拥有独角兽吧。找啊找啊，终于找到了一个古老的故事，讲的是有个驭魂者能造出联结，把没能在孵化场里出壳的独角兽和并非它命中注定的人联结起来。我们被这个想法冲昏了头。因为家族中有多位驭魂者，我们也想当然地认为自己是驭魂者，全然不顾其中的风险——把两个本不属于彼此的灵魂联结在一起，这多么恐怖啊。可那时已经离夏至不远，我们没有时间去思考其中的是非对错了。

“到了夏至那天，日出时，艾瑞卡·艾弗哈特打开了孵化场的大门，与她命定的彼岸血月见面了。但她离开了新生的独角兽——就一小会儿——折回到铜支架那里。等待来年的那些独角兽卵已经挪上来了，她拿走了一枚。后来的事我记不清了，只记得自己在孵化场后面焦急地等着，等着墙壁升起，等新骑手出来。我上蹿下跳地搜寻，终于看见她和漂亮的彼岸血月，也看见了她身后的那间孵化室。在那里——按照我们的计划——藏着一枚独角兽卵。那是我的后备计划。

“刚出壳的独角兽们乱糟糟地喷洒着各种元素，我以此为掩护抱走了那枚独角兽卵，一直藏到晚上，等艾瑞卡来找我。后来她把卵送到了极外野地，藏了整整一年。”阿加莎想必看出了斯堪德的惊恐，急匆匆地解释，“我们本来想的是，如果我也打开了孵化场的大门，就把那枚卵送回去。艾瑞卡一再向我保证，说她会完璧归赵，说只要我成功了，她就把独角兽卵送回孵化场。”

“第二年，你确实打开了孵化场的大门，拥有了北极绝唱，对吗？”斯堪德等不及想知道故事的后半段。

“对。但不幸的是，艾瑞卡没有兑现她的承诺。”

“她没把那枚卵送回孵化场？”斯堪德倒吸了一口冷气。

“她对我说，她送回去了。那么多年，她一直坚称自己把那枚独角兽卵送回了原来的地方。可是她撒谎了，第一次对我撒谎了。”

“后来呢？她对那枚卵做了什么？”

“做了艾瑞卡·艾弗哈特一向会做的事，最不可思议的事。她给自己织造了一条联结。你可能不了解你妈妈，斯堪德，她极其聪明，堪称天才，就算她那时才十四岁。在作为初出生的那一整年里，她不停地阅读资料，研究怎样办成这件事。当然，当时她是在为我和那枚独角兽卵做准备。但对于这种行为会带来的巨大能量，她已然心知肚明。我们一开始训练时我就告诫过你，驭魂者必须拼力抵抗黑暗深渊的吸引。而她没能做到。第一年将尽时，艾瑞卡赢了训练选拔赛，但这并不能让她满足。于是，我进入凌云树堡时，赫然发现她已拥有两条联结，一条连着彼岸血月，另一条连着那头可怜的荒野独角兽。”

“你竟然没发觉有一头荒野独角兽围着她转？”

“她把它送走了，送到极外野地，让它孤零零地长大。我知道我应该意识到事情不对劲，毕竟我是她的妹妹，总该看出些端倪才对……那凭空织造出的联结充满了黑暗，和正常的联结全然不同。它缺少两个灵魂之间的交流和相互支撑，也无法改善独角兽的本性。而独角兽流落荒野，就等于置身于无穷无尽的暴虐和仇恨之中。

艾瑞卡的能量愈发强大，这一点无须再多解释。但与此同时，她也变得阴晴不定、反复无常，蠢蠢欲动地想要织造更多联结。我想，这是因为真假联结之间有着相互平衡的作用，此消彼长。后来，就在她意气风发准备第三次连任混沌司令的时候——”

“彼岸血月死了。”斯堪德一下子明白了，前因后果连了起来。

“彼岸血月死了。”阿加莎沉郁地重复道，“那头荒野独角兽完全控制了艾瑞卡，经年累月的遗弃让它愤怒至极。”

“原来二十四难士事件是这么回事。”斯堪德喃喃道。

“没有理由，不可原谅。”阿加莎说，“你绝不可以原谅她的所作所为。因为她，因为我，那年有一名骑手打开了孵化场的大门，却没能找到属于自己的独角兽。因为她，还有我，二十四头独角兽冤死竞技场。由此引发的悲剧罄竹难书。她的恶行不可原谅，但某种角度上可以理解。后来，她自己也想摆脱织造出来的联结，于是——”

“于是逃亡本土，”斯堪德接口道，“遇见了我的爸爸。”

“是的。一开始我以为这样就万事大吉了，于是我甘愿成为‘夺魂刽子手’，让自己活命，艾瑞卡也能获得新生——改头换面，从头再来。我不能死，一旦我死在银环社手里，艾瑞卡肯定会为我复仇，她什么可怕的事都干得出来。我苟活是为了保护她，也是为了保护其他人不被她所害。你能明白吗？”阿加莎突然急切地追问。

斯堪德也不知道自己能不能明白。阿加莎和艾瑞卡之间的关系比他想象的还要复杂。爱和秘密，把两姐妹紧紧地束缚在一起。他不由得想起了秘密私贩，他们知道这些前尘往事吗？想到这些他就不寒而栗。

“我以为她远离了那头荒野独角兽之后，织造出的联结会开始松动。我真是这么想的，可没想到，它仿佛阴魂不散……艾瑞卡根本避无可避。”

“那条联结没有消失。”细节渐渐明朗，一切都说得通了。织魂人和荒野独角兽之间的联结很不对劲，它难以稳定于某一种颜色，一直在失控般地变化着。“我去年看见了，在极外野地。”

“荒野独角兽的寿命远长于她。借由凭空织造的联结，它会渐渐吞噬她的人性，直至一点儿不剩。而人不可能像荒野独角兽那样拥有腐朽不死之躯。”阿加莎茫然而绝望。斯堪德本能地握住了姨妈的手。他们就这样静静地坐了一会儿，觉悟到她的姐姐和他的妈妈可能面临的未来。这种预见就像一种静默的心痛，飘浮在她和他之间。

斯堪德先松开了手：“你为什么现在告诉我这些？”

“我不喜欢你闷坐在马厩里的模样。那让我想起艾瑞卡痛失彼岸血月时的情景，那种了无希望的眼神。斯堪德，你必须对抗黑暗的诱惑。比她更努力、更清醒地对抗黑暗。你懂吗？”

“要是他们再也不让我靠近福星恶童怎么办？”斯堪德终于说出了比武锦标赛以来一直萦绕在心里的恐惧。

“那也要继续抗争。”

“怎么抗争？”

“总会有办法的。”

“我真的是补魂者。”斯堪德脱口而出。她坦陈了一切，他也瞒不下去了。

“你怎么知道？”阿加莎警觉起来。

“我……我做了一个梦。梦见了我的姐姐，还有她那头流落荒野的独角兽。”

“我不是跟你说了吗？那很危险——”

“啊！”斯堪德腾的一下站起来，他的脑袋快要炸开了。妈妈的过往、联结的秘密、迫近的危险……千头万绪，快把他逼疯了。他用力踢了一下椅腿：“找不到开鸿骑手的赐礼又怎么样？夏至到了又怎么样？元素失衡、毁灭整座离岛又怎么样？谁会在乎我是不是补魂者？离岛要毁灭就随它去吧！”所有的恐惧倾泻而出。“要按照结盟元素疏散骑手吗？把我算成驭水者吧！还是以家庭为单位？我、你、织魂人，还有她那头变态的荒野独角兽，咱们一起走？”

“别犯傻——”

斯堪德来回踱步：“只要找到那个尸骨手杖，所有难题就迎刃而解了。离岛能保住，司令能释放福星恶童，我的罪名能消除——只要证明荒野独角兽之死、附身事件和离岛的报应都跟我完全没关系。大家还能开开心心地一起生活。”朋友们的面孔此时一一掠过他的脑海：博比，弗洛和米切尔。还有肯纳，离岛上应该也有她的位置。

阿加莎转过身，看着斯堪德：“尸骨手杖？”

“对，”斯堪德急不可耐地说道，“开鸿骑手杀死了荒野独角兽女王然后用她的尸骨雕了一根手杖，而这根手杖就在他的坟墓里。所以我们要——”

阿加莎似乎很困惑：“可是驭魂者之间流传的故事不是这样的啊。”

斯堪德愣住了：“什么意思？”

“我的父亲也讲过开鸿骑手和荒野独角兽女王的故事，但他们不是敌人，而是同盟。驭魂者们口口相传的是，开鸿骑手和荒野独角兽女王共同建造了离岛。”

“可是他们既然彼此结盟，怎么还用人家的尸骨做兵器呢？”

阿加莎耸耸肩：“不知道。我从来没听说过尸骨手杖的事。我们驭魂者小时候传来传去的就是刚才我讲的那个版本。可能真的只是传说吧。”

“可能真的不是……”斯堪德已经准备开门了，“阿加莎。”

“是艾弗哈特教官。”

“你是认真的吗？咱们都聊了这么多了，你还要我这么称呼你？”

“好吧，私下可以叫艾弗哈特姨妈。”阿加莎不情不愿地说，“你要去哪儿？不会还要去福星恶童的马厩吧？”

“去混沌杯的赛场。我得赶紧把这些信息告诉朋友们。如果开鸿骑手和荒野独角兽女王是同盟，那么寻找坟墓就有了新的思路。因为，他们极有可能葬在一起。”

斯堪德跑到四极城时肺都快炸了。他跑过落锁的鞍具作坊、静悄悄的树屋和人影全无的铁匠铺，一直跑到了竞技场。他穿过走道，冲上看台，与震耳欲聋的欢呼声迎面而来。成千上万的岛民站在这里，冲着场边的大屏幕挥舞旗帜，高声呐喊。特勤随处可见——这倒在斯堪德的意料之中。尼娜·卡扎马执意照常开赛，但她也很清楚，这样做风险极大。

斯堪德不理会那些戴着银色面罩的特勤，转身去搜寻队友和杰米的身影。

他知道他们的票都是看台东区的，于是推推搡搡地挤过身着元素彩衣的骑手和叫卖玉米饼、爆米花的小贩，向他们靠近。

“小堪！小堪！”弗洛招呼他。她的笑容灿烂无比，他毫不费力就露出了真心的微笑。

米切尔捏捏他的肩膀，杰米拍拍他的后背，博比则心不在焉地挥挥手，眼睛紧盯着大屏幕。

最后一轮就要开始了。看来，决出结果之前，朋友们是没心情听他讲荒野独角兽女王的事了。

选手们的身影一出现，观众的吼声愈发汹涌起来。大家齐刷刷地仰着脸，望着世界上最强大的几头独角兽在天空中翻转腾挪。巨大的扩音器里传来解说员的声音，絮絮叨叨地飘在赛场上方。“最新消息，最新消息，今年的外卡选手——莱昂·克劳福特已被迫着陆，就此出局，所以处于领先位置的只剩尼娜·卡扎马和闪电差以及阿洛迪·伯奇和蒹葭王子了！”

“她要赢了！尼娜要赢了！”弗洛跳上跳下，为沙克尼鞍具支持的骑手加油。

“但艾玛·坦普尔顿追上来了！看哪，惊山从内圈赛道追上来了！”解说员喊道。

斯堪德看到惊山后来居上，与闪电差短兵相接，突然觉得喉咙发紧。在马盖特，肯纳和爸爸也正在看着这一幕吧？惊山还是肯纳最喜欢的混沌杯选手吗？

“快看！惊天巨浪！”博比嚷嚷着猛拍斯堪德的肩膀。循着她指的方向，斯堪德看见尼娜和闪电差融合水、风两种元素，将水波卷成漩涡，击中了阿洛迪和蒹葭王子。后者防备不及，偏离了赛道。

“她的速度竟然没怎么受影响，真是不可思议！”解说员继续说道，“在刚才的进攻之后，闪电差仅落后惊山几个振翅之遥！”但斯堪德一点儿也不意外，毕竟尼娜曾是疾隼队的成员。尽管那些调查由她主持，斯堪德还是忍不住为她欢呼，为她加油。到目前为止，她一直顶着银环社的压力在保护他和福星恶童，不是吗？

解说员的声音打断了斯堪德的思绪：“可艾玛·坦普尔顿绝不会不战而降！空战进攻花费的时间可能会让尼娜与混沌杯失之交臂！”

“哎呀，快闭嘴吧！”弗洛跺着脚喊道，“冲啊！尼娜！蝉联冠军！”

镜头拉近，只见尼娜伏在闪电差的脖子上，催它疾驰。差距不断缩短，斯堪德忍不住和大家一起高呼。尼娜和他一样来自本土，上普普通通的学校，过普普通通的生活。突然有一天，她受这座奇幻的离岛召唤，来驾驭地球上最强大的生物，超尘逐电。她真能蝉联混沌杯冠军吗？迄今为止，只有艾瑞卡·艾弗哈特曾获此殊荣。不过，斯堪德已经知道，妈妈的司令之路是由两头独角兽的魔法共同铺就的。

“噢噢噢噢！”解说员大呼小叫，“高超的火焰魔法！不过，费德里科·琼斯的烈焰长矛并没有拖慢她们的速度！”他现在几乎声嘶力竭了。

确实，尼娜和艾玛朝竞技场的沙地俯冲，从后方追来的火元素兵器擦过独角兽的身侧，没有动摇她们分毫。

“费德里科·琼斯反而慢下来了，他落后了！现在只剩下两名骑手角逐最后的荣光！闪电差看起来还有不少余力啊！两名驭风者都没有使用魔法，这次是全然的速度大比拼，就看谁能率先冲过终点了！”

“尼娜！冲啊！冲啊！”博比大喊。

“着陆！她们即将着陆！现在可以确定的是，本届混沌杯将花落驭风者之手，但究竟是哪一位呢？按规则，她们必须先着陆，然后奔跑冲过终点拱门！如果没能及时着陆，将被取消竞赛资格！”

解说员故意停顿了一下，斯堪德紧张得大气也不敢喘。

“成功着陆！”解说员上气不接下气，“齐头并进！”

即便站在高高的看台上，斯堪德也能看清尼娜的背甲上涂装着黄色的“卡扎马”字样，而艾玛的铠甲上闪耀着同样颜色的“坦普尔顿”。两名骑手正向终点发起最后的冲刺。

“来自本土的司令能否创造历史？尼娜·卡扎马能否再次捧起混沌杯？我们拭目以待！”

两头独角兽——白脊白尾灰毛色的惊山和橄榄褐色的闪电

差——并驾齐驱，眼看就要冲过终点。而就在这一刻，尼娜突然扬起了手掌，动作快得斯堪德差点儿没看清——一把电光匕首斜刺向惊山。艾玛的独角兽慌神了，哪怕只是一瞬间，也足够一锤定音。

“竟然在转瞬之间塑造出兵器，同盟元素的运用简直炉火纯青！决胜时刻到了，尼娜·卡扎马即将卫冕成功，即将率先冲过终点！”

看台上的声浪如山呼海啸，斯堪德扯着嗓子大喊大叫，伸着脖子去看大屏幕上的最终结果。他想沉溺于这一刻。说不定，这就是最后一届混沌杯了。说不定，离岛就要覆灭，朋友们就要分道扬镳。如果拯救不了他们的家园，那就好好享受，记住这一刻吧。

“是尼娜·卡扎马和闪电差！尼娜·卡扎马第二次获得混沌杯！我们的混沌司令！尼娜·卡扎马！来自本土的驭风者！卫冕成功——”

尼娜穿过赛场边的出口，正要返回混沌围场，而艾玛和其他选手尾随其后，也离开了竞技场。

“不可思议！难以置信！”弗洛一遍又一遍地念叨着。

“太好了！”博比一挥拳，“驭风者又赢了！”黄色的烟花绽放在天空中，疾隼队的成员们腾空而起，庆祝表演在她的脸上投下暗影。“不过，”博比说，“我要赢三次！混沌杯是我的！加油！努力！”

解说员开始复述比赛结果，大屏幕反复播放尼娜搂着闪电差的画面。这时，斯堪德突然发觉米切尔转过肩膀，似乎在护着什么。不合时宜的动作吸引了四人小队的其他成员，大家纷纷收回了目光。

杰米好像不太对劲。

甲胄师一绿一褐的眼睛炽烈地亮着，像熊熊燃烧的煤炭；他的耳朵里冒出蒸腾的白雾，头发飘动着，似有察觉不到的微风轻拂。

他突然张开嘴巴，唱了起来。

第十七章

新的真言之歌

“又是离岛魔法在作祟？难道他也被附身了吗？”斯堪德提高音调，压过喧闹的欢呼。杰米却像入定一般。

“不对！”米切尔拽起杰米软绵绵的胳膊，搭在自己的肩膀上，沿着看台走道往外挪。“是真言之歌，他自己的真言之歌！得找个安静的地方，不然听不清！快走！”

“可杰米并不想当吟游诗人啊，他怎么能——”

“他生来就是吟游诗人——”米切尔不情不愿地说，“这就够了。”

散场乱糟糟的，观众推推搡搡、骂骂咧咧，手脚并用地往外挤。有人认出了斯堪德，指指点点地说：“喂喂，那不是驭魂者吗？”

“古镜悲叹沉船，”他们挤出竞技场时，杰米开口唱了起来。

“去沙克尼鞍具的帐篷！”弗洛指了指不远处的橙色帐篷，那是为混沌杯赛事设置的临时鞍具作坊。

“要唱多久啊？”博比问。弗洛拉开了帐篷拉链。

“不好说。”米切尔松开杰米的胳膊，扶着他坐在地上。“有可能反反复复地唱，唱上几个小时，也可能唱完一遍就再也不唱了。”他从夹克口袋里抽出笔记本，匆匆开始记录。

斯堪德呆呆地盯着他的甲胄师——从来不想成为吟游诗人的甲胄师。魔法元素咝咝缭绕，杰米继续唱道：

灵魂绝唱缄默，
五个起止相随，
决战摒弃暴力，
敬意终归女王。

“什么意思啊？比之前那首真言之歌更让人不知所云！”博比手腕上的羽毛都竖起来了。

“等等，别急。”米切尔奋笔疾书。斯堪德想叫醒杰米，可他好像睡得很沉。

“如果这就唱完了，那他的真言之歌咱们几乎都没听到。”弗洛难过地说。

“至少听到了一部分。”米切尔不同意，“哪怕一点点也可能派上用场。”

“什么用场？”博比抵触地问。

“米切尔说得对。”斯堪德飞快地答道，“刚才那几句里提到了女王，肯定是指荒野独角兽女王。其实，我来找你们就是为了这个，阿加莎提供了新的信息。驭魂者之间流传着一个古老的传说，说开鸿骑手和荒野独角兽女王不是敌人，而是盟友。”

“换作是我，恐怕不会用朋友的骨头做兵器！”博比气哼哼地说，“不过米切尔，你要是再烦人些，我可以考虑用你的。”

“博比！”弗洛责备道。

“重点是，如果他们是结盟的骑手和独角兽，那么死后也应该葬在一起，对吗？”

“开鸿骑手怎么可能与一头荒野独角兽结盟呢！”米切尔唾沫飞溅地反驳，“这也太荒谬了——”

斯堪德扬起眉毛：“那你听说过开鸿骑手的独角兽吗？知道它的名字吗？”

杰米突然咕哝了几声，米切尔连忙弯下腰去看他的脸，回避了这个问题。

“出什么事了？”甲胄师哑着嗓子问。

“你唱了自己的真言之歌。”米切尔小心翼翼地解释道。

博比夸张地鞠了一躬：“向吟游甲胄诗人致敬！”

“别开玩笑了！”杰米愁眉苦脸，干脆闭上了眼睛，“这下我爸妈要永远念叨下去了！”

四人小队把杰米送回了他的铁匠铺，与他挥手道别。但米切尔坚持目送精疲力竭的甲胄师爬上梯子并安全回到屋里，才肯让大家打道回府。

他们步行折返，在一番跋涉之后，总算爬上了凌云树堡的山顶。“我的意思是，”斯堪德气喘吁吁地说，“如果开鸿骑手是和独角兽葬在一起的，那么肯定有——”

“有一棵纪念树。”弗洛若有所思。

“独角兽安息，纪念树生长。”斯堪德冲她笑笑，“去年，在墓园里，你告诉我的。”

“荒野独角兽也一样吗？”博比问。

米切尔抱着胳膊：“如果荒野独角兽也是如此，那咱们应该不会错过它的纪念树。想象一下吧，它们可是跟五种元素结盟的，那树叶得是什么样啊？”

“像那样？”博比一只手叉腰，一只手指向凌云树堡的入口。

四人小队惊讶地望着入口处的茂密植被。斯堪德一向喜爱这些五彩缤纷的树叶，但此时他仿佛是第一次看清它们——这些树叶和墓园里的那些一模一样，无风而动，噼噼啪啪地打着旋儿。

米切尔一下子雀跃起来：“坟墓的入口肯定就在这儿！”

“对呀！”博比挥挥拳头，“我又力挽狂澜啦！讨不讨厌哪？”她冲斯堪德眨眨眼，但斯堪德却仰头望着渐暗的天色。

“咱们得快点儿。天要黑了，过了今夜就是夏至，万一这座岛想提前自我了断就糟了！”

“斯堪德，消停一分钟行吗？”博比没好气地说道。她把手按向树干，电花嗞嗞闪烁，只见树皮移开，露出了里面的空间。“咱们现在要找一座古墓，哪怕是我也得专心致志啊！”

四人小队在树干的正反面找了一遍又一遍，进进出出，搅得各种元素不断地聚合、爆裂。同时，随着夕阳西下，观赛返回的骑手也越来越多，他们说说笑笑地从树干中穿过。显然，开鸿骑手坟墓的入口另有所在，即使他和荒野独角兽女王就一起葬在这棵树下。

“咱们休息一下吧，再研究研究杰米的真言之歌。”米切尔拽着树根，好半天也没见动静，只好悻悻然站了起来。

斯堪德正想建议大家再找找，哪怕爬上树去看看也好，却突然听到了一声尖叫。

他们连忙往凌云树堡里面跑。“这不是我想象出来的吧？”博比咕哝道。

斯堪德抬起头，看见骑手们正在摇摇晃晃的栈道上疯跑。

科比从树林里冲了出来，没头没脑地直奔过来，满脸惊恐，一看见四人小队就问：“你们几个还正常吗？”

斯堪德觉得有点费解，却也不好回答，毕竟在别人眼里，他们四个都不能算“正常”。

“你们几个中邪了吗？”科比换了个词。

“哦，”斯堪德这才反应过来，“没有，我们……我们都很正常。出什么事了？有人被附身了？谁袭击你了？”

科比的回答像是大笑，又像号哭：“谁袭击我？哈，半个凌云树堡！”

“半个凌云树堡？都中邪了？”弗洛吓呆了。上方突然传来一声长长的骇人的号叫，四个人本能地挤成了一团。

科比点点头，被冰霜包裹的睫毛剧烈地抖动着。看到这位驭水者竟露出如此脆弱、恐惧的一面，事情便显得更不寻常了。他平时可没少跟梅伊、阿拉斯泰尔一起欺负人。“有些被附身的骑手还领着他们的独角兽，危险极了！”科比说着就往最近的梯子上爬，“快进屋，外面不安全！”

“那我们的独角兽怎么办？”斯堪德还惦记着被特勤看守的福星恶童。悲伤在联结里涌动，无时无刻提醒着分离的事实。也许，就在此刻，趁着所有人自顾不暇，他能把福星恶童救出来。

“教官们会守护马厩的！你什么忙也帮不上！快进去吧！”科比刚闪进树屋，半空就掠过熊熊大火。斯堪德一抬头，看见安德森教官骑着沙漠火鸟，正极力阻拦萨莉卡和赤道之谜。即便在下方观望，也能看出教官的用意：他只想把黝黑的赤道之谜逼回地面，而非毫不留情地直接击落。可萨莉卡并不领情，一次又一次对沙漠火鸟发起火焰攻击。她的指甲都冒着火苗，似乎要把自己的教练烧成灰烬才肯善罢甘休。燃烧的树叶和焦黑的树枝像雨点般洒向四人小队。

“快回去！”斯堪德指着他们的树屋大喊。

他们冲上梯子，冲上熟悉的栈道，一路上左躲右闪——被附身的骑手对昔日的朋友发起进攻，不管不顾地用元素魔法对准披着铠甲的树干，引发一连串爆炸。一张张面孔匆匆掠过，晕成模糊的一片。斯堪德顾不上细细端详，顾不上分辨他们的眼神是清明还是……不祥。

四人逃回树屋，先急着用书柜抵住屋门，然后才倒在各自的彩色豆袋沙发上。当然，博比除外，她泰然自若地给自己做了一份“救急三明治”。斯堪德闻见辛辣马麦酱和清甜果酱的混合气味，竟莫名觉得舒心，真是离谱。

米切尔起身拖来了他的小黑板。

“现在吗，米切尔？”弗洛不可置信地问。

“反正咱们也不能出去享受和煦的夏夜晚风了！”米切尔发狠道。

“我早就知道，迟早会碰上僵尸末日。”博比若有所思。

“僵尸是什么意思？”弗洛突然好奇起来。

博比嘴里鼓鼓囊囊地塞满了三明治，正要开口解释，就被米切尔打断了：“别扯了，罗伯塔，你还不知道情况有多严峻吗？各元素已经完全失衡了，凌云树堡里一半的骑手都被附身了。要不了多久，尼娜司令就要疏散整个离岛了！”

“你把杰米的真言之歌写上去吧，咱们听见多少就写多少。”斯堪德指着小黑板说，“如果坟墓的入口就在凌云树堡的树下，现在的问题就是找到入口，对吧？”

米切尔拿出粉笔，一边写，一边念。他们最初听见的一句是：

古镜悲叹沉船。

以及整首歌的最后一段：

灵魂绝唱缄默，
五个起止相随，
决战摒弃暴力，
敬意终归女王。

博比发起牢骚：“我之前是不是说过，我讨厌猜谜语？”

弗洛没理她：“‘绝唱’应该是指死前的悲歌吧？”

“可‘绝唱’怎么会‘缄默’呢？”米切尔琢磨着。

他们想了又想，猜了又猜，反反复复地推敲。凌云树堡之下的大地不安分地震颤着，狂风摧折树木，猛撞树屋，像狂怒的拳头。

福星恶童的情绪全乱了，联结里一会儿淌过恐惧，一会儿涌出兴奋，一会儿又变回恐惧。斯堪德眼睁睁地看着夜晚将尽，夏至将至。夏至。他忍不住回想起那一夜突兀的五下敲门声，想起了阿芬顿的白色独角兽岩画，入选的骑手聚集在那里，兴奋地等着乘上直升机，前往孵化场。今年夏至，还会有一群十三岁的孩子在那门口排着队跃跃欲试吗？

天快亮的时候，四个人都撑不住了，窝在豆袋沙发上睡了过去。

当、当、当。

其他人都睡得很沉，斯堪德却猛然惊醒。他担心中邪的骑手打上门来，便先爬上树桩楼梯，透过圆形窗户向门外的平台望去。

是李凯斯。他看上去还好，神志清醒，只是非常非常忧心。

斯堪德不想吵醒朋友们，便小心翼翼地挪动书柜，打开一条门缝，挤了出去。

“李凯斯？”斯堪德在明亮的晨光里眨眨眼睛，看见队长的胳膊受伤了，“你这是怎么了？”

“戾天骑手要走了，斯堪德，你跟我们一起走吗？”他声音里一贯的玩笑意味消失了。

斯堪德眉头紧皱：“什么叫‘要走了’？你们要去哪儿？”

李凯斯用一只手按着斯堪德的肩膀：“你知道‘游隼’是什么意思吗？”

“是一种飞得很快的鸟。这不是你告诉我们的吗？”

李凯斯摇摇头：“不，不，‘游隼’指的是‘游子’，是流浪，是迁徙。今天日落之后，这座岛就不能住人了，我不愿让疾隼队四分五裂。要是按照结盟元素疏散，大家带着各自的独角兽分道扬镳，咱们就再也不能一起翱翔天际了。”

“我不能走——”斯堪德话没说完就被打断了。

“不用担心你的福星恶童。安布尔·费尔法克斯已经趁着昨夜的混乱避开特勤，把它带走了。”

斯堪德愣住了。“在哪儿？它在哪儿？是安布尔救它出来的？”

“在余晖天台。”

李凯斯转身就走，斯堪德毫不犹豫地跟了上去。

通往凌云树堡制高点的路似乎从未这么漫长：数不清的栈道断裂了，有些平台甚至整个塌了下去。就算期待着与福星恶童重逢，斯堪德也无法对离岛的惨状视而不见。四极城内有些地方只剩断壁残垣，曾经鲜艳精巧的树屋已沦为瓦砾断木，竞技场的看台倒塌了，就连终点拱门也垮了。看着挚爱的离岛变成这副模样，斯堪德悲伤难耐、心痛不已。

余晖天台上此时一片忙碌：普利姆罗斯在统筹调度，发布命令；帕特里克把物资补给装进鞍袋；芬恩安抚着打转的荏苒星霜；马库斯和阿德拉正激烈地争论着什么。

斯堪德看见安布尔和梁上旋风正缩在最远处的角落里。在它们旁边，一头黑色独角兽不急不躁地静静站着。

是福星恶童。

纯粹的快乐瞬间溢满了联结，斯堪德都要跳起来了。福星恶童欢快地叫着，翅膀闪烁着白光，冲它的骑手狂奔而来。

斯堪德也扑了过去，张开双臂，一把抱住福星恶童乌木般漆黑的脖子。他的独角兽身上有“家”的气味、友谊的气味和双生灵魂的气味。他们彼此感同身受，联结中翻腾着宽慰、兴奋和爱，强烈的情绪差点儿把斯堪德击晕。

“你好吗，我的小家伙儿……”斯堪德任由眼泪流淌，“帅气的小伙子，亲爱的小家伙儿！”他将双手探进黑色的鬃毛，他的额头紧依着它柔软的被毛。福星恶童转过脑袋，用鼻子蹭着他的脖子，喷出热乎乎的气息。他们可以一直这样依偎着，直到永远。

过了一会儿，安布尔犹犹豫豫地穿过天台，向他们走了过来。斯堪德想擦掉眼泪，但他知道，自己的脸肯定已经变得通红。

“谢谢你，”他抽噎着，几乎说不出话，“真的，谢谢你。”

“没什么。”安布尔耸耸肩，额头上的星形突变噼啪作响。

“唔，我倒不是不领情，”斯堪德渐渐平静下来，“可帮我的怎么会是你呢？这一整年你都在跟别人说附身中邪的事全怪我。博比还说她看见你和曼宁主管在竞技场边嘀咕，当时我——”

“博比·布鲁纳真是多管闲事。”安布尔揉揉朝天鼻，流露出些许本性，“我确实跟主管说了几句，但那是在帮你解释，既然你自己也被附身了，之前的事肯定跟你没关系。当然了，他才不会相信我呢，毕竟我爸也是驭魂者。”

“意料之中。”斯堪德咕哝道。

“我们现在扯平了。在上次的疾隼队活动中，你救了我一命，后来我的四人小队欺负我时，你还站出来维护我。现在呢，我救出了福星恶童，福星恶童跟你团聚了——这算两笔啊。所以扯平了。好了，继续互相嫌弃吧，我早就迫不及待了！”

斯堪德大笑起来。安布尔一甩栗色头发，又回去找她的梁上旋风了。

李凯斯和普利姆罗斯过来了。后者看见紧紧依偎的骑手和独角兽，嘴边掠过一抹不易察觉的笑意，但一开口又是公事公办的语气："那么，你跟我们一起走吗？我们计划日落前启程，赶在尼娜的疏散令之前，免得——"

斯堪德已经摇头表示拒绝了。"多亏了你们，福星恶童才能安全脱身，我的感激无以言表。可是我不能走，这座岛已经是我的家了。"

李凯斯叹了口气："它也是我们所有人的家。可是斯堪德，它很快就会消耗殆尽。而我们会建立新的家园。在那里，也许连结盟元素都不复存在，不过那又如何呢？开鸿骑手第一次踏上这片土地的时候，也是什么都没有啊。"

斯堪德盯着李凯斯。这位若成生几个月前讲的故事突然在他脑中浮现。

"开鸿骑手是个渔夫，他被冲到镜崖时，比初出生大不了多少。"

李凯斯和普利姆罗斯看见斯堪德的表情，连忙问："怎么了？"

斯堪德翻身跨上了福星恶童的背。能紧贴着它，这感觉本就不可思议，然而此刻，再次骑上它的感觉堪称完美。在这一刻，世界安宁美好：离岛的灾难暂且停息，戾天骑手渐渐模糊远去，只有他和它——斯堪德和福星恶童——仿佛远离一切喧嚣，享受着幸福时光。

随后，现实袭来，斯堪德挺起身子，福星恶童也扬蹄振翅，准备起飞。

“你去哪儿？”普利姆罗斯问道。

福星恶童张开了黑色的翅膀，而斯堪德终于答道：“我不想就这样放弃离岛。你们也不该放弃。姑且等到日落吧，在那之前千万别走，好吗？”

“为什么？”李凯斯追问。

“答应我！”斯堪德喊道。福星恶童离开了凌云树堡最高的天台，一路俯冲，而后猛地掉转方向，直奔树屋而去。

着陆之后，斯堪德坐在福星恶童的背上忙不迭地大喊：“博比！米切尔！弗洛！你们快出来！”

最先冲出来的是博比，她看见斯堪德竟然和福星恶童在一起，脸上的表情滑稽极了。“你是怎么把它弄出来的？”她狐疑地问，“你家里有一个独角兽强盗还不够吗？”

“说起来挺好笑的，”斯堪德说，“但这个不重要。听着，我觉得我全想明白了。”

“想明白什么？”弗洛打着哈欠推开了树屋的门，一看见福星恶童就兴奋得尖叫起来。

米切尔一边走出来一边推眼镜。

“我知道坟墓的入口在哪儿了。”

“怎么？什么？在哪儿……那是……福星恶童？”米切尔眨了眨眼睛。

“在渔人海滩！开鸿骑手是被海水冲到离岛的！他以前是个渔夫！记得吗？‘古镜悲叹沉船’！阿加莎带我登岛时说过，水手们认为那里不可能安全地停靠船只——渔人海滩就在镜崖之下！而‘起止相随’——开鸿骑手的第一步就踏在了渔人海滩上，那么——”

“他的最后一步——迈向坟墓的一步，应该也在那里！”博比已经跳起来了，恨不得立刻行动。

“那‘灵魂绝唱缄默’怎么解释？”弗洛问。

斯堪德深吸了一口气：“这个嘛，虽然说出来显得有些自负，但我猜，这部分真言之歌唱的是我。”

博比夸张地长叹一声，不过还是挥挥手，叫斯堪德继续讲。

“我是骑着北极绝唱登岛的。从另一个角度说，因为我来了，离岛上几乎灭失的魂元素才有了转圜余地，不是吗？去年，我和阿斯彭·麦格雷斯谈了条件，有了承诺。也就是说，本来已经响起的魂元素的‘绝唱’，就此‘缄默’了。”

“而且，阿加莎和北极绝唱带你踏上离岛的第一步，就是在渔人海滩？”米切尔总算跟上了思路。

“对！就在孵化场的峭壁之下！咱们得赶紧去！立刻就走！”

凌云树堡里已人仰马翻，前一夜的附身事件造成了不小的损害，而教官们正脚不沾地地忙活着，为即将到来的大疏散做准备。

几分钟后，四人小队全副武装，福星恶童、鹰怒、银刃和红夜悦一同飞离凌云树堡的山坡，直奔远方的镜崖。

四头独角兽正排成惯常的队列飞行，突然，银刃高声嘶鸣、咆哮起来，震得斯堪德都耳鸣了。

“它怎么了？”米切尔立刻警觉起来，头盔都歪了。

弗洛却哈哈大笑：“它太开心了！之前斯堪德和福星恶童被硬生生分开，它可担心了。现在他们团聚了，它由衷地高兴。我想，银刃现在明白自己也是小队的一员了，缺了谁都不行。它终于有了归属感！”

博比也忍不住笑了，在独角兽的振翅声中高喊道：“相信银刃吧！它总算赶在世界末日之前找到快乐啦！”

这句话又把他们拉回严峻的现实。离岛的灾难一刻不停，地动山摇、狂风骤雨、满目疮痍……说这是世界末日，一点儿也不为过。斯堪德越过福星恶童的翅膀俯瞰下方，魔法的疯狂爆发触目惊心：四极城至少有四分之一淹没在火海中，空气中翻腾着烟尘，不时传来地震和滑坡的隆隆巨响。作为司令，尼娜·卡扎马为了保护民众而选择大疏散的决定无可厚非。

四头独角兽飞过孵化场的上空时，斯堪德发现悬崖顶部塌陷了，镜崖中有两座已经倾圮。顾不上细瞧，四人小队就已抵达离岛的边境，他们降低高度，准备在渔人海滩着陆。

着陆时，福星恶童距离鹰怒、银刃和红夜悦稍远，斯堪德的内心有些慌张。太阳已经升起来了，在夏至日落降临之前，他们还有多少时间？这里远离凌云树堡的树林，万一坟墓的入口不在这儿怎么办？他们要花多久才能找到坟墓，还有尸骨手杖？而且，找到尸骨手杖后，他们真能如真言之歌所唱，打赢这“一仗”吗？

“天才！你真是个天才！”

博比的叫声打断了斯堪德的忧虑遐思。她这是在……赞美米切尔？

“天生我材必有用，就在着陆的这一刻。”米切尔的笑容都藏不住了，“你们看，这片镜崖映出的人影是变形的，我显得又胖又矮，红夜悦却像是缩水了。一定是内部的塌陷造成的。这说明它后面缺少支撑。”

“你确定就是这儿？”弗洛问道。斯堪德也跑过来看个究竟。

“如果把它砸碎，我敢打赌，后面肯定不是实心的石头。相信我，这片镜崖和其他部分不一样。”

弗洛掌心的伤口立刻泛起绿光，只见她用土元素魔法塑造了一柄长枪，尖端是锋利的燧石。大家还没回过神来，她就瞄准镜崖，投出了长枪。

镜崖表面应声炸裂，碎片四处飞溅，纷纷扬扬地落在铺满鹅卵石的海滩上，映出成千上万块细碎的天空。

“洪水奔流！弗洛！事先提醒大家一下比较好！”米切尔一边嚷嚷，一边掸掉红夜悦鬃毛上的石英碎片，“你怎么这么冲动？”

博比望着弗洛，满脸惊叹和敬畏。

弗洛耸耸肩："我是驭土者嘛，有时候务实理智，有时候又喜欢扔石头。"

斯堪德将目光投向崖壁，看到的果真不是他和福星恶童的身影，而是一条幽暗的隧道，宽度刚好够一头独角兽进入。

这是通往开鸿骑手之墓的墓道。

肯纳

夏至

夏至的清晨终于降临，而在世界上的那么多人中，肯纳只想到了爸爸。他今天会做什么呢？他会去马盖特的街上买一份报纸？会特别投入地阅读关于混沌杯比赛的报道，一不留神往咖啡里加好多糖？她想到那一天，他坚持要自己划船送她去海上，与那些独角兽碰面。他视她为骄傲。肯纳紧张了：夏至之后，爸爸还会为她感到骄傲吗？

自从在极外野地遇到艾瑞卡·艾弗哈特，肯纳就一直想给爸爸写信，把“好消息”告诉他——他深爱的“罗斯玛丽”还活着。但妈妈不同意，让她再等等，因为“时机未到”。

不过，有一件事可以确定，那就是爸爸肯定不愿肯纳骑上妈妈的荒野独角兽。罗伯特·史密斯一向在意这种区别：结盟的和野放的。结盟的，是你能控制的；野放的，是会吃掉你的。结盟的，是你的赛场战友；野放的，是你的夺命死神。

然而，当艾瑞卡·艾弗哈特的荒野独角兽驰骋在极外野地时，肯纳用双手紧紧搂着妈妈的腰，只觉得无比安心，爸爸的警告和恐惧全都被抛在脑后了。现在，夏至已至，她们终于要奔向她的未来。那是她来到这里的目的。

艾瑞卡放慢了速度，让荒野独角兽缓缓走过覆盖着青草的崖顶。肯纳抬起头，第一次亲眼见到了孵化场。她并没有感受到想象中的兴奋或惊奇，反而体味到深深的悲伤——那是一种亘古不变的失望。妈妈说得对：她永远不会属于这座岛，她永远不会和其他人一样，为此，她只会恨他们。

她悲愤交加，只想冲着天空号哭，只想抓住摇摇欲坠的太阳，使劲儿地把它攥碎，碎成千万残片。

这时，离岛仿佛洞悉了她内心的骚动，只见崖顶剧烈地震颤起来，震耳欲聋的雷声轰然响起，闪电裹挟着元素，像拳头似的狠狠地击中了孵化场。

草甸之下的土丘一侧裂开一道大口子，豁口割裂了大地。

这种破坏似乎取悦了荒野独角兽，它扬起前蹄，兴奋无比。肯纳连忙拽紧了妈妈身上的布带。

艾瑞卡尖声大笑："哎呀，这可就容易多了！"

肯纳胳膊上的汗毛全都竖了起来，因为妈妈竟然开口唱道：

一脉承继大统：

黑灵魂之恶友。
新的力量崛起，
一切过往消亡。

“我从来不相信什么真言之歌，”她们走向孵化场旁边的裂谷时，艾瑞卡对肯纳说道，“但必须承认，这几句歌词我挺喜欢。”

这之后就没时间去迟疑或悲伤了，也不必再去想爸爸会怎么说，斯堪德会怎么说，那个渴望打开孵化场大门的小肯纳会怎么说。

此时她已没有别的路。取舍，她已决定；未来，她已选择。

第十八章

少一人

独角兽们不太喜欢墓道。福星恶童总想转身，斯堪德的膝盖就不停地撞上硬邦邦的内壁。空气咸咸的、湿湿的，似乎久无人至。之前炸开的洞口透进了一丝光亮，但他们越往前走，墓道里就越黑。福星恶童如此不安，斯堪德忍不住怀疑，自己的独角兽是不是早就知道什么隐情。

“呃，歌词里的‘一仗’会不会是种比喻……”弗洛的声音回荡在崖壁之间。

“应该是吧，”斯堪德安慰同伴，也安慰自己，“毕竟开鸿骑手已经死了几千年，对吧？”至于李凯斯讲过的“复仇鬼魂”，他尽量不去细想。

像往常一样，米切尔已经在筹谋后面的事了——找到尸骨手杖之后的事。他絮絮叨叨地说要尽快把尸骨手杖带回分汇点，计划着返回凌云树堡最快的路线。

与此同时，博比从铠甲里掏出了一份三明治。

“这种时候怎么能吃东西呢？”弗洛说，“我们随时都要应对袭击呀！”

“你不是说‘一仗’是个比喻——”

突然，整个镜崖又震了起来，大块碎石从墓道顶壁坠落。博比掸掉沾在面包上的灰尘，把三明治喂给了鹰怒。

时间越来越少了。斯堪德拍拍福星恶童的脖子，催它赶紧往前走。可黑色独角兽的四蹄像扎根在地里似的，怎么也不肯再挪一步。

“加把劲儿，小伙子！我知道你不喜欢这里，我也一样！”

“那是什么？”米切尔的声音尖锐而严肃，斯堪德不禁后背发凉，连忙抬头去看。

一头烈焰独角兽挡住了他们的去路。斯堪德辨不出它的模样，只见它周身噼啪作响，纯然由火堆成，没有皮肤，没有鬃毛，没有四蹄，只有炽烈的橙色火焰。

“它是来帮忙的，还是来杀人的？”博比轻声问道。

仿佛在回应她的问题，烈焰独角兽身上的火苗陡然增长，向四方蔓延，直至失去形状，封住前方的墓道，使之变成炼狱。高温灼伤了斯堪德的皮肤，福星恶童惊恐地尖叫起来。

“后退！后退！”弗洛咳嗽连连。她的银色独角兽退了几步，躲开了火焰。

一退到相对安全的地方，斯堪德就说：“我认为我们肯定没找错地方。”

“你认为？”博比刻薄地说，“真幸运啊，我们当中还有你这么个大聪明！”

“随你怎么说！”斯堪德又担忧又恼火，顾不上好好说话了。

他从未见过如此酷烈自爆的元素魔法，或许，有什么人正在远离火焰的地方控制它。

“那会不会就是荒野独角兽女王？”弗洛敬畏地问道。

“也许是荒野独角兽女王的某一种化身，”米切尔说，“坟墓肯定就在前面。咱们可不能现在就折回凌云树堡，还是闯过去吧。”

“等一下！”博比说，“我们是四人小队，是亲密挚友，我爱你们，但我真的不想往火里走！”

“你不用往火里走。”米切尔咧嘴一笑，“我是驭火者，要去只能是我去。”

“不行！米切尔！太危险了！”弗洛大声说，“难道就不能用水元素扑灭它吗？”

“对面的魔法能量太强，我感觉得到。再说，‘水灭火’这个思路在这里应该不适用。放心吧，没事的。”他说，“我读过所有关于真言之歌和吟游诗人的书——都是我爸爸不以为然的玩意儿。但这墓道里的魔法非常古老，就是吟游诗人唱过的那种。”

“哎呀，真对不起。”博比翻了个白眼，“原来你一直在看烈焰恶魔独角兽的故事啊，怎么不早点儿告诉我们呢！”

“不，罗伯塔，”米切尔难得这么耐心，“我们一整年都在练习用元素魔法塑造兵器，我想这里就是用武之地。我会和红夜悦一起塑造火焰，以火攻火，或许能够逼退它，让你们过去。”

“米切尔，”斯堪德还想劝他，“我真的不确定——”

“没事的，”米切尔打断了他，“让我试试吧，好吗？”

米切尔骑着红夜悦走向封锁了墓道的咆哮火舌。在这一刻，斯堪德真希望艾拉·亨德森能看到他的儿子：他是那么勇敢，那么无私，成为司令并不足以体现他的全部价值。

米切尔的掌心亮起了红光，将魔法投向前方的火焰。他移动手掌，翻转变换，将火苗塑造成火圈。红夜悦鬃毛蓬乱，被毛虬结，在炽盛的烈焰前扬蹄奋起，为它的骑手助一臂之力。斯堪德看不见米切尔的脸，只能看见朋友正拼尽全力地控制元素魔法，四肢抖个不停，就连手指都几乎脱力。

这时，米切尔回过头，声嘶力竭地喊：“我数三下，你们就冲！”

“往哪儿冲？”博比叫道。

但米切尔已经对准了前方的火焰，用右掌狠狠猛击。

“一！”

他再次出掌。

“二！”

接着是第三击。

“三！”

在狂暴的烈焰之中，米切尔的火圈撑起来了，中央的空间足够一头独角兽跃过。

“冲啊！”他吼道。

鹰怒一马当先。虽然之前牢骚不断，但博比行动起来毫不慌乱。她镇定自若地穿过火圈，干脆利落地落到了烈焰的另一边。浓烟滚滚之中，博比黑乎乎的身影隐约可见，她高兴地挥挥手，好像这只是个寻常的好日子。接着，弗洛和银刃也顺利地穿过了烈焰。

“那你怎么办？”斯堪德冲着米切尔喊道。火舌蠢蠢欲动，舔舐着火圈的外延。

“我留在这边！等你们回来再撑起火圈！”米切尔的声音因疲惫而绷得紧紧的。

“这怎么行！”

“快走！”米切尔大喊。斯堪德只好命令福星恶童看准火圈中央的空间，接着一跃而过。火圈擦着福星恶童的尾巴消失了。

“这样能行吗？万一再有大火怎么办？”斯堪德回头望着米切尔，福星恶童也嘶鸣着呼唤红夜悦，忧虑和悲伤在墓道中回荡。

博比呛得直咳嗽：“想知道就只有一个办法。”她不管三七二十一，催着鹰怒往墓道深处走去。

弗洛骑着银刃跟了上去，但她不停地回头，喃喃道：“我不想丢下米切尔。”

“是啊，”斯堪德说，“我也讨厌这样。”

“喂，你们两个！”博比在前头喊他们，“猜猜下一关是什么？”

那是一头风雷独角兽，斯堪德只能辨认出它大概的样子。它的形状比刚才出现的烈焰独角兽还要模糊，电花勾勒出它的轮廓，狂暴的气旋卷成身体，吞噬着墓道里的碎石。

“走吧。”风扬起了博比棕色的刘海。狂风的蛮力劈散了风雷独角兽的身形，它化作无数个小型龙卷风，在狭小的空间里窜来窜去。雪上加霜的是，风中还夹杂着枝状闪电，噼里啪啦地照亮了墓道。

“你说咱们硬冲过去行吗？”斯堪德问博比，“躲开那些闪电？”

“没戏，”博比摇摇头，“龙卷风会拖慢咱们的速度，然后我被闪电劈个正着。让我想想。”

她默默地数起数来，而弗洛和斯堪德在一旁紧张地等待。斯堪德忍不住担心时间不够：就算离岛真的会不可避免地陷入自我毁灭，他也不想死在这墓道里。

“有了，你们听着，”博比说，“我要照着米切尔的样子，召唤我的风元素，瞅准时机，用飓风打乱前方的气流，让那些龙卷风互相反弹。”她冲斯堪德咧嘴笑道：“就像老式的街机游戏，你懂吧？”

“那闪电怎么办？”此时电流像子弹似的击中地面，弗洛跳起来躲避。

“闪电是有规律的，”博比说，“只要你听我的，我叫你走时你就走，那你肯定能毫发无伤地穿过那些龙卷风。”

“博比……”弗洛吓坏了。

“相信我，弗洛伦斯，我可是这一届最优秀的骑手。”

“也是最谦虚的骑手。”斯堪德极力缓和紧张的气氛。可是再怎么故作轻松也没用，这墓道明摆着要取人性命。

鹰怒和博比走近雷电飓风，熟悉的黄光亮了起来。一、二、三……只见三股飓风从博比的掌心飞出，不像墓道里的龙卷风那样随意旋转，而是完全臣服于驭风者的控制之下。博比的手腕轻轻一动，飓风就驯顺地依令行事；飓风的直径太大或太小时，她会像摆弄转盘上的陶土那样重新塑造它们的形状。斯堪德突然觉得，自己似乎从未真正欣赏过风的魅力。

“还有三道闪电！”博比专注地盯着她的飓风，操控它们向两侧弹开墓道里的龙卷风，渐渐辟出一条无风的安全通道。“我就不像米切尔·亨德森那样一本正经地数数了。叫你们冲时只管冲就是了！”

“明白！”斯堪德在耳畔呼啸的狂风中喊道。弗洛也点点头，做好了准备。

咔嚓！砰！

咔嚓！砰！

咔嚓！砰！

“冲！”博比大喊。

银刃和福星恶童从鹰怒身旁掠过，沿着博比用魔法辟出的无风通道飞奔而去。

咔嚓！砰！一道闪电擦过福星恶童的后蹄，斯堪德后颈上的汗毛全都竖了起来。弗洛则在鞍座上扭转身子想回头。

“别往后看！”斯堪德喊道，“往前冲！”

咔嚓！砰！又一道闪电劈了下来。弗洛尖叫着催银刃加快速度。即将冲出风雷独角兽的化身时，因为距离太远，无法依靠博比来分析闪电的规律，斯堪德和弗洛只能自己想办法躲过第三道闪电。

咔嚓！砰！

闪电落下来时，他俩连大气都不敢喘。而在风吼电闪的另一侧，博比欢呼起来，竖起了大拇指。

“会不会我们四个人都要面对一头对应自己结盟元素的独角兽？”弗洛遥遥望着摆弄飓风的博比。

“有可能。”斯堪德说。杰米的真言之歌浮现在他的脑海中：五个起止相随……

五个。这个数字一定另有深意。在开鸿骑手的墓道里，这些魔法都十分古老，似乎属于一个已经逝去的时代。那时，对魂元素的偏见还未出现，五种元素是平等的。也就是说，墓道里可能会出现五头独角兽。如果是这样的话，他们就少了一个骑手。少了一个驭水骑手。

斯堪德不忍心把这个难题告诉弗洛。还是先别说了。

此时四人小队里已有两个成员被困在后面，墓道里安静得有些诡异。斯堪德和弗洛默默地走着，身后的火光和电光驱散了前方的黑暗。“你知道我有时候会想要什么吗？”弗洛突然开口。驭魂独角兽和银色独角兽勉强并排前行，两个骑手的铠甲时不时撞在一起，在墓道里激起响亮的回声。

“想要什么？”

“想要我们都是普通人。我有时候会闭上眼睛，想象拥有另一种命运的我们——我的那颗独角兽卵破壳了，出来的是栗色独角兽，而不是银色的。你呢，站在分汇点，走向断层线，福星恶童的头斑只是普通的斑纹，你也只是普通的驭水者。”

“但那样我们就不是我们了，弗洛。”

斯堪德突然想到了博比，想到了她刚才展现的高超魔法。还有米切尔，他是那么勇敢，第一个直面墓道的挑战也毫不怯懦。他想到在银色要塞的竞技场，弗洛扑向那头荒野独角兽的时候，是那样毅然决然。还有安布尔，为了救出福星恶童，她甘愿以身犯险。“其实……”他说，“其实世界上的每一个人都不是普通的。就像魂元素塑造的兵器。你可以想象‘普通’，但那实际上并不存在。看不见也摸不着。所以我认为，还是尽可能与众不同比较好。”

“唔，这么说来，还真是挺容易的。”弗洛叹了口气，望着前方，“但生活可不是说说而已，小堪，‘不普通’让人很难受。”

“我跟你说，”斯堪德想让她高兴些，“等我们穿过整条墓道，找到尸骨手杖，拯救了离岛，就可以做些普通的事了。”

弗洛笑了：“比如呢？”

“哦，我也不知道，反正就是那些无聊的事呗。”在古老而危险的墓道里说着这种傻乎乎的话，哪怕只有片刻，感觉也很不错。或许他只是害怕得神志不清了。

弗洛倒是笑得很开心：“你现在什么都想不起来了吧？”

斯堪德也忍不住笑了出来：“谁说的，我当然想得起来，嗯，让我想一分钟啊——”

“小堪！”弗洛的笑声戛然而止。

面前的独角兽完全出乎斯堪德的意料。他设想过石头砌成的独角兽、泥土塑成的独角兽，却没想到他们遇到的是流沙独角兽，就像一座巨大的沙堡。

“想办法闯关吧！”弗洛说。但银刃刚跨出一步，流沙独角兽就倒在地上，化成一堆沙子，黄色的沙粒像喷泉一样从墓道的四壁汹涌而出。

斯堪德这才反应过来。“沙子越堆越高，就要堵死前面的路了！”他叫道。此时黄沙已经漫到银刃的胸膛，他们仿佛卡在了一个巨大的沙漏里。沙粒很烫，像是被骄阳炙烤了几千年。要不了几分钟，沙子就会彻底填满前面的墓道。

不过，弗洛的脸上露出了坚毅的神色，掌心已亮起绿光。驭土者不停挥舞双臂，坚硬的石头像导弹似的击中前方的沙堆。银刃领会了骑手的用意，扬起尖角，喷出一簇簇小石块。虽然不那么迅猛，但弗洛笃定自若，在黄沙中挤出了一个口子。

她咬紧牙关坚持着。“好了，小堪，马上就要打通了。一旦沙堆前后贯通，我会把沙子通道嵌进去，尽量拓宽，让你和福星恶童通过，就像在沙滩上挖洞那样。”她气喘吁吁地说，“但愿我能做到。”

前后左右都在溢出滚烫的沙子，耳边只听得到唰唰唰的巨响。斯堪德提高嗓门喊道：“可这些沙子太沉了，你撑得住吗？”

“博比或许是最优秀的，但我可是银骥骑手啊。银刃和我的能量足以搞定，放心吧！”

弗洛再一次向沙堆轰出石块，爆炸的冲击力一直向前蔓延，另一边的亮光透了过来。

“就剩我一个人了，我怕我做不到。”斯堪德突然说，“我不是驭水者，要是找不到尸骨手杖怎么办？要是——”

“你什么都做得到，”弗洛说，“因为你是斯堪德·史密斯。”她说得斩钉截铁。斯堪德相信了，哪怕只在此刻。

土元素魔法不断旋转、扩张，造出了一条沙道，弗洛的胳膊颤抖着，努力将流沙独角兽的幻形推向两侧。斯堪德的脑海中突然浮现出马盖特海滩，他和肯纳曾一连几个小时在那里流连，建造沙堡。有一次，肯纳恍然想起潮水会冲垮沙堡，于是飞快地堆起沙堆，想筑起沙墙来抵挡避无可避的潮水。这记忆如此真实，斯堪德甚至能看到海水拂过姐姐的脚趾，听到姐姐无忧无虑的笑声。

“小堪，抓住机会！”弗洛喊道。

童年的回忆如影随形，姐姐的笑声仿佛在墓道里回荡，但斯堪德把它们甩开了。此刻他必须专注，朋友们都指望着他呢。

然而福星恶童不肯踏进沙道。太热了。斯堪德决定召唤水元素，在深入沙地时往自己和独角兽身上喷水。可福星恶童又因他的恐惧尖叫起来。弗洛能撑住吗？万一这成吨的沙子劈头盖脸地倒下来……他不能再胡思乱想了。

他们小心翼翼地试探着。沙道太窄了，不能冒险走得太快，他们只好一步一步地往里挪。

“小堪！”弗洛的声音在颤抖，“小堪，我不知道还能坚持多久！”

“我们马上就通过了！”斯堪德叫道，“只有几米远了！”

然而弗洛的尖叫让斯堪德犯了个错误：他回头了。

身后的沙堆轰然倒塌，沙道中断，弗洛的身影消失了，滚烫的沙子汹涌袭来，眼看就要将他和福星恶童卷进炽热的深渊。

“福星恶童，快走！”

黑色独角兽应声而动。腾腾沙浪已追上它的后蹄，触到它收起的翅膀，它把所有的谨慎抛到九霄云外，向着前方的一点亮光飞奔。

成功了。真悬哪，福星恶童的后蹄已被埋进沙子里，但幸好它使劲儿抽了出来，要是再慢一点儿，沙道就完全闭合了。

“小堪！你怎么样？你没事吧？”弗洛的声音模模糊糊。

斯堪德松了口气。弗洛安然无恙。至少，他们都完成了自己的任务。

“我没事！”他大声喊，“我们过来了！”

“我好讨厌这个地方啊！”

“我也是！”斯堪德勉强笑道，“我要往前走了，弗洛，很快就回来！”

“那我试着清理一下，”弗洛说，“清出路来我们就能回家了。”

家，斯堪德想了想，但愿他们的家还在。

斯堪德刚掸掉头发上的沙子，一头湍水独角兽就出现在前方，蓝莹莹地闪着光。这头由水元素汇聚而成的生灵看起来如梦似幻，像海市蜃楼，在墓道的映衬下几乎透明。斯堪德只是眨了眨眼，湍水独角兽就已冲向地面，化作急流溅向两壁，接着如海潮一般向上腾起，由一股无形的力量裹挟着，在他眼前掀起了巨浪。

此时斯堪德第无数次希望自己是个驭水者。要是他们叫上科比一起来该多好，李凯斯也行，他今天早上还见过那位若成生呢。隔行如隔山，斯堪德一点儿头绪都没有……

急流猛击着石壁，激起的白色水花哗哗直响。水流形成波峰之后会发生什么呢？

它会冲下来。正中福星恶童此刻站立的地方。

斯堪德召唤了水元素，可完全不知道该怎么办，只能眼睁睁地看着水柱冲向后方的沙墙。水元素的气味——盐、薄荷、湿头发——堵住了他的喉咙，哽住了他的恐惧。

“冷静，斯堪德，好好想想。”他对自己说，“你会什么？你擅长什么？”

福星恶童显然觉得这不是该自言自语的时候，只管用兽角对准涌来的急流，惊慌失措地拍打着翅膀。

翅膀。斯堪德把手探进铠甲，摸了摸疾隼队的金属羽毛徽章。

要么打，要么跑。眼下这种情况，肯定是跑的胜算更大。他是疾隼队的成员，那可是凌云树堡的精英飞行小队啊。他有主意了。

突然波峰高高掀起，直奔他们冲来，而这正中斯堪德的下怀：水流触底反弹时恰好能卷成一条中空的通道，就像天才冲浪者梦寐以求的管浪一样。

斯堪德没有冲浪板，但他有独角兽，可以从水浪通道中飞过去。

心领神会的震颤在联结中涌动。福星恶童猛地张开黑色的翅膀，等不及要逃离这湍急的水流。它挥动翅膀，一下、两下、三下，几乎是原地起飞，接着冲进中空的波谷，迎向四面八方搅动的水沫。

福星恶童一飞进水浪通道，斯堪德就决定同时召唤水元素和魂元素：既然要在翻腾的水中飞行，何不化作水，与之融为一体呢？

福星恶童收拢了翅膀。

嗖——

只见黑色独角兽如一颗子弹擦着漩涡边缘射出，深入水流之中。福星恶童不慌不忙，悠然笃定，它的鬃毛、脖子、胸膛、头颅、四腿、四蹄、尾巴……全都化作亮晶晶的水，与那头设下障碍的湍水独角兽不分彼此。

此时墓道中的水流愈发汹涌，翻腾着，咆哮着，似乎在嫉妒他们的机智。斯堪德的膝盖掠过波涛，几乎分不清哪些水源自墓道的魔法，哪些水来自自己的独角兽。完全被水包围时，疑虑又潜入了他的脑海：小伙子，咱们能行吗？但福星恶童向联结中注入信心，成了突围的主导者。它侧转身体，一只翅膀擦着浪尖，一只翅膀掠过波谷，灵巧狡黠地穿过水帘，而斯堪德都没注意到自己的头盔已飞了出去，落入不见底的深水，像胜利品落入怪物的巨口。

福星恶童的翅膀一张一弛，再次发力。

“呜呼！”斯堪德大叫一声。他们飞出了水浪——浑身透湿，但终归成功了。此时此刻，两年前走在断层线上的情境历历在目。

福星恶童稳稳着陆，身体变回黑色，就像浓墨散入一池清水。它拍拍翅膀，水花溅了斯堪德一身。

“喂喂！”虽然衣服湿淋淋的，但斯堪德还是开心地大笑了起来。

这时，他才想起来要看看前面。他到了，这里就是墓道的尽头。一扇硕大的、圆形的门赫然出现，和孵化场的大门几乎一模一样。

斯堪德翻身下地，他已经知道该怎么做了。

他用左手牵着福星恶童的缰绳，将右手掌心摊开，用独角兽出壳时留给他的那道伤疤抵住面前的圆形大门。这一刻，墓道里只能听见他的呼吸声，还有福星恶童完全同步的鼻息。

咔嗒，墓室的门打开了。

第十九章

幽魂骑手

斯堪德牵着福星恶童走进了圆形大门，心脏怦怦直跳。椭圆形的墓室很大，泥土散发着清新的松木香，熟悉的气息有几分像凌云树堡。彩色石头拼成五元素的符号，静静地躺在地上。泥泞的顶壁探出一丛丛树根，构成一大片根系的森林，虬结缠绕，有点像孵化场里倒挂的钟乳石。斯堪德咽了口唾沫。庞大的根系印证了他数小时前的猜测：坟墓就在凌云树堡的入口之下——地面之上的树叶五彩缤纷，地面之下的坟墓必然属于开鸿骑手和荒野独角兽女王。

但奇怪的是，斯堪德和福星恶童在椭圆形的墓室里并没有找到埋骨的坟冢和传说中的尸骨手杖。唯一有些特别的是墓室正中央的一堆泥土。它的颜色很深，比其他地方的泥土要新鲜些。而四周极其安静，安静得不同寻常，几乎要堵住斯堪德的耳朵。

此时他真希望朋友们也在身边：米切尔会立刻开始研究那些元素石头，弗洛会安慰大家，而博比会阴阳怪气地说，大老远跑到这儿来，结果什么都没有！

斯堪德向前几步，往那堆泥土走近了些。福星恶童把前蹄踏进去试探，用兽角挑起了顶端的覆土。斯堪德往旁边一躲，脚下绊到了四环缠绕的灵魂元素符号，不小心碰开了一块白色的石头。

突然同时发生了三件事：

福星恶童警觉地尖叫起来，叫声回荡在椭圆形的墓室里；

上方的根系交错扭动，吱嘎作响，仿佛还魂的骷髅胳膊；

一头白色独角兽由骑手驾驭，从土堆中一跃而出，拦住了墓室的出口。

斯堪德立刻本能地跳上了福星恶童的背——他们合二为一时更加强大，一向如此。

斯堪德强压住内心的恐惧，鼓起勇气再次抬眸，望向白色的独角兽和骑手。只见他们忽而显现，忽而消失，身形如水般流淌，样貌一片混沌。他们是鬼魂吗？他们会魔法吗？他们是真实存在的，还是他想象出来的？

就在这时，幽魂般的骑手开口了，一切确凿无疑、真实不虚。

“你在找我的尸骨手杖吧，驭魂者。”白色的光从他的口中涌出，像是幽灵在讲话，可他的声音实在而有力，只可能是人类。

斯堪德的声音颤颤巍巍的：“是的，我需要它。我们需要它。荒野独角兽正死于非命，魔法将毁灭离岛。”

开鸿骑手的独角兽扬起了前蹄，发出骇人而悲伤的嘶鸣。那是荒野独角兽的叫声。尽管它的身体是莹莹白色，兽角却是透明的。

“你就是荒野独角兽女王。”斯堪德惊叹道。

“荒野独角兽的末代女王。”开鸿骑手肯定道，“族群遭此大难，让她愤怒不已。人类骑手必须将安宁还给荒野独角兽！”他怒不可遏，发光的脸孔扭曲着，最后几个字几乎是在怒吼，震得斯堪德想要捂住耳朵。他也能感觉到，开鸿骑手的雷霆震怒回荡在墓室里，吓得福星恶童直哆嗦。

“对不起。”斯堪德又急又怕。他想起了舍身抵御墓道魔法的朋友们，想起了余晖天台上准备离开的戾天骑手，想起了可能永远无法进入凌云树堡的新一届初出生，还有被束缚在本土的肯纳。在这儿，在离岛的极外野地，她命中注定的那头独角兽或许将永远流落荒野，与自己的骑手天各一方。这么多人的命运都压在了他的身上。他深吸一口气，咽下了恐惧。

“对已经发生的不幸，我很愧疚，也很遗憾。但我必须阻止离岛上的元素灾难和元素紊乱。如果离岛覆灭，女王的族群也将无家可归。时间已所剩无几，我必须拿到尸骨手杖，离岛需要它。把它给我，好吗？”

开鸿骑手的笑声空洞可怖，他发出的每一阵声音都伴随着晃动的白光：“我可不能白白给你，斯堪德·史密斯，有本事就赢走它。”

“为什么不行？”斯堪德完全忘了害怕，他追问道，“我说得不够清楚吗？离岛就要完蛋了，没时间玩了！”

“有本事就赢走它。”开鸿骑手又说了一遍，对斯堪德的话置若罔闻。

“好吧，那我怎样才能赢走它？”斯堪德妥协了。既然没有第二个选择，他也只能奉陪到底。

闪着白光的开鸿骑手突然颔首，恭谨严肃地说道：“鞍上比武，用魂元素，比三局。”

“你……你想跟我比武？”

开鸿骑手摆摆手，让斯堪德往后退：“只有配得上尸骨手杖的人才能拯救离岛。要是没有这样的骑手，它的大限也就到了。如果你真的能赢，我就把手杖交给你。”

“那我的朋友们怎么办？你让墓道里的那些独角兽停一停好吗？其实它们都是你的化身，对吗？”斯堪德央求荒野独角兽女王。

开鸿骑手替她答道：“只要你赢了我，你和你的朋友就能安全离开。”

斯堪德咽了口唾沫：“那如果是你赢了我呢？”

“离岛会覆灭。你的朋友们会困于墓道，战斗不止。而你和你的福星恶童，就陪着我吧。”

“要……要多久？”斯堪德害怕听到答案。

“唔，比永远久一点。”

“那如果我拒绝比武呢？”斯堪德知道，其实根本没有这个选项。他必须保护这座离岛，保护他的家，保护他的朋友们。他不会抛下这一切扭头逃走。可是在恐惧的压迫之下，他还是想问问，有没有别的路可走。

“拒绝和失败的后果一样。”开鸿骑手明明白白地说道。

看来，无论如何，他没有别的路可走了。

荒野独角兽女王用闪亮的蹄子刨着地，已然准备发起进攻。斯堪德紧紧攥住福星恶童的缰绳，害怕得胸口发紧。他怎么可能赢呢？开鸿骑手是建立凌云树堡的人啊。而且还有荒野独角兽女王。他到底该怎么办？他再一次想念起朋友们：要是博比、米切尔和弗洛都在就好了。他不想单打独斗，连个盾牌都没有。

撇开开鸿骑手的那些话，斯堪德确实想过带着福星恶童一逃了之。但只有一秒钟而已。离岛是他的家，有朝一日也可能成为肯纳的家。一想到独角兽将离开这座魔法小岛，骑手们将按照元素疏散，四人小队将天各一方，他就觉得承受不了。他不想跟朋友们永别，他不能放任最惨烈的情况发生，他只能迎向这激烈的一仗。

坟墓中的骑手和独角兽化作幽灵般的白色混沌向他涌了过来，斯堪德唯有背水一战。

福星恶童咆哮着冲向对方，给自己的骑手注入了勇气。在椭圆形的墓室里，可作为赛道的距离比正式赛道短得多，留给斯堪德召唤魂元素来塑造兵器的时间只有不到两秒钟。匆忙之中，一柄长剑——他最喜欢的元素兵器——在他的右手中成形，而开鸿骑手已抛出了三把白色的斧头。斧头旋转着飞过来，斯堪德的长剑失去了控制，遽然走形。福星恶童在墓室里转来转去，竭尽全力地闪躲腾挪，还险些撞上中央的土堆，总算躲过了两把斧子。然而，第三把斧子擦着斯堪德的肩膀飞了过去，彻骨的疼痛让他忍不住大叫起来。

“一比零。”墓室另一边的开鸿骑手淡然宣布，声音中甚至透出一丝无聊。

不等斯堪德回过神来，荒野独角兽女王又冲着他和福星恶童奔了过来。而这一次，他犯了一个更严重的错误。

斯堪德塑造了一张弓，以为多箭齐发可以提高命中率。但开鸿骑手的反应速度实在是登峰造极，仿佛对方的弓还没拉开，他就已经预判了箭头射出的方向。斯堪德来不及命令福星恶童减速，也来不及思考怎样自卫，只见一支长矛从开鸿骑手的手中飞出，正中他的胸甲。

斯堪德只好拼命稳住自己，因为一旦从福星恶童的背上摔下去，他就输了。如果他输了，离岛的覆灭将不可挽回，朋友们将困于与结盟元素的无尽对决，而他会被开鸿骑手和荒野独角兽女王扣留在这座墓室里，直至永远。

巨大的力量将长矛向前推进，杰米打造的可靠胸甲已向内凹陷，挤得斯堪德喘不过气来，不由得在鞍座上向后倾倒。但福星恶童显然明白他们此刻的处境，于是将自己的身体向前倾，尽量抵住长矛的冲击。

“谢谢你，小伙子。”斯堪德只能挣扎着透过凹陷变形的铠甲呼吸。

“二比零。”开鸿骑手的声音回荡在墓室里。现在，斯堪德和福星恶童取得胜利的唯一方法就是在最后一局中设法击落对手。

斯堪德汗流浃背，头发黏在额前，他和独角兽的恐惧灌满了联结，那岌岌可危的感觉让他几乎无法正常思考。

眼看荒野独角兽女王即将发起最后一次进攻，斯堪德干脆脱掉了胸甲。如果他都不能畅快地呼吸，又何谈自如地使用各种兵器呢？只听黝黑的胸甲砰的一声落在地上，斯堪德决定以血肉之躯迎战。

“你的功夫不错，”开鸿骑手喊道，“但要是赢不了决战这一局，就别想带着尸骨手杖离开墓室。”

决战。

决战摒弃暴力。

杰米的真言之歌突然在斯堪德的脑海中闪现。对，就是这句！在前两局中，斯堪德思考的都是如何去攻击一头荒野独角兽，但这正是银环社将离岛推向覆灭的原因！如果真言之歌的思路是正确的，那斯堪德完全可以不战而胜。可是，万一他猜错了呢？开鸿骑手肯定不会对他手下留情。

此时，在墓室的两侧，两头独角兽昂然而立，一头黑如夜空，一头白似幽魂。斯堪德的肩膀剧痛难忍，胸前青肿一片，四肢百骸瘫软无力，但他的头脑却异常清醒。

独角兽向对方冲去。

五步之遥。

四步。开鸿骑手使出了闪闪发光、带着尖刺的狼牙棒。

三步。斯堪德松开了右手里的缰绳，摊开手掌，召唤白光。

两步。开鸿骑手举起兵器，对准斯堪德裸露的胸膛，准备一战收官。

一步。斯堪德破釜沉舟。

他扬起手掌，停在半空，在荒野独角兽女王旋转的白色眼眸前上下拂动。

魂元素在联结中翻腾，斯堪德的盾牌照亮了昏暗的墓室。这是他第一次塑造盾牌，让他想起了驭魂者在打开凌云树堡的大门时看到的情景。星尘虽不完美，但千万颗聚在一起，便可编织成牢不可破的网。

荒野独角兽女王惊叹着，在亮晶晶的盾牌前刹住了脚。突然的减速让开鸿骑手措手不及，惯性将他向前一甩，甩过了坐骑的头顶。他诡异缥缈的身体在空中翻了几圈，砸中了斯堪德的灵魂盾牌，随后扑倒在福星恶童的蹄前，手里的狼牙棒瞬时化为乌有。

斯堪德垂臂收手，盾牌闪烁几下便消失了。

墓室里死一般寂静，不知过了多久，开鸿骑手才慢慢爬起来，回到了荒野独角兽女王的身边。

“我确实没想到。”开鸿骑手说道。虽然斯堪德不太敢看他那张似真似幻的脸，却感觉到他好像笑了。“当然，这并不符合我制定的比武规则。”

斯堪德等待着最后的结果，每一次痛苦的呼吸都仿佛要撕裂他的胸膛。

“不过，你仍然是当之无愧的胜者。”开鸿骑手微微点头，“斯堪德·史密斯，你有一颗善良的心。”

“谢谢你。”斯堪德哽咽了。他焦虑地瞥了一眼墓室的门，惦记着在墓道里苦苦坚持的朋友们。

“你的同伴们不会有事的。”开鸿骑手循着他的目光望去，“就在你刚才获胜的那一刻，女王已经收回了她的魔法。咱们说话的这会儿，他们正冲过来找你呢。”

“这一切究竟有什么意义呢？”斯堪德忍不住问道，“既然我必须通过比武来赢得你的尸骨手杖，墓道里的那些元素关卡又有什么意义？”

开鸿骑手沉默了片刻，斯堪德觉得，他似乎在掂量自己是否值得得到答案。

“斯堪德·史密斯，你知道我是怎么来到这座小岛的吗？”

“知道，”他答道，“你本是一个渔夫，海浪将你冲到了这里——就是墓道的入口处。”

“对。当时我比你还要小呢。我随波逐流，筋疲力尽，感觉生命就要走到尽头了。就在那一刻，她出现了。”开鸿骑手抚摸着荒野独角兽女王的脖子，而她颇为满足地哼了一声。

“那时她还不是女王，只是才出壳几个月的白色幼兽。我还记得她的皮毛有点脏。”开鸿骑手的声音里沁出了暖意，“她发现了倒在海滩上的我。我惊讶极了，因为在我的故乡，独角兽只存在于神话里，但垂死的年轻渔夫却无意中撞破了神话。

“她救了我，给了我活下去的力量。我几乎没有注意到她嗜血的天性，也没有注意到她就是死亡本身，更没有注意到她的皮肤如何随着时间的流逝而衰败、腐烂。我们通常都会无视挚爱的不完美。我见过她撕烂飞翔的鹰，撞倒成年的熊，将它们开膛破肚……但我内心深处清清楚楚地知道，她不会那样对我。你肯定也理解这种感觉。”开鸿骑手指了指福星恶童，它正好奇地盯着荒野独角兽女王。斯堪德点了点头。

“我们一起长大，一起变得强壮起来。她带我了解离岛，让我骑在她的背上。我教她战斗，将人类的一切展示给她。在我差不多成年之后，有一天，她用兽角刺破了我的手掌。

“我不明白她为什么要这么做。那个伤口很疼，灼热地发疼，像一种酷刑。后来，魔法出现了，我才明白，原来她选择与我分享她的珍宝。我注定是她的骑手，早在我被冲上离岛的海滩之前，这一切就已注定。那海浪，其实是她的召唤。”

“斯堪德·史密斯，离岛在召唤你。”阿加莎在夏至凌晨说的那句话突然有了分量——不易之论，源流清正。斯堪德直到这一刻才明白。

“那么，你们的结盟元素是哪一种？”斯堪德好奇地问。

“这个问题不太好回答。”开鸿骑手将往事娓娓道来，“她成了女王，但终归与众不同。我们总是如影随形，共享魔法，因而愈发锐不可当。她明白这样的搭档关系有益无害。她拥有了其他荒野独角兽从不知晓的东西——友谊，并且希望她的族群也能如此。于是，她带我去了离岛上的裂谷，独角兽卵就在那里。我们堆起土丘护佑，每一年看着新生的荒野独角兽破壳而出，看着不死之死的命运在它们面前铺开。我们渐渐地有了想法：能不能改变这一切？能不能复制我们这样的关系？

“于是我们离开离岛，游历四方，寻找那些联结不完整的人——他们睡觉时、工作时，会有彩色的光在他们周遭闪烁——然后我们告诉他们离岛的存在，独角兽的存在。其中一些人便愿意跟我们走。独角兽召唤后，人类应召，女王又教会我如何修复这两个灵魂之间的联结。不死的生命变得有限，才能感受到真正的快乐和存在的意义。和女王不同的是，这些独角兽拥有了彩色的兽角，我们便抹去了‘荒野’二字。

“后来，离岛上有了小孩，孵化场的大门决定了谁能进入、谁没缘分。我们发现，只要在出壳时形成联结，独角兽就能和人彼此结盟，一起生活，一起学习。他们可以在真正的伙伴关系中共同成长，就像我和当年的那头白色幼兽一样。

“我们建造了凌云树堡作为训练场，欣喜地看着拥有联结的独角兽日渐强大，还创立了混沌杯比赛，以规驯它们的心性。然而，在它们的能量中我们还是看到了危险：有朝一日，它们可能会转而攻击那些没有骑手相伴而散落荒野的同类。如果荒野独角兽死于非命，离岛将遭受报应，毕竟它们才是这里的原住民，早已深深根植于元素的经纬之中。死亡存在多久，它们就存在多久。

“当我老了——形容枯槁，行将就木，准备好面对死亡时，我和女王决定，我们绝不放任离岛自我报应、自我毁灭。我们知道后人会犯错——所有人都会时不时地迷失方向。所以我们留下了一样东西，让离岛得以从毁灭的边缘找到返回的路。”

“尸骨手杖……”斯堪德喃喃道。

“女王甘愿牺牲自己，献出不死的生命，因为她知道，由我镌刻的手杖将恢复五种元素的和谐，就像我们毕生经历的那样。”

自从开鸿骑手从土堆中现身，斯堪德就一直有一个疑问。此刻，他终于问出了口：

“那……你是已经死了，还是仍然活着？又或是……”

“这是私事。”开鸿骑手说。

斯堪德没有得到明确的答案，于是又换了个方式：“可我还是不明白，为什么要在墓室外面安排元素关卡呢？”

“斯堪德，尸骨手杖的要义是‘和谐’。荒野独角兽与在辖独角兽之间的和谐。元素与元素之间的和谐。单打独斗的驭魂者是不可能进入墓室的。你和你的朋友们不是彼此襄助才最终走到这里的吗？女王和我知道，只要各个元素的骑手能通力协作，这座岛就仍有希望。优秀善良的骑手能扭转乾坤——这一点你已经知道了吧。”

这时，墓室的顶壁突然剧烈摇晃起来，泥土像雨点般洒落在斯堪德和福星恶童身上。

“我们聊得太久，时间已经不多了。”

斯堪德看着开鸿骑手走向墓室中央的土堆，把莹莹白亮的胳膊伸进土里，就像摸奖似的，抽出了一根长长的白色手杖。

开鸿骑手默默不语，只是虔诚地用虚幻的手捧起手杖，交到斯堪德那实实在在、脏兮兮的手中。手杖上没有接缝，唯一的印记是镌刻在冰冷尸骨上的元素符号。最底下是火元素，然后依次是风元素、土元素、水元素，灵魂元素位于顶端的球形握柄上。

“希望这是它最后一次派上用场。”斯堪德认真地说道。

开鸿骑手却摇摇头：“它总会派上用场的，斯堪德。几百年，几千年，错误不可避免。我们希冀的是，每错一次，就能多一点善意。所以，等你完成了任务，别忘了把它送回来。”

开鸿骑手再次骑上了荒野独角兽女王的背，扬起手向斯堪德道别。他们的身体闪烁着，就像出了故障的灯泡。

“你最爱的人会背叛你，斯堪德·史密斯，当心些。在关键时刻，他们会倒戈相向。”

“什么？”斯堪德大吃一惊，“这是什么意思？”

他最先想到的是四人小队：博比、弗洛和米切尔。然后是家人：肯纳、爸爸和阿加莎。

然而，开鸿骑手和他挚爱的女王就像两颗星星，越来越亮，越来越亮……斯堪德眨眨眼的工夫，他们就消失了。

墓室的门突然打开，福星恶童尖叫着迎向银刃、鹰怒和红夜悦，骑手们则摆出准备战斗的姿势。

博比眼尖，第一个看到了斯堪德手中的尸骨手杖："你已经拿到了？太令人失望了！你做了什么？还是说，当我们在外面和那些愤怒的独角兽拼命时，它就明明白白地放在这儿？"

斯堪德不想说这些。他瘫倒在地上，纯粹的恐惧，万一失败的后果，一下子全涌了上来。

突然，有人搀住了他，有人撑住了他，有人搂住了他。那是朋友们的臂膀。

"没事了，没事了。"弗洛不停地念叨着。

"我们都在呢，驭魂宝宝。"博比的声音都哽咽了。

米切尔什么都没说，只是紧紧握着斯堪德的胳膊，静静微笑着。

斯堪德放松了片刻，但记忆很快随着恐惧的浪潮再次袭来："快走，咱们得赶回凌云树堡！"

他们离开了墓室。这一次，没有了荒野独角兽女王的魔法，四人小队在墓道里跑得飞快，可这条墓道似乎永远也到不了尽头。

"你说现在是什么时候了啊？"弗洛担忧地问。

斯堪德浑身一紧："不知道。但我觉得，要是真的赶不上日落，开鸿骑手肯定会告诉我的。他应该也不希望离岛毁灭。"

"难道你真的见到了——"

弗洛的问题被博比和米切尔的欢呼声打断：大家终于冲出了

墓道，独角兽蹄又踏上了渔人海滩坚实的地面。

四头独角兽振翅飞向天空，矫健的身影映在镜崖的峭壁上，他们呼啸而过，直向孵化场飞去。

突然，不知何处传来一声痛苦的尖叫。“你们听见了吗？”斯堪德向下张望。在福星恶童挥动的翅膀之间，是孵化场的绿色土丘。

他愣住了。

孵化场的一侧裂开了一个大洞，仿佛荒野独角兽永恒不愈的伤口。斯堪德心痛得想哭。

“现在顾不上这里了。”米切尔的声音随风而来，红夜悦飞到左侧，和福星恶童齐头并进，“赐礼离墓，元素之交。记得吗？”

于是，斯堪德用左手紧紧握住尸骨手杖，骑着福星恶童飞过了孵化场的上空。

遥望前方，只见七头独角兽飞离凌云树堡。是疾隼队。他们走了。夏至的最后一缕微光拉长了它们振翅的背影。

求求你，他恳求着，向任何人，甚至是开鸿骑手，求求你，让我成功吧。

肯纳

黑暗中的叫声

在孵化场内，空空的置卵架像士兵一般默然肃立。肯纳不愿想象斯堪德站在这里的模样：把手放在独角兽卵上，随后被福星恶童的兽角刺伤手掌——那么理所当然，顺理成章。

肯纳望着面前这些未孵化的独角兽卵，它们本应由特勤送往极外野地，是织魂人强行将运载它们的马车截下。他们打斗时，肯纳躲在黑暗中的孵化室里，只有一把摇摇晃晃的铁椅子相伴。你死我活的喊叫声让她反胃。她在做正确的事，对吧。这就是她想要的，不是吗?

当艾瑞卡满眼兴奋地出现，然后接她离开孵化室时，疑虑消失了。

肯纳终于可以伸出手，一个一个地抚摸那些洁白的卵壳了。如果没能在夏至日结束前找到命中注定的骑手，这些独角兽幼崽就只能在极外野地孤零零地长大。肯纳尽量不去想那头曾救过自己的灰斑独角兽。它已经是过去了，妈妈这样说，它配不上你。

艾瑞卡和她的荒野独角兽站在距离马车稍远的地方，防备着后续赶来的特勤。她低声唱着那首摄人魂魄的歌，半是安慰，半是威胁：

一脉承继大统：
黑灵魂之恶友。
新的力量崛起，
一切过往消亡。

肯纳用手掌拂过一枚枚卵壳。没有疼痛，没有提示。她没这个命。可这就是艾瑞卡的用意：她希望肯纳主动选择，而不是被动选中。她希望肯纳像她一样非凡卓越。母女联手，必定所向披靡。

于是，在妈妈的帮助下，肯纳把她选中的卵抱出了马车，怀抱里满是爱意。

“来吧。”艾瑞卡扶着肯纳跪在孵化场冰冷的石头地面上，身后的篝火熊熊燃烧着。她指着女儿怀里的独角兽卵说道：“从今往后，命运再也不能束缚肯纳·艾弗哈特了。”

孵化场的上空突然传来一声巨响，肯纳恐惧地向上望去。

“别担心，”妈妈安慰她，“不管出什么事，也伤不到荒野独角兽。它们不生不死，一向如此。”

织魂人的荒野独角兽弯下破碎的膝盖，让她骑上它朽烂的背。肯纳把卵放在腿上，用一只手托稳，另一只手则按在顶端——就像多里安·曼宁指点斯堪德他们那样。肯纳做得稳当、熟练又笃定。

魂元素的白光从织魂人的掌中淌出，将肯纳和独角兽卵一圈圈围绕，看不见的猎猎风声中，棕色的头发拍打着她的脸庞。

织魂人淡然安坐于荒野独角兽的背上，布满皱纹的手掌中源源不断地涌出魔法。她的眼睛隐藏在白色颜料中，全神贯注地盯着女儿。

肯纳闭上了双眼。

魂元素旋转着，越来越快，渐渐析出绿色、红色、蓝色和黄色，一刻不停，仿佛将至永远。

最后，刺目的白光掠过。

咔！

破壳声和尖叫声同时响起。

第二十章

重聚

“大家都去哪儿了？”弗洛气喘吁吁地问。四人小队冲进凌云树堡的大门，迎接他们的却是一片死寂，仿佛连鸟儿都飞走了。至少有四棵大树被连根拔起，许多树屋已倾圮倒塌，草地上堆满了木板残件。就连属于水元素的那一侧围墙也摇摇欲坠，上面的海草都拖到地上了。

“没关系！”斯堪德抬头望了望即将落下的太阳，“以后再去找他们！”他紧紧握住尸骨手杖，专注地感受着握柄的分量。优秀善良的骑手能扭转乾坤，这是开鸿骑手说的。斯堪德希望他们还来得及。

四人小队来到中间的空地，这里本该挤满凌云树堡的各届学员，大家会一起看着新来的初出生们沿着断层线行进，举行引路仪式，可是此刻分汇点空空如也，没有金色圆环，也没有等待的教官。

米切尔已经开始布阵了："四大区域按断层线划分，而四条断层线的交点就是分汇点，只要把尸骨手杖插进分汇点，它的力量就能沿着断层线注入各个区域。荒野独角兽同时与五种元素结盟，并且能保持它们之间的平衡，那根尸骨的作用应该相当于避雷针，或是复位按钮——"他叹了口气，"我怎么又长篇大论起来了！这只是理论啊！理论！"

但斯堪德知道，米切尔的想法是对的，与开鸿骑手解释的前因后果完全一致。尸骨手杖象征着荒野独角兽的牺牲——它们的女王为了挚爱的离岛牺牲了自己的不死之命。而几个世纪以来，每当在辖独角兽死去，骑手们都会将其葬入离岛满含元素魔法的大地。让荒野独角兽女王的尸骨重新入土，如同释放一则最简单的信号：错误不可避免，我们希冀的是，每错一次，就能多一点善意。

斯堪德从福星恶童的背上跳下，手指摩挲着镌刻在手杖手柄上的灵魂元素符号。

"把它插进大地时，我觉得咱们都应该握着它！"他向博比、弗洛和米切尔喊道。朋友们闻言立刻跟了上来。

他把尸骨手杖上的元素符号展示给大家看——它们彼此交缠、蜿蜒而上。

"每个人都要握着自己的结盟元素符号？"米切尔有些疑虑。

"在开鸿骑手的墓道里，咱们就是齐心协力、一起合作才成功的，不是吗？”斯堪德说，“所以在这一刻，咱们也应该同样团结。尸骨手杖的要义是‘和谐’。元素间的和谐，以及在辖独角兽与荒野独角兽之间的和谐。”

“你是怎么知道这些的？”博比说，“你现在简直像个尸骨大祭司！”

“是开鸿骑手告诉我的。唔，也许是他的鬼魂，谁知道呢！”

“好吧，这事儿以后再聊，”博比说，“不过咱们有个大难题。”

“什么难题？”

“咱们当中没有驭水者啊。凌云树堡里也没有人了。”

斯堪德心里一沉。博比说得不错：虽然他们千辛万苦地找到了尸骨手杖，可他终归不是真正的驭水者。

“不可能所有骑手都离开离岛了，”米切尔分析道，“现在飞到四极城去，或许还能——”

“没有时间了！”弗洛说。

“不然怎么办呢？”米切尔急了。

“先试一试吧，”斯堪德说，“说不定尸骨手杖只要接触地面就行。”

四人小队围着分汇点站成一个圆圈，每个人都伸出右手，握住尸骨手杖上的结盟符号。

“数到一就插进去。”斯堪德屏息凝神，“五、四、三、二、一！”

他们一起将手杖插入大地之中，可是……什么动静都没有。

他们等待着。等了又等。他们又尝试了使用左手右手单手双手的各种组合，也尝试了由单独一人握住手杖，但大地仍然隆隆震颤，天空仍然电闪雷鸣，远处仍然火光烈烈。

“啊啊啊啊！”斯堪德烦躁地喊道，“还是得再找一个驭水者！这下不得不冒险了！”

“等等，”弗洛突然说，“等等！有人来了！”她的目光越过身披铠甲的大树和栋榱崩折的树屋，投向黑暗的森林。

“别开玩笑了。”博比说着，却也不由自主地望去。

“来人是驭水者的概率高达百分之二十五。”米切尔眯眼盯着地上的倒影。

“会不会是教官！”弗洛兴奋起来了，“是教官回来检查凌云树堡的情况！是奥沙利文教官吧！”

然而，斯堪德已经听不见朋友们的话了。因为他已看清那个人不是他们渴盼的驭水者，也不是凌云树堡的教官——甚至根本不是离岛上的人。

那是肯纳。

复仇的土地将大树掀翻，而此时的肯纳就像一位叛军女王，傲然穿行其间。她站在空地边，向断层线上张望，先是欣喜若狂，随后神色大变，仿佛陡然老了几岁，不再是十六岁的模样。虽然她衣衫褴褛、遍体鳞伤，但她俯视身下那齐腰高的小家伙时，却满面微笑。

那是一头独角兽。

一头荒野独角兽。

荒野独角兽幼崽。

斯堪德不理解。他无法理解。他不想理解。他看清了——那透明的兽角，血红的眼睛，朽烂的四蹄和褶皱衰老的皮肤。不过出壳几分钟，这不生不死之命就已开始走向死亡。对刚刚诞生于世的生命来说，这种趋势是非常诡异的。几乎在转瞬之间，四头结盟独角兽一齐低吼起来。红夜悦想逃回马厩，银刃扬起前蹄，鹰怒的嘴边喷出了白沫，福星恶童的脖颈上沁出了汗水。

斯堪德的手颤抖着，几乎出于本能地按住了福星恶童的肩头，然后召唤他的结盟元素，想看看……看看只有驭魂者能看到的骑手和独角兽之间的联结。

不。这不可能。痛苦席卷而来：肯纳和荒野独角兽之间的联结是那么清晰，连着两颗心；然而，它不受控地闪烁着，五种元素交织旋转，无法稳定为某一种颜色——和织魂人的一样。斯堪德恍然大悟，原来，真言之歌里的那几句，唱的根本不是他。

作伪织造的联结，使肯纳成了织魂人真正的继承者。

不。不。不。不。不。

凌云树堡里竟然出现了荒野独角兽，这让其他三人感到既震惊又厌恶。斯堪德却步步靠近，恍若行走在噩梦里。肯纳到凌云树堡来了，入梦无数次的画面终于成真。可为什么是这样？绝不该如此。

“是谁干的？”斯堪德艰难地开口，终于能够直视姐姐的脸。

“哦，她啊，你应该也听说过。”肯纳的声音里带着一丝邪恶。望向斯堪德的时候，她的眼睛里似乎少了些什么，又似乎多了些斯堪德无法辨认的东西——它肯定一直都存在，只是他从来不知道。

他突然想起参加选拔考试前问过姐姐一句话：如果我成了骑手，你会不会恨我？他感觉浑身的血液突然变冷了。

“是织魂人？”斯堪德问。但这其实不是一个问题。愤怒此时像岩浆一般在他的血管里翻腾。织魂人害了肯纳。谁也不能伤害他的姐姐。任何人。艾瑞卡，她凭什么？她怎么能对自己的亲生骨肉做这种事？联结中突然溢满怒意，福星恶童困惑地尖叫起来。斯堪德痛苦地挤出几个字：“她……为什么？怎么……”

“我想要的，我需要的，我们的妈妈都给我了。”肯纳深吸一口气，不慌不忙地说道，“我们的妈妈，她还活着，而你竟然不告诉我！”遭受背叛的悲鸣回荡在广场上，冲散了斯堪德的怒意。“你怎么能骗我，小堪？我是你的姐姐！她也是我的妈妈！你怎么能这么对我？”

眼泪从斯堪德的脸颊上淌下。那是羞愧的泪水，不是愤怒的泪水。所有理由在这一刻似乎都显得太过牵强，可他还是努力解释道：“因为我不想雪上加霜。织魂人，她……她不是好人。我……去年，她率领了一整支军队，小肯，她要进攻本土！我不知道该怎么跟你说。”

“说实话就好，弟弟，”肯纳颤抖着，“说实话就好。”

“对不起，”斯堪德啜泣道，“是我对不起你，小肯！”

“太轻巧了。”肯纳冷冷地说，“一句对不起，太轻巧了！你明知道我命中注定该拥有独角兽。你全都知道！我本该通过选拔考试，我可能也是驭魂者。可你什么都不说，任由我被困在本土。你真的以为我会慢慢接受吗？去年你让我骑了福星恶童，让我见识了种种力量，你认为我还能忍下去？你什么都知道，却什么都不说！”

“我之前并不确定！但现在我查到了，你就是流落在外的驭魂者之一。他们有一份选拔考试的淘汰名单，你的名字就在本土生那一栏里！我还见到了你的那头独角兽，那头灰斑独角兽，它一直跟着我——我想帮你修复联结，如果我真的是补魂者，如果你肯让我试一试……我真的一直惦记着——”

“我已经拥有联结了。”肯纳柔声说道，垂首望着那头荒野独角兽幼崽，笑容里带着真诚的喜悦。

我们通常都会无视挚爱的不完美。开鸿骑手所言不虚。

然而，斯堪德的脑海里此时全是自己在竞技场上被福星恶童附身时的感觉。他的独角兽仍葆有黑暗的一面，它充满野性，对死亡、破坏和血腥的渴望胜过一切。唯有真正的联结能让它平衡，织造的联结永远无法驯服它。

灰斑独角兽又闯进他的思绪，悲伤的嘶鸣让他喘不过气来。错了。全都错了。他不知道还能怎样“力挽狂澜”。他不知道该做些什么。他想抓住织魂人，让她为自己的所作所为付出代价；可他更希望姐姐像从前那样对待他。

“小肯，请你相信，我的歉意是真诚的。我本想等你来看比武锦标赛时和盘托出，可没想到离岛……你……”斯堪德问不出口。他到底想问什么呢？你嗜血吗？你变坏了吗？你想杀死我吗？你想杀死福星恶童吗？思来想去，他终于问道：“你还好吗？”

肯纳用力地摇头，嘴唇颤抖着。

斯堪德的心都碎了。

“她抛下了我。”肯纳轻声道。包在她眼睛里的泪水映得瞳仁的棕色愈发深重，但她还是不肯接受他的目光。

斯堪德说不清自己的感受。他仿佛什么都不明白。肯纳究竟是怎么登岛的？他该责怪她接受了织造的联结，还是该责怪自己？

她知道真伪联结是完全不同的吗？肯纳一定是被织魂人骗了，这不是明摆着的吗？如果设身处地，他又会怎么做呢？很难说吧。去年，他根本不知道阿加莎的身份，不是也跟着她走了吗？就因为她说能带他去孵化场，他就一秒钟都没多想，不疑有他地相信了。肯纳和他又有什么不一样？这根本不是善与恶的问题，是摆在他们面前的选择不同。

肯纳又开口了：“妈妈抛下我就……就走了。带我来这儿的事都是她谋划的，可我来了，她却……走了。”说到最后几个字，她已泣不成声。

“当然，”斯堪德痛苦地说，“艾瑞卡·艾弗哈特一向如此。”

他永远也不会原谅织魂人。无论如何都不会原谅。

终于，肯纳迎向斯堪德的目光："我什么都不懂。我只是想要一头独角兽。"

在这一刻，斯堪德对肯纳的爱超越了一切。她怎么可能明白呢？她当然什么都不懂。像其他孩子一样，她想要的只是一头独角兽啊。

于是他向前一步，张开双臂，敞开心扉。"没关系。"他说。荒野独角兽幼崽细声细气地冲着他咆哮。

他们同时垂下头望着它。斯堪德想后退，但还是忍住了。

"有关系。"肯纳哭出来了，一股脑儿地倾吐，"我太想要独角兽了，太想要了！那个多里安·曼宁来家里找我，小堪，他说他能给我一头独角兽。他说他要抓住荒野独角兽，把它们养在银色要塞里，然后送给我。"

斯堪德猛然想起了银色要塞竞技场里那两个特勤的对话：看着够老的，没法儿给她。

"他以为我会帮你修复联结，对吗？"几个月前，阿加莎就怀疑多里安认定斯堪德是补魂者，这下终于印证了。

"我不知道，可他根本没跟我说，代价是要杀死福星恶童！"

"什么？他要你做什么？"斯堪德还以为银色要塞竞技场里的那个多里安·曼宁就是他最坏的一面，但显然不是。

"可是我来这儿之前什么都不知道，小堪。"肯纳急切地解释，"妈妈昨天才告诉我，是她向银环社透露了杀死荒野独角兽的方法。他们并没有意识到这一点，但她是故意的。她为什么要这么做呢？她为什么要毁灭离岛？现在我丢下了爸爸，他一个人在家……我让他替我写信，因为我不愿意对你说违心的话。他肯定忘了要随信寄来福星恶童的果冻软糖，我提醒他了，可他还是忘了……”

斯堪德的眼泪夺眶而出。她没变。她刚出现在空地边时他还不敢相认，可此刻——这个惦记着爸爸，惦记着福星恶童的果冻软糖的女孩，毫无疑问是他深爱的姐姐。他紧紧地抱住了她。

“对不起，小肯，”他蹭着她的头发呜咽，“真的对不起。我应该告诉你艾瑞卡和魂元素的事。我应该早点儿提醒你。都怪我，都是我不好。”

“我原谅你了，小堪。”她的声音瓮声瓮气的。虽然看不清她脸上的神情，但斯堪德迫不及待地相信了她。“现在，我也有独角兽了，虽然它……不太合规矩。”

斯堪德强忍着恐惧问道：“你现在感觉怎么样？有没有……渴望血的感觉？或者是……呃，想大开杀戒的感觉？”

肯纳真心地笑了起来：“什么呀，小堪，我什么感觉都没有！只是手很疼，真的！”她说着举起手掌给他看。

没错，她的手心里有一个圆形的小孔，五条红线分别蜿蜒伸向五根手指。那是荒野独角兽出壳时用兽角刺伤后留下来的。伤口还是新鲜的。

“真是不可思议，”斯堪德惊叹道，“你是骑手，肯纳。看，和我的一样。”

斯堪德摊开了右掌。肯纳握住了他的手，十指相扣。姐弟俩终于都是骑手了。

黑色独角兽和荒野独角兽一齐叫了起来。斯堪德突然明白，所谓离岛上的新生活，并不是自己想象的那样。他渐渐明白，生活总有出人意料的转折，总是不能如人所愿。然而，斯堪德望向与姐姐交握的手，想起在墓道里为自己拼命的朋友们，他无比确定，在无常的生活里，我们唯一能倚赖的就是爱。

“我不太喜欢打扰人家团聚，”大家围拢过来，“但现在是离岛末日啊，咱们还缺一个驭水者呢。”博比歪着脑袋说：“你好啊，肯纳，幸会幸会。这是荒野独角兽？真特别。”

米切尔和弗洛盯着幼崽，脸上露出不同程度的嫌恶。但有碍于斯堪德在场，他们慌忙换了表情。

“或许我能帮上忙？”肯纳松开了斯堪德的手，“我是说，我能做些什么吗？”

米切尔有些急躁：“可你是驭魂者啊，银色要塞里的档案写得很清楚。我们现在需要一个驭水者。”

“她只是想帮忙，米切尔，别那么生硬。”弗洛平静地说着，但眼神还是在肯纳和荒野独角兽幼崽之间来回飘忽。

“等等，肯纳可能真的抓到了关窍。”斯堪德的脑袋里嗡嗡作响。

“唔，荒野独角兽是与五种元素结盟的，”博比拿腔拿调地说，

“咱们不就是按照这个线索找到坟墓的吗？”

斯堪德想到肯纳的虚假联结无法稳定于一种颜色，突然记起了自己与开鸿骑手的对话：

“那么，你们的结盟元素是哪一种？”

“这个问题不太好回答。”

所以，肯纳或许曾经是命定的驭魂者，但如今不是了。或许与她结盟的是五种元素，一如她的荒野独角兽。

“让肯纳和我们一起握着尸骨手杖试试吧。”斯堪德说，“快来。”

肯纳瞥了一眼新生的荒野独角兽幼崽，跟着四人小队向分汇点走去。“我应该怎么做？”她问。

斯堪德指了指尸骨手杖上的水元素符号：“看见了吧？你只要握住这里就行。我们要一起把它插进大地。”

“当骑手总是这么酷吗？”肯纳惊叹道。

“斯堪德，太阳！”米切尔指指天边，太阳几乎完全落了下去。斯堪德的心揪紧了。

斯堪德、博比、弗洛、米切尔和肯纳围着分汇点站成一个圆圈，每个人都用右手握住了各自的元素符号。

“数到一就插进去！”斯堪德再次屏住呼吸，“五、四、三、二、一！”

五只与元素结盟的手齐齐握住开鸿骑手的尸骨手杖，插进了分汇点的泥土中。

斯堪德闭上了眼睛，对离岛的爱盘桓在心里。他没有去想宏大或绚丽的画面。那些其实并不重要。他想起的是：在孵化场里，他和福星恶童第一次四目相对时的情景；成为初出生的第一天，鹰怒和福星恶童针锋相对的样子；凌云树堡银装素裹时的景象；庇魂所里的惊喜派对；米切尔站在小黑板前，想到新点子时的神采奕奕；博比的怪味救急三明治；与福星恶童在余晖天台重逢时的欣喜；和弗洛在野花山小憩，四周满溢的花香，还有家的味道……

在足足五秒钟里，斯堪德一直闭着眼睛。

随后他有了异样的感觉。似乎有一股能量从他手中的球形握柄中喷出，涌向他的手指、他的胳膊，一直涌进他的心脏。他的突变刺痛起来。

斯堪德猛地睁开眼睛，只见其他四人仍然紧握着手杖，目光却盯着脚下的大地。分汇点闪烁着亮光，先是红色，然后是黄色、绿色和蓝色。几秒钟后，颜色离开分汇点，像浓墨入水一般浸入四条断层线，溢出的四色光芒照亮了周围身披铠甲的大树。

“起效了！”弗洛喊道，“成功了！”

接着，斯堪德手中的握柄散发出耀目的白光，注入下方分汇点所在的大地。又一股能量显现为强力的光波，扑向四条断层线。火、风、土、水四元素的色彩彼此交融，向四方蔓延，直至铺满四大区域。一瞬间，整座离岛都沐浴在白光之中，犹如一颗新生的元素之星。惊叹溢满了斯堪德的心胸，又化作幸福、骄傲和归属感，一齐迸发而出。

他属于这座离岛；他正用他的元素治愈它。

夏至的夕阳完全沉入海中时，尸骨手杖的白光暗淡了下来。斯堪德注意到空气中多了一种安宁平和，而在他与福星恶童的联结中，在他自己的灵魂里，这种平静缺失已久。朋友们惊叹敬畏的神情告诉他，他们也有同感。独角兽们欢快地叫唤着以示庆祝，五元素终于重归和谐。

突然，尸骨手杖剧烈地震颤起来。

“怎么回事？”博比咬着牙，尽力扶稳摇晃的手掌。

“这是应该发生的事吗？”米切尔问。

“我不知道！”斯堪德说道。他手中的球形握柄一下子脱落了，代表其他元素的部分也出现了裂缝。只见裂缝越来越宽，越来越大，最后……

尸骨手杖碎了。

五块碎片散落在分汇点四周。斯堪德满脑子都是开鸿骑手的那句话：等你完成了任务，可别忘了把它送回来。他说尸骨手杖以后可能还会派上用场，可它现在碎了。是他做错了什么吗？

“呃，斯堪德……”米切尔回头看了看。

米切尔极少有说不出话的时候，于是斯堪德也回过头，向后张望。

多里安·曼宁骑着独角兽闯进了凌云树堡的森林，向他们狂奔而来，后面跟着银骥骑手雷克斯和六名银面特勤。紧随其后的是混沌司令尼娜·卡扎马和七人委员会的全体成员。

“得把他们杀了！全都杀了！”多里安·曼宁唾沫飞溅，眼神狂野，却失去了焦点。

“哎呀，真扫兴，”博比翻身跨上独角兽，“我还以为多笨啊·哞哞已经离开离岛了呢。”

“什么哞哞？”肯纳问。

“回头再解释。”斯堪德说道。他跳上福星恶童的背，这才想起慌忙中忘了捡起尸骨手杖的碎片。

但是来不及了，他现在顾不上这些：“小肯，带着你的独角兽到分汇点上等着。我们会保护你们的。”肯纳惊恐地睁大了眼睛。斯堪德知道，她怕的不只是多里安·曼宁。要是让司令看见肯纳和荒野独角兽之间有了联结，她必然会联想到织魂人，后果难料。

福星恶童、银刃、红夜悦和鹰怒将分汇点团团围住，尖角朝外，对准了冲过来的多里安·曼宁和其他独角兽。它们的骑手摊开手掌，召唤结盟元素，亮起了四色光芒。

多里安扬起泛红的手掌，冲四人小队丢出火球。

刹那间，四人小队齐刷刷地召唤蓝色的水元素，拉起水盾，挡住了主管的进攻。火球偃旗息鼓。他们应该庆幸多里安·曼宁情绪失控，否则，四个蒙稚生绝不是成年银骥骑手的对手。

“那个女孩伙同织魂人闯进了孵化场，袭击了我和我的特勤！她还和一头荒野独角兽有了联结！”多里安怒不可遏地大喊，准备再次进攻。

“看来他真的不喜欢你啊，肯纳。”博比说着，一边用自己的疾风盾牌挡住了一股水波。

“我的妻子就是因为你们死的！”多里安叫着，银色的舌头一闪，“驭魂者杀人无数！致命元素必须铲除！”

弗洛和博比联手用闪电盾牌挡住了黄沙利箭的猛攻。

“说实话，我可以这样打上一整天！”博比高兴地嚷嚷。

“爸爸，住手！”雷克斯扑上来，拼命地劝道，“快停下来！是斯堪德和他的朋友们拯救了离岛，难道你没看见吗？爸爸，杀死二十四难士的不是他们，害死妈妈的也不是他们！”雷克斯哽住了，平时和气淡然的面孔上布满了纵横交错、噼啪作响的电花。

“啊啊啊啊啊啊！”狂怒的多里安·曼宁正准备再度塑造兵器发起进攻，但有人打断了他。在银环社人马和四人小队之间，突然降下四头独角兽——奥沙利文教官、韦伯教官、安德森教官和塞勒教官赶到了。

“你竟敢袭击我的蒙稚生？”奥沙利文教官眼中的漩涡猛烈旋转着，几乎看不清瞳仁，“你竟敢在凌云树堡袭击骑手？这是严令禁止的！”她说着向前一推掌，水柱飞速喷出，把多里安·曼宁冲下了鞍座。他摔在地上，浑身透湿，呛得直咳嗽。

“到底怎么回事？我们本来在组织疏散撤离，却突然接到银环社的紧急消息，说——”

尼娜张着嘴巴愣住了。斯堪德骑着福星恶童向她和闪电差走过来，露出了身后的白色尸骨碎片。

“那就是开鸿骑手的赐礼吗？”她急匆匆地问道，“我确实感受到了变化。我们途径四极城时，发现元素平静下来了。是你？是你找到的？真的成功了？”尼娜越来越兴奋，流露出本来的性情。她还是那个领着斯堪德一行人参观凌云树堡的步威生。

斯堪德冲她笑笑，哑着嗓子说：“都过去了。”

混沌司令尼娜·卡扎马咧开嘴笑了。

“那又怎么样！”多里安·曼宁爬起来，指着肯纳说，“她和那头荒野独角兽有了联结！她是斯堪德的姐姐！”

雷克斯·曼宁骑着独角兽走向司令。“尼娜司令，”他的声音是那么悲伤、愧疚，好像就要哭出来了，他拨开垂在眼前的头发，说道，“请别听信我爸爸的话。杀害荒野独角兽的是银环社。我的父亲，他……我拦不住他。他担心斯堪德会帮那些流落在外的驭魂者找回他们命定的独角兽，帮他们修复联结，所以才出此下策。是他把那可怜的姑娘带到离岛来的。他希望这个驭魂者为他所用，替他杀死福星恶童和斯堪德，然后作为交换条件，他会给她一头独角兽。”

“驭魂者能修复联结？你真的能做到？”尼娜问斯堪德。

“也许能。不太确定。我还没真正修复过。”他有所保留，希望不要把自己和肯纳卷入更大的麻烦。

雷克斯继续解释道：“我想劝爸爸，可他不听，也没有留意真言之歌里的警告。等他意识到后果时，已经不可收拾了。”雷克斯垂着脑袋，他的银色独角兽安静地陪在他身边。

“你看，”米切尔高声说，“几个月前在议事广场，我们说的都是实话。”

“把曼宁带走。”尼娜下令，她的声音里透出斯堪德从未听过的冷峻。四名特勤连忙翻身下地，把多里安的胳膊扭在身后。

“你干什么！你休想！你没这个权力！我可是银环社的首领！”他叫嚣着。奥沙利文教官紧盯着多里安·曼宁，确认他离开凌云树堡后才收回目光。

这时，阿加莎突然从树林里冲了出来。她一定是从很远的地方跑过来的，满头大汗，身上的白色披风都磨烂了。

“出什么事了？我接到消息说——”

奥沙利文教官拦住了她。

“现在我们该拿你怎么办呢？”尼娜的目光落在那头荒野独角兽幼崽身上。

肯纳挪着步子靠近斯堪德，她那头蜜糖色的独角兽紧跟在身后。斯堪德看见教官和委员们都向后退了退。

阿加莎仿佛见了鬼似的，一下子脸色煞白。“不，”她怒道，“不！故技重施！贼心不改！”

“是谁干的？”尼娜问肯纳。斯堪德知道司令正强忍着对荒野独角兽的恐惧，毕竟唯一一个与荒野独角兽形成联结的骑手是织魂人。

肯纳见到了蝉联混沌杯冠军的尼娜·卡扎马，又是崇拜又是害怕，一时说不出话。斯堪德便替姐姐回答道：“是织魂人干的。

她织造了假的联结，用的是孵化场里的独角兽卵——因为未能出壳，它们本来要送到极外野地去。肯纳的独角兽幼崽就是这么来的，不过……肯纳，给他们看看你的手掌。”

肯纳举起了右手。伤口就在那里——源自孵化场的伤痕，此刻还在滴血。斯堪德忍不住犹疑：现在应该止住血了才对啊。

七人委员会中有两人发出惊恐的尖叫，其他人则愤怒地嚷嚷起来。

“哎呀，烦死了。”博比不耐烦地说。她骑着灰色的鹰怒，站在银刃和红夜悦之间，距离分汇点不远。但斯堪德理解委员们的恐惧：与荒野独角兽的联结违背了离岛信仰的一切，他们浸润的文化告诉他们，肯纳这样的人非常可怕。

“这不是我的本意，不是我心甘情愿的。”肯纳哭道，“多里安・曼宁到本土来找我，说能找到我命中的独角兽。后来织魂人也对我做了承诺。”斯堪德暗自祈祷，希望姐姐不要坦陈织魂人就是他们的妈妈。“她承诺给我联结，可是……”肯纳顿了顿，深深吸一口气才继续道，“能让我留下来吗？”

一位委员不自在地清了清嗓子，警告道：“司令，要是让本土人知道了这些——他们的孩子在夏至日被带到离岛……”

“这我知道，奥利弗。”司令不屑地摆摆手。

“我不会告诉任何本土人，要是你们担心这个。”肯纳焦急地说，“我只想留在凌云树堡里训练，就像我弟弟一样。”

“所以这句是真的？”尼娜转向斯堪德，“她是你的姐姐？”

“是的。”斯堪德点点头，“所以多里安·曼宁才会找上她，利用她，逼她用魂元素对付我！求求你，让她留下来吧，像其他骑手那样，留在这里吧！”

“可她不可能和其他骑手一样。”另一位委员咄咄逼人地说道。他留着乌黑的长卷发，发梢跳跃着电花。“看在电闪雷鸣的分儿上，凌云树堡总不能收留荒野独角兽吧！”

天庭海鸟踱步而来，冲其他独角兽咆哮着，奥沙利文教官淡然插了进来。“无意冒犯，”她的脸绷得紧紧的，一指分汇点，“自从赐给我们那根手杖的开鸿骑手建立凌云树堡以来，它的用途就是训练在孵化场中与独角兽产生联结的骑手——拥有孵化场伤痕的骑手，被魔法赐福的骑手。”

这一刻，斯堪德爱极了他的水元素教官。

“她能够在凌云树堡接受训练的理由与其他骑手一样——平息混沌，驾驭元素，深化联结。这正是为了让我们——人类和独角兽——都少一些戾气，多一些平和。这孩子只是被织魂人害了，之前那些受苦受难的人也是，这怎么能怪他们呢？”

尼娜闭上眼睛，思索了片刻：“不能这么说，珀瑟芬。”

肯纳哭出了声，斯堪德的心沉了下去。博比嚷嚷着：“此话当真？”而弗洛和米切尔一言不发。

奥沙利文教官据理力争：“正是对魂元素的猜疑，尤其是对这个男孩的猜疑，造成了荒野独角兽的死亡。或许，我们该试着给魂元素证明自我的机会。”

尼娜摇头道："现在的肯纳不是驭魂者，她的联结也不是真正的联结。她和其他骑手不一样。在经历了如此动荡的一年之后，让她留在离岛，势必会引起恐慌。我现在不能做决定。这件事我不能独断专行。"

"这么说，还有余地？"斯堪德喘不过气来。

"我不能简单地回答你行或不行。"尼娜严肃地说，"作为司令，我要对整座离岛负责，对所有人负责，决不能行差踏错。肯纳和她的荒野独角兽可以暂时留在凌云树堡，但必须处于严密的监视之下，直待我们做出决定。"

尼娜突然转向雷克斯·曼宁，认真地端详着，盯得他都脸红了。然后她又望向北风惊梦背上的塞勒教官，温和地问道："斯凯，你还是打算从凌云树堡退休吗？"

风元素教官伤感地笑笑："是啊，受伤之后，我恐怕无法继续胜任教官一职了。"

"对不起，塞勒教官，真的对不起，"斯堪德结结巴巴地说，"我、我……"

她看着斯堪德，脖子上蜿蜒着电光："这不怪你，斯堪德，不需要道歉，何况，你还做了那么多好事呢。"

"唔，那么，我想……"尼娜边说边来回打量着雷克斯·曼宁和塞勒教官。

奥沙利文教官看上去有些兴奋，又有些狡黠："凌云树堡和银环社团结些也是件好事吧，嗯？"

“我也这么想。”尼娜说。

斯堪德不明白她们是什么意思。

“他可真是年轻……”奥沙利文教官咕哝道。

“我也挺年轻呢，”尼娜耸耸肩，直白地问道，“雷克斯，怎么样，你愿意兼任凌云树堡的风元素教官和银环社社长吗？”

雷克斯惊讶得合不拢嘴。斯堪德觉得，这恐怕是他最不得体的模样了。“这……不是开玩笑吧？”

“当然不是，”尼娜咧嘴一笑，“我认为你身上具备银环社需要的东西。”

雷克斯颔首道：“那么，这是我的荣幸，司令。”

弗洛很高兴，其他教官也是。斯堪德却忍不住想，尼娜和奥沙利文教官之所以这么热切地把两个职位都塞给雷克斯，是为了更密切地监管银环社。

七人委员会已准备离开，司令示意斯堪德走近些，对他悄悄说道：“关于肯纳的去留和训练，很抱歉我不能现在就答应你，但我一定会尽量说服他们，不要把她当作危险人物。”

“谢谢你！”斯堪德感激至极。

尼娜点点头就走了。

奥沙利文教官缓缓地、长长地舒了一口气。“斯堪德，”她的眼睛泛着幽幽蓝光，“还有什么惊天动地的大事件吗？你要不要事先跟我打个招呼？”

斯堪德感受到了阿加莎的目光，也明白她的意思：此刻透露他们与织魂人的关系，对肯纳的处境毫无益处。于是他连连摇头，并暗自希望不会有人到秘密私贩那儿去打探消息。

“珀瑟芬，”安德森教官突然开口了，耳尖上的火苗急促地闪烁着，“疏散还在进行，咱是不是得——”

“哎呀，天哪，”奥沙利文教官大叫一声，“大家还以为得继续逃命呢！”

“快去宣布好消息吧！”韦伯教官擦了擦眼角的泪水。

“还有你，曼宁教官，你也一起来吧。”奥沙利文教官说道。雷克斯正和弗洛咬耳朵。

“我得花点儿时间习惯‘曼宁教官’这个称呼，而不对他心生反感！”斯堪德望着走向马厩的四位教官说道。

银刃和福星恶童肩并肩走着，弗洛回头看了看，确定没人偷听才开口：“幸亏肯纳及时出现，咱们才能力挽狂澜。不过她真可怜，她一定是落入了织魂人的圈套，才任其为她织造假的联结。”

斯堪德用力点头，对弗洛心生好感。肯纳不是织魂人的同伙。就像开鸿骑手说的：所有人都会时不时地迷失方向。现在肯纳已经来了，斯堪德必定会竭尽全力地帮助她，哪怕涉及荒野独角兽。

弗洛突然打了个哈欠，捂着嘴巴说道：“睡觉睡觉，此刻我只想睡上一百年。”

博比咯咯咯地笑着：“这事儿发生过。后来大树疯长，有个路过的家伙俯身一吻，唤醒了这个可怜的女孩。哎呀，恕我直言，这可真丢人。”

肯纳忍不住大笑起来。斯堪德突然意识到，自己已经很久很久没听到过她的声音了。这笑声才是纯粹的魔法。

“我早就说过，我跟你姐姐一定合得来。”博比冲斯堪德眨了眨眼。“管它什么伪造啊真假啊，别担心，”她转而安慰肯纳，“卡扎马司令是个好人，她像你我一样，也来自本土。她肯定会批准你参加训练的。”

“那现在的计划是什么？”米切尔不耐烦地环顾四周，仿佛空荡荡的凌云树堡会突然有人跳出来发号施令。循着米切尔的目光，斯堪德抬起头，只见熟悉的身影映入眼帘：七头独角兽正飞向余晖天台，疾隼队回来了。

他笑着看看弗洛：“计划？我觉得咱们绝对应该……过过普通日子啦！”

第二十一章

新的开始

几个星期后，在新生的一排排树苗间，斯堪德正和阿加莎·艾弗哈特肩并肩走着。斯堪德手里拿着一只喷壶，阿加莎则紧紧握着拳。前方的博比·布鲁纳、米切尔·亨德森、弗洛·沙克尼也都各自拿着喷壶。肯纳·史密斯就帮不上忙了，因为她总有问不完的问题。

比武锦标赛又重新举行。这次没有发生任何附身事件，四人小队的表现都比米切尔预测的好——唔，是大部分。只有博比在决胜局输给了安布尔·费尔法克斯。大家都绝口不提，但斯堪德不像几个月之前那样讨厌安布尔了，毕竟，他能和福星恶童团聚，多亏有她帮忙。由于比武锦标赛是在夏至之后举行的，蒙稚生已经自动升级为英少生，教官们便决定暂不淘汰排名垫底的六名骑手。今年没有游民，皆大欢喜。

杰米·米德迪奇在唱了真言之歌后已经平静了下来，虽然听说这首歌帮助四人小队找到了尸骨手杖，但他也不怎么兴奋。“好啊，挺好的，”他哀怨地说，“可我爸妈又要唠叨个没完了，说什么我这么年轻就唱了真言之歌，说什么他们为我骄傲！”

“这不是很好嘛！”弗洛想劝他乐观些。

“可我希望他们因为我是个出色的甲胄师而感到骄傲。我打造的铠甲扛住了开鸿骑手的进攻，这才是真正的成就！”

“差不多就行啦。”博比咕哝道。

杰米没理她：“这比唱什么傻乎乎的歌强多了！”

“我为你骄傲啊。”米切尔的脸红得像他燃烧的头发，“我这么聪明，我的骄傲也很有分量吧。”

米切尔还有些值得骄傲的事情。得知自己的儿子在寻找尸骨手杖的过程中也出了力，艾拉·亨德森专程来到凌云树堡，表扬了米切尔和红夜悦。米切尔说这虽然有点尴尬，但也许是个新的开始——爸爸终于明白自己无法替儿子选择朋友，以及决定要成为什么样的人。

尸骨手杖恢复了元素间的平衡与和谐，但这一年来发生的种种灾害和损失却无法用魔法瞬间修复。在凌云树堡和四极城里，还有四大区域，岛民们都在忙着重建家园。不管是初出生、甲胄师，还是混沌司令，所有人都亲力亲为。

要干的活儿很多，但斯堪德觉得，大家团结起来互帮互助是一件很美好的事。他仍然惦记着尸骨手杖的碎片，认为至少该将它送回开鸿骑手的坟墓，可那天夜里他回去寻找时，那些碎片却不见了。

斯堪德一边陪着阿加莎往前走，一边在脑海中梳理着最近发生的事。他弯下腰给一棵小树浇水，心里涌出了些微自豪。夏至后过了几天，那些关在银色要塞地牢里准备给肯纳的荒野独角兽终于重见天日，被放归野外。斯堪德给卡扎马司令写了信，建议好好安葬那些死于非命的荒野独角兽，就像死去的在辖独角兽一样。在离岛漫长而血腥的历史上，这是第一次有骑手提出让荒野独角兽魂归大地。尼娜同意了：不死之死的陨落，应该得其所哉。

此刻他们漫步的地方——凌云树堡的城墙之外，就是荒野独角兽的长眠之处。

“叶子长出来后会很漂亮。”阿加莎说。但她的声音显得有些心不在焉。

“你在担心肯纳。”斯堪德说。

“当然了，我能不担心吗？”阿加莎脱口而出，随即又压低了声音，“看看伪造的联结把艾瑞卡变成什么样了！要不是多年前与彼岸血月的真正联结冲淡了它的影响，还不知会糟糕到什么程度。”

“也许这就是问题所在，”斯堪德耸耸肩，“也许肯纳也会因此变样。”

他无法假装自己不在意、不担心。他做过噩梦，在梦里，那头灰斑独角兽矗立于极外野地，痛苦地嘶鸣着。他辗转反侧，不知道伪造的联结能不能安全解除。不过，现在的肯纳似乎很正常，完全是原来的模样，也没有任何嗜血的表现。而她是那么爱她的荒野独角兽，斯堪德甚至有些担心，如果把她们分开——如果有可能的话——会不会被姐姐记恨。只能先等司令批准她留在凌云树堡参加训练了。

“荒野独角兽和在辖独角兽不一样，斯堪德。我知道你的朋友们顾忌肯纳的感受，装出不在意的样子，可那头独角兽没有为肯纳付出过什么。”

“我不明白。”

阿加莎揉揉突变的脸颊，神情显得有些黯然。“你和福星恶童形成联结时，它放弃了永生，从此，它的生命与你的生命等长。可那头荒野独角兽永远不会死，哪怕肯纳死了，它也会一直存在。伪造的联结将骑手暴露于独角兽的原始本性中。它只索取，不给予。你还记得被福星恶童附身时的感受吗？嗜血的本性占领了你的灵魂，尽管只有短短几分钟。斯堪德，我和艾瑞卡很多年前就从书中读到过这样的警告……”

“肯纳是与五种元素结盟的！”斯堪德急切地反驳道，“那头荒野独角兽总不可能什么也不付出吧！”

“你仔细想想吧，五种能量将你拉向五个方向，可能出现五种突变，驾驭独角兽需要驾驭五种元素——”

一脉承继大统：

黑灵魂之恶友。

“开鸿骑手也是与荒野独角兽结盟的，他不是好好的吗？”斯堪德坚持道，“他还建造了孵化场，设立了凌云树堡，发现了联结的秘密。肯纳也会像他一样的。”斯堪德不愿去想开鸿骑手的警告，可自从在墓室里听到那句话后，它就一直萦绕在他的脑海里：

你最爱的人会背叛你，斯堪德·史密斯，当心些。在关键时刻，他们会倒戈相向。

阿加莎忍不住连连摇头：“斯堪德，如果开鸿骑手对你说的是实话，那么他的联结肯定不是伪造的。在友谊和爱绵延了多年之后，荒野独角兽女王与他共享了自己的魔法特权。这是一种根植于慷慨的联结。而伪造的联结根植于贪婪，是占有原本不属于你的东西。”阿加莎叹了口气，继续说：“肯纳和艾瑞卡一起待了挺长一段时间，她们干了什么？她跟你说，在雷暴那天，银戟倒塌，她逃出了银色要塞。那可是好几个星期之前的事了！艾瑞卡如此处心积虑地把肯纳接到离岛，给她找了一头荒野独角兽，为她织造联结，最后却一走了之？这根本不是艾瑞卡会做的事。你之前对肯纳隐瞒了那么多，你真的相信她已经原谅你了？你不是说她出现在凌云树堡时很愤怒吗？她——”

“她那时完全慌了神，所以不太对劲。”斯堪德固执地说道。他在一棵小树旁停下脚步，直视着姨妈的脸：“如果她有什么异样，我肯定会知道的。她是我的姐姐。”

“艾瑞卡还是我的姐姐呢。”阿加莎重重地拍了拍斯堪德的肩膀，“谨慎些，别轻信。这是我对你唯一的要求。”

然而，当斯堪德看到肯纳和自己的三个好朋友在一起开怀大笑时，转眼就忘了阿加莎的警告。这就是肯纳——小时候哄他入睡的肯纳，替他擦去泪水的肯纳，坚信他会成为骑手，比他自己还有信心的肯纳。她有一颗最善良的心。就算是荒野独角兽和伪造的联结，也不会改变她的心。

如果必须与黑暗斗争，肯纳一定能赢。

斯堪德眨了眨眼睛，认真地看着及膝高的树苗。细嫩的新枝上已抽出了新叶——像雪一样白，像魂元素一样白。

生机勃勃，充满希望，犹如全新的开始。

尾声

一个无月黯淡的夜晚，满目疮痍的平原上，两头独角兽正穿越极外野地。其中一头独角兽应着未蒙面骑手的催促，风驰电掣地疾驰着。另一头独角兽的脚步则应和着背上骑手渐渐腐朽的心跳。那节奏缓慢、稳定、习于纷乱。

未蒙面骑手率先抵达了碰面的地点。无尽黑暗中，他眼中的火焰是仅有的光亮。他看着织魂人靠近，座下腐烂的兽蹄拖过尘土，一声一声，仿佛葬礼上的鼓点。

织魂人的不朽神兽步步进逼，逡巡打转。未蒙面骑手的眼睛里闪过恐惧。他一直怕她。这惧意让他觉得，自己还有一口活气。

织魂人知道他怕了。人人都怕她。对此她已毫无感觉。

“我不明白，这一切究竟有什么意义。肯纳就那么留在凌云树堡了。”言辞从他颤抖的嘴巴里挤了出来，就像垂死鸟儿的翅膀。

织魂人笑了，嘴唇上的白色颜料应声裂开：

“那就是肯纳·艾弗哈特该去的地方。”

致谢

最先要感谢的是你们，亲爱的读者。感谢你们信任这些嗜血的独角兽，愿意陪伴斯堪德和福星恶童完成又一次冒险。你们本来有各种各样的选择，却欣然把时间花在这本书上，这对我的意义简直无以言表。在这趟旅程中，有你们与我同行，这感觉就像独角兽与骑手的联结——是你们将肯定和宽慰源源不断地注入了我的心。

续写第二部和开启第一部是完全不同的。不论是《斯堪德与独角兽》的顺利面世，还是《斯堪德与离岛危机》的最终付梓，大家的支持都令我感激不尽。

斯堪德看重友情和亲情，对我而言亦是如此。害羞的安妮能变身为塑造独角兽的女作家，我的家人功不可没。每当我倍感压力，我的母亲海伦就会百般鼓励，或是讲个有趣的小故事，让我振作起来。我的哥哥雨果常住世界的另一边，却总是熬夜等我，和我一起聊人生和独角兽。我的哥哥亚历克斯和准嫂子汉娜热情地化身推广大使，想必肯特郡的所有人都听说过斯堪德了！谢谢你们！

感谢莎伦、肖恩和奥利热情地为独角兽的故事呐喊助威，你们的支持意义重大。感谢所有的朋友们，总是在我需要的时候陪伴我——在忙碌的日常中挤出时间一起吃顿午餐，或是周末到公园里玩儿些傻乎乎的游戏——虽然工作繁忙，不能腻在一起，但你们还是包容着我。感谢作家同仁露丝、艾斯霖和克莱尔，你们早于其他人读了这部书稿，不吝赞美鼓励之辞，给了我莫大的信心。

感谢经纪人山姆·科普兰的建议和指点。在我摸索创作之路时，你表现出的幽默感堪称珍贵。感谢电影经纪人米歇尔·克罗斯和索尼团队，独角兽的大银幕之旅就靠你们了！

正如斯堪德在凌云树堡找到了第二个家，西蒙与舒斯特出版社的优秀团队也让我有了家的感觉。《斯堪德与离岛危机》得以与读者见面，实应归功于团队协作，每一个参与其中的人都值得我真心地感谢。

蕾切尔·登伍德，你对“斯堪德”系列的厚望和雄心完全不亚于你的宽厚温柔。伊恩·查普曼和乔纳森·卡普，你们以同行的身份认可我、鼓励我，热心支持“斯堪德”系列。还有英国、美国的诸位编辑：阿里·杜格尔、肯德拉·莱文、迪巴·扎加布尔和洛瑞·瑞本，即使我用每一种语言表达感谢，也仍然远远不够。你们对“斯堪德”系列的欣赏、奉献和热情让我自叹弗如，多亏了你们，这部续集才能像它的蓝色封面那样闪耀夺目。

感谢劳拉·霍夫、达尼·威尔逊和S&S全球营销团队不知疲倦的工作，让“斯堪德”得以遍布各地，只要你想读，就一定买得到。感谢莎拉·麦克米伦、伊恩·兰姆、伊芙·沃索基·莫里斯以及英国、美国的营销和宣传团队。你们抓住一切机会，推广嗜血独角兽的故事。感谢制作奇才苏菲·斯托尔、西蒙与舒斯特出版社的设计团队，以及索雷尔·帕卡姆和“两点”插画工作室，是你们为《斯堪德与离岛危机》打造了动人心魄的封面。莫德·塞普特、西奥·斯蒂恩、艾米·弗莱彻以及国内外的版权团队，感谢你们帮助这些独角兽飞越全球。还有世界各地的编辑、译者、文字编辑、校对和出版商，感谢你们继续相信我、相信我书写的故事。

在成长的路上，斯堪德结交了新的朋友，此系列作品亦然。弗洛伦蒂娜，感谢你对斯堪德的支持，独角兽们得以恣意翱翔，你功不可没。《斯堪德与独角兽》问世后，我结识了很多杰出的书商——凯特、罗比、瑞切尔、阿曼达、里安农、克雷格……要是都列举出来，就要超出字数了！许多同仁素未谋面，但你们对斯堪德的支持、致力于将书送达读者手中的承诺，都让我受宠若惊。还有所有向学校和社区推荐“斯堪德”系列的图书馆员、教师和阅读博主，谢谢你们！这是真正的魔法，我感激不尽。

最后，感谢我的丈夫约瑟夫。每当他站在我身后，看着我和斯堪德徜徉翱翔，总是笑得那么开心。如果没有他，如果没有他坚定不移的信念和矢志不渝的爱，这部续作和上一部恐怕都不会存在。